本书列入

2017年国家社会科学基金重大委托项目
“十三五”国家重点图书出版规划项目

中华传统文化百部经典

牡丹亭

汤显祖 著
周育德 解读

国家图书馆出版社

图书在版编目（CIP）数据

牡丹亭 /（明）汤显祖著；周育德解读．— 北京：国家图书馆出版社，2021.6（2024.10 重印）
（中华传统文化百部经典 / 袁行霈主编）
ISBN 978-7-5013-6991-1

Ⅰ．①牡… Ⅱ．①汤… ②周… Ⅲ．①传奇剧(戏曲)－剧本－中国－明代 Ⅳ．①I237.2

中国版本图书馆 CIP 数据核字 (2020) 第 059250 号

国家图书馆出版社官方微信

书　　名　牡丹亭
著　　者　（明）汤显祖 著　周育德 解读
责任编辑　于　浩
特约编辑　吴麒麟
封面设计　敬人设计工作室

出版发行　国家图书馆出版社（北京市西城区文津街 7 号　100034）
　　　　　010－66114536　63802249　nlcpress@nlc.cn（邮购）
网　　址　http://www.nlcpress.com
印　　装　北京科信印刷有限公司
版次印次　2021 年 6 月第 1 版　2024 年 10 月第 2 次印刷

开　　本　710×1000（毫米）　1/16
印　　张　29.75
字　　数　380 千字
书　　号　ISBN 978-7-5013-6991-1
定　　价　60.00 元（平装）

本册审订

周锡山　　赵山林　　廖可斌

中华传统文化百部经典

编纂办公室

张　洁　　梁葆莉　　张毕晓　　马　超　　华鑫文

编纂缘起

文化是民族的血脉，是人民的精神家园。党的十八大以来，围绕传承发展中华优秀传统文化，习近平总书记发表了一系列重要讲话，深刻揭示出中华优秀传统文化的地位和作用，梳理概括了中华优秀传统文化的历史源流、思想精神和鲜明特质，集中阐明了我们党对待传统文化的立场态度，这是中华民族继往开来、实现伟大复兴的重要文化方略。2017年初，中共中央办公厅、国务院办公厅印发《关于实施中华优秀传统文化传承发展工程的意见》，从国家战略层面对中华优秀传统文化传承发展工作作出部署。

我国古代留下浩如烟海的典籍，其中的精华是培育民族精神和时代精神的文化基础。激活经典，熔古铸今，是增强文化自觉和文化自信的重要途径。多年来，学术界潜心研究，钩沉发覆、辨伪存真、提炼精华，做了许多有益工作。编纂《中华传统文化百部经典》（简称《百部经典》），就是在汲取已有成果基础上，力求编出一套兼具思想性、学术性和大众性的读本，使之成为广泛认同、传之久远的范本。《百部经典》所选图书上起先秦，下至辛亥革命，包括哲学、文学、历史、艺术、科技等领域的重要典籍。萃取其精华，加以解读，旨在搭建传统典籍与大众之间的桥梁，激活中华优秀传统文化，用优秀传统文化滋养当代中国人的精神世界，提振当代中国人的文化自信。

这套书采取导读、原典、注释、点评相结合的编纂体例，寻求优秀传统文化与社会主义核心价值观之间的深度契合点；以当代眼光审视和解读古代典籍，启发读者从中汲取古人的智慧和历史的经验，借以育人、资政，更好地为今人所取、为今人所用；力求深入浅出、明白晓畅地介绍古代经典，让优秀传统文化贴近现实生活，融入课堂教育，走进人们心中，最大限度地发挥以文化人的作用。

《百部经典》的编纂是一项重大文化工程。在中宣部等部门的指导和大力支持下，国家图书馆做了大量组织工作，得到学术界的积极响应和参与。由专家组成的编纂委员会，职责是作出总体规划，选定书目，制订体例，掌握进度；并延请德高望重的大家耆宿担当顾问，聘请对各书有深入研究的学者承担注释和解读，邀请相关领域的知名专家负责审订。先后约有500位专家参与工作。在此，向他们表示由衷的谢意。

书中疏漏不当之处，诚请读者批评指正。

2017年9月21日

凡　例

一、《中华传统文化百部经典》的选书范围，上起先秦，下迄辛亥革命。选择在哲学、文学、历史、艺术、科技等各个领域具有重大思想价值、社会价值、历史价值和学术价值的一百部经典著作。

二、对于入选典籍，视具体情况确定节选或全录，并慎重选择底本。

三、对每部典籍，均设“导读”“注释”“点评”三个栏目加以诠释。导读居一书之首，主要介绍作者生平、成书过程、主要内容、历史地位、时代价值等，行文力求准确平实。注释部分解释字词、注明难字读音，串讲句子大意，务求简明扼要。点评包括篇末评和旁批两种形式。篇末评撮述原典要旨，标以“点评”，旁批萃取思想精华，印于书页一侧，力求要言不烦，雅俗共赏。

四、原文中的古今字、假借字一般不做改动，唯对异体字根据现行标准做适当转换。

五、每书附入相关善本书影，以期展现典籍的历史形态。

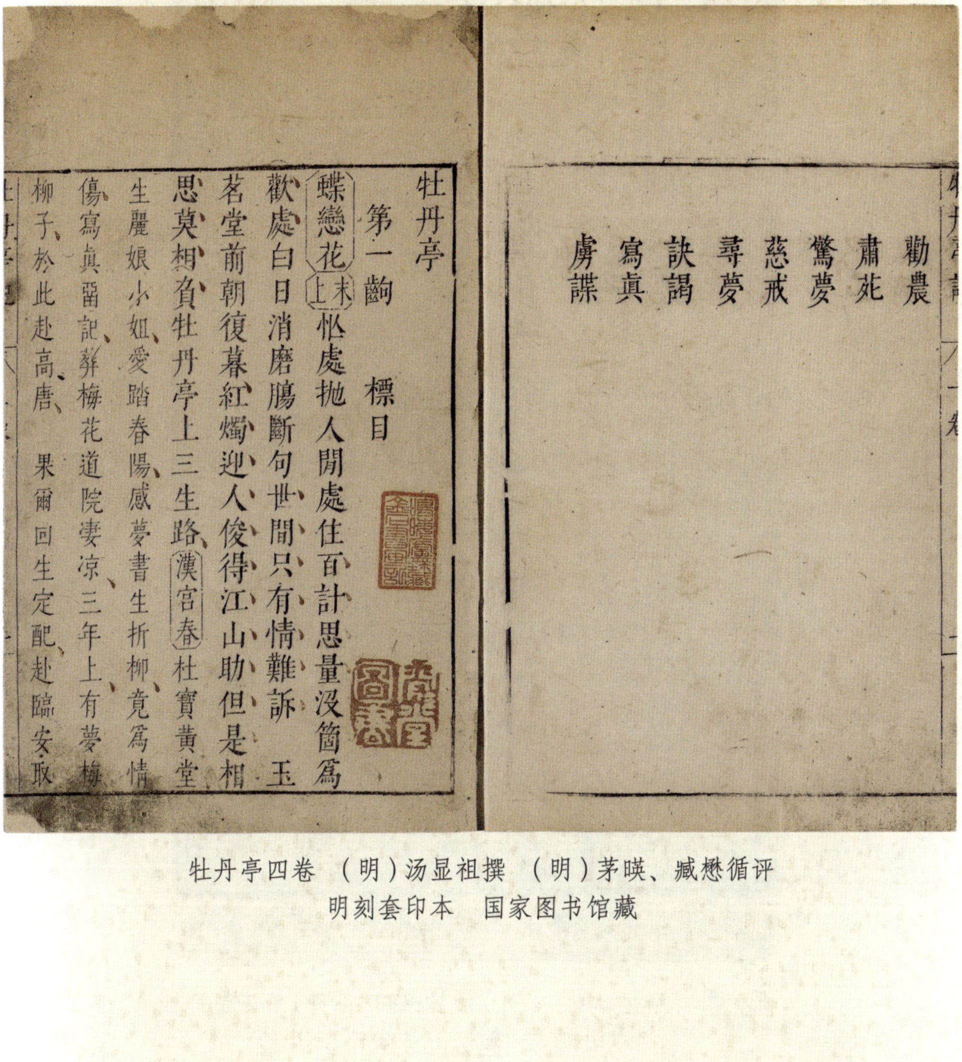

勸農
肅苑
驚夢
慈戒
尋夢
訣謁
寫真
虜諜

牡丹亭

第一齣　標目

【蝶戀花】（末上）忙處拋人閒處住百計思量沒箇爲歡處白日消磨腸斷句世間只有情難訴　玉茗堂前朝復暮紅燭迎人俊得江山助但是相思莫相負牡丹亭上三生路【漢宮春】杜寶黃堂生麗娘小姐愛踏春陽感夢書生折柳竟爲情傷寫真留記葬梅花道院淒涼三年上有夢梅柳子於此赴高唐　果爾回生定配赴臨安取

牡丹亭四卷　（明）汤显祖撰　（明）茅暎、臧懋循评
明刻套印本　国家图书馆藏

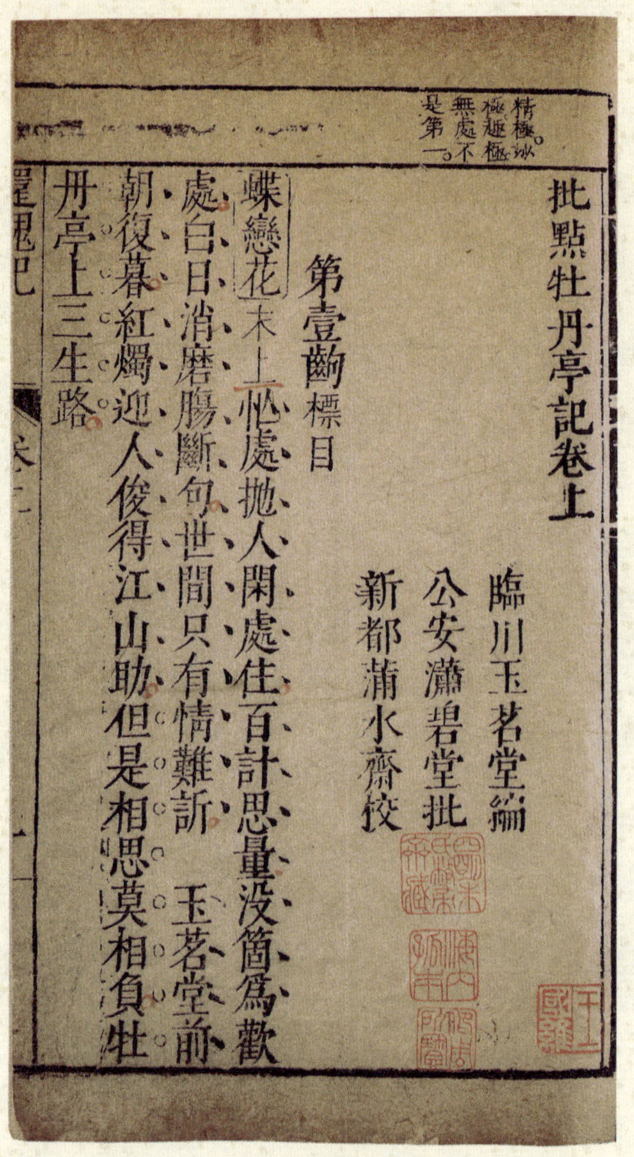

批点牡丹亭记二卷　（明）汤显祖撰　（明）袁宏道评

明刻本　国家图书馆藏

目　录

导　读

牡丹亭

附录一

附录二

导　读

在中国戏曲史和文学史上，讲青年男女爱情故事的林林总总的戏剧作品中，《牡丹亭》是唯一可以与《西厢记》媲美的传奇杰作。四百多年来，《牡丹亭》的出版物已成洋洋大观。在戏曲舞台上，《牡丹亭》流传至今，是最受观众欢迎的剧目之一。《牡丹亭》也早已走出国门，在世界各地流播。为便于读者阅读，在本书开端叙说一些有关的话题。

一、《牡丹亭》作者汤显祖

汤显祖（1550—1616），字义仍，号清远道人。明嘉靖二十九年（1550）农历八月十四日出生于江西抚州府临川县城东文昌里。十四岁成秀才，二十一岁乡试中举，但是接下来的科举之路却异常坎坷。

万历五年（1577），汤显祖第三次进北京参加会试，意外地和当时最有权势的内阁首辅张居正发生了关系。当年张居正的第二个儿子张嗣修也参加会试。张居正想要儿子高中，又不至于产生负面的社会影响，决定选择天下最有名望的两位举子做儿子的考试伙伴，一位是宣城的沈懋学，一位是临川的汤显祖。沈懋学应约而至张府，汤显祖则谢绝弗往。结果，沈懋学中了状元，张嗣修中了榜眼，汤显祖则落第而归。

三年后，即万历八年（1580），汤显祖再次进京会试，又与张居正的大儿子张敬修和三儿子张懋修相遇。张居正仍然邀请汤显祖，并许以金榜高中，汤显祖回答"吾不敢从处女子失身也"，仍弗往。结果，张懋修中了状元，张敬修中了进士，汤显祖落第而归。

汤显祖两度谢绝了权臣的延揽，虽然科场失利，但其高洁的人格获得士林的敬佩。《明史》以及多位名家都郑重地把此事载入汤显祖的传记中。

张居正逝世后的第二年，即万历十一年（1583），三十四岁的汤显祖第五次参加会试，终于中了进士。汤显祖自请到南京任职，做了太常寺博士，是管理祭祀和音乐的闲官。四十岁时升南京礼部祠祭司主事。

万历十五年（1587）以来，江南连年受灾，饥馑当道。"经理荒政"的监察官杨文举，一路受贿，回京却因功升官。西北边事失利，将官阵亡。东北后金崛起，觊觎中原。汤显祖早就下决心做一件有震撼力的大事。万历十九年（1591）春三月，天上出现了彗星。天象示警，是言官（六科给事中和十三道监察御史）进谏的好机会。万历皇帝不自修省，反而责怪言官不负责任，不肯进"一喙之忠"，只会"长奸酿乱"，为此给言官罚俸一年。汤显祖虽非言官，却勇敢地上《论辅臣科臣疏》。他举例论证言官之所以不肯进"一喙之忠"，是内阁辅臣钳制的结果。内阁的辅臣一个个都是私欲严重，专门任用私人，打击异己，是真正的"欺蔽"。汤显祖对万历登基以来近二十年的朝政做了全面的批判，指出天下混乱的根子在皇帝，不客气地指出万历皇帝改不了"酒色财气"的毛病，他为万历帝朱翊钧失去了做好皇帝的大好时机而深感可惜。

汤显祖的奏疏震惊朝野。万历皇帝盛怒，本欲严惩，后从宽处理，将汤显祖谪极边杂职，为广东徐闻县典史，这是一个挂名的管理地方治安的未入流的小吏。汤显祖在徐闻却建立了贵生书院，在中国大陆极边的徐闻县教育史上留下了重要的一页。

一年后，汤显祖量移浙江遂昌知县。汤显祖下车伊始即整顿文教，修复相圃书院；铲除盗酋，强化治安；组织民兵，灭除虎患；公平赋税，抑制豪强。甚至做出除夕纵囚回家、元宵纵囚观灯的破格举动。汤显祖在浙西山城遂昌的惠民理政，深受民众爱戴。“醇吏声为两浙冠”，口碑载道，至今不替。但是，晚明的最高统治集团并不喜欢像他这样有个性的官员。汤显祖在遂昌五个年头，既得不到调任，更得不到升迁。此时，明王朝因宁夏、朝鲜、播州的“三大征”，加上皇宫三大殿火灾后的修复，搞得国库空虚，还要提供皇室贵族的奢靡消费。万历二十四年（1596）皇帝降旨实行“矿税”，派出太监到各地开矿收税，发动了全国规模的大搜刮。遂昌是有金矿的，矿监的到来将会把遂昌闹得天翻地覆。汤显祖既无力抵制皇帝的鹰犬，更不肯为虎作伥，于是在万历二十六年（1598）春到北京接受过官员考察后，就向吏部告归。从此告别了官场，回到老家临川。三年后，汤显祖被正式罢职“闲住”。

汤显祖从政生涯前后经历十五个年头。弃官归里后，在临川玉茗堂开始了新的生活。他用了极大的精力从事戏曲创作。回家的当年，他写定了《牡丹亭还魂记》。后来又完成了《南柯记》和《邯郸记》。再加上早年写成的《紫钗记》，因为各剧都有做梦的情节，世人总称为《玉茗堂四梦》或《临川四梦》。

汤显祖的周围有一批以罗章二为首的“宜伶”，他们是宜黄县籍唱海盐腔的戏曲艺人。汤显祖的《牡丹亭》和其他剧作，最初就是由他们演唱的。汤显祖既是杰出的戏曲作家，又能指导演出，而且还写下了重要的戏曲理论著作《宜黄县戏神清源师庙记》。

玉茗堂里的汤显祖“为情作使，劬于伎剧”，直至生命的最后。在自感不久于人世的时候，汤显祖向亲友发出免哭、免牲、免僧度、免冥钱、免奠章、免崖木、免久露等七项明智的祈求。万历四十四年（1616）六月十六日，汤显祖告别了人世。

二、汤显祖生活的时代

汤显祖生活的年代，明王朝已经进入“鱼烂瓦解”的历史阶段，各类社会矛盾日趋尖锐化。

这一时代，明王朝的皇帝一个个奢靡腐化又懒于理政。他们深居内宫，有的佞佛，有的恋道，共同的特点是醉心“酒色财气”，对于国家命运概不负责。嘉靖皇帝朱厚熜在嘉靖三年（1524）后就逐渐疏远大臣，直到嘉靖二十九年（1550）才召见一次，二十多年未上朝。隆庆皇帝朱载垕即位三年还没和大臣见面，而他在位总共不过六年。万历皇帝朱翊钧在位四十八年，但从万历十七年（1589）之后三十年间只召见群臣一次，他连早朝也不上了。汤显祖从政的时代，明王朝从中央到地方一整套的官僚机构陷入了半瘫痪状态，衙门缺少长官，朝廷也不增补。内阁的辅臣以同僚倾轧、排斥异己为能事。贪贿腐败已经成为各级官员的“潜规则”，有谁若不会贪污受贿反而会被“群相讪笑”。官场如此，科场也不例外，丑闻不绝。张居正曾感叹：“自嘉靖以来，当国者政以贿成，吏朘民膏，以媚私门。而继秉国者，又务为一切姑息之政。”① 张四维说：“当嘉靖末载，世风之溷浊甚矣。民不见德，惟贿是闻。”②

张居正当国时，曾以无上的权力大刀阔斧整顿吏治，改革税制。但张居正死后，遭到了清算。朝里没有了张居正，万历皇帝为所欲为，张居正的新政废除殆尽。汤显祖不满于张居正的私欲和霸道作风，反对张居正禁讲学毁书院的文化专制，但对张居正推行的整理财政、清丈土地、完纳税负、蠲免积逋等政策是拥护的。汤显祖从政之后，亲眼看到明王朝江河日下，勇敢地上《论辅臣科臣疏》，在批判现任首辅申时行的同时，也把已死的张居正否定了。经过了十余年的宦海风波，汤显祖在比较了几个内阁辅臣之后，还是得出了一个比较公正的结论，他说："江陵张公（张居正）以刚扶冲圣之哲，而事亦不可谓不治也。"③

为了实现"治世"的理想，汤显祖主张要像当年王安石治鄞县那样，从一个县一个县的治理做起，逐步推广而达天下的治世。他身体力行，在遂昌做"善国"的实验。他所做的事情，正如《南柯记》的民众所唱的，"平税课，不起科"，公平收缴赋税；"行乡约，制雅歌"，兴办教育，推行乡民自治；"多风化，无暴苛"，多做道德感化，不动大刑。甚至在除夕之夜放囚犯回家拜祖宗与家人团聚，三天后再回狱；元宵节，让囚犯到河桥观灯，体味"绕县笙歌"。这一切都是汤显祖"风化"的措施。

汤显祖从政的最后阶段，晚明政坛上演了最激烈的一幕，即所谓"东林党议"。皇帝、宦官、权臣、贵戚结成黑暗的政治联合体。朝廷中一批贪恋权势、热衷利禄的官僚士大夫聚成了党派，先有浙党，后又有昆党、宣党、齐党、楚党等，即所谓"小人党"。顾宪成被革职后，在无锡东林书院旧址从事讲学，汇集了一批开明的士大夫，呼吁关心国事，改革弊政。"抱正忤时"的士大夫风从响应，听讲者之多使"学舍至不能容"。朝廷中一些清正的官吏也与东林相呼应。东林书院成为社会舆论的中心点，由一个学术团体而成为一个政治派别，反对派称之为"东林党"。汤显祖的学术思想虽然与东林党人有所区别，但是他的政治态度和东林党人十分接近。东林人士提倡"政事归于六部，公论付之言官"，反对"矿税"，提倡惠商恤民，呼吁减赋税、垦荒田、修水利，反对科场舞弊，提醒加强辽东军事力量，这些主张都是汤显祖所拥护和提倡的。东林党的领袖顾宪成、高攀龙等和汤显祖都有不浅的交情。东林党的干将李三才、邹元标等更是汤显祖终生的挚友。

作为一名清正的官员，汤显祖对明王朝的内政外交多有批评意见。作为一位对史学研究造诣很深的学者，汤显祖对嘉靖以来的政治人物有着浓厚的研究兴趣。作为一位负有社会责任感的剧作家，汤显祖喜欢把他对晚明社会矛盾的种种感触直接或曲折地写进他的剧作中。比如,《牡丹亭》里的皇帝派一个专门为皇家搜罗珠宝的使臣苗舜宾主持科举考试，是对科场弊端的讽刺。派一个老迈的文官杜宝去前线抵御南侵的金兵，最终以金钱贿赂取得息兵，是对明朝边事的批评。在《冥判》一出对地狱的描绘，也包含了对现实政治腐败的批判。

同时代的批评家已经正确地指出汤显祖传奇“语动刺骨”（王骥德《曲律》)。臧懋循说“临川传奇好为伤世之语，亦如今士子作举业往往入时事”④。潘之恒看《牡丹亭》演出，“既感杜、柳之情深，复服汤公为良史”⑤。

三、汤显祖“言情”的艺术主张

汤显祖不仅是和晚明政坛有关系的人物，而且在晚明思想界也有卓越的建树。

明中叶以来，中国城市商品经济逐渐活跃，资本主义生产关系的萌芽开始出现，江南、东南沿海和内地的一些商品集散地形成了巨大的商业都市。都市里商贾云集，豪富聚居。商品流通带来的实际利益破坏着人们对封建道德的传统信念。社会生产力的发展，财富积累的增加，商品经济的繁荣，加上统治机构的涣散，封建法制的废弛，带来了社会风貌的改变。政治的腐败也导致了儒教的溃防。纲常名教的权威低落了，僵化的封建堤防出现了一些裂缝，自由思想抬头，古老的中国涌动起通向近代的启蒙思潮。人的主体意识开始觉醒，美的意识也开始觉醒。士大夫阶层中一种自由思想的空气开始冲破传统礼教的禁锢。作为官方哲学程朱理学的反对派，常常表现为对儒家经典和程朱理学的不尊重。嘉靖以后思想界出现了非圣无法、倒反千古而大胆怀疑的空气。一些先进的思想家要求从传统的社会理性中解放出来，一些思想活跃的艺术家也要求摆脱清规戒律而独抒性灵。当时中国士人的这种心理取向，在正统派看来即所谓“异端”。耐人寻味的是，开启“异端”的最重要的思想家恰恰是一代大儒王守仁。

王守仁化禅学于儒学，宣扬人人具有天赋的“良知”。他反对盲目崇拜偶像，鄙视烦琐哲学。他说“天理”不在经典和宋儒的传注里，而在人心里。声称“满街都是圣人”，因为人人心中具足“天理”，只需要发明本心，唤起“良知”，即可成为圣人。他主张用自己的“头脑”“灵明”去审视一切，包括圣贤和经典。在长期为主流意识程朱理学所禁锢的时代，王守仁心学产生了思想解放的启蒙作用，是中国士人保持生命价值的一剂精神良药。王守仁心学鲜活的魅力在中晚明的思想界形成了声势浩大的学术潮流。到了嘉靖后期，王学迅猛扩张，王守仁的“门徒遍天下”，分化成不同派系。

王守仁的后学王畿、王艮等发展了“心学”而创立“泰州学”，进一步把王守仁的“致良知”理论推向宗法伦理规范的对立面。他们强调人的心灵的自由运动，强调“圣人之道无异于百姓日用”。泰州学的大哲罗汝芳反复论证人人天性中都有天生的“理”在，仁义礼智可以“不学而能”“不虑而得”，只要保持未被污染的“赤子之心 ”，率性而行就可以了。

“异端”之尤李贽更进一步把“人欲”和“天理”打成一片，他断言“穿衣吃饭即是人伦物理”。李贽宣称不信道，不信仙释，说见道人则恶，见僧人则恶，见道学先生则尤恶。

王守仁心学的传人们，都强调独立的人格，大力张扬个性，提倡做真人。

这种思想的解放，带来了士风的转变。明中叶以后，文士中出现了一种恃才傲物、放诞不羁的倾向。一批“狂士”倒反千古是非，对经典和传统大胆怀疑，突破封建礼法的羁绊率性而行，鼓荡起一股追求个性自由的潮流。在这种潮流中，人们要求摆脱传统礼法的桎梏，大胆地表达真情实感，高扬起“情”的旗帜。甚至连出家人如晚明佛教大师、入世的老和尚真可，也热心地参加“情”与“理”的讨论。

汤显祖是罗汝芳的及门弟子。嘉靖四十一年（1562）和万历十四年（1586），汤显祖曾两度受学于罗汝芳。僧人真可则是汤显祖的导师，也是知心朋友。汤显祖没有见过李贽，但对李贽的著作非常佩服。汤显祖在给友人的信中说：

> 如明德先生（罗汝芳）者，时在吾心眼中矣。见以可上人（释真可）之雄，听以李百泉（李贽）之杰，寻其吐属，如获美剑。（《答管东溟》）

王守仁以来的思想家们对汤显祖是有深刻影响的。汤显祖对道学有着深邃的研究，对《书经》的研究尤其深刻。但是，他以倒反千古的精神，对儒学的传统有重大的突破，最主要的是他在诗坛、文坛和剧坛上高高地举起了“言情”的大旗，这是他对人性理论研究的重大贡献。

在中国哲学史上，如何看待“情”，是有关人性理论的一个重要问题。秦汉以来，以《毛诗序》为代表提倡“发乎情，止乎礼义”，并不否定“情”的价值，而是肯定情是人性的表现。到了唐代，有的哲学家开始把“性”与“情”对立起来，甚至做出“性善情恶”的判断。如中唐大儒韩愈的学生、道学的前驱者李翱把情与性对立，他在《复性书》中说：

人之所以为圣人者，性也；人之所以惑其性者，情也。喜、怒、哀、惧、爱、恶、欲，七者皆情之所为也。情既昏，性斯匿矣。非性之过也，七者循环而交来，故性不能充也。

又说：

性者，天之命也，圣人得之而不惑者也；情者，性之动也，百姓溺之而不能知其本者也。

他把“七情”说成是败坏人性的根源。

从晚唐五代到宋初，在伦理纲常遭到严重破坏之后建立起来的宋朝，需要恢复并发展封建秩序，以“穷理尽性”为核心的“理学”（道学）应运而生。明中叶以前大约三百年间，程朱理学被视为直承孔孟道统的正宗学说，成了官方的思想教条。理学家把“理”说成是宇宙本体，说成是自然界和人类社会的最高原则。理学家又提出把“天理”和“人欲”对立的命题，扼杀人的个性，扼杀人的正常感情和欲望，于是对“情”的宣传和要求均被视为“异端”。

明中叶以后，随着政治的腐败，理学的危机出现了。人们越来越清楚地看到明朝建立以来社会上很多弊端都与理学相关。人们对道学产生怀疑，“异端”大放异彩。先秦哲人所提出的“利”“欲”“情”等，被压抑了千百年重新被推出。一些有民主倾向的哲人，明确地给“人欲”“人情”以合法的地位。李贽的“异端”言论已经让世人称奇，李贽之后，“情”“欲”之说更加活跃。如颜元《存人编》就把“人情”“人欲”提到与“性”等同，与“理”并列的地位上。他说：

岂人为万物之灵，而独无情乎？故男女者，人之大欲也，亦人之真情至性也。

就是在这种思想解放的潮流中，汤显祖在其为人、为学、为文的实践中，认真地思考着情与理的关系，他也和真可和尚认真地探讨过这个问题。经过痛苦的思索，在泰州学“率性而行”的思想支配下，终于认定了“情”的崇高地位，发表了一系列尊情的高论。

就像王守仁说人生来就有良知一样，汤显祖说“人生而有情”。说“情”是与生俱来的，是自然而合理的存在。他说“情”是文学艺术的原动力，也是文学艺术感染力的源泉。汤显祖论诗，说“世总为情，情生诗歌而行于神。天下之声音笑貌，大小生死，不出乎是。因以憺荡人意，欢乐舞蹈”[⑥]。认定诗歌、音乐、舞蹈都是“情”的产物。至于戏曲，更是情的产物。他说，由于“情”的鼓动，人“思欢怒愁，感于幽微，流乎啸歌，形诸动摇。或一往而尽，或积日而不能自休”（《宜黄县戏神清源师庙记》），于是就产生了以载歌载舞为特征的戏曲活动。当与朋友言及“玉茗堂四梦”的成因时，汤显祖简洁地说“因情成梦，因梦成戏”[⑦]。

汤显祖说戏曲一道和乐舞一样，也是情的产物。和乐舞不同的是，戏曲的表现能力更广大、更神奇。它可以在小小的舞台上，通过有限的几个角色的活动，“生天生地，生鬼生神。极人物之万途，攒古今之千变”，使人“恍然如见千秋之人，发梦中之事”（《宜黄县戏神清源师庙记》）。就是说，戏无论长短，都有神奇的表现力，能够创造出一个丰富多彩的艺术世界。既能表现天地宇宙、人生百态，也能创造出虚幻的鬼神精灵。在剧场里，通过角色的合乎法度的精彩表演，人们能看到活生生的古今人物，体验到梦中发生的事情。

汤显祖论戏，“生天生地，生鬼生神”之说，使人联想到王守仁的“良知”说。王守仁说：

良知是造化的精灵。这些精灵，生天生地，成鬼成帝，皆从此出，真是与物无对。人若复得他完完全全，无少亏欠，自不觉手舞足蹈，不知天地间更有何乐可代。⑧

在汤显祖笔下，“情”就是那个能“生天生地，成鬼成帝”的“造化的精灵”，“情”就等于“良知”。

汤显祖说，“情”才是天地万物的根本，是艺术创作的动力和生命。戏曲是情的产物，所以才有神奇的创造功能和奇妙的感人力量。汤显祖《宜黄县戏神清源师庙记》说戏曲可以“使天下之人无故而喜，无故而悲。或语或嘿，或鼓或疲。或端冕而听，或侧弁而咍。或窥观而笑，或市涌而排。乃至贵倨弛傲，贫啬争施。瞽者欲玩，聋者欲听，哑者欲叹，跛者欲起。无情者可使有情，无声者可使有声。寂可使喧，喧可使寂。饥可使饱，醉可使醒。行可以留，卧可以兴。鄙者欲艳，顽者欲灵”。这就是王守仁所说的“自不觉手舞足蹈，不知天地间更有何乐可代”。人在戏场里的感受和表现，也都是不虑而知，不学而能，一切都是自然自足。

他说人们进入剧场，会不自觉地进入忘乎所以的艺术审美境界，是因为表演者和欣赏者都是有情人，戏剧可以激发情的共鸣。

汤显祖说，正是因为戏曲能打动人的情感，所以它可以发挥积极的教化功能，产生积极的社会效果：

可以合君臣之节，可以浃父子之恩，可以增长幼之睦，可以动夫妇之欢，可以发宾友之仪，可以释怨毒之结，可以已愁愦之疾，可以浑庸鄙之好。(《宜黄县戏神清源师庙记》)

就是说戏曲可以确立君臣之间的正当关系，可以使父子之间恩爱融洽，可以使长幼之间更加和睦，可以激发夫妇之间的情爱，可以建立宾朋之间的文明友好关系，可以消除彼此之间的仇恨和矛盾，可以医治心理精神的疾病，可以淡化不正当的庸俗嗜好。

戏曲的社会功能被汤显祖渲染到无以复加的程度。在汤显祖看来，人情和名教是可以相融合的，可以“以人情之大窦，为名教之至乐”。惟其如此，汤显祖弃官归里后才用几乎所有的精力从事戏曲的创作。

汤显祖“玉茗堂四梦”中，《牡丹亭》是其言情理论最集中最成功的体现者。

汤显祖认为“性无善无恶，情有之”⑨。当情之善者达到极致，即所谓“情之至”者，就可以进入超越生死的不朽境界。在汤显祖的心目中，杜丽娘对理想爱情出生入死的不懈追求，当然是情之善者。他说《牡丹亭》的主人公杜丽娘，因情而梦，因梦而病，死后三年，又迎来了复活，就是因为她有一片至情。汤显祖在《牡丹亭》的《题词》里说道：“如丽娘者，乃可谓之有情人耳。情不知所起，一往而深。生者可以死，死可以生。生而不可与死，死而不可复生者，皆非情之至也。”汤显祖感叹：“嗟夫！人世之事，非人世所可尽。自非通人，恒以理相格耳。第云理之所必无，安知情之所必有邪？”汤显祖认为人世间的事是无穷无尽的，若是一根筋地“以理相格”，就不是“通人”。像杜丽娘死后三年还能复活这样的事，若以常理来考察，其结论肯定是“必无”。若以情来推断，则是可以成立的，甚至可以说是“必有”。对怀着至情的杜丽娘来说，坟墓只不过是她生命历程中的一个暂停的旅舍。汤显祖所宣扬的这种情的永恒的逻辑，理学家和佛学家都是不能懂得的，也是不能承认的。

《牡丹亭》是当之无愧的言情的杰作。汤显祖言情的理论和实践，对当时和后世影响巨大。

潘之恒说：

此一窦也，义仍开之，而天下始有以无情死者矣。[10]

就是说人情之大窦被汤显祖打开，天下就有因无情而死者。或者说无情的人连活着做人的资格都没有了。

汤显祖举起了“情”的旗帜，响应者形成潮流。一时间，思想活跃的文人都以“情痴”而自我标榜。冯梦龙甚至要创立一种宗教，就叫“情教”。

明末的戏曲作家吴炳，是汤显祖言情理论的追随者和模仿者。他在《画中人》传奇的《示幻》一出，说真情可以超乎生死，他借剧中人之口说：

天下人只有一个情字。情若果真，离者可以复合，死者可以再生。

他在《情邮》传奇首出《约言》中说：

生死流迁人似驿，几多驻足时光？黄河日夜水汤汤。愁随刀放下，恼共发除将。只有情丝抽不尽，些儿露出疏狂。

说明生死流迁就像人生路途的驿站，只有“情”是超越时间空间的，不朽的，无尽的。

明代孟称舜宣布自己的《贞文记》就是“言情之书”。

直到清朝康熙年间，洪昇的《长生殿》传奇被人称作是一部“闹热的牡丹亭”。洪昇在论说此剧的主旨时，大唱真情的赞歌，他说：

今古情场，问谁个真心到底？但果有精诚不散，终成连理。万里何愁南共北，两心那论生和死！笑人间儿女怅缘悭，无情耳。　　感金石，回天地，昭白日，垂青史。看臣忠子孝，总由情至。先圣不曾删《郑》《卫》，吾侪取义翻宫徵。借太真外传谱新词，情而已。(《长生殿·传概》)

《红楼梦》的作者专门写了第二十三回《西厢记妙词通戏语　牡丹亭艳曲警芳心》，描写林黛玉听唱《牡丹亭》大受感动，表示了对这部传奇的充分而正确的理解。

汤显祖言情理论之影响，确实至为深远。

四、《牡丹亭》人物群像

论及《牡丹亭》的人物故事，汤显祖说："传杜太守事者，仿佛晋武都守李仲文、广州守冯孝将儿女事。"（见附录一）说类似剧中主人公杜丽娘死而还魂的故事，在古代文献中也曾出现过。事实上《牡丹亭》题材的直接来源，应该是明嘉靖以来流行的话本小说《杜丽娘慕色还魂》（见附录二）。这篇小说的基本情节甚至若干字句，都被汤显祖接收下来。不过，汤显祖对小说的人物和故事做了许多重大的改造和扩充。汤显祖以五十五出的巨大篇幅，尽情地描绘了众多鲜活的艺术形象，构筑了绚丽多彩的人物画廊。

女主人公杜丽娘是汤显祖着墨最用心的人物。出生于官宦之家的杜丽娘，自幼受到父母的深切关爱。父母对丽娘的爱，体现在对她的精心教育和管束，使她的视听言动的每一个细节都不违反闺范。杜丽娘在裙子上绣上了成对的花鸟，都引起母亲的警惕，"怪他裙衩上，花鸟绣双双"。杜丽娘十六岁了，还没有出过闺房，连衙门里有个后花园都不知道。

像当时富贵人家的闺阁女子一样，父亲让丽娘读书识字。男、女《四书》都已读过，还要进一步提高她的文化修养，为的是"他日嫁一书生，不枉了谈吐相称”，“他日到人家，知书知礼，父母光辉”。于是，决定给丽娘开设闺塾。聘请的塾师是一个六十岁的腐儒陈最良。选定的教材是《诗经》。《诗经》的第一首是《关雎》。陈先生只会依注解书，按宋儒的解释说是歌颂“后妃之德 ”，宣传“思无邪”。可是聪慧的杜丽娘并不按封建道德教条去思考，她感性地悟出这是一首热烈的恋歌。封建的说教无法禁锢少女的天性，一首《关雎》恰恰成了对杜丽娘青春意识的启蒙，唤醒了她埋藏在心底的自然的欲念。结果是在丫鬟春香的怂恿下，杜丽娘人生第一次走进花园，感受到人间真正的春天。

进得花园，乍见满园春色，杜丽娘不由得赞叹：“不到园林，怎知春色如许！”然而她看到姹紫嫣红的烂漫春景，却无人欣赏料理，竟然都付与断井颓垣，以至“画廊金粉半零星”，她立即联想到这正如自己青春正盛，却无人关爱，仍在幽闺自怜，一缕惜春怀春的情思油然生起。她感叹“良辰美景奈何天，赏心乐事谁家院”，埋怨“恁般景致，我老爷和奶奶再不提起”。花园虽观之不足，但还是要回到闺房。杜丽娘的情思由怀春惜春而转入伤春，她独坐思量：“天啊，春色恼人，信有之乎！常观诗词乐府，古之女子，因春感情，遇秋成恨，诚不谬矣。吾今年已二八，未逢折桂之夫；忽慕春情，怎得蟾宫之客？”长叹：“吾生于宦族，长在名门。年已及笄，不得早成佳配，诚为虚度青春，光阴如过隙耳。”表达出对爱情的强烈渴望，和青春易逝、时不我待的怨怅。春情难遣的杜丽娘，因情成梦。现实中的苦闷，在梦中得到了释放。梦中出现的情人，好像在何处曾经见过的。这位书生赠她一枝柳条，请她题诗，抱她到牡丹亭畔、芍药栏边幽欢。杜丽娘心中的追求，在梦中得到实现，少女伤春的惆怅在梦中得到补偿。不料雨香云片才到梦儿边，却被花神惊醒，再加上母亲的呼唤，杜丽娘被惊出一身冷汗。杜丽娘的美梦被剥夺了。精神病学认为梦的剥夺后果是严重的。杜丽娘对梦中之事不能放怀，从此行坐不宁，自觉如有所失。

杜丽娘自感“那梦儿还去不远”，寻思辗转，竟夜无眠。她按捺不住美梦重温的冲动，支开丫头春香，悄向花园寻看，对梦境的追寻就变成了对幸福追求的实际行动。杜丽娘面对园中花草，回想着梦中的美好情景。但梦是不可复制的，她寻来寻去，都不见了。花园杳无人迹，她看到牡丹亭、芍药栏，凄凉冷落，好不伤心！梦境的狂喜和凄冷的现实形成巨大的反差，使杜丽娘的春情在封建礼教的压抑下爆发出一股强大的冲击力。梦中的书生“抓不到魂梦前”，她只能面对一棵梅子磊磊、依依可人的大梅树，倾诉自己的心声：“花花草草由人恋，生生死死随人愿，便酸酸楚楚无人怨。”她发誓活着不能和这梦中的情人相聚，死后也要埋葬在这梅树下边。“待打并香魂一片，阴雨梅天，守的个梅根相见。”寻梦的结果是，“望眼连天，忽忽地伤心自怜”“情怅然”“泪暗悬”，杜丽娘陷入深度的精神抑郁。

游园之后，杜丽娘寝食悠悠，日渐消瘦。爱情的煎熬将耗尽她的青春，眼看往日的美貌将要逝去，心想“若不趁此时自行描画，流在人间，一旦无常，谁知西蜀杜丽娘有如此之美貌乎”！为了把美好的形象留在人间，她对镜描绘了一幅自画像，并想象梦中的书生，题写了一首诗。遗憾的是她无法将此画此诗寄给情人。杜丽娘的满腹心事无法告白于父母，但她向闺中密友丫鬟春香吐露，有些自豪地说她已经有一个心上人。

杜丽娘怀着爱情的渴望，由春天病到深秋。中秋之夜，风雨潇潇，丽娘病势转沉，自知将不久于人世，沉痛地与母亲诀别。她请求母亲，在她死后把她葬于后园她所心爱的那株梅树下。

和《西厢记》《红楼梦》等作品不同，《牡丹亭》并没有表现封建势力如何破坏一对青年男女的恋爱婚姻。杜丽娘不是死于爱情被破坏，而是死于对理想爱情的徒然渴望。

杜丽娘怀着“这般花花草草由人恋，生生死死随人愿，便酸酸楚楚无人怨”的信念撒手人寰。父亲杜宝奉旨往淮扬前线抵御南侵的金兵。

按杜丽娘的遗嘱，把她葬于花园的梅树下，并修造一座梅花庵观，安置丽娘神位，请石道姑和陈最良祭扫看守。

杜丽娘因情而梦，因梦而病，因病而死。她的悲剧是有着深刻的典型意义的。在封建礼教的重压下，青年男女（尤其是青年女子）无法实现理想的婚姻，青春被摧残者大有人在，所以杜丽娘的被毁灭在青年女子中曾引起普遍的情感共鸣。实有其事者如娄江的俞二娘，深受爱情压抑，因阅读《牡丹亭》郁郁而亡。来自梨园传闻者，如杭州女伶商小玲，演唱《牡丹亭·寻梦》，唱到“阴雨梅天，守得个梅根相见”处，气绝于舞台上。这都说明杜丽娘悲剧强大的感染力。

如果《牡丹亭》的故事到此为止，那只能算作一个写实的叙事。《牡丹亭》独特之处，是为至情而死的杜丽娘的生命并未到此结束，而是还要经历一番生死的穿越，走入一段浪漫的历程。

杜丽娘死后，她的鬼魂在地狱监禁了三年，经历了阴曹的审判。胡判官不相信有因梦而亡的事，心生哀怜。经花神说情，看在杜宝的份上从宽处理。又查看婚姻簿，知道杜丽娘与柳梦梅有姻缘之分。于是放杜丽娘出枉死城，并发给一纸“游魂路引”，准她随风飘荡，跟随那梦中人。

广州秀才柳梦梅进京赶考，路过南安，寄宿于梅花观中。在花园太湖石下拾得杜丽娘的画像，觉得画中美女似曾相识。杜丽娘的游魂来到昔日的后花园，听到有男子深情的呼唤，而此人正是当年梦中相会的那位书生。杜丽娘大胆地和柳梦梅结合了，开始了一段自由而美好的人鬼之恋。日子一久，事情被石道姑发觉。杜丽娘不得不说出真情，柳梦梅也不再顾忌人鬼的界限。按照杜丽娘的指点，柳梦梅冒着掘墓开棺的死罪，打开了杜丽娘的坟墓。奇迹出现，死后三年的杜丽娘真的还魂复活了！

杜丽娘回到人间，却要面对现实社会的严峻考验。没有“父母之命，媒妁之言”的婚姻，是得不到社会承认的，是非法的。杜柳连夜逃走。到了临安，柳梦梅参加了会试。因宋金战事吃紧，发榜推迟。杜丽娘让柳梦梅先到淮扬前线，以画像为凭拜见岳父母。柳梦梅兴致勃勃地来到杜宝大帐，却被当作盗墓贼吊打，因为陈最良早已将杜丽娘坟墓被盗掘的事报告杜宝。人赃俱在，柳梦梅无法为自己辩解。幸好柳梦梅已中了状元，事情闹到金銮殿上。

经过严格的人鬼测试，证明杜丽娘确实是人，不是鬼。但是思想僵化的杜宝绝对不能接受女儿“无媒而嫁”的婚姻。此时，经过生死考验的杜丽娘已经变得很勇敢了。她面对皇帝“自媒自婚”的指责，勇敢地声称“保亲的是母丧门”，“送亲的是女夜叉”！皇帝也只好做个人情：“朕细听杜丽娘所奏，重生无疑。就着黄门官押送午门外，父子夫妻相认，归第成亲。”杜宝虽然老大不高兴，但也莫可奈何。

杜丽娘出生入死的奋斗，一片至情终于争取到理想的婚姻。这种结局，在当时的社会中对青年男女是有很大鼓舞作用的。《牡丹亭》建构的爱情世界，对他们充满了吸引力。杜丽娘的心理剖诉触动他们的心灵。杜丽娘还魂的故事是奇特的。像杜宝那样按常理推论，死后三年的女子复活是绝对不可能的事。但是按汤显祖的“情至”理论来考察，则是完全可能的。杜丽娘是汤显祖所倡导的“情”的化身。

完满爱情的实现是需要男女双方的共同努力。杜丽娘的“另一半”也是一个钟情不二的情痴。广州书生柳梦梅，情思昏昏中做下一梦。梦到一园，梅花树下，立着个美人，不长不短，如送如迎，说道：“柳生，柳生，遇俺方有姻缘之分，发迹之期。”因此便改名梦梅，春卿为字。三年后，为了实现婚姻和功名的梦想，柳梦梅奔赴临安参加会试。暮冬时节，柳生过梅岭感风寒，卧病梅花观中。得陈最良调理病愈，春怀郁闷，到花园散心。在湖山石畔，拾得一个檀香匣，内有杜丽娘的画像。他先以为是观音喜相，捧到书馆顶礼供养。后发现不是观音，可能是嫦娥。再细看也不是嫦娥，而是一幅女子行乐图。令他吃惊的是画中人似曾相识，画上的题诗“近睹分明似俨然，远观自在若飞仙。他年得傍蟾宫客，不在梅边在柳边”，更让他倍感奇怪，觉得柳和梅都与自己有些瓜葛。既然如情人相逢，就和诗一首：“丹青妙处却天然，不是天仙即地仙。欲傍蟾宫人近远，恰些春在柳梅边。”自此将画像早晚玩之，拜之，叫之，赞之，一心要将画中人唤下来。

柳梦梅痴情的呼唤果然把意中人唤来。杜丽娘的鬼魂随风飘游至后花园，听见东房之内一个书生高声低叫：“俺的姐姐，俺的美人。”声音哀楚，十分感动。杜丽娘悄然入室，只见高挂自己的小像，画上有和诗，作者名字是“柳梦梅”，正合“梅边柳边”之意。她认定这苦苦呼唤的青年男子，就是自己苦苦思念而为之殒命的梦中人，因而告过胡判官，趁良宵完其前梦。

杜丽娘飘然而至，柳梦梅喜出望外。这是他的至情呼唤的结果，是他三年前那场春梦的应验，所以杜柳二人是自然的结合。不过人鬼之恋终非长久之计，杜柳的幽媾还是被石道姑识破。杜丽娘决定：“前日为柳郎而死，今日为柳郎而生。夫妇分缘，去来明白。”不再人鬼混缠下去，决定将实情相告。她又怕吓坏柳梦梅，待柳梦梅发誓“做夫妻。生同室，死同穴”之后，她才费尽心思一层一层地把来历说破。柳梦梅得知杜丽娘是鬼，当然有些怕，但痴情的他爽快地认定：“你是俺妻，俺也不害怕了。”他依照杜丽娘的丁宁，立即到梅树下掘开杜丽娘的坟墓。他并不考虑由此可能引起的严重后果，支持他行动的正是不计生死的至情。

还魂之后的杜丽娘将息数日，稍觉精神旺相。柳梦梅要求成婚，杜丽娘却强调：“前夕鬼也，今日人也。鬼可虚情，人须实礼。”而且搬出古书之必待“父母之命，媒妁之言”作舆论与法律的根据。表面看来这是回到现实世界的女子，向封建礼教的退却。其实，这并非杜丽娘的真实想法。她早已体验过享受“实情”的愉悦，早已感受过遵循“虚礼”的痛苦。从入梦，到回生，她和柳生的一切接触早已不待“父母之命，媒妁之言”。杜丽娘的话只是回到现实中的女子不能没有的顾虑和担忧。

但柳梦梅已经开坟，一系列严重后果即将到来。不得已，杜柳匆匆举行简单的婚礼。杜柳死里逃生情似海，夤夜雇船往临安而去。

柳梦梅的运气太好。尽管他参加会试已经迟到，但是仍然被告“遗才”，直接参加策论答辩。因“和战守”的高论得到考官的赏识，居然中了状元。不过因为金兵南下，淮扬战事吃紧，考试发榜推迟。杜丽娘要他到淮扬去打听父母的情况，拜见尚未见面的岳父。

柳梦梅冒着一路烽火和川资匮乏赶到淮扬，杜宝已经奉调镇守淮安。柳梦梅再赶到淮安，战事已经结束。柳梦梅信心满满地准备参加杜宝的太平宴，连贺诗都想好了，但是却被当作盗墓贼拘捕。柳梦梅为保护自由婚姻的成果，和岳父展开几番意志与智慧的较量。

开始柳梦梅是处于下风的。杜宝认为人赃俱获，吊打柳梦梅，不容分说，就要判柳梦梅斩刑，柳梦梅坚决不服。危急时刻柳梦梅中状元的登科录传来，和老丈人的关系立即发生了变化。柳梦梅得到与杜宝同时面见皇帝的机会，由被动转入主动。他声称要揭发杜宝不光彩的妥协求和，还要告发杜宝的三大罪——一罪太守纵女游春；二罪女死不奔丧，私建庵观；三罪嫌贫逐婿，吊打钦赐状元。杜宝无言以对，柳梦梅实际已占了上风。到金殿测试认定杜丽娘确是活人，柳梦梅就十分从容了。在解答不待“父母之命，媒妁之言”的质疑时，杜丽娘挺身而出，声称“保亲的是母丧门”，“送亲的是女夜叉”，杜宝已失败了。此时，柳梦梅反而只拜丈母娘而不认老丈人了，他获得完全的胜利。

柳梦梅是痴情、至诚，有才气、有智慧、有血气、有胆量的男子汉，不愧为杜丽娘的理想配偶，因此才会有两地同梦。

剧中的杜宝是一个内涵丰富的形象。他是一位清正的官吏，奉公守法，惠政爱民，深受士农工商的爱戴。他以国事为己任，奉旨到前线御敌，勇于担当，并能用计怀柔敌寇，解决边患。他是真正的道学夫子，严格地以礼法自律。他对独生女儿杜丽娘疼爱有加，不仅严格地要求她谨遵闺训，而且提高她的文学修养。正是这样一位正人君子，却使女儿的精神遭受了难忍的束缚，陷入了极度的苦闷，以至于抑郁而亡。女儿因至情而复活，他却“恒以理相格”，决不承认这一奇迹。待到多种验试证实女儿确实复活，他仍不肯相信。他更不接受女儿无媒而嫁的事实婚姻，也不接受破格的另类女婿柳梦梅。即使皇上颁旨“父子夫妻相认，归第成亲”，他依然以“门当户对”为条件，命杜丽娘离异了柳梦梅。这位思想僵化的严父形象是很有典型意义的。

陈最良是一个喜剧角色。在话本小说《杜丽娘慕色还魂》里并没有这个人物，他是汤显祖的创造。陈最良参加了十五次乡试，到六十岁都没中举，只能靠教蒙馆为生。这个腐儒只会照本宣科，依注解书。他讲《诗经·关雎》，受尽小丫鬟春香的揶揄，不料却成了杜丽娘青春意识的启蒙。杜丽娘死后，他负责看守杜丽娘的坟墓。他救助患病的柳梦梅，留其寄宿梅花观。发现杜丽娘坟墓被掘，他立即奔告杜宝，无意中被叛贼李全俘虏，他充当了通信的使者。李全归顺，陈最良因功做了黄门官。他接着又担当柳梦梅、杜丽娘、杜夫人、杜宝的联络人。陈最良是《牡丹亭》的重要配角，有这一个人物，剧情得以顺利推进。

胡判官的出现也是汤显祖的创造。《冥判》一出所描绘的阴曹地府，和人间的衙门一般无二。胡判官和人间的官吏一样，也爱女色，也受贿赂，也“开后门”。因为杜宝是淮扬总制，杜丽娘是大官家的千金小姐，相貌漂亮，就格外开恩。他无法想象杜丽娘花园游赏会“一梦而亡”。不过和杜宝相比，胡判官倒是略通人情，他放杜丽娘的鬼魂出枉死城，随风游戏，跟寻柳梦梅，而且发给一纸“游魂路引”，让她通行无阻。值得注意的是，汤显祖强调胡判官是代理阎王施政，权管十地狱印信。这是汤显祖对晚明各级衙门缺少首长的半瘫痪状态的批判。

《牡丹亭》里还有一个人物苗舜宾，也是汤显祖的独创。此人本是钦差识宝使臣，专门给皇家搜求和鉴定珠宝。皇上却命苗舜宾担任科举会试的主考官，为天下收罗人才。他承认“俺的眼睛，原是猫儿睛，和碧绿琉璃水晶无二。因此一见真宝，眼睛火出。说起文字，俺眼里从来没有”。让这等角色主持考试，是汤显祖对明代科举弊政的讽刺。因为柳梦梅曾经到苗舜宾官衙打秋风，算是旧相识，所以他特许已经迟到误场的柳梦梅以告“遗才”的特例参加考试，给柳梦梅中状元增添了喜剧色彩。

《牡丹亭》描写的鲜活生动的人物群像，构成了一幅绚丽的传奇画卷。

五、《牡丹亭》的文词格律

《牡丹亭》的文词优美典雅一向被人称道，是这部传奇备受欢迎的原因之一。

《牡丹亭》笔法细腻精妙，几乎做到字斟句酌。清人杨恩寿《词余丛话》卷二，说了这样一件事：湖南有个举人程雨苍喜欢“抠字眼儿”。他说《牡丹亭》最著名的《惊梦》一出，疏忽悖理之处很多，他逐句指斥。比如：“沉鱼落雁鸟惊喧，羞花闭月花愁颤”，程雨苍认为“鱼雁”下单提“鸟”字，“花月”下单提“花”字，是“语落边际”。“闲凝眄，生生燕语明如翦，呖呖莺歌溜的圆”，以下两句主“听”“说”，与“闲凝眄”三字不连贯。

程雨苍所说的“语落边际”的意思是，汤显祖文句的前面讲到了事物的数个方面，而后边却只涉及其中的一部分，上下文不一致。他读《牡丹亭》也真够细致。

复旦大学赵景深先生读到这段文字，不以为然。他分析说：

> 我个人却以为程雨苍实是短视者流，汤显祖的词句并没有错。“沉鱼落雁鸟惊喧”，是因为鱼已经沉下去，当然只看见雁，所以下三字便只说鸟而不说鱼了。“羞花闭月花愁颤”，月既为云所遮，当

然也看不见了，所以下三字便只说花而不说月了。这怎么能说“语落边际”呢？

至于“闲凝眄”，固然是写“看”，但是人看的同时，也是可以“听”的，所以写燕语莺歌也无不妥。《牡丹亭》可供挑剔的文词委实不多。[11]

汤显祖的朋友王骥德是著名的戏曲理论家和戏曲作家，提倡戏曲的文词要追求“本色”，就是要通俗生动，雅俗共赏。他说：

作剧戏，亦须令老妪解得，方入众耳，此即本色之说也。[12]

在他心目中，能做到这一点的只有汤显祖。他说：

于本色一家，亦惟是奉常（汤显祖）一人，其才情在浅深、浓淡、雅俗之间，为独得三昧。[13]

例如，《牡丹亭·惊梦》之【皂罗袍】：

原来姹紫嫣红开遍，似这般都付与断井颓垣。良辰美景奈何天，赏心乐事谁家院！……朝飞暮卷，云霞翠轩；雨丝风片，烟波画船——锦屏人忒看的这韶光贱！

读此曲，使人们仿佛听到杜丽娘深深的叹息。她感叹满园春色竟无人珍惜，惋惜眼看青春易逝，却无力自主。汤显祖的锦心绣口绝妙好词，再加上昆曲成功的谱曲传唱，这支【皂罗袍】就成了脍炙人口的曲牌。以至于曹雪芹在《红楼梦》中写下了第二十三回《西厢记妙词通戏语　牡丹亭艳曲警芳心》，其中有一段美妙的文字：

> 这里林黛玉见宝玉去了，听见众姊妹也不在房中，自己闷闷的。正欲回房，刚走到梨香院墙角外，只听见墙内笛韵悠扬，歌声婉转。黛玉便知是那十二个女孩子演习戏文。虽未留心去听，偶然两句吹到耳朵内，明明白白，一字不落，道："原来是姹紫嫣红开遍，似这般都付与断井颓垣。"黛玉听了，倒也十分感慨缠绵，便止步侧耳细听，又唱到是："良辰美景奈何天，赏心乐事谁家院。"听了这两句，不觉点头自叹，心下自思："原来戏上也有好文章。可惜世人只知看戏，未必能领略其中的趣味。"想毕，又后悔不该胡想，耽误了听曲子。再听时，恰唱到："只为你如花美眷，似水流年。"黛玉听了这两句，不觉心动神摇。又听道"你在幽闺自怜"等句，越发如醉如痴，站立不住，便一蹲身坐在一块山子石上，细嚼"如花美眷，似水流年"八个字的滋味。忽又想起前日见古人诗中有"水流花谢两无情"之句，再词中又有"流水落花春去也，天上人间"之句，又兼方才所见《西厢记》中"花落水流红，闲愁万种"之句，都一时想起来，凑聚在一处。仔细忖度，不觉心痛神驰，眼中落泪。

足见《牡丹亭》曲词的艺术感染力。

就文词而言，王骥德称赞汤显祖剧作的文词能做到在"深浅、浓淡、雅俗之间"，但是王骥德又说：

> 《还魂》妙处，种种奇丽动人，然无奈腐木败草，时时缠绕笔端。⑭

说的是汤显祖写《牡丹亭》也难以摆脱当时文人剧作的通病，仍有不够本色的地方。

清代的大戏曲家李渔，主张戏曲剧本“贵显浅”“忌填塞”，他说：“传奇不比文章，文章做与读书人看，故不怪其深；戏文做与读书人与不读书人同看，又与不读书之妇人小儿同看，故贵浅不贵深。”（《闲情偶寄》）从这个角度看，他认为汤显祖在曲辞的通俗方面做得还不够。他说：“凡读传奇而有令人费解，或初阅不见其佳，深思而后得其意之所在者，便非绝妙好词。”他举例批评说：

> 《惊梦》首句云：“袅晴丝，吹来闲庭院，摇漾春如线。”以游丝一缕，逗起情丝，发端一语，即费如许深心，可谓惨淡经营矣。然听歌《牡丹亭》者，百人之中有一二人解出此意否？若谓制曲初心并不在此，不过因所见以起兴，则瞥见游丝，不妨直说，何须曲而又曲，由晴丝而说及春，由春与晴丝而悟其如线也？若云作此原有深心，则恐索解人不易得矣。索解人既不易得，又何必奏之歌筵，俾雅人俗子同闻而共见乎？⑮

这种批评虽然有些苛刻，但《牡丹亭》曲辞和念白中确实有一些费解之处，或者“初阅不见其佳，深思而后得其意之所在者”。普通的观众或读者，未必能有林黛玉那样的领悟能力和联想能力。诚如林黛玉所感叹的“可惜世人只知看戏，未必能领略其中的趣味”。因此需要注释，否则读者案头阅读和剧场观剧都是困难的。

明代的文人写剧本，大多喜欢使用典故，堆垛华丽的辞藻，这是不符合戏曲艺术的规律的。汤显祖的剧作比众人高出一筹，因为他懂得戏曲的诀窍与奥妙，所以很注意提炼剧作的曲词与念白，努力地使之通俗生动。汤显祖读书很多，学殖丰厚，才思敏捷，顺手就会扭合一些历史人物和典故。他还能灵便地集合古人的诗句，组合成新的诗章，作成人物的宾白和下场诗。但是这种学问和戏曲的“本色”之间，还是有些距离的。

戏曲剧本的唱词写作非常重要，规矩也多。明清传奇的唱词是曲牌体的。每一个曲牌都有严格的格律需要遵守，否则会给乐师订谱造成一定的困难。在如何看待曲牌的文词和格律的关系的问题上，汤显祖有自己的主张。他填写曲牌，最重视的是唱词的“意趣神色”。他说：

> 凡文以意趣神色为主。四者到时，或有丽词俊音可用，尔时能一一顾九宫四声否？如必按字摸声，即有窒滞迸拽之苦，恐不能成句矣。[16]

就是说提笔填词时，一旦捕捉到“丽词俊音”，就不必绝对地去考虑“九宫四声”了，否则就写不出好句子，当然也唱不出好句子。所以，《牡丹亭》初问世，一些曲律的行家就发现它有不合格律之处。有人说汤显祖不顾格律，“直是横行”。有人动手改窜《牡丹亭》中不合格律的字句。其实，汤显祖并不是置曲牌格律于不顾，他还是尽量遵守格律的。汤显祖的时代，还没有一部必须遵照的权威性的曲牌格律样板书籍。剧作家填写曲牌，都是参照《琵琶记》《幽闺记》等宋元南戏的经典作品，“暗中索路”般地比照模仿。汤显祖模仿得还算比较认真，并非“直是横行”。清初曲律大家钮少雅有《格正牡丹亭》二卷。《牡丹亭》全书有四百余曲牌，经钮氏订正的只有五十余曲，不过八分之一。随着戏曲音乐的精进，到了清乾隆年间，《牡丹亭》的“不合律”已不成问题。昆曲音乐家叶堂《纳书楹曲谱》为《牡丹亭》谱写了全部的曲子。叶堂对汤显祖剧作之“不合常格处”，有很通达的认识，他说：“知音者即以为临川之韵可，以为临川之格也可。”只要会“宛转就之”，便没有不通之处。他认为汤显祖剧作之不谐宫律，恰恰是乐师发挥其创造才能的大好机会[17]。

此后，对汤显祖剧作“不谐音律”的议论便逐渐失去了实际意义。

六、《牡丹亭》的声腔和改本

汤显祖写成的《牡丹亭》，和其他传奇一样是一个文学剧本。任何一种戏曲声腔演唱它，都必须有一个声腔订谱的工作。

《牡丹亭》成书后，在玉茗堂中最早演唱此剧的应该是海盐腔，因为汤显祖身边有以罗章二为首的一批演唱海盐腔的宜黄戏子——宜伶。《牡丹亭》写成后，应该是首先由宜伶谱成海盐腔而奏之于场上。明代万历年间，昆曲突飞猛进而成为最时尚的戏曲声腔，因而《牡丹亭》也是昆曲艺人争相搬演的热门新戏。正是由于昆曲的搬演，《牡丹亭》大约三分之一的折子才能一直保留在舞台上。

《牡丹亭》问世后不久，为了“便吴歌”“便俗唱”（便于昆曲演唱，适合场上演出），有人就开始改窜《牡丹亭》。有人改动唱词的字句，有人甚至删并它的场次，调整它的结构，于是就出现了沈璟的改本、臧晋叔的改本、冯梦龙的改本、徐日曦的改本等，此外还有艺人使用的多种演出本。清乾隆年间实行全国规模的剧目大审查，《牡丹亭》有描述宋金战争的敏感章节，以及一些“违碍字句”，不得不做抽撤删改，所以又有抽去《虏谍》和删改《围释》的冰丝馆进呈本等。因此，《牡丹亭》流传的版本很多，有三十多种。

《牡丹亭》的规模很大，共五十五出。严格意义上的“一字不遗”的全本演出是很困难的。其中有些场次如《怅眺》《劝农》《慈戒》《虏谍》《诘病》《道觋》《缮备》《诇药》《淮警》《如杭》《仆侦》《移镇》《御淮》《急难》《淮泊》《榜下》《闻喜》等十七出，大都是过场戏，无关杜柳爱情的“主脑”。《道觋》等出，更语涉恶谑，不适合做公众场合的演出。所以明清以来无论是供场上使用的戏曲选本，抑或供文人案头阅读的戏曲选本，大都不收录。当今昆曲的演出，实际上也是根据《牡丹亭》的节选本。白先勇主持的苏州昆剧院青春版《牡丹亭》根据原作删减调整为三卷二十九出，是中国大陆规模最大的演出本。本书对《牡丹亭》全剧五十五出全部解读，不做删减，目的是使读者完整地认识《牡丹亭》的丰富蕴含和汤显祖命笔的多方意趣。

七、《牡丹亭》成书的年代

有关《牡丹亭》的创作年代，学术界的认识并不一致。

黄芝冈先生在其《汤显祖编年评传》中说，万历二十二年（1594），汤显祖在遂昌县令任上"已经着手写作了《南柯记》《还魂记》等"。万历二十五年（1597），"汤之《还魂记》在本年脱稿，于明年秋天付刻"[18]。

徐朔方先生《汤显祖评传》根据《牡丹亭题词》作者自署"万历戊戌年秋"，和《牡丹亭》首出《标目》的【蝶恋花】曲意等论证，认为"戊戌是万历二十六年（1598），汤显祖在遂昌弃官回家的三五个月内完成这一杰作"[19]。

《牡丹亭》最后完成于戊戌年秋是没有问题的。一个天才的剧作家用三五个月写成一部传奇，也是有可能的。但是，汤显祖究竟是在何时开始动手撰写《牡丹亭》的呢？实在是无解的。

一部传奇杰作的成功，通常不是一蹴而就。《牡丹亭》的构思和酝酿，恐怕早在汤显祖贬谪岭南之路上已经开始了。

万历十九年（1591）汤显祖因上《论辅臣科臣疏》而被贬为广东徐闻典史。从老家江西临川出发，过大庾岭的梅关而南下。岭北的南安，岭南的南雄，都是必须停留住宿之地。喜欢读"神经怪牒"的汤显祖，落脚在南雄的驿馆里不可能不想到话本《杜丽娘慕色还魂》，这篇流行的通俗小说正是《牡丹亭》的直接的题材来源。汤显祖在量移遂昌北归的路上，仍然要经过南雄和南安，还会再次启动杜丽娘故事的联想。

汤显祖曾绕道游历罗浮山。罗浮山的梅花自宋代以来就很有名。苏轼曾有诗发挥柳宗元《龙城录》所载“赵师雄憩梅花下”的典故，描述赵师雄游罗浮，在梅树下遇见美人的故事。汤显祖初到罗浮山，也曾想做一个梅花美人之梦。《牡丹亭》的柳梦梅自报家门：“小生姓柳，名梦梅，表字春卿……每日情思昏昏，忽然半月之前，做下一梦。梦到一园，梅花树下，立着个美人，不长不短，如送如迎。说道：‘柳生，柳生，遇俺方有姻缘之分，发迹之期。’因此改名梦梅，春卿为字。”恰好印证了汤显祖罗浮山的梦想。《牡丹亭》中多处提及梅花，还特地说到“罗浮梦边”，更证实此剧的写作与汤显祖罗浮之游的关系。

汤显祖到徐闻，路过香山岙（即澳门），初次见到胡贾（外国商人）、番回、通事（翻译）、番鬼、番僧和外国教堂，留下了深刻的印象，所以《牡丹亭》里专门写了光怪陆离的《谒遇》一出。不仅如此，在《牡丹亭》的《索元》一出里，把柳梦梅也当成了歇在王大姐家的一个“番鬼”。

《牡丹亭》特地把柳梦梅说成是唐朝柳宗元的后裔，把柳梦梅的朋友韩子才说成是唐朝韩愈的后代。韩愈和柳宗元都有贬谪岭南的经历。汤显祖路过广州，游览韩愈的遗迹时，自然触动了自己的谪臣情结，所以才有对柳梦梅身世的这种着意改动。

凡此种种，使我们有理由推断《牡丹亭》的酝酿始于汤显祖贬谪岭南的旅途中。

八、其他

《牡丹亭》的版本多而且杂。徐朔方、杨笑梅以明怀德堂本为底本、参校其他多种版本完成的《牡丹亭》校注本，自 1963 年由人民文学出版社出版以来，已多次重印，是流传最广的一种校注本。

20世纪90年代以来，有多种《牡丹亭》的评注本问世。如黄竹三《牡丹亭》评注本，吴凤雏《牡丹亭》评注本，邹自振、董瑞兰《牡丹亭》评注本，赵山林《牡丹亭》选评本，周锡山《〈牡丹亭〉注释汇评》等，诸家评注各有精彩。周锡山《〈牡丹亭〉注释汇评》为本书的选材提供了极大的方便。

本书以徐朔方、杨笑梅《牡丹亭》校注本为底本，注释部分参考当今诸家的成果，择善而从，有极少量的增补和修正。为阅读方便，给每出戏文加一短评，并选加若干眉批。《牡丹亭》全剧五十五出，篇幅长短不一。本书对各出的点评自然也有详略。对舞台上流行的著名的折子如《惊梦》《寻梦》等，所加的点评用了较多的笔墨。

从明万历到清光绪，《牡丹亭》有十余种刊本载有眉批、总评，如明刊朱墨套印本《牡丹亭》（简称“朱墨本”）、明刊《清晖阁批点玉茗堂还魂记》（简称“清晖阁本”）、明刊《柳浪馆批评玉茗堂还魂记》（简称“柳浪馆本”）、明刊独深居本《还魂记》（简称“独深居本”）、清康熙刊本《吴吴山三妇合评牡丹亭还魂记》（简称“三妇本”）、清同治刊本《吴吴山三妇合评牡丹亭还魂记》（简称“同治版三妇本”）等，记录着当时的文化人阅读的心得。《吴吴山三妇合评牡丹亭还魂记》是清初著名的戏曲评论家吴人（1647年生，卒年不详。原名仪一，字舒凫，号吴山）的未婚妻陈同、妻子谈则和续娶的钱宜相继共同完成的。在明清时代刊行的《牡丹亭》批评本中，该本三位女性评论者的批语最为丰富和精彩，所以本书所选取的明清刊本的批语以“三妇本”为最多。

当今各家的评注本对《牡丹亭》多所发明，本书亦择取其少量的珠玉妙句，置于书眉，以供读者阅读之参考。

①（明）张居正：《张太岳集》卷二六《答应天巡抚宋阳山论均粮足民》，上海古籍出版社1984年版，第316页。

② （明）张四维：《条麓堂集》卷二五《特进光禄大夫柱国少师兼太子太师吏部尚书建极殿大学士赠太师谥文贞存斋徐公神道碑》，《续修四库全书》第1351册，上海古籍出版社2002年版，第676页。

③ 徐朔方笺校：《汤显祖全集》诗文卷二八《张洪阳相公七十寿序》，北京古籍出版社1999年版，第1056页。

④ （明）臧懋循改评《玉茗堂四种传奇》之《还魂记·冥判》批语。

⑤ （明）潘之恒：《情痴》，汪效倚辑注：《潘之恒曲话》，中国戏剧出版社1988年版，第72页。

⑥ 徐朔方笺校：《汤显祖全集》诗文卷三一《耳伯麻姑游诗序》，北京古籍出版社1999年版，第1110页。

⑦ 徐朔方笺校：《汤显祖全集》诗文卷四七《复甘义麓》，北京古籍出版社1999年版，第1464页。

⑧ （明）王阳明：《王阳明全集》卷三《传习录下》，上海古籍出版社1992年版，第104页。

⑨ 徐朔方笺校：《汤显祖全集》诗文卷四七《复甘义麓》，北京古籍出版社1999年版，第1464页。

⑩ （明）潘之恒：《墐情》，汪效倚辑注：《潘之恒曲话》，中国戏剧出版社1988年版，第70页。

⑪ 赵景深：《唱曲偶记》，见《赵景深文存》上册，上海古籍出版社2016年版，第544页。

⑫ （明）王骥德著，陈多、叶长海注译：《王骥德曲律》，湖南人民出版社1983年版，第200页。

⑬ （明）王骥德著，陈多、叶长海注译：《王骥德曲律》，湖南人民出版社1983年版，第243页。

⑭ （明）王骥德著，陈多、叶长海注译：《王骥德曲律》，湖南人民出版社1983年版，第225页。

⑮ 江巨荣、卢寿荣校注：《闲情偶寄·词采第二》，上海古籍出版社2000年版，第34页。

⑯ 徐朔方笺校：《汤显祖全集》诗文卷四四《答吕姜山》，北京古籍出版社1999年版，第1302页。

⑰ 叶堂：《纳书楹四梦全谱·凡例》，蔡毅编著：《中国古典戏曲序跋汇编》，齐鲁书社1989年版，第158页。

⑱ 黄芝冈：《汤显祖编年评传》，文化艺术出版社2014年版，第131、148页。

⑲ 徐朔方：《汤显祖评传》，南京大学出版社1993年版，第116页。

牡丹亭

题　词

天下女子有情，宁有如杜丽娘者乎[1]？梦其人即病，病即弥连[2]，至手画形容[3]，传于世而后死。死三年矣，复能溟莫中求得其所梦者而生[4]。如丽娘者，乃可谓之有情人耳。情不知所起，一往而深。生者可以死，死可以生。生而不可与死，死而不可复生者，皆非情之至也。梦中之情，何必非真。天下岂少梦中之人耶？必因荐枕而成亲[5]，待挂冠而为密者[6]，皆形骸之论也[7]。

传杜太守事者，仿佛晋武都守李仲文、广州守冯孝将儿女事[8]。予稍为更而演之。至于杜守收拷柳生，亦如汉睢阳王收拷谈生也[9]。

嗟夫！人世之事，非人世所可尽。自非通人[10]，恒以理相格耳[11]。第云理之所必无[12]，安知情之所必有邪！

万历戊戌秋清远道人题[13]

［注释］

[1] 宁：难道。 [2] 弥连：病重垂死，亦作“弥留”。 [3] 手画形容：亲手描绘自己的形象。形容，容貌，肖像。 [4] 溟莫：幽深黑暗，此指冥间，阴曹地府。 [5] 荐枕：席子枕头，代指男女同床。 [6] 挂冠而为密者：辞官之后才有寂静安定。挂冠，辞官。 [7] 形骸之论：表面的、肤浅的言论。形骸，人的形体躯壳。 [8] 晋武都守李仲文、广州守冯孝将儿女事：晋陶潜《搜神后记》卷四载晋朝武都太守李仲文之女死后，与张子长梦中幽会。女子本来快要复活，尸已生肉。但张子长迫不及待打开棺木，则不能还魂了。广州守冯孝将儿女事亦见《搜神后记》卷四，说东晋时广州太守冯孝将儿子名马子，梦见一女子说：“我是北海太守徐元方的女儿，不幸被鬼枉杀。按生录应该活到八十岁。现在允许我还魂，应该做你的妻子。”马子掘坟开棺，见女子已复活，乃抱回调养，结为夫妻。 [9] 汉睢阳王收拷谈生：汉朝谈生夜半读书，有一女子来和他结为夫妻。女子说：“我和别人不同，不能拿灯火照我。三年后，你才可以照我。”儿子两岁时，谈生熬不住了，偷偷拿灯火照看，发现女子下半身为枯骨。女子真相暴露，与谈生诀别。为了使儿子不受穷，赠谈生一件珠袍。谈生把珠袍拿到市上卖，被睢阳王买去。睢阳王认定是女儿殉葬之物，

拷问谈生。谈生以实相告，王认谈生为婿。事见晋干宝《搜神记》卷十六。 [10] 自非通人：假若不是学识渊博通达之人。自，假若。 [11] 恒以理相格：总是按常理来推究。格，推究。 [12] 第云：只说。第，只。 [13] 万历戊戌：万历二十六年（1598）。清远道人：汤显祖的别号。

[点评]

《牡丹亭》的《题词》是汤显祖发表自己的哲学见解和艺术主张的重要论文。这篇《题词》回答了一个重要问题，就是杜丽娘还魂的奇迹何以能够成立。

汤显祖是尊情论者。他说人生而有情，当人情发挥到极致，成为“情之至者”，则可以超乎生死，具有不朽的意义。他举出《搜神记》和《续搜神记》里的三个著名的人鬼相恋、死而复生的典故，证明杜丽娘梦中之情和死而还魂故事的可信性。杜丽娘是一个“情至”的形象，《牡丹亭》是有着哲理内涵的艺术品。

汤显祖提出了极富于哲理意味的一个命题——“第云理之所必无，安知情之所必有邪”，他说假若只会按常理来推究杜丽娘故事的真实性，那就只能发表不通情理的皮相之见了。

第一出　标　目

【蝶恋花】（末上）[1]忙处抛人闲处住[2]，百计思量，没个为欢处。白日消磨肠断句，世间只有情难诉[3]。玉茗堂前朝复暮[4]，红烛迎人[5]，俊得江山助[6]。但是相思莫相负[7]，牡丹亭上三生路[8]。

〔汉宫春〕杜宝黄堂[9]，生丽娘小姐，爱踏春阳[10]。感梦书生折柳，竟为情伤。写真留记[11]，葬梅花道院凄凉。三年上，有梦梅柳子，于此赴高唐[12]。果尔回生定配，赴临安取试，寇起淮扬。正把杜公围困，小姐惊惶。教柳郎行探，反遭疑激恼平章[13]。风流况[14]，施行正苦[15]，报中状元郎。

杜丽娘梦写丹青记[16]。

吴凤雏：汤翁一生，无不为一“情”字诉求。（《牡丹亭》评注）

李渔：开场数语，谓之“家门”。虽云为字不多，然非结构已完，胸有成竹者，不能措手。（《闲情偶寄·格局第六》）

陈教授说下梨花枪[17]。
柳秀才偷载回生女。
杜平章刁打状元郎。

[注释]

[1] 末：戏曲角色行当，多扮演年龄较大的男性角色。明清戏班里，以副末为领班，正戏开始前由副末开场。此处的“末”，即副末。 [2] 忙处抛人闲处住：万历戊戌年（1598）汤显祖从遂昌知县任上弃官归里。忙处，繁剧的官场。闲处，闲散的地方。 [3] 世间只有情难诉：人世间只有“情”是最难诉说的。 [4] 玉茗堂：汤显祖为自己临川的住所取的堂号。玉茗，白色的山茶花。 [5] 红烛迎人：典出唐韩翃《赠李翼》：“楼前红烛夜迎人。”此处说夜以继日地挑灯写作。 [6] 俊得江山助：文章之秀美是由于得到江山相助。刘勰《文心雕龙·物色》：“然屈平所以能洞鉴风骚之情者，抑亦江山之助乎？” [7] 但是：只要。 [8] 牡丹亭上三生路：杜丽娘在牡丹亭因梦成病，因病而死，死而复生，并与柳梦梅结再世姻缘的故事。传说唐代李源和僧人圆观有深交，圆观临死前和李源相约十二年后在杭州天竺寺外再相见。后来，李源如约前往，看见一牧童唱《竹枝词》：“三生石上旧精魂……”这牧童就是圆观的再世后身。事见《太平广记》卷三八七《圆观》。杭州灵隐寺有三生石。 [9] 黄堂：太守府衙的正厅，指称太守。 [10] 踏春阳：春日踏青。 [11] 写真：画像。 [12] 赴高唐：男女幽会。传说楚怀王游高唐，梦见与美女幽会。临别时，美女说她在巫山之南，“旦为朝云，暮为行雨。朝朝暮暮，阳台之下”。事见宋玉《高唐赋·序》。于是高唐、云雨、巫山、阳台、楚台等被用来指男女幽会。 [13] 平章：官名，“平

章军国重事”或“同平章军国事”的简称，宋制相当于丞相之职。剧中的杜宝后来升官为“同平章军国大事”。 [14] 风流况：风流事。 [15] 施行：用刑。行，朱墨本作“刑”。 [16] 丹青：原指画中所用的颜色，一般作“画”和“绘画”解。 [17] 陈教授说下梨花枪：指剧中陈最良受杜宝指派去招降李全，先说服其妻子。陈教授，明代府学教官称“教授”，此处是对老秀才的尊称。梨花枪，指李全妻，因她善使梨花枪，故称。《宋史·李全传》载，李全妻曾对其部下说：“二十年梨花枪，天下无敌手。”

[点评]

标目——传奇剧本正戏之前的一出开场戏。通常由戏班的领班（副末）出场，唱两支词牌。第一支表达剧作者写作时的情怀、创作缘起、艺术主张等；第二支概述剧情大意，也称“家门大意”。

【蝶恋花】生动而深刻地表现了汤显祖在玉茗堂中撰写《牡丹亭》时的复杂心境。汤显祖一生始终在“忙人”与“闲人”之间徘徊彷徨，心情是烦恼的。弃官归里，是他对朝政深度失望之后的一种无奈的人生选择。回到玉茗堂的汤显祖，亦未能增添几许快乐。他说“百计思量，没个为欢处”。使他烦恼的原因很多：一是几个年幼的小儿女的先后夭折，一是家境的速贫，更重要的是他内心深处“情”与“理”的冲突和折磨。作为虔诚的佛教徒，汤显祖想承认大千世界的一切，包括“情”在内，都是虚幻不实的，这就是“理之所必无”，否则就是“妄见”。但是作为一个艺术家，他始终不能与“情”作完全切割。汤显祖坚信“性无善无恶，情有之”（《复甘义麓》)，认为情之善者是不可以否定的，他甚至认为善的“至情”具有超越生死的不朽意义。“理无”与“情有”的矛盾折磨着汤显祖，使他陷入深深的痛苦之中，所以发出“世间只有情难诉”的感叹。他夜以继日地撰写杜丽娘穿越“三生”的至情至爱的故事，这个故事投射出的悲剧意味则化作激动人心的“肠断句”。娄江俞二娘读《牡丹亭》惋愤而死，杭州商小玲演《寻梦》气绝于舞台上，都可作证。汤显祖曾感叹读《牡丹亭》“人知其乐，不知其悲”(《答李乃始》)。这只曲子充分表露了他在玉茗堂中落笔作剧时的万千感慨。

第二出　言　怀

【真珠帘】（生上）[1]河东旧族[2]、柳氏名门最。论星宿[3]，连张带鬼。几叶到寒儒[4]，受雨打风吹。谩说书中能富贵[5]，颜如玉，和黄金那里。贫薄把人灰，且养就这浩然之气[6]。〔鹧鸪天〕[7]“刮尽鲸鳌背上霜[8]，寒儒偏喜住炎方[9]。凭依造化三分福[10]，绍接诗书一脉香[11]。能凿壁[12]，会悬梁[13]，偷天妙手绣文章[14]。必须砍得蟾宫桂[15]，始信人间玉斧长。”小生姓柳，名梦梅，表字春卿。原系唐朝柳州司马柳宗元之后[16]，留家岭南。父亲朝散之职[17]，母亲县君之封[18]。（叹介）所恨俺自小孤单，生事微渺[19]。喜的是今日成人长大，二十过头，志慧聪明，三场得手[20]。只恨未遭时势[21]，不免饥寒。赖有始祖柳州公，带下郭橐驼[22]，柳州衙舍，栽接花果。橐驼遗下一个驼孙，也跟随俺广州种树，相依过活。虽然如此，不是男儿结果之场。每日情思昏昏，忽然半月之前，做下一梦。梦到一园，梅花树下，立着个美人，不长不短，如送如迎。说道："柳生，柳生，遇俺方有姻缘之分，发迹之期[23]。"因此改名梦梅，春卿为字。正是："梦短梦长俱是梦，年来年去是何年！"

淡淡数笔述梦，便足与后文丽娘入梦有详略之妙。（三妇本批语）

邹自振、董瑞兰：《牡丹亭》艺术构思的关键在于抓住了杜丽娘和柳梦梅的"同梦"。（《牡丹亭》评注）

【九回肠】〔解三醒〕虽则俺改名换字，俏魂儿未卜先知[24]？定佳期盼煞蟾宫桂，柳梦梅不卖查梨[25]。还则怕嫦娥妒色花颓气[26]，等的俺梅子酸心柳皱眉[27]，浑如醉。〔三学士〕无萤凿遍了邻家壁[28]，甚东墙不许人窥[29]！有一日春光暗度黄金柳，雪意冲开了白玉梅。〔急三枪〕那时节走马在章台内[30]，丝儿翠、笼定个百花魁[31]。虽然这般说，有个朋友韩子才，是韩昌黎之后[32]，寄居赵佗王台[33]。他虽是香火秀才[34]，却有些谈吐，不免随喜一会[35]。

黄竹三：既写出柳梦梅欲取功名的志向，又暗寓日后才子佳人得谐秦晋的机缘。（《牡丹亭》评注）

门前梅柳烂春晖[36]，张窈窕

梦见君王觉后疑[37]。王昌龄

心似百花开未得[38]，曹松
托身须上万年枝[39]。韩偓

[注释]

[1] 生：戏曲角色行当，多饰演男主人公。此剧生扮柳梦梅。 [2] 河东旧族：柳姓是河东的名门望族，河东郡辖地在今山西境内。唐朝柳宗元是河东（今山西永济）人士。 [3]“论星宿”二句：张、鬼，天上二十八宿中的两个星。古代天文学家以星宿与地域相对应，河东属张、鬼二宿的分野。 [4] 几叶：几代。 [5]“谩说书中能富贵”以下三句：古语有云：“书中自有颜如玉，书中自有黄金屋。”谩说，枉说，说什么。 [6] 且养就这浩然之气：《孟子·公孙丑上》：“我善养吾浩然之气。”表现儒者对修养的自豪与自信。浩然之气，刚直博大之气。 [7] 鹧鸪天：这首词是本出生（柳梦梅）的定场诗。定场诗可以用前人的诗或词，也可以由作者自撰。 [8] 刮尽鲸鳌背上霜：科举时代，俗以中状元为占鳌头。此句说虽然刻苦力学，仍未取得功名。此时的柳梦梅虽然乡试中举，但是还没有状元及第，就好像只刮得鲸鳌背上的一些霜屑，而未能独占鳌头。 [9] 炎方：南方。 [10] 造化：上天，造物主。 [11] 绍接：继承。 [12] 凿壁：汉代匡衡家贫苦学，晚上没有灯烛，在墙壁上凿一个洞，让邻居家的灯光从洞中投射过来，偷光以读书。事见《西京杂记》卷二。 [13] 悬梁：汉代孙敬悬梁苦读的故事。孙敬从早到晚读书，怕因疲劳睡着，就用绳子系住头髻，挂在屋梁上，一瞌睡就会被拉醒。事见《楚国先贤传》。 [14] 偷天妙手：极言文才之高。陆游《文章》：“文章本天成，妙手偶得之。” [15] 必须砍得蟾宫桂：一定要取得功名。蟾宫，月宫。传说月宫有蟾蜍，有桂树，“蟾宫折桂”比

喻科举及第。 [16] 唐朝柳州司马柳宗元：柳宗元（773—819），唐朝文学家、政治家。曾被贬永州司马，后迁柳州刺史。此处把永州司马与柳州刺史相混。 [17] 朝散：朝散大夫。 [18] 县君：唐代五品官的妻子或母亲所受的封号。 [19] 生事微渺：生活困难。生事，谋生手段，生活。 [20] 三场得手：科举考试顺利。科举时代，童生经考试合格，进入府、州、县学为生员的，称秀才。生员乡试合格，成举人。举人参加会试、廷试，成进士。乡试、会试全程分三场，一场考三天。此处指乡试顺利考取了举人。 [21] 未遭时势：尚未遇到做官的机会。 [22] 郭橐（tuó）驼：柳宗元《种树郭橐驼传》的主人公。姓郭，驼背。但传中并没说他是柳的仆人。 [23] 发迹：飞黄腾达，做官。 [24] 俏魂儿：梦中的美女。 [25] 卖查梨：说大话。元杂剧《百花亭》中有个小贩叫卖查梨，吹得天花乱坠。 [26] 嫦娥妒色花颓气：嫦娥妒忌花的美色，使她凋零。花，指梦中的美人。颓气，倒运。 [27] 梅子酸心柳皱眉：形容柳梦梅等待与美人再相见时的难受心情。梅、柳，嵌用剧中人的姓名，追求别样趣味。 [28] 无萤凿遍了邻家壁：用晋朝车胤囊萤和汉朝匡衡凿壁的典故。晋朝车胤好学不倦，家贫不常有灯油，夏天用练囊装数十只萤火虫，照明读书。事见《晋书》本传。 [29] 甚东墙不许人窥：还有什么美女不可以追求？东墙，由上句“邻家壁”引起。《孟子·告子下》：“逾东家墙而搂其处子。”宋玉《登徒子好色赋》：“天下之佳人……莫若臣东家之子……此女登墙窥臣三年。”《孤本元明杂剧》有《东墙记》，也写男女恋爱故事。 [30] 章台：秦汉时代的一座宫殿。用来指京城内最繁华的地方。走马章台，就是游街夸官。 [31] 丝儿翠、笼定个百花魁：接受官宦人家的丝鞭，和他家的小姐结亲。接受女家的丝鞭，是古代订婚的一种仪式。 [32] 韩昌黎：唐朝文学家韩愈。自称系出昌黎韩氏，后人因称“昌黎先生”。 [33] 赵佗王台：即越王台。在广州越秀山上，相传为赵佗所建。赵佗，西汉时在岭南建南越国，称南越王。 [34] 香火秀才：即奉祀生。韩子才是圣贤韩愈之后裔，可以不经考试而赐予秀才功名，管理先祖祠庙的香火祭祀。 [35] 随喜：佛家语。原意是见人做善事而生欢喜心，后衍为游览寺院。 [36] 门前梅柳烂春晖：出自唐张窈窕《春思二首》其一。见《全唐诗》卷八〇二。除第一出《标目》外，各出之四句韵语是下场诗，全采用唐人诗句，词语或与原作稍有出入。 [37] 梦见君王觉后疑：出自唐王昌龄《长信秋词五首》其四。见《全唐诗》卷一四三。 [38] 心似百花开未得：出自唐曹松《南海旅次》。见《全唐诗》卷七一七。 [39] 托身须上万年枝：出自唐韩偓《鹊》。见《全唐诗》卷六八一。

［点评］

《言怀》是《牡丹亭》正戏的开始。按南戏和明清传奇的惯例，正戏首出，通常是生扮男主人公出场，唱引子，念定场诗，介绍身世，叙说满腔心事，引出故事。

《牡丹亭》故事的直接来源是话本小说《杜丽娘慕色还魂》。汤显祖有自己深思熟虑的创造和发展。如《言怀》一出，他对柳梦梅的籍贯、生平和名字的来历，都做了重大的改动。

小说交代柳梦梅是“因母梦见食梅而有孕，故此为名”。在此出柳梦梅自我介绍则是因为梦到一花园，在一株梅树下站着一个美人，告诉柳生将来遇到她，才有姻缘之分，发迹之期，因此改名梦梅，春卿为字。柳生改名换字一事非比寻常，他日后的遭遇处处与此梦相照应。梦中美人使柳生心驰神往，也使他对蟾宫折桂信心满满，故此下定决心离开广州北上。

小说中的柳梦梅是“四川成都府人”，并未交代其祖先为谁。汤显祖则有意识地改其籍贯为河东，说他是柳宗元的后人。不仅如此，还说柳生在广州有一位朋友韩子才，是韩愈的后裔。汤显祖如此设计，是他谪臣情结的顽强表达。在中国文学史上，唐朝的韩愈和柳宗元齐名，并称“韩柳”，韩柳都是因批评朝政而被贬岭南。汤显祖也是因上《论辅臣科臣疏》而被贬广东徐闻县典史。类似的遭遇，今古同怀，使汤显祖产生如此奇妙的联想，同时也增添趣味性。

第三出　训　女

以名儒自命，便见一生古执。（三妇本批语）

【满庭芳】（外扮杜太守上）[1] 西蜀名儒，南安太守[2]，几番廊庙江湖[3]。紫袍金带[4]，功业未全无。华发不堪回首[5]。意抽簪万里桥西[6]，还只怕君恩未许[7]，五马欲踟蹰。“一生名宦守南安，莫作寻常太守看。到来只饮官中水[8]，归去惟看屋外山。”自家南安太守杜宝，表字子充，乃唐朝杜子美之后[9]。流落巴蜀，年过五旬。想廿岁登科[10]，三年出守，清名惠政，播在人间。内有夫人甄氏，乃魏朝甄皇后嫡派[11]。此家峨眉山，见世出贤德。夫人单生小女，才貌端妍，唤名丽娘，未议婚配。看起自来淑女，无不知书。今日政有余闲，不免请出夫人，商议此事。正是：

“中郎学富单传女[12]，伯道官贫更少儿[13]。”

【绕地游】（老旦上）[14]甄妃洛浦，嫡派来西蜀，封大郡南安杜母[15]。（见介）（外）“老拜名邦无甚德，（老旦）妾沾封诰有何功[16]！（外）春来闺阁闲多少？（老旦）也长向花阴课女工[17]。”（外）女工一事，想女儿精巧过人。看来古今贤淑，多晓诗书。他日嫁一书生，不枉了谈吐相称。你意下如何？（老旦）但凭尊意。

陈继儒：老不晓事。（明刻本《玉茗堂丹青记》批语）

【前腔】[18]（贴持酒台，随旦上）[19]娇莺欲语，眼见春如许。寸草心[20]，怎报的春光一二！（见介）爹娘万福[21]。（外）孩儿，后面捧着酒肴，是何主意？（旦跪介）今日春光明媚，爹娘宽坐后堂，女孩儿敢进三爵之觞[22]，少效千春之祝。（外笑介）生受你[23]。

夫人答语甚缓，直写出阿母娇惜女儿，又欲其知书，又怜其读书，许多委曲心事。（三妇本批语）

【玉山颓】（旦进酒介）爹娘万福，女孩儿无限欢娱。坐黄堂百岁春光，进美酒一家天禄[24]。祝萱花椿树[25]，虽则是子生迟暮，守得见这蟠桃熟[26]。（合）且提壶，花间竹下长引着凤凰雏[27]。（外）春香，酌小姐一杯。

子生迟暮，在丽娘言下，欲慰其父，然却提起一段伤心矣。（三妇本批语）

【前腔】吾家杜甫，为飘零老愧妻孥[28]。（泪介）夫人，我比子美公公更可怜也。他还有念老夫诗句男儿[29]，俺则有学母氏画眉娇女[30]。（老旦）相公休焦，倘然招得好女婿，与儿子一般。（外笑介）可一般呢！（老旦）“做门楣”古语[31]，为甚的这叨叨絮絮，才到中年路。（合前）[32]（外）女孩儿，把台盏收去。（旦下介）（外）叫春香。俺问你小姐终日绣房，有何生活[33]？（贴）绣房中则是绣。（外）绣的许多？（贴）绣了打绵[34]。（外）甚么绵？（贴）睡眠。（外）好哩，好哩。夫人，你才说“长向花阴课女工”，却纵容女孩儿闲眠，是何家教？叫女孩儿。（旦上）爹爹有何分付？（外）适问春香，你白日眠睡，是何道理？假如刺绣余闲，有架上图书，可以寓目[35]。他日到人家，知书知礼，父母光辉。这都是你娘亲失教也。

【玉抱肚】宦囊清苦，也不曾诗书误儒。你好些时做客为儿[36]，有一日把家当户[37]。是为爹的疏散不儿拘，道的个为娘是女模[38]。

爹娘分说，意在专责夫人。（三妇本批语）

【前腔】（老旦）眼前儿女，俺为娘心苏体劬[39]。娇养他掌上明珠，出落的人中美玉[40]。儿呵，爹三分说话你自心模[41]，难道八字梳头做目呼[42]。

【前腔】（旦）黄堂父母，倚娇痴惯习如愚。刚打的秋千画图[43]，闲榻着鸳鸯绣谱[44]。从今后茶余饭饱破工夫，玉镜台前插架书。（老旦）虽然如此，要个女先生讲解才好。（外）不能够。

【前腔】后堂公所[45]，请先生则是黉门腐儒[46]。（老旦）女儿呵，怎念遍的孔子诗书，但略识周公礼数[47]。（合）不枉了银娘玉姐只做个纺砖儿[48]，谢女班姬女校书。（外）请先生不难，则要好生管待。

陈继儒：就是腐儒，亦要费心提防，笑笑。（明刻本《玉茗堂丹青记》批语）

【尾声】说与你夫人爱女休禽犊[49]，馆明师茶饭须清楚[50]。你看俺治国齐家、也则是数卷书。

书难遍读，礼只略识，夫人终是娇惜女儿。（三妇本批语）

往年何事乞西宾[51]？柳宗元
主领春风只在君[52]。王建
伯道暮年无嗣子[53]，苗发
女中谁是卫夫人[54]？刘禹锡

［注释］

[1] 外：戏曲角色行当，传奇之外扮演老年男性。此出扮杜宝。　[2] 南安：地名，属江西省，治所在大余。宋代设南安军，明代设府。　[3] 几番廊庙江湖：几次出仕又退隐。廊庙，指在朝中做官。江湖，指在野，不做官。　[4] 紫袍金带：贵官的服装，指身居高位。　[5] 华发：花白头发，指老年。　[6] 意抽簪万里桥西：想回故乡归隐。做官的人以簪子束发戴冠。抽簪，即不再束发戴冠，引申作归隐。万里桥，在四川成都，桥西有杜甫草堂。杜宝说自己是杜甫后人，所以以万里桥西代指故乡。　[7]“还只怕君恩未许”二句：还怕皇帝不批准辞职，所以去留未定。五马，太守的代称，太守出行以五匹马驾车。杜宝是南安太守，所以以

“五马”代指。 [8] 到来只饮官中水：形容为官清廉。典出《晋书·邓攸传》，邓攸做吴郡太守，不受俸禄，自己运米到任，只饮用当地的水而已。 [9] 杜子美：唐朝大诗人杜甫，字子美。安史之乱时，杜甫流浪中曾卜居成都。杜宝自谓杜甫之后，所以下文说“流落巴蜀”。 [10] 登科：考中进士。 [11] 甄皇后：魏文帝曹丕的皇后甄氏。后文说的“甄妃洛浦”，是把曹植《洛神赋》中的洛神宓妃和甄皇后混为一人了。 [12] 中郎学富单传女：中郎，指蔡邕，东汉末著名的学者，学富五车，曾任左中郎将。蔡邕只有一女蔡琰，字文姬，能继承父亲的学问。 [13] 伯道官贫更少儿：邓攸，字伯道，晋朝人。邓攸做河东太守时，遭石勒之乱，为保全侄儿，把自己的儿子丢弃，从此邓攸无儿。剧中杜宝只有独生女儿丽娘，所以发这两句感慨。 [14] 老旦：戏曲角色行当，扮演老年女性。此处为杜母甄氏。 [15] 封大郡南安杜母：杜宝之妻、丽娘之母甄氏被封为南安郡夫人。郡夫人是宋代朝廷命妇的一个等级。 [16] 封诰：五品以上命妇所受的诰命（封号）叫封诰。杜宝为太守，是五品以上大员，所以其妻可受封诰。 [17] 女工：即女红，指女子从事的刺绣、缝纫、纺织等。 [18] 前腔：戏曲术语。南曲某曲牌连用两次以上，从第二支起曲牌名不再重出，省称“前腔”。 [19] 贴：贴旦，戏曲角色行当，一般扮女配角。此剧扮丫鬟春香。旦：戏曲角色行当，扮女主角。此剧扮杜丽娘。 [20] “寸草心”二句：比喻父母的恩情很深，儿女报答不了，就像小草报答不了春光化育之恩。语本唐孟郊《游子吟》：“谁言寸草心，报得三春晖。” [21] 万福：古代妇女的一种礼节。敛衽，向人道万福。 [22] 三爵之觞：进三杯酒。爵、觞都是古代的酒器。 [23] 生受：辛苦，麻烦，难为。 [24] 天禄：天赐的福禄。 [25] 萱花椿树：父母。萱花，指代母亲；椿树，指代父亲。 [26] 蟠桃：神话中的仙桃，三千年结一次果。此处指迟生的儿子是好儿子。 [27] 凤凰雏：喻男孩、女孩。凤凰雄为凤，雌为凰。此处几句祝词意思是说生子虽晚，终必儿女双全。 [28] 为飘零老愧妻孥：杜甫流落四川时，作《自阆州领妻子却赴蜀山行三首》其二有“飘飘愧老妻”句。妻孥，妻子儿女。 [29] 念老夫诗句男儿：语本杜甫诗《遣兴》：“骥子好男儿，前年学语时。问知人客姓，诵得老夫诗。”杜甫小儿子宗武，小名骥子。 [30] 学母氏画眉娇女：语本杜甫诗《北征》：“瘦妻面复光，痴女头自栉。学母无不为，晓妆随手抹。移时施朱铅，狼藉画眉阔。” [31] “做门楣”古语：杨贵妃得唐明皇宠幸，杨氏一家都得到高官厚禄。当时民谣说：“生男勿喜女勿悲，君今看女作门楣。”事见《资治通鉴·唐玄宗天宝五年》。楣，门上的横梁。门楣，门面。做门楣，女儿嫁得好女婿可以替娘家撑门面。 [32] 合前：重复前一曲的末尾数句。此处是前【玉山颓】的末句“且提壶，花间竹下长引着凤凰雏”。 [33] 生活：工作，劳动。 [34] 打绵：纺棉纱。此处是“打眠”的谐音。 [35] 寓目：阅读，欣赏。 [36] 做客为儿：女孩儿迟早要出嫁，在娘家就好像做客一样。典出明吕坤《闺范》卷二：“世俗女子在室，自处以客，而母亦客之。” [37] 把家当户：当家。 [38] 女模：女儿的榜样楷模。 [39] 心苏体劬（qú）：身体劳累心里却高兴。 [40] 出落的：长成了。 [41] 模：揣摩，体会。 [42] 难道八字梳头做目呼：难道小姐连字也不识？八字梳头，一种发型。以女子头上的发型代指小姐。做目呼，把“目”字读成“四”，说人不识字。如明朱有燉《豹子和尚》杂剧第四折：“你骂我目呼，你笑我是蠢物不识字，目呼做四也。” [43] 刚打的秋千画图：刚刚画了秋千图。打，描画。 [44] 榻：拓。照本描摹。 [45] 后堂公所：衙门里的官员住宅。 [46] 黉（hóng）门：官办学堂。 [47] 周公礼数：礼教，礼节。相传西周初年周公姬旦作《周礼》。 [48]“不枉了”二句：意思是作为官家小姐若只会做女红就太可惜了，应该像谢道韫和班昭那样做个有学问的女才子。银娘玉姐，富贵人家的小姐。纺砖儿，纺纱的工具。谢女，晋代的才女谢道韫，擅长作诗。班姬，东汉才女班昭，曾补写完成班固的史学巨著《汉书》。校书，官名；女校书，此指才女。　[49] 休禽犊：不要溺爱。对子女不要像禽兽爱小鸟小兽那样。　[50] 明师：有学问的明白老师。　[51] 往年何事乞西宾：出自唐柳宗元《重赠二首》其二。见《全唐诗》卷三五二。西宾，也称西席，古代家庭塾师的代称。古时习俗，塾师的座位坐西朝东，以表示尊敬。　[52] 主领春风只在君：出自唐王建《对酒》。见《全唐诗》卷三〇一。春风，比喻教育。　[53] 伯道暮年无嗣子：出自唐苗发《送孙德谕罢官往黔州》。见《全唐诗》卷二九五。　[54] 女中谁是卫夫人：出自唐刘禹锡《酬柳柳州家鸡之赠》之《答前篇》。见《全唐诗》卷三六五。卫夫人，东晋李矩之妻卫铄，著名的书法家。这里泛指有才学的女子。

[点评]

《训女》是杜丽娘参加的一次家庭聚会。

杜丽娘的家庭成员全都到齐了。杜宝夫妇讨论和决定的唯一问题是如何把独生女儿培养成标准的淑女。除了教她女红，还要延请明师教她诗书，为的是他日嫁一书生，与夫君谈吐相称。知书知礼，父母光辉。杜母只要求女儿“略识周公礼数”，杜老先生则更希望独生女儿能成长为谢道韫、班昭、卫夫人那样杰出的才女。

杜宝夫妇人过中年，没有儿子，视独生女儿如掌上明珠，关心她每天的生活细节，但是对女儿内心世界的隐秘却一无所知。岂不知乖乖女已有青春的萌动，杜老先生架上图书中的《西厢记》《题红记》等早已被她“寓目”了。（见《惊梦》出杜丽娘自述）

此出对杜宝的描写颇为生动细腻。他见女儿懂事地敬酒，高兴得“笑介”。一想到膝下无儿之可怜，不禁“泪介”。再听若有好女婿也和儿子一样，又自解地“笑介”。

杜宝对女儿的要求是严格的。听说丽娘白日眠睡，马上就神经过敏。不仅正色教训丽娘，而且责怪夫人失教。面对这样一个古执的父亲，杜丽娘的隐秘心事当然就不敢吐露了。

按明清传奇的体例，正戏第二出，例由旦扮女主人公出场，唱引子，念定场诗，叙说身世，剖诉心曲。汤显祖却一改常例，让外扮杜宝先出场，叙说家世。女主人公杜丽娘则是被传唤上场的。她一出场，就接受了老父亲的一通训教。

杜氏家庭貌似周到温馨，实则压抑沉闷，生动而自然地展示了杜丽娘特殊的生存环境。

第四出　腐　叹

【双劝酒】（末扮老儒上）灯窗苦吟，寒酸撒吞[1]。科场苦禁[2]，蹉跎直恁[3]！可怜辜负看书心。吼儿病年来进侵[4]。"咳嗽病多疏酒盏，村童俸薄减厨烟。争知天上无人住[5]，吊下春愁鹤发仙[6]。"自家南安府儒学生员陈最良[7]，表字伯粹。祖父行医。小子自幼习儒。十二岁进学，超增补廪[8]。观场一十五次[9]。不幸前任宗师[10]，考居劣等停廪。兼且两年失馆[11]，衣食单薄。这些后生都顺口叫我"陈绝粮"[12]。因我医、卜、地理[13]，所事皆知[14]，又改我表字伯粹做"百杂碎"。明年是第六个旬头，也不想甚的了。有个祖父药店，依然开张在此。"儒变医[15]，菜

王思任：毒。（清晖阁本批语）

陈继儒：医学是儒学后门，良然良然。（明刻本《玉茗堂丹青记》批语）

药店为还魂汤伏案。（三妇本批语）

变齑”，这都不在话下。昨日听见本府杜太守，有个小姐，要请先生。好些奔竞的钻去。他可为甚的？乡邦好说话[16]，一也；通关节[17]，二也；撞太岁[18]，三也；穿他门子管家[19]，改窜文卷，四也；别处吹嘘进身[20]，五也；下头官儿怕他，六也；家里骗人，七也。为此七事，没了头要去[21]。他们都不知官衙可是好踏的！况且女学生一发难教[22]，轻不得，重不得。倘然间体面有些不臻[23]，啼不得，笑不得。似我老人家罢了[24]。“正是有书遮老眼，不妨无药散闲愁。”（丑扮府学门子上）[25]“天下秀才穷到底，学中门子老成精。”（见介）陈斋长报喜[26]。（末）何喜？（丑）杜太爷要请个先生教小姐，掌教老爷开了十数名去都不中[27]，说要老成的。我去掌教老爷处禀上了你，太爷有请帖在此。（末）“人之患在好为人师”[28]。（丑）人之饭，有得你吃哩。（末）这等便行。（行介）

闲闲叙说，却都是热中语，引起下段在有意无意之间。（三妇本批语）

“这等便行”四字，绝倒。何其吃饭之心急也！（三妇本批语）

【洞仙歌】（末）咱头巾破了修[29]，靴头绽了兜[30]。（丑）你坐老斋头，衫襟没了后头。（合）砚水漱净口，去承官饭溲[31]，剔牙杖敢黄齑臭[32]。

此曲在衣服上细细摹写。盖陈生不能更衣而出，未免顾影自惭，门子随后，因见其襟衫零落也。（三妇本批语）

【前腔】（丑）咱门儿寻事头[33]，你斋长干罢休？（末）要我谢酬，知那里留不留？（合）不论端阳

茅暎：可作老秀才别传。（朱墨本批语）

九[34]，但逢出府游，则捻着衫儿袖[35]。（丑）望见府门了。

（丑）世间荣乐本逡巡[36]，李商隐

（末）谁睬髭须白似银[37]？曹唐

（丑）风流太守容闲坐[38]，朱庆余

（合）便有无边求福人[39]。韩愈

［注释］

[1] 撒吞：装呆。此处有痴心妄想的意思。　[2] 科场苦禁：一直没有得中（举人）。　[3] 蹉跎直恁（nèn）：这样的光阴虚度。蹉跎，虚度时光无所成就。直恁，竟然这样。　[4] 吼儿病：哮喘病。　[5] 争知：怎知。　[6] 鹤发仙：白发仙人，就是老年人，陈最良自喻。　[7] 儒学生员：科举时代，各州府县所设立的学堂叫儒学。儒生经县、府、院（道）考试合格，才得入儒学读书的资格，叫进学。已进学的儒生称生员，也叫秀才。　[8] 超增补廪：州、府、县学生员有定额，额外增补的叫增广生员。由官府供给膳食的生员叫廪生。增广生员在学岁考优等，可补为廪生，就是超增补廪。廪生如果考试劣等，则停供膳食，叫停廪。　[9] 观场：参加考试。此处指乡试。乡试三年一次，陈最良观场十五次，总共四十五年了。　[10] 宗师：秀才由主持一省举业的学政取中，尊称学政为宗师。　[11] 失馆：无人请做塾师。馆，学馆，书塾。　[12] 陈绝粮：陈最良的绰号。孔子周游列国，曾“在陈绝粮”，事见《论语·卫灵公》。　[13] 地理：堪舆，看风水。　[14] 所事：凡事。　[15]“儒变医”二句：用“菜变齑（jī）”来比喻“儒变医”，意思是境况越来越坏。旧时儒生地位高于医生。齑，调味用的蒜、

姜、韭等的碎末。 [16] 乡邦：本乡本地。 [17] 通关节：受人贿赂，帮人在官府里活动。 [18] 撞太岁：依托官府，赚人财物。见《通俗编》卷二三。 [19] 穿他门子管家：串通官府的仆役和管家。穿，串通。门子，官府的仆役。 [20] 吹嘘进身：吹嘘自己攀升的经历。 [21] 没了头：拼命，削尖脑袋。 [22] 一发：更加。 [23] 不臻：不周到。 [24] 似我老人家罢了：像我这样的老年人也就不必去竞争那杜府的先生了。 [25] 丑：戏曲角色行当。扮滑稽人物。 [26] 斋长：明代国子监的班长。一般也作对塾师的尊称。 [27] 掌教老爷：府学的教官，即教授。 [28] 人之患在好（hào）为人师：人的毛病在喜欢做别人的老师。语本《孟子·离娄上》。 [29] 头巾：明清时读书人所戴的制式的帽子。 [30] 绽（zhàn）了兜：破了缝补起来。 [31] 饭溲：饭菜变质发酸叫馊。溲，即“馊”。 [32] 剔牙杖敢黄齑臭：意思是到官府吃饭，饭后剔牙，牙签上还怕沾着先前吃咸菜留下的臭味。剔牙杖，牙签。敢，敢怕，害怕。 [33]“咱门儿”二句：我做门子的给你找到了事做，你难道不谢谢我，就这样算了不成？ [34] 端阳九：端阳节和重阳节。 [35] 则捻着衫儿袖：端阳和重阳两个节日，按习俗是要给塾师请酒、送礼的。门子要陈最良分些东西给他。 [36] 世间荣乐本逡巡：出自唐李商隐《春日寄怀》。见《全唐诗》卷五四一。逡巡，来去不定。 [37] 谁睬髭须白似银：出自唐曹唐《羽林贾中丞》。见《全唐诗》卷六四〇。 [38] 风流太守容闲坐：出自唐朱庆余《湖州韩使君置宴》。见《全唐诗》卷五一四。 [39] 便有无边求福人：出自唐韩愈《题木居士二首》其一。见《全唐诗》卷三四三。

[点评]

腐儒陈最良是汤显祖独创的一个角色。《杜丽娘慕色还魂》话本里本无此人。他是《牡丹亭》的重要配角，出场的戏有十四出之多。

陈最良是滑稽可笑的配角，却是全剧不可缺少的人物。每逢情节发展的紧要关头他就会现身出场，他的出现对杜丽娘和柳梦梅的命运大有关系。

《腐叹》对科举失意的腐儒的可怜相和为谋一教职而心口不一的微妙情态描写极为生动。陈最良的念白，非常符合人物的身份。

陈最良总结做太守家塾师的七件“好处”，直刺作者所处时代的世情俗态，深刻揭露当时的社会弊病和腐败现象。作者对陈最良多所调侃，极富滑稽尴尬趣味。

第五出　延　师

【浣沙溪】(外引贴扮门子，丑扮皂隶上)[1]山色好，讼庭稀。朝看飞鸟暮飞回。印床花落帘垂地[2]。"杜母高风不可攀[3]，甘棠游憩在南安[4]。虽然为政多阴德[5]，尚少阶前玉树兰[6]。"我杜宝出守此间，只有夫人一女。寻个老儒教训他。昨日府学开送一名廪生陈最良。年可六旬，从来饱学。一来可以教授小女，二来可以陪伴老夫。今日放了衙参[7]，分付安排礼酒，叫门子伺候。(众应介)

寒酸老景，聊以"分庭抗礼"解嘲。此"养浩然"，是惭愧自释语，与柳生不同。(三妇本批语)

【前腔】(末儒巾蓝衫上)[8]须抖擞，要拳奇[9]。衣冠欠整老而衰。养浩然分庭还抗礼[10]。(丑禀介)陈斋长到门。(外)就请衙内相见。(丑唱门介)[11]南安府学生员进。（下）（末跪，起揖，又跪介）生员陈最良禀拜。（拜介）（末）“讲学开书院，（外）崇儒引席珍[12]。（末）献酬樽俎列[13]，（外）宾主位班陈[14]。”叫左右，陈斋长在此清叙，着门役散回，家丁伺候。（众应下）（净扮家童上）（外）久闻先生饱学。敢问尊年有几，祖上可也习儒？（末）容禀。

【锁南枝】将耳顺[15]，望古稀，儒冠误人霜鬓丝。（外）近来？（末）君子要知医，悬壶旧家世[16]。（外）原来世医。还有他长？（末）凡杂作，可试为；但诸家[17]，略通的。（外）这等一发有用。

知医，为后来诊脉作地。（三妇本批语）

【前腔】闻名久，识面初，果然大邦生大儒。（末）不敢。（外）有女颇知书，先生长训诂[18]。（末）当得[19]。则怕做不得小姐之师。（外）那女学士，你做的班大姑[20]。今日选良辰，叫他拜师傅。（外）院子，敲云板[21]，请小姐出来。

【前腔】（旦引贴上）添眉翠[22]，摇佩珠，绣屏中生成士女图[23]。莲步鲤庭趋[24]，儒门旧家数[25]。（贴）先生来了怎好？（旦）那少不得去。丫头，那贤达女，都是些古镜模[26]。你便略知书，也做好奴仆。（净报介）小姐到。（见介）（外）我儿过来。“玉不琢[27]，不成器；人不学，不知道。”今日吉辰，来拜了先生。（内鼓吹介）（旦拜）学生自愧蒲柳之姿[28]，敢烦桃李之教[29]。（末）愚老恭承捧珠之爱[30]，谬加琢玉之功[31]。（外）春香丫头，向陈师父叩头。着他伴读。（贴叩头介）（末）敢问小姐所读何书？（外）男、女《四书》[32]，他都成诵了。则看些经旨罢。《易经》以道阴阳，义理深奥；《书》以道政事[33]，与妇女没相干；《春秋》《礼记》，又是孤经[34]；则《诗经》开首便是后妃之德[35]，四个字儿顺口，且是学生家传[36]，习《诗》罢。其余书史尽有，则可惜他是个女儿。

蓦然感怀，只作淡语叹惜，惟恐伤女情也。（三妇本批语）

【前腔】我年将半[37]，性喜书，牙签插架三万余[38]。（叹介）我伯道恐无儿[39]，中郎有谁付？先生，他要看的书尽看。有不臻的所在，打丫头。（贴）哎哟！（外）冠儿下[40]，他做个女秘书。小梅香[41]，要防护。（末）谨领。（外）春香伴小姐进衙，我陪先生酒去。（旦拜介）“酒是先生馔[42]，女为君子儒[43]。”（下）（外）请先生后花园饮酒。

反照后文春香引逗游园。（三妇本批语）

好个女为君子儒，巧绝妙绝。（柳浪馆本批语）

（外）门馆无私白日闲[44]，薛能

（末）百年粗粝腐儒餐[45]。杜甫

（外）左家弄玉惟娇女[46]，柳宗元

（合）花里寻师到杏坛[47]。钱起

［注释］

[1] 皂隶：衙门里的差役。　[2] 印床花落：形容衙门清闲无事。印床，放置官印的一种文具。花瓣落在印床上，说明官印久未动用了。　[3] 杜母：指东汉时的循吏杜诗。他和另一个循吏召信臣都做过南阳太守，都受人爱戴。谚语说："前有召父，后有杜母。"见《后汉书》本传。　[4] 甘棠：周代召公出巡，推行文王德政，曾在甘棠树下休息。人民怀念他，作了一首歌颂他的诗，就是《诗经》中的《甘棠》。后来"甘棠"一词就用来代指有德政于民的好官，此处是杜宝自比。　[5] 为政多阴德：汉代东海于公治狱清廉，多积阴德。其子于定国官至丞相，其孙亦官拜御史大夫，时人认为是于公积阴德的果报。见《汉书・于定国传》。阴德，做善事而不为人知。　[6] 玉树兰：玉树、芝兰，比喻优秀子弟。晋谢安问其子侄："子弟亦何预人事，而正欲使其佳？"谢玄回答："譬如芝兰玉树，欲使其生于阶庭耳。"见《世说新语・言语》。　[7] 放了衙参：不办公。衙参，召集官员理事。　[8] 蓝衫：明代生员的制服。蓝色，镶以青边。又名"襤衫""襕衫"。　[9] 拳奇：当作"权奇"，奇谲非常。本来是形容马的神气，见《汉书・礼乐志》王先谦补注。此处是振作精神的意思。　[10] 分庭还抗礼：平等相待。宾客和主人分别站在庭中两边相对行礼，以平等地位相待。比喻彼此不相上下，平起平坐或互相对立。典出《庄子・渔父》。　[11] 唱门：古代迎客的一种礼节。客人进见时高声报出客人的名字。　[12] 席珍：《礼记・儒行》："儒有席上之珍以待聘。"原比喻儒者珍视自己，等待官府聘用，此处指优秀的儒生。　[13] 献酬樽俎（zǔ）：宾主互相敬酒劝食。樽，酒器。俎，食器。　[14] 位班陈：座位按次

序排列好。 [15]“将耳顺”二句：将到六十岁，离七十岁也不远了。《论语 · 为政》：“六十而耳顺。”杜甫《曲江》：“人生七十古来稀。” [16]悬壶旧世家：祖上是行医卖药的。悬壶，《后汉书 · 费长房传》：“市中有老翁卖药，悬一壶于肆头。” [17]诸家：各种学问。《汉书 · 艺文志》列有儒、道、法、名、墨、阴阳、纵横、杂、农、小说等十家。 [18]训诂：解释古书字义的一种专门学问。此处指教人读书。 [19]当得：理应如此。是谦逊的口语。 [20]班大姑：即班昭。曾任宫廷后妃的教师，被称为大家（gū）。音同，讹为“姑”。 [21]云板：描绘着云彩的木板或金属片做成的一种乐器。用于传唤信号。 [22]添眉翠：描眉。翠，一种颜料，与黛色相近，画眉用。 [23]士女图：美人图。此作美人讲。 [24]鲤庭趋：以较快的步子走过去。《论语 · 季氏》说孔子站在庭中，他的儿子孔鲤“趋而过庭”，表示对长者的尊敬。 [25]家数：家教，家风。 [26]镜模：榜样，楷模。 [27]“玉不琢”以下四句：语出《礼记 · 学记》，说人必须教导和学习才能成材，才能通晓儒家的思想和主张。 [28]蒲柳之姿：自谦之词。说自己像蒲柳一样，成不了大材。 [29]桃李之教：全句是杜丽娘自谦，意思是劳您大驾把我当作合格学生来教导。桃李比喻有成就的学生。 [30]捧珠：俗称女儿为掌上珠，表示爱惜。 [31]谬加琢玉之功：做老师的自谦之词，即“错误地让我来做老师”。琢玉，教育。 [32]男、女《四书》：朱熹撰《四书章句集注》，把《论语》《中庸》《大学》《孟子》四种儒家著作称“四书”。还有为女子施行礼教而编写的《四书》。 [33]道政事：讲的是政治。 [34]孤经：只有一种本子而无可比对的经书。 [35]后妃之德：《诗经》开篇《关雎》，宋儒解释为歌颂后妃之德的诗篇。 [36]学生家传：剧中杜宝自命为杜甫的后人。杜甫的祖父杜审言是诗人，杜甫也是诗人，杜甫在他的儿子宗武生日时有诗："诗是吾家事。" [37] 年将半：年纪快到五十。半，半百。 [38] 牙签插架三万余：形容藏书很多。牙签，用以固定书籍函套的骨签。 [39]"我伯道恐无儿" 二句：见第三出《训女》注 [12]、[13]。 [40] "冠儿下" 二句：意思是说杜丽娘成人后，能阅读和保存父亲的藏书。冠儿，男子 "二十而冠"，表示成人。此处指杜丽娘。 [41] 梅香：婢女的通称。 [42] 酒是先生馔（zhuàn）：酒是先生吃的。馔，饭食。 [43] 女为君子儒：女孩儿要做有德行的读书人。 [44] 门馆无私白日闲：出自唐薛能《献仆射相公》。见《全唐诗》卷五五九。门馆，教馆，此处是指家塾。 [45] 百年粗粝腐儒餐：出自唐杜甫《有客》。见《全唐诗》卷二二六。 [46] 左家弄玉惟娇女：出自唐柳宗元《叠前》。见《全唐诗》卷三五二。意思是说，没有儿子，只好把女儿当作男孩来抚养。弄玉，即弄璋，生男孩子。 [47] 花里寻师到杏坛：出自唐钱起《幽居春暮书怀》。见《全唐诗》卷二三九。杏坛，孔子讲学之处。此处指教师所在的地方。

[点评]

《延师》写杜宝认真地为爱女选定了塾师，确定了攻读的方向，并且选定了教材。

陈最良虽是参加十五次乡试而未得功名的一介腐儒，却受到太守杜宝的赏识。经过面试，杜宝对老秀才陈最良的出身、年龄、经历、能力和得体的谈吐，都感到满意。两人气味相投，杜宝甚至称赞陈最良是"大邦生大儒"，认定这位"大儒"是杜丽娘的合格老师。在音乐鼓吹中，为杜丽娘举行了正规而隆重的拜师礼。

杜丽娘已经熟读男、女《四书》，杜宝认为应该进一步攻读经书了。他自命为大诗人杜甫的后裔，诗为家传，所以选定《诗经》为教本，此事至关重要。

杜宝一再感叹没有儿子，表露了封建时代一般士人尊男衍嗣的思想，真实可信。唯其如此，他对独生女儿就倍加疼惜，对她寄予厚望，但陈老师究竟如何教学，杜丽娘有何心得，一切皆属未知之数。

《牡丹亭》针线细密，许多细节前后有照应。本出的选《诗经》为教本、要春香陪读、强调陈最良知医等，都为后来的情节设下了伏笔。

第六出　怅　眺

【番卜算】（丑扮韩秀才上）家世大唐年，寄籍潮阳县[1]。越王台上海连天[2]，可是鹏程便[3]？“榕树梢头访古台，下看甲子海门开[4]。越王歌舞今何在[5]？时有鹧鸪飞去来。”自家韩子才。俺公公唐朝韩退之，为上了《破佛骨表》[6]，贬落潮州。一出门蓝关雪阻[7]，马不能前。先祖心里暗暗道，第一程采头罢了[8]。正苦中间，忽然有个湘子侄儿[9]，乃下八洞神仙[10]，蓝缕相见[11]。俺退之公公一发心里不快。呵融冻笔，题一首诗在蓝关草驿之上。末二句单指着湘子说道：“知汝远来应有意，好收吾骨瘴江边。”湘子袖了这诗[12]，长笑一声，腾空而去。果然后来退之公公潮州瘴死[13]，举目无亲。那湘子恰在云端看见，想起前诗，按下云头，收其骨殖[14]。到得衙中，四顾无人，单单则有湘子原妻一个在衙。四目相视，把湘子一点凡心顿起。当时生下一支，留在水潮[15]，传了宗祀[16]。小生乃其嫡派苗裔也。因乱流来广城[17]。官府念是先贤之后，表请敕封小生为昌黎祠香火秀才。寄居赵佗王台子之上。正是："虽然乞相寒儒[18]，却是仙风道骨。"呀，早一位朋友上来。谁也？

香火秀才，故家世叙得明白。若柳生，则"留家岭南"一句可了。（三妇本批语）

【前腔】（生上）经史腹便便[19]，昼梦人还倦。欲寻高耸看云烟[20]，海色光平面。（相见介）（丑）是柳春卿，甚风儿吹的老兄来？（生）偶尔孤游上此台。（丑）这台上风光尽可矣。（生）则无奈登临不快哉。（丑）小弟此间受用也。（生）小弟想起来，到是不读书的人受用。（丑）谁？（生）赵佗王便是[21]。

【锁寒窗】祖龙飞、鹿走中原[22]，尉佗呵[23]，他倚定着摩崖半壁天[24]。称孤道寡[25]，是他英雄本然。白占了江山，猛起些宫殿。似吾侪读尽万卷书[26]，可有半块土么？那半部上山河不见[27]。（合）由天，那攀今吊古也徒然，荒台古树寒烟。（丑）小弟看兄气象言谈，似有无聊之叹。先祖昌黎公有云：

省悟子：此段因文生情，涉笔成趣，读之令人解颐。（光绪同文书局本《江都省悟子批点还魂记》批语）

"不患有司之不明[28]，只患文章之不精；不患有司之不公，只患经书之不通。"老兄，还则怕工夫有不到处。（生）这话休提。比如我公公柳宗元，与你公公韩退之，他都是饱学才子，却也时运不济。你公公错题了《佛骨表》，贬职潮阳。我公公则为在朝阳殿与王叔文丞相下棋子[29]，惊了圣驾，直贬做柳州司马。都是边海烟瘴地方。那时两公一路而来，旅舍之中，两个挑灯细论。你公公说道："宗元，宗元，我和你两人文章，三六九比势[30]：我有《王泥水传》[31]，你便有《梓人传》；我有《毛中书传》，你便有《郭驼子传》；我有《祭鳄鱼文》，你便有《捕蛇者说》。这也罢了。则我《进平淮西碑》，取奉取奉朝廷[32]，你却又进个平淮西的雅[33]。一篇一篇，你都放俺不过。恰如今贬窜烟方[34]，也合着一处。岂非时乎，运乎，命乎！"韩兄，这长远的事休提了。假如俺和你论如常，难道便应这等寒落。因何俺公公造下一篇《乞巧文》，到俺二十八代元孙，再不曾乞得一些巧来？便是你公公立意做下《送穷文》，到老兄二十几辈了，还不曾送的个穷去？算来都则为时运二字所亏。（丑）是也。春卿兄，

趣绝趣绝，韩柳二公复生矣。（柳浪馆本批语）

【前腔】你费家资制买书田[35]，怎知他卖向明时

不值钱[36]。虽然如此，你看赵佗王当时，也是个秀才陆贾[37]，拜为奉使中大夫到此。赵佗王多少尊重他。他归朝燕，黄金累千。那时汉高皇厌见读书之人，但有个带儒巾的[38]，都拿来溺尿。这陆贾秀才，端然带了四方巾，深衣大摆[39]，去见汉高皇。那高皇望见，这又是个掉尿鳖子的来了[40]。便迎着陆贾骂道："你老子用马上得天下，何用诗书？"那陆生有趣，不多应他，只回他一句："陛下马上取天下，能以马上治之乎？"汉高皇听了，哑然一笑，说道："便依你说。不管什么文字，念了与寡人听之。"陆大夫不慌不忙，袖里出一卷文字，恰是平日灯窗下纂集的《新语》一十三篇，高声奏上。那高皇才听了一篇，龙颜大喜。后来一篇一篇，都喝采称善。立封他做个关内侯。那一日好不气象[41]！休道汉高皇，便是那两班文武，见者皆呼万岁。一言掷地，万岁喧天。（生叹介）则俺连篇累牍无人见。（合前）（丑）再问春卿，在家何以为生？（生）寄食园公[42]。（丑）依小弟说，不如干谒些须[43]，可图前进。（生）你不知，今人少趣哩。（丑）老兄可知？有个钦差识宝中郎苗老先生，到是个知趣人。今秋任满，例于香山嶴多宝寺中赛宝[44]。那

趣绝趣绝，诙谐至此，坡仙微笑，卓老点头，石公亦从而击节矣。（柳浪馆本批语）

抒写感愤，即从赵陀王、陆贾生情，妙在本地风光。（三妇本批语）

寻常学问，用来都趣，临川的是趣人。（柳浪馆本批语）

才子、英雄失路，千古同慨。柳生一叹，想见其半日听言神往，不觉恍然自失光景。（三妇本批语）

时一往何如？（生）领教。

应念愁中恨索居[45]，段成式

青云器业俺全疏[46]。李商隐

越王自指高台笑[47]，皮日休

刘项原来不读书[48]。章碣

［注释］

[1] 寄籍：长期离开本乡，以寄居地为籍贯。 [2] 越王台：见第二出《言怀》注 [33]。 [3] 鹏程：前程远大。典出《庄子·逍遥游》："鹏之徙于南冥也，水击三千里，抟扶摇而上者九万里。" [4] 甲子海门：在广东陆丰县东南石帆港口。巨石壁立，上下各镌有"六十甲子"字。 [5]"越王歌舞今何在"二句：李白《越中览古》："越王勾践破吴归，义士还家尽锦衣。宫女如花满春殿，只今惟有鹧鸪飞。"南越王赵佗和越王勾践称号相似，有意移用。 [6]《破佛骨表》：即《论佛骨表》。元和十四年（819），唐宪宗迎接释迦牟尼佛骨一节入宫。韩愈上表反对，被贬为潮州刺史。 [7]"蓝关雪阻"二句：韩愈《左迁至蓝关示侄孙湘》："一封朝奏九重天，夕贬潮阳路八千。欲为圣明除弊事，肯将衰朽惜残年。云横秦岭家何在？雪拥蓝关马不前。知汝远来应有意，好收吾骨瘴江边。"蓝关，在陕西蓝田县东南。 [8] 采头罢了：兆头不好的意思。采头，兆头。罢了，算了。 [9] 湘子侄儿：韩愈的侄孙韩湘，民间传说中被附会为八仙之一的韩湘子。本剧把侄孙写成侄儿。 [10] 下八洞神仙：道教传说有上八洞神仙和下八洞神仙，即所谓"八仙"，一般说是汉钟离、张果老、韩湘子、李铁拐、曹国舅、吕洞宾、蓝采和、何仙姑。至于

八仙属于上八洞神仙，还是下八洞神仙，说法不同。 [11] 蓝缕：衣衫破烂。 [12] 袖：动词，放入衣袖内。 [13] 退之公公潮州瘴死：韩愈之死是剧作家编造出来的，与史实不符。韩愈并非死于潮州。 [14] 骨殖：骸骨。 [15] 水潮：当是潮州附近的地名。 [16] 传了宗祀：传下后代。 [17] 广城：广州。 [18] 乞相：寒乞相，穷样子。 [19] 经史腹便便：满肚子都是学问。便便，形容肚子大。 [20] 高耸：高处，指越王台。 [21] 赵佗王：南越王赵佗。 [22] 祖龙飞、鹿走中原：意思是秦始皇死了，天下大乱，群雄并起。《史记·淮阴侯列传》："秦失其鹿，天下共逐之。"祖龙，指秦始皇。飞，死。 [23] 尉佗：赵佗在秦末曾为南海尉，因称"尉佗"。 [24] 倚定着摩崖半壁天：倚定着摩崖，凭着天险。半壁天，半个天下，割据一方。 [25] 称孤道寡：自立为王。 [26] 吾侪（chái）：我们。 [27] 半部：半部《论语》。宋朝开国元勋赵普曾对宋太宗（赵光义）说，我用半部《论语》帮太祖（赵匡胤）打天下，用半部《论语》帮你治理国家。 [28] "不患有司之不明"以下四句：韩愈《进学解》："诸生业患不能精，无患有司之不明；行患不能成，无患有司之不公。"此剧为了写出书生的迂腐可笑，词语略有改动。 [29] "我公公"以下三句：这是作者虚构出来的事。唐贞元末年，柳宗元参加了王叔文为首的政治集团。王叔文失败后，柳宗元被贬为邵州刺史，未到任又改任永州司马。元和十年（815），又调任柳州刺史。柳宗元并未被贬柳州司马。王叔文擅长下棋，见《唐书》本传，但未见与柳宗元下棋的记载。 [30] 三六九比势：旗鼓相当，势均力敌。 [31] "我有《王泥水传》"以下六句：所举各篇文章都可见于韩愈、柳宗元的文集。《王泥水传》即《圬者王承福传》。《毛中书传》即《毛颖传》。 [32] 取奉：趋奉，奉承，讨好。 [33] 平淮西的雅：柳宗元《平淮夷雅》。 [34] 烟方：多雾的瘴气流行的地区。 [35] 制买书田：买书读和买田一样，都有利可图。 [36] 明时：政治清明的时代。 [37] 陆贾（gǔ）：西汉初年著名的辩士。曾两次出使南越国，劝说赵佗归汉。“黄金累千”是赵佗给他的赏赐。见《史记·郦生陆贾列传》。 [38] 儒巾：古代读书人戴的帽子。刘邦以儒巾溺尿事，见《史记·郦生陆贾列传》。 [39] 深衣：古代长袍之类的服装。 [40] 尿鳖子：尿壶。 [41] 气象：神气。 [42] 园公：老园丁。 [43] 干谒些须：向有地位的人请求一些帮助，俗称“打秋风”。 [44] 香山嶴：在广东中山县。明代为洋商聚居之地。一说即澳门。 [45] 应念愁中恨索居：出自唐段成式《送穆郎中赴阙》。见《全唐诗》卷五八四。索居，独居。 [46] 青云器业俺全疏：出自唐李商隐《和刘评事永乐闲居见寄》。见《全唐诗》卷五四一。青云器业，做官的才能。青云，做大官，爬得很高。 [47] 越王自指高台笑：出自唐皮日休《馆娃宫怀古五绝》其二。见《全唐诗》卷六一五。 [48] 刘项原来不读书：出自唐章碣《焚书坑》。见《全唐诗》卷六六九。刘项，汉高祖刘邦和楚霸王项羽。

［点评］

《怅眺》接《言怀》而来，写柳梦梅和韩子才登越王台远眺，抒发才学满腹而时运不济的郁闷不平之气。

历史上就文学成就而言，往往是“韩柳”并称，所以再给韩愈的后代写上一笔。

这段戏剧究竟有无必要，从汤显祖的时代就有不同的认识。臧懋循认为把柳梦梅说成是柳宗元的后人，已经很奇巧了。再把韩子才说成是韩愈后代，更是穿凿太甚。所以他在改窜《牡丹亭》的时候，干脆把这一出删去。

茅暎则说“此折极闲极趣，非临川不能为”。

从剧本结构考虑，韩子才劝告柳梦梅干谒苗舜宾，对柳梦梅科举成功是有关系的。韩柳对白，畅谈老祖宗的文章比势，也确实是才情飞动，极雅极趣，使人捧腹。

硬说韩子才和柳梦梅是韩愈和柳宗元的后代，为此大做文章，是汤显祖谪臣情结的曲折表达，也是汤显祖剧作独特的意趣。

第七出　闺　塾

闲人事情，亦是塾师案头真景。（三妇本批语）

（末上）“吟余改抹前春句，饭后寻思午晌茶。蚁上案头沿砚水，蜂穿窗眼咂瓶花。”我陈最良杜衙设帐[1]，杜小姐家传《毛诗》[2]。极承老夫人管待[3]。今日早膳已过，我且把毛注潜玩一遍[4]。（念介）“关关雎鸠[5]，在河之洲。窈窕淑女，君子好逑。”好者好也，逑者求也。（看介）这早晚了，还不见女学生进馆。却也娇养的凶。待我敲三声云板。（敲云板介）春香，请小姐解书。

【绕地游】（旦引贴捧书上）素妆才罢，缓步书堂下。对净几明窗潇洒。（贴）《昔氏贤文》[6]，把人禁杀，恁时节则好教鹦哥唤茶[7]。（见介）（旦）先生万福。（贴）先生少怪。（末）凡为女子，鸡初鸣[8]，咸盥、漱、栉、笄，问安于父母。日出之后，各供其事。如今女学生以读书为事，须要早起。（旦）以后不敢了。（贴）知道了。今夜不睡，三更时分，请先生上书。（末）昨日上的《毛诗》，可温习？（旦）温习了。则待讲解。（末）你念来。（旦念书介）“关关雎鸠，在河之洲。窈窕淑女，君子好逑。”（末）听讲。“关关雎鸠”，雎鸠是个鸟，关关鸟声也。（贴）怎样声儿？（末作鸠声）（贴学鸠声诨介）[9]（末）此鸟性喜幽静，在河之洲。（贴）是了。不是昨日是前日，不是今年是去年，俺衙内关着个斑鸠儿，被小姐放去，一去去在何知州家[10]。（末）胡说，这是兴[11]。（贴）兴个甚的那？（末）兴者起也。起那下头窈窕淑女，是幽闲女子，有那等君子好好的来求他。（贴）为甚好好的求他？（末）多嘴哩。（旦）师父，依注解书，学生自会。但把《诗经》大意，敷演一番[12]。

陈继儒：“好好的来求他”就是梦见。（明刻本《玉茗堂丹青记》批语）

【掉角儿】（末）论《六经》[13]，《诗经》最葩，闺门内许多风雅[14]：有指证，姜嫄产哇[15]；不嫉妒[16]，后妃贤达。更有那咏鸡鸣[17]，伤燕羽，泣江皋，思汉广，洗净铅华[18]。有风有化[19]，宜室宜家[20]。（旦）这经文偌多[21]？（末）《诗》三百[22]，一言以蔽之，没多些，只“无邪”两字，

写陈老迂腐绝伦，凡事少见多怪，大率类此。（三妇本批语）

付与儿家。书讲了。春香取文房四宝来模字[23]。（贴下取上）纸、墨、笔、砚在此。（末）这甚么墨？（旦）丫头错拿了，这是螺子黛[24]，画眉的。（末）这甚么笔？（旦作笑介）这便是画眉细笔。（末）俺从不曾见。拿去，拿去！这是甚么纸？（旦）薛涛笺[25]。（末）拿去，拿去。只拿那蔡伦造的来[26]。这是甚么砚？是一个是两个？（旦）鸳鸯砚。（末）许多眼[27]？（旦）泪眼[28]。（末）哭什么子？一发换了来。（贴背介）好个标老儿[29]！待换去。（下换上）这可好？（末看介）着。（旦）学生自会临书。春香还劳把笔[30]。（末）看你临。（旦写字介）（末看惊介）我从不曾见这样好字。这甚么格[31]？（旦）是卫夫人传下美女簪花之格[32]。（贴）待俺写个奴婢学夫人[33]。（旦）还早哩。（贴）先生，学生领出恭牌[34]。（下）（旦）敢问师母尊年？（末）目下平头六十[35]。（旦）学生待绣对鞋儿上寿，请个样儿。（末）生受了。依《孟子》上样儿，做个"不知足而为屦"罢了[36]。（旦）还不见春香来。（末）要唤他么？（末叫三度介）（贴上）害淋的。（旦作恼介）劣丫头那里来？（贴笑介）溺尿去来。原来有座大花园。花明柳绿，好耍子哩。（末）哎也，不攻书，花园去。待俺取荆条来。（贴）荆条做甚么？

此段大有关目，非科诨也。盖春香不瞧园，丽娘何由游春？不游春，那得感梦？一部情缘，隐隐从微处逗起。（三妇本批语）

【前腔】女郎行、那里应文科判衙[37]？止不过识字儿书涂嫩鸦[38]。（起介）（末）古人读书，有囊萤的[39]，趁月亮的[40]。（贴）待映月，耀蟾蜍眼花[41]；待囊萤，把虫蚁儿活支煞[42]。（末）悬梁、刺股呢[43]？（贴）比似你悬了梁[44]，损头发；刺了股，添疤痆[45]。有甚光华！（内叫卖花介）（贴）小姐，你听一声声卖花，把读书声差[46]。（末）又引逗小姐哩。待俺当真打一下。（末做打介）（贴闪介）[47]你待打、打这哇哇，桃李门墙[48]，崄把负荆人唬煞[49]。（贴抢荆条投地介）（旦）死丫头，唐突了师父[50]，快跪下。（贴跪介）（旦）师父看他初犯，容学生责认一遭儿[51]。

王思任：正是文章凌空起峭处，妙绝！妙绝！（明刻本《还魂记传奇》批语）

这一位姐姐是打得的。（明刻本《批点牡丹亭记》批语）

【前腔】手不许把秋千索拿，脚不许把花园路踏。（贴）则瞧罢。（旦）还嘴，这招风嘴[52]，把香头来绰疤[53]；招花眼，把绣针儿签瞎[54]。（贴）瞎了中甚用？（旦）则要你守砚台，跟书案，伴“诗云”，陪“子曰”，没的争差[55]。（贴）争差些罢。（旦挦贴发介）[56]则问你几丝儿头发，几条背花[57]？敢也怕些些夫人堂上那些家法[58]。（贴）再不敢了。（旦）可知道？（末）也罢，松这一遭儿[59]。起来。（贴起介）

【尾声】（末）女弟子则争个不求闻达[60]，和男学生一般儿教法。你们工课完了，方可回衙。咱和公相陪话去。（合）怎辜负的这一弄明窗新绛纱[61]。（末下）（贴作背后指末骂介）村老牛，痴老狗，一些趣也不知。（旦作扯介）死丫头，“一日为师，终身为父”，他打不的你？俺且问你那花园在那里？（贴做不说）（旦做笑问介）（贴指介）兀那不是[62]！（旦）可有什么景致？（贴）景致么，有亭台六七座，秋千一两架。绕的流觞曲水[63]，面着太湖山石[64]。名花异草，委实华丽[65]。（旦）原来有这等一个所在，且回衙去。

臧懋循：旦问花园，是戏眼。（朱墨本批语）

（旦）也曾飞絮谢家庭[66]，李山甫

（贴）欲化西园蝶未成[67]。张泌

（旦）无限春愁莫相问[68]，赵嘏

（合）绿阴终借暂时行[69]。张祜

［注释］

[1] 设帐：教书。东汉经学家马融讲学时坐在绛纱帐内。见《后汉书》本传。后人把坐馆教书称“设帐”。 [2]《毛诗》：《诗经》。战国时毛亨著《毛诗故训传》，是解释《诗经》的一部书。此外，当时传《诗》的还有鲁人申培、齐人辕固、燕人韩婴，但这三家诗先后亡佚，只有毛传独存，《毛诗》也就成为《诗经》的代称。 [3] 管待：款待，招待。 [4] 潜玩：用心细细玩味。 [5]“关关雎鸠”以下四句：《诗经》第一首《关雎》开头四句。《关雎》

是一首写婚恋的诗。 [6]《昔氏贤文》：用古代圣贤格言编成的一本初学读物。 [7]恁（nèn）时节：这时候。指听了陈最良教训之后。鹦哥：鹦鹉。 [8]“鸡初鸣”以下三句：旧时女子生活守则之一。载于《礼记·内则》。盥（guàn），洗手。栉（zhì），梳头。笄（jī），插簪。 [9]诨：插科打诨。说富于幽默滑稽趣味的话。往往是角色临场即兴发挥。 [10]何知州：与“河之洲”谐音。丫鬟春香有意调笑。知州，地方行政长官。 [11]兴：托物起兴。诗歌的一种手法，常用在诗的开头。 [12]敷演：讲解、解释。 [13]“论《六经》”二句：《六经》中《诗经》最有文采。《六经》，指《易》《诗》《书》《礼》《乐》《春秋》。葩，花，此作有文采讲。韩愈《进学解》：“《诗》正而葩。” [14]闺门内许多风雅：《诗经》中许多篇章讲的是闺阁之事。 [15]姜嫄产哇：古代传说，姜嫄是黄帝曾孙帝喾（kù）的妃子，外出野游时，在天帝的大脚趾印上踩了一脚，回来就有孕，生下了后稷。见《诗经·大雅·生民》。哇，通“娃”。 [16]“不嫉妒”二句：《诗经·周南》中的《樛木》《螽斯》两篇，在《诗序》和朱熹的注解中都牵强附会地说是写后妃贤达不嫉妒之品德，其实它们都是古代的恋歌。 [17]“更有那咏鸡鸣”以下四句：咏鸡鸣，指《诗经·齐风·鸡鸣》，是讽刺恋床不起的懒汉。伤燕羽，指《诗经·邶风·燕燕》，是送别的诗。泣江皋，指《诗经·召南·江有汜》，是失意人士表示愤懑的诗。思汉广，指《诗经·周南·汉广》，是思念情人的诗。旧说都是写女子美德的诗篇。 [18]洗净铅华：去掉文采，归之于朴素。铅华，铅粉，古人搽脸用。 [19]有风有化：都有关风化，有教育意义。 [20]宜室宜家：女儿在夫家使全家和顺。语本《诗经·周南·桃夭》：“之子于归，宜其室家。”室，夫妻的住房。家，整个家庭。 [21]偌（ruò）：这么，那么。 [22]“《诗》三百”以下四句：《诗经》共收诗305篇，三百是约数。语本《论语·为政》:“《诗》三百,一言以蔽之,曰:思无邪。” [23] 文房四宝:笔、墨、纸、砚。 [24] 螺子黛:即螺黛,古代女子画眉用的颜料。 [25] 薛涛笺:唐朝成都名妓薛涛所制的彩色笺纸。 [26] 蔡伦:东汉人,改进造纸术。见《后汉书》本传。 [27] 眼:砚眼。砚石经磨制后出现的天然斑纹,圆晕如眼。广东肇庆出产的端砚的砚眼较多。 [28] 泪眼:端砚上的砚眼,有活眼、死眼、泪眼之分。不很清润明朗的称泪眼。 [29] 标老儿:傻老头儿。 [30] 把笔:孩子初学写字时,老师握住孩子的手,辅助其运笔。 [31] 格:法式,格式。 [32] 卫夫人:见第三出《训女》注 [54]。美女簪花:形容书法娟秀。 [33] 奴婢学夫人:学不像,学不真。语本《说郛》卷二三引《宾退录》:“羊欣书似婢作夫人,不堪位置。而举止羞涩,终不似真。” [34] 出恭牌:请假上厕所。明清考场中,不许考生擅离座位。若上厕所,必须领“出恭入敬”牌,凭牌出入。 [35] 平头六十:刚刚六十岁。 [36] 不知足而为屦(jù):不知道脚大小就做鞋子。屦,古代用麻葛等做的鞋子。语出《孟子·告子上》。这里写陈最良的书呆气。 [37] 女郎行(háng):女孩儿家。行,辈、家。应文科判衙:应科举考试,当官理事。 [38] 书涂嫩鸦:随便写字。涂鸦,字写得不好。 [39] 囊萤的:晋代车胤家贫,无钱买灯油,夏天的晚上把萤火虫装进练囊中,借其光亮读书。 [40] 趁月亮的:南齐江泌家贫,点不起灯,常借月亮的光读书。 [41] 蟾蜍:指月光。古代传说月亮里有蟾蜍,故以蟾蜍指代月亮。 [42] 虫蚁儿:指萤火虫。活支煞:活活弄死。 [43] 悬梁、刺股:战国楚人孙敬读书刻苦,怕打瞌睡,就用绳子束起头发系到房梁上。苏秦怕读书时会因疲劳睡去,就用锥子刺大腿。 [44] 比似:假若。 [45] 疤痆(niè):伤疤。痆,疤。 [46] 差:同“岔”,打扰。 [47] 闪:躲避。 [48] 桃李:所教的学生。门墙:师门。语本《论语·子张》:“夫子之墙数仞,不得其门而入。” [49] 崄把负荆人唬煞：险些把犯错的人吓死。崄，同“险”。负荆人，犯过错而知错的人。唬，恫吓。 [50] 唐突：冒犯。 [51] 责认：责备，教训。 [52] 招风：招惹是非。 [53] 绰疤：烧个疤。绰，戳。 [54] 签瞎：刺瞎。 [55] 没的争差：不再出差错。 [56] 挦（xián）：用手扯、拔。 [57] 背花：背上被打的伤痕。 [58] 家法：封建家庭责打家人的刑具，如鞭、棍等。 [59] 松这一遭儿：饶过这一次。 [60] 不求闻达：不求做官扬名。 [61] 一弄：一派，一带。 [62] 兀那：那。 [63] 流觞曲水：适合于游宴的弯曲水流。流觞，古人三月三日上巳修禊聚会，把装着酒的杯子漂在水上，杯子在谁面前停下，谁就拿来喝。 [64] 太湖山石：太湖石叠成的假山。太湖石产于太湖，玲珑多孔。 [65] 委实：确实，实在。 [66] 也曾飞絮谢家庭：出自唐李山甫《柳十首》其七。见《全唐诗》卷六四三。说自己也像谢道韫一样有诗才。见第三出《训女》注 [48]。 [67] 欲化西园蝶未成：出自唐张泌《春夕言怀》。见《全唐诗》卷七四二。是说想变成蝴蝶自由自在地游园，但未成功。化蝶，用庄子梦为蝴蝶的典故。 [68] 无限春愁莫相问：出自唐赵嘏《寄远》。见《全唐诗》卷五五〇。 [69] 绿阴终借暂时行：出自唐张祜《扬州法云寺双桧》。见《全唐诗》卷五一一。终借，终须。

[点评]

《闺塾》是昆曲舞台上贴旦行当出彩的折子戏，俗名《春香闹学》。

《闺塾》是杜丽娘生命历程中的一个重要节点。

陈最良得到杜府塾师的职务，心满意足。他虽无高深的学识，只会重复教条，但是教学严肃认真。让他始料未及的是，伴读的丫鬟春香出奇的聪明而调皮，她对听课毫无兴趣，一味地捣蛋，弄得老腐儒无比尴尬。女学生杜丽娘更是聪慧异常，她不仅已具备阅读和书法的基础，更具备独立思考的精神和能力。陈老师讲《关雎》，只会宣传“思无邪”的“后妃之德”。杜丽娘却不以为然，她不按封建教条来思考，很正确地领会了这是一曲男女婚恋的颂歌。

这一曲恋歌，开启了少女青春的窗户。“关关雎鸠”唤醒了她埋藏在心灵深处的自然欲念（参见第九出春香的念白）。表面上循规蹈矩的杜丽娘，内心已泛起春情的涟漪。她要在这“关关”声中冲出香闺，到大自然里去拥抱春天。所以听到春香说有花园，她已心向往之。

“春香闹学受杜丽娘责骂，正是天大冤枉。杜丽娘并不比春香循规蹈矩，不过她内心深沉，她的社会地位不允许她像春香一样无拘无束。同样不满意陈最良教书，春香以嘲笑出之，杜丽娘却只说得一句：‘依注解书学生自会。’她不是要春香跪下责认一遭吗？她要春香‘手不许把秋千索拿，脚不许把花园路踏’。然而，接着陪她游园的却正是春香。可见她的责备是违心之论，是为了照顾老师陈最良的面子和礼貌而不得不来这么一套的。”（徐朔方校注《牡丹亭·前言》）

“戏从‘闹’中出。闹的主角是春香，她一闹于《诗经》开篇，二闹于文房四宝，三闹于‘出恭’之后，连弄三波，层层起浪。……在这场‘闹’剧中，春香的顽皮憨劣，先生的迂腐绝伦，丽娘的沉稳不发，都历历如见。”（吴凤雏《牡丹亭》评注）

“小姐与丫鬟初蒙家教，塾师为一冬烘腐儒，按情节原是极其八股、冷静无聊之事，然而汤氏在此极闲极淡之处，巧妙运用科诨技巧，终而敷衍出一场谐谑闹热、至今犹夒演不衰的精彩好戏。”（蔡孟珍《重读经典牡丹亭》）

第八出　劝　农[1]

【夜游朝】（外引净扮皂隶，贴扮门子同上）何处行春开五马[2]？采邠风物候秾华[3]。竹宇闻鸠，朱轓引鹿[4]。且留憩甘棠之下。〔古调笑〕“时节时节，过了春三二月[5]。乍晴膏雨烟浓[6]，太守春深劝农。农重农重，缓理征徭词讼。”俺南安府在江广之间，春事颇早。想俺为太守的，深居府堂，那远乡僻坞，有抛荒游懒的，何由得知？昨已分付该县置买花酒，待本府亲自劝农。想已齐备。（丑扮县吏上）“承行无令史[7]，带办有农民。”禀爷爷，劝农花酒，俱已齐备。（外）分付起行。近乡之处，不许多人啰唣。（众应，喝道起行介）[8]（外）正是：“为乘阳气行春令[9]，不是闲游玩物华。”（下）

【前腔】（生、末扮父老上）白发年来公事寡。听儿童笑语喧哗。太守巡游，春风满马。敢借着这务农宣化？俺等乃是南安府清乐乡中父老。恭喜本府杜太爷，管治三年，慈祥端正，弊绝风清。凡各村乡约保甲[10]，义仓社学[11]，无不举行，极是地方有福。现今亲自各乡劝农，不免官亭伺候[12]。那祗候们扛抬花酒到来也[13]。

【普贤歌】（丑、老旦扮公人，扛酒提花上）俺天生的快手贼无过[14]。衙舍里消消没的睃[15]，扛酒去前坡。（做跌介）几乎破了哥[16]，摔破了花花你赖不的我[17]。（生、末）列位祗候哥到来。（老旦、丑）便是这酒埕子漏了[18]，则怕酒少，烦老官儿遮盖些。（生、末）不妨。且抬过一边，村务里嗑酒去[19]。（老旦、丑下）（生、末）地方端正坐椅[20]，太爷到来。（虚下）[21]

【排歌】（外引众上）红杏深花，菖蒲浅芽。春畴渐暖年华。竹篱茅舍酒旗儿叉。雨过炊烟一缕斜。（生、末接介）（合）提壶叫[22]，布谷喳[23]。行看几日免排衙[24]。休头踏[25]，省喧哗，怕惊他林外野人家。（皂禀介）禀爷，到官亭。（生、末见介）（外）众父老，此为何乡何都[26]？（生、末）南安县第一都

如画。（朱墨本批语）

那得有这一日！（柳浪馆本批语）

清乐乡。（外）待我一观。（望介）（外）美哉此乡，真个清而可乐也。〔长相思〕你看山也清，水也清，人在山阴道上行[27]。春云处处生。（生、末）正是。官也清，吏也清，村民无事到公庭。农歌三两声。（外）父老，知我春游之意乎？

【八声甘州】平原麦洒，翠波摇翦翦，绿畴如画。如酥嫩雨，绕塍春色蘼苴[28]。趁江南土疏田脉佳。怕人户们抛荒力不加[29]。还怕，有那无头官事，误了你好生涯。（生、末）以前昼有公差，夜有盗警。老爷到后呵，

陈继儒：描景佳。（明刻本《玉茗堂丹青记》批语）

【前腔】千村转岁华[30]。愚父老香盆[31]，儿童竹马[32]。阳春有脚[33]，经过百姓人家。月明无犬吠黄花[34]，雨过有人耕绿野。真个，村村雨露桑麻。（内歌《泥滑喇》介）（外）前村田歌可听。

【孝白歌】（净扮田夫上）泥滑喇[35]，脚支沙，短耙长犁滑律的拿[36]。夜雨撒菰麻[37]，天晴出粪渣，香风腌鲊[38]。（外）歌的好。“夜雨撒菰麻，天晴出粪渣，香风腌鲊”，是说那粪臭。父老呵，他却不知这粪是香的。有诗为证：“焚香列鼎奉君王[39]，馔玉炊金饱即妨[40]。直到饥时闻饭过，龙涎不及粪渣香[41]。”

臧懋循：“粪渣香”等语，正得元曲体，今人罕知此者。（朱墨本批语）

与他插花赏酒。（净插花赏酒，笑介）好老爷，好酒。（合）官里醉流霞[42]，风前笑插花，把农夫们俊煞[43]。（下）（门子禀介）一个小厮唱的来也[44]。

【前腔】（丑扮牧童拿笛上）春鞭打，笛儿吵[45]，倒牛背斜阳闪暮鸦。（笛指门子介）他一样小腰𦜬[46]，一般双髻鬌[47]，能骑大马。（外）歌的好。怎生指着门子唱"一样小腰𦜬，一般双髻鬌，能骑大马？"父老，他怎知骑牛的到稳。有诗为证："常羡人间万户侯[48]，只知骑马胜骑牛。今朝马上看山色，争似骑牛得自由。"赏他酒，插花去。（丑插花饮酒介）（合）官里醉流霞，风前笑插花，村童们俊煞。（下）（门子禀介）一对妇人歌的来也。

【前腔】（旦、老旦采桑上）那桑阴下，柳篓儿搓[49]，顺手腰身翦一丫[50]。呀，什么官员在此？俺罗敷自有家[51]，便秋胡怎认他，提金下马？（外）歌的好。说与他，不是鲁国秋胡，不是秦家使君，是本府太爷劝农。见此勤劬采桑，可敬也。有诗为证："一般桃李听笙歌，此地桑阴十亩多。不比世间闲草木，丝丝叶叶是绫罗。"领酒，插花去。（二旦背插花，饮酒介）（合）官里醉流霞，风前笑插花，采桑人俊煞。（下）

（门子禀介）又一对妇人唱的来也。

【前腔】（老旦、丑持筐采茶上）乘谷雨[52]，采新茶，一旗半枪金缕芽[53]。呀，什么官员在此？学士雪炊他[54]，书生困想他，竹烟新瓦[55]。（外）歌的好。说与他，不是邮亭学士[56]，不是阳羡书生[57]，是本府太爷劝农。看你妇女们采桑采茶，胜如采花。有诗为证："只因天上少茶星，地下先开百草精[58]。闲煞女郎贪斗草[59]，风光不似斗茶清[60]。"领了酒，插花去。（老旦、丑插花，饮酒介）（合）官里醉流霞，风前笑插花，采茶人俊煞。（下）（生、末跪介）禀老爷，众父老茶饭伺候。（外）不消。余花余酒，父老们领去，给散小乡村，也见官府劝农之意。叫祗候们起马。（生、末做攀留不许介）（起叫介）村中男妇领了花赏了酒的，都来送太爷。

杜公劝农一节，自是好官，然误打女婿，亦是话柄。（三妇本批语）

【清江引】（前各众插花上）黄堂春游韵潇洒，身骑五花马[61]。村务里有光华，花酒藏风雅。男女们请了，你德政碑随路打[62]。（下）

闾阎缭绕接山巅[63]，杜甫

春草青青万顷田[64]。张继

日暮不辞停五马[65]，羊士谔

桃花红近竹林边[66]。薛能

［注释］

[1]劝农：地方官在春天下乡，鼓励农民从事生产。 [2]行春：劝农。《后汉书·郑弘传》："太守常以春行所主县，劝人农桑，振救乏绝。"五马：代指太守，剧中杜宝为南安太守。 [3]采邠（bīn）风物候秾华：在百花盛开的时节出去劝农。采邠风，邠风即豳风，《诗经·豳风》多写农事活动，采邠风就是采录有关农事的民歌，此处是劝农的意思。 [4]朱轓（fān）引鹿：东汉时，淮阳太守郑弘出外劝农，有白鹿跟着他的车子走。有人说这是要做宰相的预兆。轓，车子的部件，装两侧以挡泥蔽尘。朱轓，红色的车轓，此处指太守所乘的车子。《后汉书·舆服志》："中二千石、二千石皆皂盖，朱两轓。" [5]春三二月：春天二三月。 [6]膏雨：甘霖，及时的好雨。 [7]"承行无令史"二句：这是县吏自夸直接秉承上级意旨办事，而且有农民为他出力。承行，执行上级命令办事。令史，府县管理文书的吏员。带办，兼办，帮办。 [8]喝道：官员出行，有人在前边吆喝，让人回避。 [9]"为乘阳气行春令"二句：古人以阴阳解释季节的嬗变，春天阴气终，阳气生。行春令，适时地行春劝农。唐王维《奉和圣制从蓬莱向兴庆阁道中留春雨中春望之作应制》："为乘阳气行时令，不是宸游玩物华。"字句略有改动。 [10]乡约：乡村里要农民遵守的规约。保甲：古代地方基层组织。 [11]义仓：为救灾用的地方设置的粮仓。社学：明代以后乡村设立的学校。 [12]官亭：接送官员的亭子。 [13]祗候：宋代的武官名，后用来指衙役、仆人。 [14]快手：捕快，地方政府所用的保安人员。《明神宗实录·登极诏》："各处额编民壮快手，本为缉捕盗贼而设。" [15]睃：看。 [16]哥：语气词，与"啊""呵"略同。 [17]花花：花。 [18]酒埕子：

酒坛子。 [19] 村务：乡村的酒店。嗑（kè）：喝。 [20] 地方：地保。相当于旧时的保甲长之类。 [21] 虚下：戏曲表演术语。演员走向下场门，表示下场了，旋即又可走回来。因为不是真的下场，人还在台上。 [22] 提壶：鹈鹕，水鸟。 [23] 布谷：布谷鸟。 [24] 排衙：长官排列仪仗，接受属员参谒，坐堂办公。 [25] 头踏：官员出行时走在前边的仪仗队。 [26] 都：古代行政单位，相当于后世的乡。《广雅·释地》："五里为邑，十邑为都。" [27] 人在山阴道上行：山阴道上，形容山水秀丽，美不胜收。《世说新语·言语》："从山阴道上行，山川自相映发，使人应接不暇。"山阴，浙江绍兴。 [28] 藞苴（luǒ zhā）：形容暮春景色。 [29] 抛荒力不加：不肯出力，把田地荒芜。 [30] 转岁华：日子过得不一样了，过上好日子了。 [31] 香盆：封建社会迎送官员的仪式。把香烛插在盆里，盆子顶在头上，跪地迎送，表示崇敬和爱戴。 [32] 儿童竹马：歌颂太守的成语。典出《后汉书·郭伋（jí）传》，东汉并州牧郭伋出巡西河，有几百个儿童骑竹马来欢迎他。 [33] 阳春有脚：歌颂太守的成语。典出《开元天宝遗事·有脚阳春》。说唐朝"宋璟爱民恤物，朝野归美，时人咸谓璟为'有脚阳春'，言所至之处，如阳春煦物也"。 [34]"月明无犬吠黄花"二句：元明戏曲人物上场惯用的诗句。如元石君宝《曲江池》杂剧第一折郑府尹上场诗："雨后有人耕绿野，月明无犬吠黄昏。"王实甫《丽春堂》杂剧第三折，济南府尹上场也用这两句。 [35]"泥滑喇"二句：泥路滑溜溜，脚踏不稳。 [36] 滑律：滑溜。 [37] 菰：禾本植物。花芽叫茭白，结实叫菰米。 [38] 香风䱹鲊（zhǎ）：风吹来阵阵鱼臭味。粪臭偏说"香风"，是农民对粪肥的特殊感情。鲊，腌鱼。 [39] 列鼎：菜肴很多。鼎，古代烹饪和盛菜的器具。 [40] 馔玉炊金：形容珍贵的食品。 [41] 龙涎：龙涎香。一种名贵的香料。 [42] 流霞：

酒的代称。传说有一种酒，喝上一杯就不会饥渴了。见《抱朴子·祛惑》。[43]俊煞：美死了。[44]小厮：男孩子。[45]吵：吹。[46]腰据：腰身。[47]髻鬟：髻鬟。[48]万户侯：泛指最高的官爵。汉制，列侯大的食邑万户。[49]柳篓儿搓：即柳条筐子斜背着。搓，此处为歪斜的意思。[50]丫：丫杈。此处指桑枝条。[51]“俺罗敷自有家”二句：汉乐府《陌上桑》写美貌少妇罗敷采桑，有个官员来调戏她，罗敷拒绝他说：“使君（太守）自有妇，罗敷自有夫。”传说秋胡离家十年，做了鲁国中大夫后回故乡。快到家时，在路上调戏一个采桑妇。他用金子做诱惑，还是遭到拒绝。后来才知道，这就是自己的妻子。[52]谷雨：二十四节气之一。谷雨前采的新茶，称雨前茶。[53]旗枪：绿茶的一种，由带顶尖的嫩叶制成。芽尖似枪，横展开的新叶似旗，故名。金缕芽：名贵的上品茶。[54]学士雪炊他：学士，宋代的陶谷，入宋之前曾做后周的翰林学士。他，指茶。《事文类聚》载：“陶谷得党太尉家姬，取雪水烹茶。曰：‘党家有此乐否？’曰：‘彼安能识此！但能于销金帐下饮羊羔美酒尔。’”[55]竹烟：燃竹烹茶时冒出的烟气。瓦：陶器，陶壶。[56]邮亭学士：即陶谷。陶谷出使南唐，在邮亭爱上了妓女秦若兰。事见《宋人轶事汇编》卷四引《玉壶清话》。元杂剧《风光好》写这个风流故事。[57]阳羡书生：《续齐谐志》记“阳羡鹅笼”的故事，说阳羡人许彦在路上遇见一书生，说是脚痛走不动了，请求钻到许彦的鹅笼里带他走。走了一会儿，书生从口里吐出一个美女，和他一起喝酒。这里是轻薄书生的意思。阳羡，宜兴，古代以产茶出名。[58]百草精：茶。唐齐己《咏茶十二韵》：“百草让为灵，功先百草成。”[59]斗草：古代的一种民间游戏。参加者大都是少女，在端午节最流行。[60]斗茶：一种比赛茶的优劣的游戏。[61]五花马：毛色斑驳的马。[62]德政碑随路打：意思是太守所到之处，都有人歌颂他。德政碑，民众为歌颂地方官的德政所立的碑石。　[63] 闾阎缭绕接山巅：出自唐杜甫《夔州歌十绝句》其四。见《全唐诗》卷二二九。闾阎，古代平民居住的地区，也指平民。　[64] 春草青青万顷田：出自唐张继《阊门即事》。见《全唐诗》卷二四二。　[65] 日暮不辞停五马：出自唐羊士谔《野望二首》其一。见《全唐诗》卷三三二。　[66] 桃花红近竹林边：出自唐薛能《宋氏林亭》。见《全唐诗》卷五六一。

[点评]

杜宝下乡劝农似乎不属于杜丽娘故事的主脑，但是，没有杜宝的外出，陈最良就很难告假回家，杜丽娘游园的愿望就难以实现。

杜宝是以正统的爱民清正官员的形象出现在《劝农》中。正因为杜宝为官清正，所以在后来的《冥判》中，胡判官看在“杜老先生份上”，才没有为难杜丽娘，而且给她特别宽大的待遇，放她出了枉死城，允许她随风游戏跟寻柳梦梅。

《劝农》描绘的南安府清乐乡一派太平景象。“山也青，水也清”，“官也清，吏也清，村民无事到公庭”，是汤显祖所追求的儒家仁政理想的体现。

汤氏剧作曲辞典雅婉丽，而此出却通俗本色，明白如话，别具一格。民间歌舞联翩而出，活泼热闹，所以常在民俗喜庆堂会和宫廷节令演出，曾为昆班保留的折子。

第九出　肃　苑

【一江风】（贴上）小春香，一种在人奴上[1]，画阁里从娇养。侍娘行，弄粉调朱，贴翠拈花，惯向妆台傍。陪他理绣床，陪他烧夜香。小苗条吃的是夫人杖[2]。"花面丫头十三四[3]，春来绰约省人事。终须等着个助情花，处处相随步步觑。"俺春香日夜跟随小姐。看他名为国色，实守家声。嫩脸娇羞，老成尊重。只因老爷延师教授，读到《毛诗》第一章："窈窕淑女，君子好逑。"悄然废书而叹曰："圣人之情，尽见于此矣。今古同怀，岂不然乎？"春香因而进言："小姐读书困闷，怎生消遣则个[4]？"小姐一会沉吟[5]，逡巡而起。便问道："春香，你教我怎生消遣

春香顽皮，老陈腐状，一一如画。（柳浪馆本批语）

至言。只讲得个"关关雎鸠"，如何便至此。忒奇！忒奇！（明刻本《批点牡丹亭记》批语）

那[6]？”俺便应道：“小姐，也没个甚法儿，后花园走走罢。”小姐说：“死丫头，老爷闻知怎好？”春香应说：“老爷下乡，有几日了。”小姐低回不语者久之[7]，方才取过历书选看。说明日不佳，后日欠好，除大后日，是个小游神吉期[8]。预唤花郎，扫清花径。我一时应了，则怕老夫人知道。却也由他。且自叫那小花郎分付去。呀，回廊那厢，陈师父来了。正是：“年光到处皆堪赏[9]，说与痴翁总不知。”

画出小姐情态。（柳浪馆本批语）

【前腔】（末上）老书堂[10]，暂借扶风帐。日暖钩帘荡。呀，那回廊，小立双鬟[11]，似语无言，近看如何相[12]？是春香，问你恩官在那厢？夫人在那厢？女书生怎不把书来上？（贴）原来是陈师父。俺小姐这几日没工夫上书。（末）为甚？（贴）听呵，

沈际飞：宛然。（独深居本批语）

谓夫人何在，不教女儿出来上书也。（三妇本批语）

【前腔】甚年光！忒煞通明相[13]，所事关情况。（末）有甚么情况？（贴）老师父还不知，老爷怪你哩。（末）何事？（贴）说你讲《毛诗》，毛的忒精了[14]。小姐呵，为诗章，讲动情肠。（末）则讲了个“关关雎鸠”。（贴）故此了。小姐说，关了的雎鸠，尚然有洲渚之兴，可以人而不如鸟乎！书要埋头，那景致则抬头望。如今分付，明后日游后花园。（末）为甚去游？

春香一心要分付花郎，不意遇着陈老耽搁。看他灵心香口，句句将冷语推托，非又写一通小姐读诗感触也。（三妇本批语）

春香二次说诗，实是妙悟。（三妇本批语）

（贴）他平白地为春伤。因春去的忙，后花园要把春愁漾[15]。（末）一发不该了。

【前腔】论娘行，出入人观望[16]，步起须屏障。春香，你师父靠天也六十来岁，从不晓得伤个春，从不曾游个花园。（贴）为甚？（末）你不知。孟夫子说的好，圣人千言万语[17]，则要人“收其放心”。但如常，着甚春伤？要甚春游？你放春归，怎把心儿放？小姐既不上书，我且告归几日。春香呵，你寻常到讲堂[18]，时常向琐窗[19]，怕燕泥香点涴在琴书上[20]。我去了。“绣户女郎闲斗草[21]，下帷老子不窥园[22]。”（下）（贴吊场）[23]且喜陈师父去了。叫花郎在么？（叫介）花郎！

画出腐态。（朱墨本批语）

喜其去，便见一会等得心焦。（三妇本批语）

【普贤歌】（丑扮小花郎醉上）一生花里小随衙[24]，偷去街头学卖花。令史们将我揸[25]，祇候们将我搭，狠烧刀、险把我嫩盘肠生灌杀[26]。（见介）春姐在此。（贴）好打。私出衙前骗酒，这几日菜也不送。（丑）有菜夫。（贴）水也不枧[27]。（丑）有水夫。（贴）花也不送。（丑）每早送花，夫人一分，小姐一分。（贴）还有一分哩？（丑）这该打。（贴）你叫什么名字？（丑）花郎。（贴）你把花郎的意思，㧐个曲儿俺听。㧐的好，饶打。（丑）使得。

【梨花儿】小花郎看尽了花成浪，则春姐花沁的水洸浪[28]。和你这日高头偷眼眼[29]，嗏，好花枝干鳖了作么朗[30]！（贴）待俺还你也哥。

【前腔】小花郎做尽花儿浪，小郎当夹细的大当郎[31]？（丑）哎哟，（贴）俺待到老爷回时说一浪[32]，（采丑发介）嗏，敢几个小榔头把你分的朗[33]。（丑倒介）罢了，姐姐为甚事光降小园？（贴）小姐大后日来瞧花园，好些扫除花径。（丑）知道了。

东郊风物正薰馨[34]，崔日用
应喜家山接女星[35]。陈陶
莫遣儿童触红粉[36]，韦应物
便教莺语太丁宁[37]。杜甫

［注释］

[1]一种：一样、同样。 [2]小苗条：小小的苗条的身躯。 [3]“花面丫头十三四”以下四句：见唐刘禹锡《寄赠小樊》：“花面丫头十三四，春来绰约向人时。终须买取名春草，处处将行步步随。”略有改动。花面，古代女子以花贴面为装饰。绰约，姿态柔美。助情花，据说是安禄山献给唐明皇的一种春药，见《开元天宝遗事》。此处指情人、爱人。 [4]则个：语气词，本身无具体意义，用在句尾以加强语气。 [5]沉吟：考虑，思忖。 [6]那：同

“哪”。 [7] 低回：徘徊。 [8] 小游神吉期：古代迷信，人凡出门要选择吉日。小游神当值的那天，被认为是吉日之一。 [9] 年光：春光。 [10]“老书堂”二句：老儒生暂时设帐教书。扶风帐，指教书。汉代学者马融曾在扶风设帐教书。扶风，地名，在今陕西。 [11] 双鬟：古代少女梳头的一种发式，此处指春香。 [12] 近看如何相：走近些看看是谁。 [13] 忒煞通明相：太聪明的模样。 [14] 精：深透。此处是讽刺，说陈最良讲得太奇怪。 [15] 春愁漾：排遣春愁。漾，抛散。 [16]“出入人观望”二句：女孩子外出，为了不使人看见，必须把脸遮蔽。《礼记·内则》：“女子出门，必拥蔽其面。” [17]“圣人千言万语”二句：《孟子·告子上》：“学问之道无他，求其放心而已矣。”意思是学习的要义只有一条，就是要把放荡的心思收回来。圣人，指孟子。 [18] 寻常：平常，常常。 [19] 琐窗：雕饰精美的门窗。此指装饰华美的书房。 [20] 怕燕泥香点涴在琴书上：语本杜甫《绝句漫兴九首》其三：“江上燕子故来频，衔泥点污琴书内。” [21] 绣户：华丽的居室，闺房。 [22] 下帷老子不窥园：汉代学者董仲舒在帷帐内专心治学，三年没去看一下园圃。见《汉书·董仲舒传》。 [23] 吊场：戏曲术语。一出戏结束或一个重要表演场面结束，其他角色都已下场，只留一二角色在场上诵念下场诗，叫吊场。 [24] 随衙：跟班，侍候。 [25] 揸：抓。下文“搭”，也是抓的意思。 [26] 烧刀：烧酒。 [27] 枧（jiǎn）：引水的长管。此处是以竹通水的意思。 [28] 春姐花沁的水洸浪：说春香像花一样把人弄得心旌荡漾。 [29] 偷眼眼：调情的意思。 [30] 好花枝干鳖了作么朗：调情的话，说花一样的你要及时行乐，莫等干瘪了就没意思了。 [31] 小郎当夹细的大当郎：调情的秽亵语。 [32] 说一浪：说一番，说一回。 [33] 敢几个小榔头把你分的朗：只怕几榔头就把你打成两截。榔头，棒槌。 [34] 东郊风物正薰馨：出自唐崔日用《奉和圣制春日幸望春宫应制》。见《全唐诗》卷四六。 [35] 应喜家山接女星：出自唐陈陶《投赠福建路罗中丞》。见《全唐诗》卷七四六。女星，二十八宿之一，所主地域是扬州。 [36] 莫遣儿童触红粉：出唐韦应物《将往滁城恋新竹简崔都水示端》。见《全唐诗》卷一八七。意思是不要让小儿女接触男女之事。 [37] 便教莺语太丁宁：出唐杜甫《绝句漫兴九首》其一。见《全唐诗》卷二二七。意思是一旦小儿女懂得男女之事，他们的言语就会太多情了。

[点评]

肃苑，就是为杜丽娘的游园而整肃清扫花园。

《肃苑》是一个过场，任务本来很简单，就是春香为杜丽娘的游园做准备，可是作者又用了许多心思。

让陈最良再次出场，一是对这个腐儒再做几笔描绘，更重要的是让春香对他一番数落。春香两次说到《关雎》，让读者和观众理解杜小姐是“为诗章，讲动情肠”，她的游园不是通常的游玩观赏，而是要排遣春愁。

游园是杜丽娘平生第一次出闺房的重大行动，因此准备得郑重其事。要选择吉日，要清扫花园，翌日她还要艳妆打扮。

小花郎贪杯，常常出衙卖花骗酒，所以花园才欠收拾，留下冷落的断井颓垣。

第十出　惊　梦

【绕地游】（旦上）梦回莺啭[1]，乱煞年光遍[2]。人立小庭深院。（贴）炷尽沉烟[3]，抛残绣线，恁今春关情似去年？〔乌夜啼〕"（旦）晓来望断梅关[4]，宿妆残[5]。（贴）你侧着宜春髻子恰凭阑[6]。（旦）翦不断[7]，理还乱，闷无端。（贴）已分付催花莺燕借春看。"（旦）春香，可曾叫人扫除花径？（贴）分付了。（旦）取镜台衣服来。（贴取镜台衣服上）"云髻罢梳还对镜[8]，罗衣欲换更添香。"镜台衣服在此。

【步步娇】（旦）袅晴丝吹来闲庭院[9]，摇漾春如线。停半晌，整花钿。没揣菱花[10]，偷人半面[11]。迤逗的彩云偏[12]。（行介）步香闺怎便把全身现！（贴）今日穿插的好。

邹自振、董瑞兰：【绕地游】【步步娇】【醉扶归】描写杜丽娘游园前的心情，细致地刻画出其向往自然、热爱青春但又因初出闺阁而感到娇羞犹疑的微妙心理。（《牡丹亭》评注）

赵山林：袅袅晴丝，摇漾如线，闺中人正是从这若有若无的游丝中窥见了春的踪迹。这心细如发的观察，正体现出杜丽娘对春的敏感和热爱。（《牡丹亭选评》）

【醉扶归】（旦）你道翠生生出落的裙衫儿茜[13]，艳晶晶花簪八宝填[14]，可知我常一生儿爱好是天然[15]。恰三春好处无人见[16]。不提防沉鱼落雁鸟惊喧[17]，则怕的羞花闭月花愁颤[18]。（贴）早茶时了。请行。（行介）你看："画廊金粉半零星，池馆苍苔一片青。踏草怕泥新绣袜[19]，惜花疼煞小金铃[20]。"（旦）不到园林，怎知春色如许！

徐朔方："爱美是我的天性，不是让人看的。"她以潜台词对春香做了回答。（《汤显祖评传》）

【皂罗袍】原来姹紫嫣红开遍[21]，似这般都付与断井颓垣。良辰美景奈何天[22]，赏心乐事谁家院！恁般景致，我老爷和奶奶再不提起。（合）朝飞暮卷，云霞翠轩；雨丝风片，烟波画船——锦屏人忒看的这韶光贱[23]！（贴）是花都放了[24]，那牡丹还早。

蔡孟珍：春景正盛却乏人欣赏，象征着杜丽娘青春正炽却乏人怜爱。

无人关爱的青春，怎不令她对天徒唤奈何。（《重读经典牡丹亭》）

【好姐姐】（旦）遍青山啼红了杜鹃[25]，荼蘼外烟丝醉软[26]。春香呵，牡丹虽好[27]，他春归怎占的先！（贴）成对儿莺燕呵。（合）闲凝眄，生生燕语明如翦[28]，呖呖莺歌溜的圆。（旦）去罢。（贴）这园子委是观之不足也[29]。（旦）提他怎的！（行介）

蔡孟珍：她想自己才貌出众，生命中原该出现的爱情，迄今犹未降临，我是美丽的，可是属于我的真爱却最晚出现。（《重读经典牡丹亭》）

【隔尾】观之不足由他缱[30]，便赏遍了十二亭台是枉然。到不如兴尽回家闲过遣[31]。（作到介）（贴）

"开我西阁门[32]，展我东阁床。瓶插映山紫[33]，炉添沉水香。"小姐，你歇息片时，俺瞧老夫人去也。（下）（旦叹介）"默地游春转，小试宜春面。"春呵，得和你两留连，春去如何遣？咳，恁般天气，好困人也。春香那里？（作左右瞧介）（又低首沉吟介）天呵，春色恼人，信有之乎！常观诗词乐府，古之女子，因春感情，遇秋成恨，诚不谬矣。吾今年已二八[34]，未逢折桂之夫；忽慕春情，怎得蟾宫之客？昔日韩夫人得遇于郎[35]，张生偶逢崔氏[36]，曾有《题红记》《崔徽传》二书[37]。此佳人才子，前以密约偷期[38]，后皆得成秦晋[39]。（长叹介）吾生于宦族，长在名门。年已及笄[40]，不得早成佳配，诚为虚度青春，光阴如过隙耳[41]。（泪介）可惜妾身颜色如花，岂料命如一叶乎[42]！

徐朔方：春香是兴冲冲地"观之不足"，完全是个孩子；杜丽娘则"便赏遍了十二亭台是枉然"，满腔心事，无处可诉。（校注《牡丹亭·前言》）

【山坡羊】没乱里春情难遣[43]，蓦地里怀人幽怨。则为俺生小婵娟[44]，拣名门一例、一例里神仙眷。甚良缘，把青春抛的远！俺的睡情谁见？则索因循腼腆[45]。想幽梦谁边，和春光暗流转？迁延，这衷怀那处言！淹煎[46]，泼残生，除问天！身子困乏了，且自隐几而眠[47]。（睡介）（梦生介）（生持柳枝上）"莺逢日暖歌声滑，人遇风情笑口开。一径落花随

黄竹三：丽娘游园，本为消遣，不意绚丽春色却触发了她深潜于心的爱情欲望。（《牡丹亭》评注）

柳生顺路跟来，故“幽闺自怜”之语，历历闻之。几句伤心话儿，能使丽娘倾倒也。（三妇本批语）

水入，今朝阮肇到天台[48]。”小生顺路儿跟着杜小姐回来，怎生不见？（回看介）呀，小姐，小姐！（旦作惊起介）（相见介）（生）小生那一处不寻访小姐来，却在这里！（旦作斜视不语介）（生）恰好花园内，折取垂柳半枝。姐姐，你既淹通书史，可作诗以赏此柳枝乎？（旦作惊喜，欲言又止介）（背想）这生素昧平生，何因到此？（生笑介）小姐，咱爱杀你哩！

【山桃红】则为你如花美眷，似水流年，是答儿闲寻遍[49]。在幽闺自怜。小姐，和你那答儿讲话去。（旦作含笑不行）（生作牵衣介）（旦低问）那边去？（生）转过这芍药栏前，紧靠着湖山石边。（旦低问）秀才，去怎的？（生低答）和你把领扣松，衣带宽，袖梢儿揾着牙儿苫也，则待你忍耐温存一晌眠[50]。（旦作羞）（生前抱）（旦推介）（合）是那处曾相见[51]，相看俨然，早难道这好处相逢无一言[52]？（生强抱旦下）（末扮花神束发冠，红衣插花上）“催花御史惜花天[53]，检点春工又一年。蘸客伤心红雨下[54]，勾人悬梦彩云边。”吾乃掌管南安府后花园花神是也。因杜知府小姐丽娘，与柳梦梅秀才，后日有姻缘之分，杜小姐游春感伤，致使柳秀才入梦。咱花神专掌惜玉怜香，竟来保护他，要他云雨十分欢幸也。

【鲍老催】（末）单则是混阳烝变[55]，看他似虫儿般蠢动把风情搧[56]。一般儿娇凝翠绽魂儿颤。这是景上缘[57]，想内成，因中见。呀，淫邪展污了花台殿[58]。咱待拈片落花儿惊醒他。（向鬼门丢花介）[59]他梦酣春透了怎留连？拈花闪碎的红如片。秀才才到的半梦儿；梦毕之时，好送杜小姐仍归春阁。吾神去也。（下）

花神的歌舞把杜丽娘的春梦神圣化、诗化、艺术化。明末以来逐渐扩增，演变成规模宏大的爱情颂歌《堆花》。

【山桃红】（生、旦携手上）（生）这一霎天留人便，草藉花眠。小姐可好？（旦低头介）（生）则把云鬓点，红松翠偏。小姐休忘了呵，见了你紧相偎，慢厮连，恨不得肉儿般团成片也，逗的个日下胭脂雨上鲜。（旦）秀才，你可去呵？（合）是那处曾相见，相看俨然，早难道这好处相逢无一言？（生）姐姐，你身子乏了，将息，将息。（送旦依前作睡介）（轻拍旦介）姐姐，俺去了。（作回顾介）姐姐，你可十分将息，我再来瞧你那。“行来春色三分雨，睡去巫山一片云。”（下）（旦作惊醒，低叫介）秀才，秀才，你去了也？（又作痴睡介）（老旦上）“夫婿坐黄堂，娇娃立绣窗。怪他裙衩上，花鸟绣双双。”孩儿，孩儿，你为甚瞌睡在此？（旦作醒，叫秀才介）咳也。（老旦）孩儿怎的来？（旦作惊起介）奶奶到此！（老旦）我儿，何不做些针指，或观玩书史，舒展情怀？因何昼寝于此？（旦）孩儿适花园中闲玩，忽值春暄恼人，故此回房。无可消遣，不觉困倦少息。有失迎接，望母亲恕儿之罪。（老旦）孩儿，这后花园中冷静，少去闲行。（旦）领母亲严命。（老旦）孩儿，学堂看书去。（旦）先生不在，且自消停[60]。（老旦叹介）女孩儿长成，自有许多情态，且自由他。正是："宛转随儿女，辛勤做老娘。"（下）（旦长叹介）（看老旦下介）哎也，天那，今日杜丽娘有些侥幸也。偶到后花园中，百花开遍，睹景伤情。没兴而回，昼眠香阁。忽见一生，年可弱冠[61]，丰姿俊妍。于园中折得柳丝一枝，笑对奴家说："姐姐既淹通书史，何不将柳枝题赏一篇？"那时待要应他一声，心中自忖，素昧平生，不知名姓，何得轻与交言。正如此想间，只见那生向前说了几句伤心话儿，将奴搂抱去牡丹亭畔，芍药阑边，共成云雨之欢。两情和合，真个是千般爱惜，万种温存。欢毕之时，又送我睡眠，几声"将息"。正待自送那生出门，忽值母亲来到，唤醒将来。我一身冷汗，乃是南柯一梦[62]。忙身参礼母亲，又被母亲絮了许多闲话[63]。奴家口虽无言答应，心内思想梦中之事，何曾放怀。行坐不宁，自觉如有所失。娘呵，你教我学堂看书去，知他看那一种书消闷也。（作掩泪介）

【绵搭絮】雨香云片[64]，才到梦儿边。无奈高堂，唤醒纱窗睡不便。泼新鲜冷汗粘煎，闪的俺心悠步亸[65]，意软鬟偏。不争多费尽神情[66]，坐起谁忺[67]？则待去眠。（贴上）"晓妆销粉印，春润费香篝[68]。"小姐，薰了被窝睡罢。

【尾声】（旦）困春心游赏倦，也不索香薰绣被眠。天呵，有心情那梦儿还去不远。

赵山林：因春心而有春梦，梦来有因；只要春心不减，则梦去不远，犹可追寻。为下面的《寻梦》留下了伏笔。（《牡丹亭选评》）

春望逍遥出画堂[69]，张说
间梅遮柳不胜芳[70]。罗隐
可知刘阮逢人处[71]？许浑
回首东风一断肠[72]。韦庄

[**注释**]

[1] 梦回莺啭：即"春眠不觉晓，处处闻啼鸟"之意。 [2] 乱煞年光遍：到处是缭乱的春光。 [3] 炷：燃香。沉烟：沉水烟，可燃熏的香料。 [4] 梅关：在大庾岭上，为江西与广东分界的关口。宋代设关，附近及驿道多梅树，又称梅关。在《牡丹亭》故事发生地南安之南不远处。 [5] 宿妆：隔夜的残妆。 [6] 宜春髻子：古代女子的一种发式。立春日，女子把彩色丝绸剪成燕子

形，戴在髻上，上贴“宜春”二字。见《荆楚岁时记》。 [7]“翦不断”二句：南唐后主李煜《相见欢》句。此处写闺中少女的无端苦闷。 [8]“云髻罢梳还对镜”二句：唐薛逢《宫词》诗句，见《全唐诗》卷五四八。 [9]袅：形容游丝在空中飘荡不定。晴丝：春日晴空中飘荡的游丝、飞丝，即后文所说的烟丝，虫类所吐的丝缕。 [10]没揣：不意，没想到。菱花：镜子。古代用铜镜，背面常铸菱花图案以为装饰，因此菱花常作镜子的代称。 [11]偷人半面：拟人化说法，没想到被镜子偷看了一下。偷，偷窥。 [12]迤（tuō）逗的彩云偏：意思是说想不到镜子偷偷地照见了她，害得她羞答答地把发卷也弄歪了。这几句写出一个少女含情脉脉的微妙心理，她是连看见镜子里的自己也有些不好意思。迤逗，挑逗。彩云，形容女子美丽如云的秀发。 [13]翠生生：颜色鲜丽。出落的：显出，衬托出。茜：茜红色。 [14]艳晶晶花簪八宝填：光彩夺目的簪子上镶嵌了多种宝石。 [15]可知我常一生儿爱好是天然：你可知道我天生就是爱美的。爱好，爱美。 [16]恰三春好处无人见：正当青春的花季却还没人发现和欣赏。恰，正当。三春好处，青春美貌。 [17]沉鱼落雁：形容女子的美貌。鱼儿见其美色，自愧不如而下沉水底。大雁为贪看她的美色而停飞降落。 [18]羞花闭月：花儿见其美而感到羞涩，月亮见其美而隐藏起来。形容女子之美。 [19]泥：沾污。 [20]惜花疼煞小金铃：为爱惜花朵而常常扯铃，小金铃都被扯得疼煞了。典出《开元天宝遗事》：“天宝初，宁王……于后园中纫红丝为绳，密缀金铃，系于花梢之上。每有鸟鹊翔集，则令园吏掣铃索以惊之。盖惜花之故也。” [21]姹（chà）紫嫣红：各种花朵绚烂艳丽。姹紫，嫩紫。嫣红，娇红。 [22]“良辰美景奈何天”二句：由满园的姹紫嫣红却交代给断井颓垣，而感叹此园的主人不懂得享受良辰美景、赏心乐事，只能对天徒唤奈何。 [23] 锦屏人忒看的这韶光贱：杜丽娘感叹自己十六岁才第一次游赏花园，岂非辜负了这大好春光！锦屏人，闺阁中人。韶光，春光。忒，太，特。贱，不看重。 [24] 是：凡是，所有的。 [25] 啼红了杜鹃：用杜鹃鸟泣血的传说，写满山开遍了杜鹃花。 [26] 荼蘼（tú mí）：花名。白色重瓣，有香味，晚春开放。 [27] “牡丹虽好”二句：牡丹虽然富贵美好，但开花晚，暮春才开放，怎能占得百花之先呢！用牡丹自比，隐含着杜丽娘对青春被耽搁的伤感。 [28] “生生燕语明如翦”二句：形容燕语像剪子声那样清脆明快，莺歌呖呖如此流利婉转。此句由春香“成对儿莺燕呵”引起，进一步激起杜丽娘的春情。 [29] 观之不足：看不厌，看不够。 [30] 缱：留恋，缠绵。 [31] 闲过遣：闲过遣，慢慢地排遣。遣，排遣。【隔尾】的意思是故事至此暂告一段落。以上部分习称为《游园》。其后情节称《惊梦》。 [32] “开我西阁门”二句：语本《木兰诗》：“开我东阁门，坐我西阁床。” [33] 映山紫：映山红（杜鹃花）的一种，色紫红。 [34] “年已二八”以下四句：杜丽娘想自己已经青春成熟，怎么才能遇到有才学而且金榜高中的男子。蟾宫折桂比喻科举会试及第。 [35] 韩夫人得遇于郎：唐人传奇红叶题诗的故事。唐僖宗时，宫女韩氏以红叶题诗，从御沟中流出宫外，被于祐拾到。于祐也以红叶题诗，投入沟水的上游，寄给韩氏，恰巧又被韩氏拾得。后来唐僖宗放韩氏出宫，两人结为夫妇。事见宋刘斧《青琐高议》前集卷五《流红记》。汤显祖友人王骥德曾以此为题材写成传奇《题红记》。 [36] 张生偶逢崔氏：即张生和崔莺莺的爱情故事。见唐元稹小说《会真记》（《莺莺传》）和元王实甫杂剧《西厢记》。 [37]《题红记》《崔徽传》：王骥德《题红记》写红叶题诗故事。唐人传奇《崔徽传》写妓女崔徽和裴敬中的恋爱故事，与张生崔莺莺故事无关，疑是《莺莺传》的笔误。 [38] 密约偷期：暗中相约幽会。 [39] 得成秦晋：得成夫妇。春秋时代，秦晋两国世代联姻，后世因称联姻为结“秦晋之好”。 [40] 及笄（jī）：古代女子年十五开始束发插簪（笄），叫及笄。表示已经成年，可以结婚了。见《礼记·内则》。 [41] 光阴如过隙：形容时光易逝。典出《庄子·逍遥游》：“人生天地之间，若白驹之过隙，忽然而已。” [42] 岂料命如一叶：元好问词《鹧鸪天·妾薄命》：“颜色如花画不成，命如叶薄可怜生。” [43] 没乱里：形容心绪缭乱。 [44]“则为俺生小婵娟”以下四句：埋怨父母一个一个地在名门中选择神仙眷侣，结果把大好青春给轻抛了。婵娟，美女。神仙眷，理想的眷侣。 [45] 腼腆：害羞。 [46]“淹煎”二句：淹煎，受煎熬。泼残生，苦命儿。元杂剧《灰阑记》第二折【浪里来煞】：“则我这泼残生，怎熬出这个死囚牢。” [47] 隐儿：靠着几案。 [48] 阮肇到天台：见到爱人。南朝宋刘义庆《幽明录》载，剡县人刘晨、阮肇进天台山采药，在桃源洞遇到二仙女，邀刘、阮到家，结为夫妇。留居半年，后还乡，则子孙已历七世。见《太平御览》卷四一。 [49] 是答儿：到处。 [50] 一晌：一会儿。 [51]“是那处曾相见”二句：在哪里曾经相见过，相看觉得面熟。《牡丹亭》第二出《言怀》写柳梦梅也曾做下一梦，梦到一园，梅花树下遇到一个美人，说和他有姻缘之分。 [52] 早难道：岂不闻。 [53] 催花御史：唐朝宫中设惜花御史之职，管理花卉。此处花神借用御史之名。 [54] 蘸：粘附。 [55] 混阳烝变：道家术语，指天地万般变化。烝，众多。 [56]“看他似”二句：描述男女幽会情景。 [57]“景上缘”以下三句：引用佛家因缘观念，说这段姻缘只是不真实的梦幻，一切事物都是因缘和合而成。景，同“影”。见，同“现”。 [58] 展污：沾污，弄脏了。 [59] 鬼门：传统戏台上角色的上下场门，也叫“鬼门道”。 [60] 消停：休息。 [61] 弱冠：二十岁。古时男子到二十岁行冠礼，表示已成人。《礼记·曲礼上》：“人生十年曰幼，学；二十曰弱，冠；三十曰壮，有室。” [62] 南柯一梦：南柯，梦的代称。典出唐李公佐传奇小说《南柯太守传》，写淳于棼醉梦中入大槐安国，被招为驸马，做南柯郡太守。二十年历尽荣华富贵，宦海沉浮。醒来，发现大槐安国不过是大槐树下的一个蚁穴，南柯郡则是南面树枝下的另一个蚁穴。见《太平广记》卷四七五。 [63] 絮：絮叨。 [64] 雨香云片：云雨，梦中的男女幽会。 [65] 心悠步亸（duō）：心里悠悠忽忽，脚步挪不动。亸，偏斜，下垂。 [66] 不争多：差不多，几乎。 [67] 坐起谁忺（xiān）：意思是无论坐着站着都不舒坦。忺，惬意。 [68] 香篝：薰笼，薰香用。 [69] 春望逍遥出画堂：出自唐张说《奉和圣制春日出苑应制》。见《全唐诗》卷八七。 [70] 间梅遮柳不胜芳：出自唐罗隐《桃花》。见《全唐诗》卷六五七。 [71] 可知刘阮逢人处：出自唐许浑《早发天台中岩寺度关岭次天姥岑》。见《全唐诗》卷五三三。 [72] 回首东风一断肠：出自唐罗隐《桃花》：“旧山山下还如此，回首东风一断肠。”见《全唐诗》卷六五七。非韦庄诗。

［点评］

汤显祖说“因情成梦，因梦成戏”（《复甘义麓》）。《牡丹亭》的戏剧故事由《惊梦》一出而正式启动。昆曲演出惯常把全出分为两段，【隔尾】之前称《游园》，其后称《惊梦》，合称《游园惊梦》，是经常演出的经典折子戏。

此出写少女杜丽娘游园由惊叹满园春色而怀春，惜春，进而伤春，由春情难遣而入梦。从春梦的欢愉，到梦的被剥夺。步步递进，层次分明。

杜丽娘来到人间十五年（虚龄十六岁），才第一次走出闺阁，自然要认真打扮一番。梳妆的结果使她感到真的是太美了，美得连自己都有些不好意思。

游园是趁父亲下乡劝农，陈老师请假回家的机会，不向母亲禀告而独自决定的大胆的行动。她在丫鬟春香的陪同下，终于怀着几分羞涩迈出了香闺。

乍进园门，满园春色使她大为惊喜，不由得感叹："不到园林，怎知春色如许！"她看到"画廊金粉半零星"，满园的"姹紫嫣红"却交代给"断井颓垣"，春景正盛却乏人欣赏，不由得产生自己青春正炽却乏人怜爱的联想，怀春惜春的情感使她对天徒唤奈何。春景如此美好，她这个"锦屏人"来到人世十六岁了才第一次游赏，岂不是辜负了大好春光！这支【皂罗袍】经汤显祖的妙笔点染，再加上昆曲的优美演唱，便成了流传千古的名曲。

牡丹虽美，其开放却不能领群芳之先。杜丽娘由此联想，自己虽有沉鱼落雁之貌，却迟迟未曾遇到爱情，由怀春惜春而生伤春之情。花园的游赏反而心生烦闷，无奈地仍要回到她幽居的闺房。坐下来静思，更加春情难遣。她感到春色恼人。心想"年已二八，未逢折桂之夫；忽慕春情，怎得蟾宫之客"，产生了对理想婚姻的渴望和无处倾诉的幽怨。杜丽娘"因情成梦"，梦境中柳梦梅出现了，现实的渴望在梦中得到充分的实现。

汤显祖极为热情地安排了一段花神的歌舞，把杜丽娘和柳梦梅的梦中幽会诗化、艺术化、神圣化。这无疑是告诉读者和观众，杜丽娘和柳梦梅的自然情爱既然能得到天神的保护，那么就更应当受到人间社会的尊重与呵护。明末以来的演出中，花神的歌舞不断地增华。由一位花神扩增为生旦净丑扮演的十二月花神，甚至还加上四个云童。曲牌也由一支扩增为五支——【出队子】【画眉序】【滴溜子】【鲍老催】【双声子】。形成了《堆花》一折，可单独表演。冯起凤《吟香堂曲谱》和叶堂《纳书楹曲谱》都有《堆花》一折的曲谱。有的学者称之为《结婚进行曲》(蔡孟珍《重读经典牡丹亭》)。

杜柳的云雨美梦做到一半儿，就被花神用花瓣催醒。杜丽娘正恋恋不舍地轻唤"秀才"，又听到母亲的一声呼唤，吓出一身冷汗。美梦被彻底剥夺了。心理学实验证明，"梦剥夺"的后果很严重，能使人心情烦躁焦虑，精神倦怠，情绪低落抑郁。杜丽娘的春梦被花神和母亲反复惊醒，已形成梦剥夺。从此，杜丽娘思想梦中之事，不能放怀，坐立不宁，如有所失，实际上已经陷入精神抑郁。她再也不想去学堂，只想重温旧梦。

此后，杜丽娘寻梦而不可得，造成因梦而病，因病而亡。

第十一出　慈　戒

（老旦上）“昨日胜今日[1]，今年老去年。可怜小儿女[2]，长自绣窗前。”几日不到女孩儿房中，午晌去瞧他，只见情思无聊，独眠香阁。问知他在后花园回，身子困倦。他年幼不知：凡少年女子，最不宜艳妆戏游空冷无人之处。这都是春香贱材逗引他。春香那里？（贴上）“闺中图一睡，堂上有千呼。”奶奶，怎夜分时节，还未安寝？（老旦）小姐在那里？（贴）陪过夫人到香阁中，自言自语，淹淹春睡去了[3]。敢在做梦也。（老旦）你这贱材，引逗小姐后花园去。倘有疏虞[4]，怎生是了！（贴）以后再不敢了。（老旦）听俺分付：

【征胡兵】女孩儿只合香闺坐，拈花翦朵。问绣窗针指如何？逗工夫一线多[5]。更昼长闲不过，琴书外自有好腾那[6]。去花园怎么？（贴）花园好景。（老旦）丫头，不说你不知：

老夫人你虽絮絮叨叨，已是贼出关门、屁出掩臀了。（柳浪馆本批语）

【前腔】后花园窣静无边阔[7]，亭台半倒落。便我中年人要去时节，尚兀自里打个磨陀[8]。女儿家甚做作？星辰高犹自可[9]。（贴）不高怎的？（老旦唱）厮撞着[10]，有甚不着科，教娘怎么？小姐不曾晚餐，早饭要早。你说与他。

如其口出。（明刻本《批点牡丹亭记》批语）

（老）风雨林中有鬼神[11]，苏广文

（贴）寂寥未是采花人[12]。郑谷

（老）素娥毕竟难防备[13]，段成式

（贴）似有微词动绛唇[14]。唐彦谦

［注释］

[1]“昨日胜今日”二句：语本《云溪友议》卷九《艳阳词》所引刘采春唱词。 [2] 可怜小儿女：杜甫《月夜》：“遥念小儿女，未解忆长安。” [3] 淹淹：昏昏沉沉。 [4] 疏虞：差错。 [5] 逗工夫一线多：春日昼长，可以比平常多做一些针线活。一线，刺绣时用完一根线的工夫。 [6] 腾那：腾挪。本指闪展翻腾的动作，此处引申为消遣。 [7] 窣（sū）静：很静。 [8] 尚兀自：犹自。磨陀：徘徊，犹豫，不太敢。 [9] 星辰高犹自可：命大运气好那还不要紧。 [10]“厮撞着”二句：撞着什么不对头的东西，遇到什么意外。 [11] 风雨林中有鬼神：出自唐苏广文《自商山宿

隐居》。见《全唐诗》卷七八三。 [12] 寂寥未是采花人：出自唐郑谷《蜀中春日》。见《全唐诗》卷六七六。 [13] 素娥毕竟难防备：出自唐段成式《嘲元中丞》。见《全唐诗》卷五八四。素娥，嫦娥。此处指杜丽娘。 [14] 似有微词动绛唇：出自唐唐彦谦《绯桃》。见《全唐诗》卷六七二。微词，婉转的规劝、责备。

[点评]

《慈戒》是一出过场戏。杜丽娘到空冷无人的花园游玩，情思无聊，独眠香阁。杜母为此非常担心，夜不能寐，责备春香。春香当然会把杜母的训诫转告杜丽娘，但杜丽娘情窦已开，岂能抑遏得住！花园已游过，春梦已做成，杜母的训诫为时已晚了。

第十二出　寻　梦

【夜游宫】（贴上）腻脸朝云罢盥[1]，倒犀簪斜插双鬟。侍香闺起早[2]，睡意阑珊：衣桁前，妆阁畔，画屏间。伏侍千金小姐，丫鬟一位春香。请过猫儿师父，不许老鼠放光。侥幸《毛诗》感动[3]，小姐吉日时良。拖带春香遣闷，后花园里游芳。谁知小姐瞌睡，恰遇着夫人问当[4]，絮了小姐一会，要与春香一场[5]。春香无言知罪，以后劝止娘行。夫人还是不放，少不得发咒禁当[6]。（内介）[7]春香姐，发个甚咒来？（贴）敢再跟娘胡撞，教春香即世里不见儿郎[8]。虽然一时抵对，乌鸦管的凤凰？一夜小姐焦躁，起来促水朝妆。由他自言自语，日高花影纱窗。（内介）快请小

姐早膳。（贴）“报道官厨饭熟，且去传递茶汤。”（下）

【月儿高】（旦上）几曲屏山展，残眉黛深浅。为甚衾儿里不住的柔肠转？这憔悴非关爱月眠迟倦，可为惜花，朝起庭院？“忽忽花间起梦情，女儿心性未分明。无眠一夜灯明灭，分煞梅香唤不醒[9]。”昨日偶尔春游，何人见梦。绸缪顾盼，如遇平生。独坐思量，情殊怅恍。真个可怜人也。（闷介）（贴捧茶食上）“香饭盛来鹦鹉粒[10]，清茶擎出鹧鸪斑[11]。”小姐早膳哩。（旦）咱有甚心情也！

赵山林：杜丽娘自从游园之后，经常回忆起梦中情景，行坐不宁，自觉如有所失。（《牡丹亭选评》）

【前腔】梳洗了才匀面，照台儿未收展[12]。睡起无滋味，茶饭怎生咽？（贴）夫人分付，早饭要早。（旦）你猛说夫人，则待把饥人劝。你说为人在世，怎生叫做吃饭？（贴）一日三餐。（旦）咳，甚瓯儿气力与擎拳[13]！生生的了前件。你自拿去吃便了。（贴）“受用余杯冷炙，胜如剩粉残膏。”（下）（旦）春香已去。天呵，昨日所梦，池亭俨然。只图旧梦重来，其奈新愁一段。寻思展转，竟夜无眠。咱待乘此空闲，背却春香，悄向花园寻看。（悲介）哎也，似咱这般，正是：“梦无彩凤双飞翼[14]，心有灵犀一点通。”（行介）一迳行来，喜的园门洞开，守花的都不在。则这残红满地呵！

前次游园，浓妆艳饰。今番寻梦，草草梳头，极有神理。懂得梦中滋味，便觉一般睡起，两样情怀。（三妇本批语）

“寻”字是笃于情者之所为，后《冥判》随风跟寻，止了此寻梦之案。（三妇本批语）

【懒画眉】最撩人春色是今年。少甚么低就高来粉画垣[15]，元来春心无处不飞悬。（绊介）哎，睡荼蘼抓住裙衩线[16]，恰便是花似人心好处牵。这一湾流水呵！

杨葆光：非今年春色独会撩人，在小姐入梦之后则最撩人矣。（同治版三妇本批语）

【前腔】为甚呵，玉真重溯武陵源[17]？也则为水点花飞在眼前。是天公不费买花钱，则咱人心上有啼红怨[18]。咳，辜负了春三二月天。（贴上）吃饭去，不见了小姐，则得一逕寻来。呀，小姐，你在这里！

【不是路】何意婵娟，小立在垂垂花树边[19]。才朝膳，个人无伴怎游园？（旦）画廊前，深深蓦见衔泥燕，随步名园是偶然。（贴）娘回转，幽闺窣地教人见[20]，“那些儿闲串[21]？那些儿闲串？”

【前腔】（旦作恼介）唗，偶尔来前，道的咱偷闲学少年[22]。（贴）咳，不偷闲，偷淡。（旦）欺奴善，把护春台都猜做谎桃源[23]。（贴）敢胡言，这是夫人命，道春多刺绣宜添线[24]，润逼炉香好腻笺。（旦）还说甚来？（贴）这荒园堑[25]，怕花妖木客寻常见。去小庭深院，去小庭深院！（旦）知道了。你好生答应夫人去，俺随后便来。（贴）“闲花傍砌如依主，娇鸟嫌笼会骂人[26]。”（下）（旦）丫头去了，正好寻梦。

曰“可是”，曰“似”，意自有在，故见景而犹若疑之。（三妇本批语）

【忒忒令】那一答可是湖山石边，这一答似牡丹亭畔。嵌雕阑芍药芽儿浅，一丝丝垂杨线，一丢丢榆荚钱[27]，线儿春甚金钱吊转！呀，昨日那书生将柳枝要我题咏，强我欢会之时，好不话长！

光景宛然如梦。梦中佳境，那得不一一想出，极力形容？四段已种丽娘病根。（三妇本批语）

【嘉庆子】是谁家少俊来近远，敢迤逗这香闺去沁园[28]？话到其间腼腆，他捏这眼[29]，奈烦也天；咱噷这口[30]，待酬言。

【尹令】那书生可意呵，咱不是前生爱眷，又素乏平生半面。则道来生出现，乍便今生梦见。生就个书生，恰恰生生抱咱去眠[31]。那些好不动人春意也。

【品令】他倚太湖石，立着咱玉婵娟。待把俺玉山推倒[32]，便日暖玉生烟[33]。捱过雕阑，转过秋千，掯着裙花展[34]。敢席着地，怕天瞧见。好一会分明，美满幽香不可言。梦到正好时节，甚花片儿吊下来也！

【豆叶黄】他兴心儿紧咽咽[35]，呜着咱香肩[36]。俺可也慢掂掂做意儿周旋[37]。等闲间把一个照人儿昏善[38]，那般形现，那般软绵。忑一片撒花心的红影儿吊将来半天[39]。敢是咱梦魂儿厮缠？咳，寻来寻去，都不见了。牡丹亭，芍药阑，怎生这般凄凉冷落，杳无人迹？好不伤心也！

【玉交枝】（泪介）是这等荒凉地面，没多半亭台靠边，好是咱眯䁾色眼寻难见[40]。明放着白日青天，猛教人抓不到魂梦前。霎时间有如活现，打方旋再得俄延[41]，呀，是这答儿压黄金钏匾[42]。要再见那书生呵！

杨葆光：荒凉地面，当美满幽香时并不觉其荒凉，及人去亭空，顿觉画槛朱栏皆成苦境。（同治版三妇本批语。）

【月上海棠】怎赚骗，依稀想像人儿见。那来时荏苒[43]，去也迁延。非远，那雨迹云踪才一转，敢依花傍柳还重现。昨日今朝，眼下心前，阳台一座登时变[44]。再消停一番[45]。（望介）呀，无人之处，忽然大梅树一株，梅子磊磊可爱。

赵山林：一个“抓”字用得好，把杜丽娘寻梦的迫切、执着和寻不到梦的惋惜、失望表现得淋漓尽致。（《牡丹亭选评》）

【二犯幺令】偏则他暗香清远，伞儿般盖的周全。他趁这，他趁这春三月红绽雨肥天[46]，叶儿青，偏迸着苦仁儿里撒圆[47]。爱杀这昼阴便，再得到罗浮梦边[48]。罢了，这梅树依依可人，我杜丽娘若死后，得葬于此，幸矣。

赵山林：杜丽娘对梅树的依恋，实际上是对爱的依恋，美的依恋，青春的依恋。（《牡丹亭选评》）

【江儿水】偶然间心似缱[49]，梅树边。这般花花

杨葆光：生生死死，固属不免，然"随人愿"三字，亦复谈何容易。（同治版三妇本批语）

草草由人恋[50]，生生死死随人愿，便酸酸楚楚无人怨。待打并香魂一片[51]，阴雨梅天，守的个梅根相见。（倦坐介）（贴上）"佳人拾翠春亭远[52]，侍女添香午院清。"咳，小姐走乏了，梅树下盹。

无处寻柳，决意守梅，丽娘是时已定以身殉梦之意矣。（三妇本批语）

【川拨棹】你游花院，怎靠着梅树偃？（旦）一时间望，一时间望眼连天，忽忽地伤心自怜。（泣介）（合）知怎生情怅然，知怎生泪暗悬？（贴）小姐甚意儿？

赵山林：把杜丽娘寻梦不见而因黯然神伤及春香关心丽娘而又难揣其意的神态刻画得淋漓尽致。（《牡丹亭选评》）

【前腔】（旦）春归人面，整相看无一言，我待要折，我待要折的那柳枝儿问天，我如今悔，我如今悔不与题笺。（贴）这一句猜头儿是怎言[53]？（合前）（贴）去罢。（旦作行又住介）

【前腔】为我慢归休，缓留连。（内鸟啼介）听，听这不如归春暮天[54]，难道我再，难道我再到这亭园[55]，则挣的个长眠和短眠！（合前）（贴）到了，和小姐瞧奶奶去。（旦）罢了。

妙在不再到亭园，若再图生寻，便不能死守矣。（三妇本批语）

【意不尽】软咍咍刚扶到画阑偏[56]，报堂上夫人稳便。咱杜丽娘呵，少不得楼上花枝也则是照独眠[57]。

（旦）武陵何处访仙郎[58]？释皎然

（贴）只怪游人思易忘[59]。韦庄

（旦）从此时时春梦里[60]，白居易

（贴）一生遗恨系心肠[61]。张祜

［注释］

[1]“腻脸朝云罢盥”二句：此处写春香的梳妆。腻脸，娇嫩的脸庞。盥，盥洗。犀簪，犀角做的簪子。 [2]“侍香闺起早”以下五句：丫鬟春香的牢骚话。香闺，小姐。阑珊，未消。衣桁（héng），衣架。 [3]侥幸：多亏。 [4]问当：问。 [5]要与春香一场：难为春香一场。 [6]发咒禁当：发誓应付。禁当，抵对，应付。 [7]内介：后台人员对台上角色发问对答。 [8]即世里不见儿郎：一辈子找不到丈夫。 [9]分煞：怪煞。分，怪。 [10]鹦鹉粒：米饭。杜甫《秋兴八首》其八：“香稻啄余鹦鹉粒，碧梧栖老凤凰枝。” [11]鹧鸪斑：一种有褐色斑纹的瓷茶碗。黄庭坚《满庭芳·咏茶》：“冰瓷莹玉，金缕鹧鸪斑。” [12]照台：镜台。 [13]“甚瓯儿气力与擎拳”二句：哪有气力捧碗吃饭！我的好心思硬是被你打断了。瓯儿，饭碗。擎拳，举手，抬手。生生的，硬是。前件，前边的事，即杜丽娘正在回忆与柳梦梅欢会的梦中情景。 [14]“梦无彩凤双飞翼”二句：李商隐《无题》：“身无彩凤双飞翼，心有灵犀一点通。”字句略有改动。灵犀，古人视犀牛角为神物，谓其可以通灵。杜丽娘引此二句，说梦中人虽不能相见，但心却可以相通的。 [15]“少甚么低就高来粉画垣”二句：园子里粉墙高高低低的却挡不住撩人春色。少甚么，多的是。 [16]睡荼蘼抓住群衩线：荼蘼有刺，此处用拟人法说裙衩被荼蘼抓住，仿佛分外有情。 [17]玉真重溯武陵源：玉真，天台山的仙女。南朝宋刘义庆《幽明录》载，刘晨、阮肇

在天台山桃源遇仙女，结为夫妇，后来重访天台山寻找仙女。武陵源，晋陶渊明《桃花源记》述武陵渔人发现桃花源事。汤显祖把两个典故合二为一，写杜丽娘见到一湾流水，就想到了刘阮遇仙的传说，觉得自己就像那天台山的仙女重访故地。 [18] 啼红怨：指红叶题诗故事。唐范摅《云溪友议·题红怨》载，卢渥在御沟拾得一红叶，上题诗句："水流何太急，深宫尽日闲。殷勤谢红叶，好去到人间。" 抒发宫女的哀怨。后来卢渥和该宫女结为夫妇。此处的"啼红怨"是杜丽娘幽闭深闺的闷怀。 [19] 垂垂花树：指梅树。杜甫《和裴迪登蜀州东亭送客逢早梅相忆见寄》："江边一树垂垂发。" 垂垂，形容梅树花朵下垂。 [20] 窣（sū）地：突然。 [21] 那些儿闲串：春香模仿杜母责备杜丽娘的语气。闲串，闲逛，乱跑。 [22] 偷闲学少年：语本宋程颢《春日偶成》："时人不识余心乐，将谓偷闲学少年。" 下文春香念白"不偷闲，偷淡"，是以"闲""鹹（xián）"谐音相调侃。 [23] 护春台：此处指花园。 [24]"道春多刺绣宜添线"二句：春香传达杜母的话，要求杜丽娘趁大好春光多做针线刺绣，好好读书写字。腻笺，润滑纸笺。 [25]"这荒园堑"二句：这荒寂的园子坑坑洼洼，怕会有花妖树怪出现。木客，山魈，此处应是树木的精怪。寻常见，很容易出现。 [26] 娇鸟嫌笼会骂人：唐李山甫《公子家》诗："鹦鹉嫌笼解骂人。" [27] 一丢丢：一串串。 [28] 迤逗这香闺去沁园：逗引我到花园里去。香闺，少女的闺房，此指闺中小姐，杜丽娘自称。沁园，原为东汉明帝沁水公主的园林，此借作花园的代称。 [29]"他捏这眼"二句：杜丽娘回忆梦中幽会时少年对她抚爱的情景。捏这眼，含情脉脉的眼神。奈烦也天，感叹少年的百般温存。 [30] 嗽这口：张开嘴巴。 [31] 恰恰生生：形容怯怯生生、半推半就、羞羞答答的情态。 [32] 玉山：身体的美称。《世说新语·容止》形容嵇康酒醉"若玉山之将崩"。 [33] 口暖玉生烟：唐李商隐《锦瑟》："蓝田日暖玉生烟。"此处形容男女好事成就的热烈而温柔的感受。 [34] 揹：按，压，勒住。 [35] 兴心儿：着意。 [36] 呜：吻。 [37] 慢掂掂：慢吞吞。做意儿：故意地。 [38]"等闲间把一个照人儿昏善"以下三句：轻易地就把人弄得昏昏迷迷，软软绵绵，袒露无遗。照人儿，镜中人，此处是杜丽娘自指。 [39]"忑一片撒花心"句：意思是一场美梦被花神撒下的花片儿惊醒了。忑（tè），受惊。红影儿，花瓣。 [40] 好是：正是。 [41] 打方旋再得俄延：形容梦中情景一直在眼前徘徊。打方旋，盘旋，徘徊。俄延，拖延。 [42]"是这答儿"句：这里就是当时欢会的所在。匾，同"扁"。 [43] 荏苒：时间慢慢地过去。与下文"迁延"同义。 [44] 阳台：宋玉《高唐赋》写楚怀王与巫山神女在阳台相会。后"阳台"一词即指男女欢会的地方。 [45] 消停：停留，稍住。 [46] 红绽雨肥天：梅子成熟时的天气。语本杜甫《陪郑广文游何将军山林十首》其五："绿垂风折笋，红绽雨肥梅。" [47] 偏迸着苦仁儿里撒圆：语意双关。梅子是圆的，其果仁儿是苦的。苦仁，与"苦人"谐音。全句是说梅子偏偏在苦命人面前结得圆圆的，反衬杜丽娘的孤单。与上句"偏则他暗香清远，伞儿般盖的周全"意思相近，都是表达杜丽娘的幽怨。 [48] 再得到罗浮梦边：意思是想和情人再次在梦中相聚。罗浮梦边，典出柳宗元《龙城录》：隋代赵师雄在罗浮山遇到一个白衣美人，一起饮酒。酒醉睡熟，天亮醒来，发现自己是睡在一株大梅树下，原来那美人是梅树精。 [49] 心似缱：情思难以排遣。 [50]"这般花花草草"以下三句：如果想爱什么就爱什么，生死都由自己决定，那么就没有人酸楚哀怨了。 [51] 打并：拼着。 [52] 拾翠：拾取翠鸟羽毛，此处指游园。语本杜甫《秋兴八首》其八："佳人拾翠春相问。" [53] 猜头儿：谜。春香一头雾水听不明白。 [54] 不如归:“不如归去”,古人常拟杜鹃鸣声。“不如归”亦杜鹃鸟别名。 [55]“难道我再到这亭园”二句:难道除了死后或梦中,我就不能再到这亭园里来吗!则挣的,只差个,只有。长眠,指死后;短眠,指梦中。 [56]软咍(hāi)咍:软绵绵。 [57]楼上花枝也则是照独眠:语本唐刘长卿《赋得》:“楼上花枝笑独眠。” [58]武陵何处访仙郎:出自唐释皎然《晚春寻桃源观》。见《全唐诗》卷八一七。 [59]只怪游人思易忘:出自唐韦庄《和任春木述事寄崔秀才》。见《全唐诗》卷七〇〇。 [60]从此时时春梦里:出自唐白居易《题令狐家木兰花》。见《全唐诗》卷四五四。 [61]一生遗恨系心肠:出自唐张祜《太真香囊子》。见《全唐诗》卷五一一。

[点评]

《寻梦》是《惊梦》的延续和发展。和《惊梦》一样,是作者着意撰写的一出重头戏。

杜丽娘游园和昼寝受到母亲的训诫,但是情的冲动难以抑制,她希望旧梦重温,于是翌日清早独自一人再到后花园寻求美好的梦境。

“在日常生活中,白日做梦已属不伦,白日寻梦更觉荒唐可笑。然而在杜丽娘身上却表现得合情合理。作者为人物的行动找到了真实的思想感情做依据,不能不使人相信她应该这样,而且一定会这样。”(吴新雷、丁波《明清传奇鉴赏辞典》)寻梦是“情之至者”杜丽娘对美的追求,对爱的追求。

在《惊梦》中,杜丽娘的春梦是源于性的潜意识行为,寻梦则是有意识的追寻。杜丽娘一片痴情追忆梦中

“美满幽香不可言”的情景，追寻梦中的情人，但梦是不能复制的，眼前看到的是一片凄清冷落的园景。池亭依旧，却无法寻到那位梦中少年，不禁悲从中来。无意间她发现一株大梅树，梅子磊磊可爱。怅惘悲伤中的杜丽娘甚至想到死亡。她想生时若不能和那书生结合，死了也要和他相聚，相聚之处就在这梅树下吧。不料此时的即景生情，日后竟成为现实。

杜丽娘对美的依恋，就是对爱的依恋。“这般花花草草由人恋，生生死死随人愿，便酸酸楚楚无人怨。”一支【江儿水】是杜丽娘情的宣言，爱的誓言。回到香闺，无奈“楼上花枝也则是照独眠”。杜丽娘陷入精神的深度抑郁中。

这是一场很凄楚的戏。清人焦循《剧说》卷六引《蛾术堂闲笔》云：“杭有女伶商小玲者，以色艺称，于《还魂记》尤擅场。尝有所属意，而势不得通，遂郁郁成疾。每作杜丽娘《寻梦》《闹殇》诸剧，真若身其事者，缠绵凄婉，泪痕盈目。一日演《寻梦》，唱至‘待打并香魂一片，阴雨梅天，守的个梅根相见’，盈盈界面，随声倚地。春香上视之，已气绝矣。”足见这出戏在青年女性中引起的共鸣何等强烈。

清代以来，《寻梦》一出逐渐地演变成由杜丽娘一人表演的独角戏。实际上在明代臧懋循、冯梦龙等人的《牡丹亭》改本中，已经把此出春香几次出场的戏删去，因为寻梦是很隐秘的事，只宜杜丽娘一人悄悄到后花园，默想春梦踪迹。春香出场催促早膳，传达老夫人的教训等有些多余。

第十三出　诀　谒

【杏花天】（生上）虽然是饱学名儒，腹中饥，峥嵘胀气[1]。梦魂中紫阁丹墀[2]，猛抬头、破屋半间而已[3]。“蛟龙失水砚池枯，狡兔腾天笔势孤[4]。百事不成真画虎[5]，一枝难稳又惊乌。”我柳梦梅在广州学里，也是个数一数二的秀才，捱了些数伏数九的日子[6]。于今藏身荒圃，寄口髯奴[7]。思之，思之，惶愧，惶愧。想起韩友之谈，不如外县傍州，寻觅活计。正是：“家徒四壁求杨意[8]，树少千头愧木奴[9]。”老园公那里？

【字字双】（净扮郭驼上）前山低坬后山堆[10]，驼背；牵弓射弩做人儿，把势[11]；一连十个偌来回[12]，漏地[13]；有时跌做绣球儿，滚气。自家种园的郭驼子是也。祖公公郭橐驼，从唐朝柳员外来柳州。我因兵乱，跟随他二十八代玄孙柳梦梅秀才的父亲，流转到广，又是若干年矣。卖果子回来，看秀才去。（见介）秀才，读书辛苦。（生）园公，正待商量一事。我读书过了廿岁，并无发迹之期。思想起来，前路多长，岂能郁郁居此。搬柴运水，多有劳累。园中果树，都判与伊[14]。听我道来：

【桂花锁南枝】俺有身如寄，无人似你。俺吃尽了黄淡酸甜[15]，费你老人家浇培接植。你道俺像甚的来？镇日里似醉汉扶头[16]。甚日的和老驼伸背？自株守[17]，教怨谁？让荒园，你存济[18]。

【前腔】（净）俺橐驼风味，种园家世。（揖介）不能够展脚伸腰[19]，也和你鞠躬尽力。秀才，你贴了俺果园那里去？（生）坐食三餐，不如走空一棍。（净）怎生叫做一棍？（生）混名打秋风哩[20]！（净）咳，你费工夫去撞府穿州[21]，不如依本分登科及第。（生）你说打秋风不好？“茂陵刘郎秋风客”[22]，到大来做了皇帝[23]。（净）秀才，不要攀今吊古的。你待秋风谁？你道滕王阁[24]，风顺随，则怕鲁颜碑[25]，响雷碎。

老人识破世情，才有此语。（三妇本批语）

（生）俺干谒之兴甚浓[26]，休的阻挡[27]。（净）也整理些衣服去。

吴凤雏：暗示了后面柳梦梅的高中和郭橐驼的《仆侦》。（《牡丹亭》评注）

【尾声】把破衫衿彻骨捶挑洗。（生）学干谒黉门一布衣。（净）秀才，则要你衣锦还乡俺还见的你。

（生）此身飘泊苦西东[28]，杜甫

（净）笑指生涯树树红[29]。陆龟蒙

（生）欲尽出游那可得[30]？武元衡

（净）秋风还不及春风[31]。王建

［注释］

[1] 峥嵘：本来形容山势高峻，此处是形容一肚子闷气撑得难受。　[2] 紫阁丹墀（chí）：宫殿，指在朝廷做官。　[3] 破屋半间而已：形容贫寒。韩愈《寄卢仝》："玉川先生洛城里，破屋数间而已矣。"　[4] 狡兔腾天笔势孤：兔毫是用来制笔的，狡兔腾天，不得毫毛，所以笔势孤。形容境况不得意。　[5]"百事不成真画虎"二句：此处是柳梦梅说自己照样走科举之路但一事无成，自己连栖身之所都找不到。画虎，画虎不成反类犬。乌，乌鸦，柳梦梅自比。　[6] 数伏数九：酷暑严冬。　[7] 寄口髯奴：依靠奴仆老园公为生。　[8] 求杨意：求人引荐。杨意，汉代的杨得意。由于他的介绍，司马相如才为汉武帝所赏识。见《史记·司马相如列传》。　[9] 树少千头愧木奴：树太少，不能维持生计。三国吴丹阳太守李横，种了一千棵橘树，留给他的儿子，说这是"千头木奴"，有了它们今后生活不愁。见《襄阳耆旧传》。　[10] 前山低坬（guà）后山堆：形容驼背，腹部凹下，脊

背突起。 [11] 把势：装样子。 [12] 偌：这样。 [13] 漏地：一作“漏蹄”，走不稳。 [14] 判：判决，给予。 [15] 黄：黄齑，碎咸菜。 [16] 扶头：形容醉态。 [17] 自株守：自己不出去想办法，坐等。用“守株待兔”的典故。 [18] 存济：存活，过日子。 [19] “不能够展脚伸腰”二句：意思是我不能下拜，且作个揖，只要我不死，就为你尽力。也暗指驼背。展脚伸腰，下拜行礼。也和你，也为你。鞠躬尽力，鞠躬尽瘁，死而后已。用诸葛亮《后出师表》典故。 [20] 打秋风：也叫“打抽丰”，利用各种关系向富贵之家要钱要东西。如科举时代，新进学的秀才、新中式的举人，以拜客为名，要人送贺礼或赶考路费。拜客的人就叫“秋风客”。 [21] 撞府穿州：四处东奔西跑。 [22] 茂陵刘郎秋风客：指汉武帝刘彻。意思是像汉武帝那样的不可一世的人物，生命也一样的短促，如秋风中的过客。此处双关“打秋风”。此句出唐李贺《金铜仙人辞汉歌》。茂陵，汉武帝陵。刘郎，刘彻。 [23] 到大来：反倒，反而。 [24] “你道滕王阁”二句：运气好。传说唐朝诗人王勃停船在马当，距南昌六七百里，有神风相助，一夜就到，赶上了参加滕王阁宴会，作了著名的《滕王阁序》。 [25] “则怕鲁颜碑”二句：运气太坏。宋代，穷书生张镐流落在饶州荐福寺，寺僧准备拓印颜鲁公（真卿）的碑帖一千份，资助他做路费。不料当天晚上碑石就被雷击毁了。“时来风送滕王阁，运去雷轰荐福碑”，成为戏曲小说中常用的写书生倒运的话。 [26] 干谒：有所求而请见贵人，就是打秋风。 [27] 休的：休得。 [28] 此身飘泊苦西东：出自唐杜甫《清明二首》其二。见《全唐诗》卷二三三。 [29] 笑指生涯树树红：出自唐陆龟蒙《阖闾城北有卖花翁讨春之士往往造焉因招袭美》。见《全唐诗》卷六二四。 [30] 欲尽出游那可得：出自唐武元衡《春题龙门香山寺》。见《全唐诗》卷三一七。 [31] 秋风还不及春风：出自唐王建《未央风》。见《全唐诗》卷三〇一。意思是打秋风不及考试及第好。会试在春季举行，春风比喻进士及第。

［点评］

此出写柳梦梅读书过了二十岁，感到前途茫茫，无发迹之期。他耐不住寂寞，决心外出游荡，寻找打秋风的机会，向有地位的人求助，于是和老仆话别。

在《寻梦》与《写真》两出旦角的重头戏之间，插入这出《诀谒》，演员可作稍息和换妆。

作者对柳梦梅的干谒和破格中状元，始终给以温和的讽刺。此出对饱学秀才的怀才不遇虽表同情，同时又通过老仆之口，批评宁肯“打秋风”而不走科举正路的读书人。

汤显祖仕途奔波多年，坚守不阿权贵的信条。这种人生观自然地流露于对戏剧人物的评价上。借柳生的打秋风讽刺当时之投机钻营者，毕竟有损于柳生的形象。因此有论者说柳梦梅“这位来自现实世界的热衷功名的书生和富有理想的杜丽娘是不相同的。正如柳梦梅自己所说，若把杜丽娘比作一枝玉树，相形之下他自己不过是一管芦苇。他远没有《西厢记》中穷书生张生那么令人可爱”（徐朔方校注《牡丹亭·前言》）。

剧中抓住老仆的驼背做文章，以善良人的生理缺陷多做噱头，似不可取。

第十四出　写　真

【破齐阵】（旦上）径曲梦回人杳[1]，闺深佩冷魂销。似雾濛花，如云漏月，一点幽情动早。（贴上）怕待寻芳迷翠蝶，倦起临妆听伯劳[2]。春归红袖招。〔醉桃源〕“（旦）不经人事意相关，牡丹亭梦残。（贴）断肠春色在眉弯[3]，倩谁临远山[4]？（旦）排恨叠，怯衣单，花枝红泪弹[5]。（合）蜀妆晴雨画来难[6]，高唐云影间。”（贴）小姐，你自花园游后，寝食悠悠，敢为春伤，顿成消瘦？春香愚不谏贤，那花园以后再不可行走了。（旦）你怎知就里[7]？这是：“春梦暗随三月景，晓寒瘦减一分花。”

自惊梦后，丽娘三见。此云“梦回人杳”，《诊祟》折云“梦初回”，《悼殇》折云“怕成秋梦”，开口总不放过“梦”字。（三妇本批语）

【刷子序犯】（旦低唱）春归恁寒悄，都来几日意懒心乔[8]，竟妆成熏香独坐无聊。逍遥[9]，怎刬尽助愁芳草，甚法儿点活心苗！真情强笑为谁娇？泪花儿打迸着梦魂飘[10]。

【朱奴儿犯】（贴）小姐，你热性儿怎不冰着，冷泪儿几曾干燥？这两度春游忒分晓[11]，是禁不的燕抄莺闹[12]。你自窨约[13]，敢夫人见焦[14]。再愁烦，十分容貌怕不上九分瞧。（旦作惊介）咳，听春香言话，俺丽娘瘦到九分九了。俺且镜前一照，委是如何[15]？（照介）（悲介）哎也，俺往日艳冶轻盈，奈何一瘦至此！若不趁此时自行描画，流在人间，一旦无常[16]，谁知西蜀杜丽娘有如此之美貌乎！春香，取素绢、丹青，看我描画。（贴下取绢、笔上）“三分春色描来易，一段伤心画出难[17]。”绢幅、丹青，俱已齐备。（旦泣介）杜丽娘二八春容[18]，怎生便是杜丽娘自手生描也呵！

丽娘千古情痴，惟在留真一节。若无此，后无可衍矣。游园时好处，恨无人见；写真时美貌，恐有谁知。一种深情。（三妇本批语）

【普天乐】这些时把少年人如花貌，不多时憔悴了。不因他福分难销，可甚的红颜易老[19]？论人间绝色偏不少，等把风光丢抹早[20]。打灭起离魂舍欲火三焦[21]，摆列着昭容阁文房四宝[22]，待画出西子湖眉月双高[23]。

因伤憔悴，自写春容。对此丹青，那不堕泪？故不遽尔捉笔，先自叹惜一番。（三妇本批语）

【雁过声】（照镜叹介）轻绡，把镜儿擘掠[24]。笔花尖淡扫轻描。影儿呵，和你细评度[25]：你腮斗儿恁喜谑[26]，则待注樱桃[27]，染柳条[28]，渲云鬟烟霭飘萧[29]；眉梢青未了，个中人全在秋波妙[30]，可可的淡春山钿翠小[31]。

先展绡，次对镜，次执笔。淡扫乎？轻描乎？措思不定，复与镜影评度。然后先画鼻，惟画鼻，故见腮斗也。次樱唇，次柳眼，次云鬟，次眉黛，最后点睛，秋波欲动，又加眉间翠钿妆饰，徘徊宛转，次第如见。（三妇本批语）

【倾杯序】（贴）宜笑，淡东风立细腰，又似被春愁着。（旦）谢半点江山[32]，三分门户，一种人才，小小行乐，捻青梅闲厮调。倚湖山梦晓[33]，对垂杨风袅。忒苗条，斜添他几叶翠芭蕉。春香，嶝起来[34]，可厮像也？

【玉芙蓉】（贴）丹青女易描，真色人难学[35]。似空花水月[36]，影儿相照。（旦喜介）画的来可爱人也。咳，情知画到中间好[37]，再有似生成别样娇。（贴）只少个姐夫在身傍。若是姻缘早，把风流婿招，少什么美夫妻图画在碧云高！（旦）春香，咱不瞒你，花园游玩之时，咱也有个人儿。（贴惊介）小姐，怎的有这等方便呵？（旦）梦哩！

忽而喜者，为其足流传人间也。（三妇本批语）

【山桃犯】有一个曾同笑，待想像生描着，再消详邈入其中妙[38]，则女孩家怕漏泄风情稿。这

"蟾宫贵客傍的云霄"，丽娘亦自命状元妻矣。（三妇本批语）

春容呵，似孤秋片月离云峤，甚蟾宫贵客傍的云霄[39]？春香，记起来了。那梦里书生，曾折柳一枝赠我。此莫非他日所适之夫姓柳乎？故有此警报耳[40]。偶成一诗，暗藏春色，题于帧首之上何如？（贴）却好。（旦题吟介）"近睹分明似俨然，远观自在若飞仙。他年得傍蟾宫客，不在梅边在柳边。"（放笔叹介）春香，也有古今美女，早嫁了丈夫相爱，替他描模画样；也有美人自家写照，寄与情人。似我杜丽娘寄谁呵！

自手生描，又自题诗句，所以放笔便想到替画寄题，有此长叹。（三妇本批语）

【尾犯序】心喜转心焦。喜的明妆俨雅[41]，仙珮飘飖。则怕呵[42]，把俺年深色浅，当了个金屋藏娇。虚劳，寄春容教谁泪落，做真真无人唤叫[43]。（泪介）堪愁夭，精神出现留与后人标[44]。春香，悄悄唤那花郎分付他。（贴叫介）（丑扮花郎上）"秦宫一生花里活[45]，崔徽不似卷中人[46]。"小姐有何分付？（旦）这一幅行乐图[47]，向行家裱去[48]。叫人家收拾好些。

【鲍老催】这本色人儿妙，助美的谁家裱？要练花绡帘儿莹、边阑小[49]，教他有人问着休胡嘌[50]。日炙风吹悬衬的好，怕好物不坚牢[51]。把咱巧丹青休涴了[52]。（丑）小姐，裱完了，安奉在那里？

裱画，为拾画时便于展玩，非止文澜滟潋也。（三妇本批语）

【尾声】（旦）尽香闺赏玩无人到[53]，（贴）这形模则合挂巫山庙。（合）又怕为雨为云飞去了。

（贴）眼前珠翠与心违[54]，崔道融

（旦）却向花前痛哭归[55]。韦庄

（贴）好写妖娆与教看[56]，罗虬

（旦）令人评泊画杨妃[57]。韩偓

［注释］

[1]“径曲梦回”以下五句：梦中醒来，情人已去，深闺寂寞，蒙蒙眬眬，情思无限。 [2] 伯劳：一种鸣禽。 [3] 断肠春色在眉弯：语本宋周邦彦词《诉衷情》：“一段伤春，都在眉间。” [4] 临远山：画眉毛。远山，女子的一种眉毛样式。 [5] 红泪：花上的露水。此处杜丽娘以花自比。 [6] 蜀妆：巫山神女之妆。巫山在四川，杜丽娘祖籍四川，四川古为蜀国，所以用巫山神女的典故。 [7] 就里：内情。 [8] 都来：算来。心乔：心绪不佳。 [9]“逍遥”以下三句：有什么法儿能铲除引起愁闷的芳草，点活心苗，让人逍遥自在？刬，同“铲”。心苗，心。 [10] 打迸：打发，收拾。 [11] 忒分晓：太清楚明白了。 [12] 抄：同“吵”。 [13] 窨（yìn）约：思忖，考虑。 [14] 敢夫人见焦：恐怕夫人担心。 [15] 委是：委实，果然是，真的是。 [16] 无常：死去。 [17] 一段伤心画出难：金元好问《俳体雪香亭杂咏十五首》其十四：“赋家正有芜城笔，一段伤心画不成。” [18] 二八春容：十六岁青春年少的容颜。 [19] 可甚的：说什么。 [20] 等把风光丢抹早：都早就容颜衰歇了。 [21] 打灭起离魂舍欲火三焦：扑灭心中的欲念。离魂舍，躯体。佛家语。欲火三焦，凡人的三种欲火。三焦，佛家说的三欲：形貌欲、姿态欲、细触

欲。三焦也是道教术语，中医学也有三焦之说，都与此处含义不同。 [22] 摆列着昭容阁文房四宝：意思是摆列着珍贵的文具。昭容阁，内宫。 [23] 待画出西子湖眉月双高：要画出自己美好的容貌。西子湖，比喻美女。苏轼《饮湖上初晴后雨二首》其二："欲把西湖比西子，淡妆浓抹总相宜。"眉月，眉毛，代指容貌。 [24] 擘（bò）掠：揩拭。 [25] 评度：评论。 [26] 腮斗儿：脸颊，脸蛋儿。 [27] 注樱桃：画朱唇。 [28] 染柳条：画眉毛。 [29] 烟霭飘萧：形容头发蓬松飘逸。 [30] 个中人：此中人，画中人。 [31] 可可的：恰恰的。 [32]"谢半点江山"以下五句：杜丽娘边画边欣赏着自画像。半点江山，三分门户，指画中衬托的景物，远处的江山，近处的庭院。一种人才，指画中的人，即杜丽娘自己。小小行乐，小小的行乐图（自画像）。捻青梅断调，画中人手捻青梅，表达对梦中人深深的怀念。断调，随意调弄。手捻青梅使人想起白居易《井底引银瓶》诗："妾弄青梅凭短墙，君骑白马傍垂杨。墙头马上遥相顾，一见知君即断肠。" [33]"倚湖山梦晓"以下四句：说画中杜丽娘的姿态。特别要画上伫立太湖石畔、垂柳枝前，是要和梦境呼应。梦中的情人正是在湖山石畔和她幽会，手持柳枝请她题咏。湖山，太湖石。 [34] 幛（zhèng）：张开画幅。 [35] 真色：佛家语。此处有本色的意思。 [36]空花水月：形容真色难以捉摸。 [37]情知：明知。 [38] 再消详邈入其中妙：再细细地把他微妙的神情描入画中。邈，描。 [39] 甚蟾宫贵客傍的云霄：谁能和画中的美人挨在一起呢？蟾宫贵客，新考中的进士。 [40] 警报：预兆，先兆。 [41] 俨雅：整洁端庄。 [42]"则怕呵"以下三句：只怕这张画老是藏着，年深月久，连色彩也褪了。金屋藏娇，汉武帝刘彻少年时，姑母问他：把表妹阿娇给他做老婆好不好？刘彻说：好。若得阿娇作妇，当作金屋贮之也。见《西京杂记·金屋贮阿娇》。[43] 做真真无人唤叫：唐于逖《闻奇录·画工》说，进士赵颜在画工处得一美人图，依画工所言，呼美人名“真真”百日，昼夜不歇，美人真的活了，与赵结合。[44] 标：品题，鉴赏。[45] 秦宫一生花里活：秦宫，东汉时大将军梁冀所宠幸的监奴的名字，见李贺《秦宫》。这里花郎以秦宫自比。[46] 崔徽不似卷中人：崔徽，唐代歌妓，与裴敬中相恋，后二人分别，崔徽托画家丘夏为自己写真，送给裴敬中，说：“崔徽一旦不及卷中人，徽且为卿死矣。”后来真的忧恨而死。[47] 行乐图：自画小像，或别人为自己画的肖像。[48] 行家：专业匠人。此指裱画匠。[49] 练花绡：把生绡煮熟漂白。帘儿：裱好的画幅上方的空白处。[50] 胡嘌（piāo）：胡说。[51] 好物不坚牢：白居易《简简吟》：“大都好物不坚牢，彩云易散琉璃脆。”[52] 涴：弄脏，沾污。[53]“尽香闺赏玩无人到”二句：这画幅放在闺房里是没人看到的，像这模样儿只有挂在巫山庙才最合适。暗用“巫山云雨”的典故。[54] 眼前珠翠与心违：出自唐崔道融《马嵬》。见《全唐诗》卷七一四。[55] 却向花前痛哭归：出自唐韦庄《残花》。见《全唐诗》卷七〇〇。[56] 好写妖娆与教看：出自唐罗虬《比红儿诗一百首》其八十三。见《全唐诗》卷六六六。[57] 令人评泊画杨妃：出自唐韩偓《遥见》。见《全唐诗》卷六八三。全句意思是画中人很美，可以与杨贵妃有一比了。

[点评]

杜丽娘有诗人的情怀，又有画家的天分。她的倾情写真，和游园前的精心梳妆一样，都是带有仪式感的行动。充分地表现了她对美的感悟，对生命的留恋。

自从梦见柳梦梅之后，杜丽娘就害上了相思病。寝食悠悠，日渐消瘦。“在爱情的骤雨中她像一棵小树一样，成长得多么迅速呵！她再也不能抑制了，而且丝毫不觉得羞耻，她骄傲地把自己的心事告诉了春香，她已经有了一个心上人了。爱情带来的火一样的煎熬耗尽了她的生命，而目的并没有达到。”（徐朔方校注《牡丹亭·前言》）

她敏感地自知将不久于人世，陷入对美的格外留恋。她感到自己的容貌是美的，青春是美的，爱情是美的，她不甘心这美被埋没，因此要自画真容。她要证明“我来过这个世界”，要拼最后的力气让世人记得她的美貌，证明自己曾经的存在。她的一首题画诗，大胆地宣示了对理想爱情的追求。

杜丽娘的自画像饱含着满腔的热情，美到极致时又流露着一种凄凉。她担心这幅美丽的画可能永远无人见到，无人唤“真真”，但是这种担心是多余的，三年后梦中的情人会拾到它，而且启动一场人鬼之恋，所以《写真》是《拾画》的必需的铺垫。

【雁过声】【倾杯序】等几支曲牌对绘画过程的细腻而准确的描写，是作者绘画修养的艺术表达，真正达到了情景交融。

第十五出　虏　谍

【一枝花】（净扮番王引众上）天心起灭了辽[1]，世界平分了赵。静鞭儿替了胡笳哨[2]。擂鼓鸣钟，看文武班齐到。骨碌碌南人笑，则个鼻凹儿蹻[3]，脸皮儿黗[4]，毛梢儿魑[5]。“万里江山万里尘。一朝天子一朝臣。俺北地怎禁沙日月[6]，南人偏占锦乾坤。”自家大金皇帝完颜亮是也[7]。身为夷虏[8]，性爱风骚。俺祖公阿骨都[9]，抢了南朝天下，赵康王走去杭州[10]，今又三十余年矣。听得他妆点杭州，胜似汴梁风景[11]。一座西湖，朝欢暮乐。有个曲儿[12]，说他“三秋桂子，十里荷花”。便待起兵百万，吞取何难？兵法虚虚实实，俺待用个南人，为我乡导。喜他淮扬贼汉李全[13]，有

周锡山：宋金战争的副线由本出开始，后有《牝贼》《缮备》《淮警》《移镇》《御寇》《寇间》《折寇》《围释》，共九出，与主线的场次交错出现。副线为主线服务，相互联系和照应，共同推进全剧情节的发展，并形成曲折和波澜。（《〈牡丹亭〉注释汇评》）

万夫不当之勇。他心顺溜于俺，俺先封他为溜金王之职。限他三年内招兵买马，骚扰淮扬地方。相机而行，以开征进之路。哎哟，俺巴不到西湖上散闷儿也！

【北二犯江儿水】平分天道，虽则是平分天道，高头偏俺照[14]。俺司天台标着那南朝[15]，标着他那答儿好。（众）那答里好？（净笑介）你说西子怎娇娆，向西湖上笑倚着兰桡。（众）西湖有俺这南海子、北海子大么[16]？（净）周围三百里[17]。波上花摇，云外香飘[18]。无明夜、锦笙歌围醉绕。（众）万岁爷，借他来耍耍。（净）已潜遣画工，偷将他全景来了。那湖上有吴山第一峰[19]，画俺立马其上。俺好不狠也！吴山最高，俺立马在吴山最高。江南低小，也看见了江南低小。（舞介）俺怕不占场儿砌一个《锦西湖上马娇》[20]。（众）奏万岁爷，怕急不能够到西湖，何方驻驾？

【北尾】（净）呀，急切要画图中匹马把西湖哨[21]，且迤递的看花向洛阳道[22]。我呵，少不的把赵康王剩水残山都占了。

线大长江扇大天[23]，谭峭

旌旗遥拂雁行偏[24]。司空图

可胜饮尽江南酒[25]？张祜
交割山川直到燕[26]。王建

[注释]

[1]“天心起灭了辽”二句：金灭了辽，与赵宋平分天下。[2]静鞭：一称鸣鞭，朝仪的一种。帝王上朝时，鸣鞭振响，叫人肃静。[3]鼻凹儿蹻：高鼻梁。[4]皰：脸上瘢痕。[5]魋：锥状发髻。[6]禁：耐，受。[7]完颜亮：金废帝海陵王，著名的暴君，曾率兵南侵。[8]夷虏：旧时对北方少数民族的蔑称。风骚：此指女色。[9]阿骨都：金朝开国皇帝太祖完颜阿骨都。阿骨都，亦译作阿骨打。[10]赵康王：南宋高宗赵构，曾封康王。[11]汴梁：今河南开封。[12]曲儿：即曲子，宋人称词为曲子。此处是指柳永写杭州风物的《望海潮》词，词中有句：“有三秋桂子，十里荷花。”据说完颜亮看了这首词，就生了南侵的野心。[13]李全：南宋北海（今山东潍坊）人，曾领导农民起义。因抗击金兵有功，归顺南宋。后来又叛通蒙元，受命骚扰江淮，围攻淮安、扬州，被宋将赵善湘等击杀。本剧所写李全被金帝封溜金王等事，皆为虚构，与史实不符。[14]高头：上天。照：保佑。[15]司天台：唐代官署，掌管天文、地理、历数等。即明以后的钦天监。[16]南海子、北海子：指金中都（今北京）的南海、北海。[17]周围三百里：对杭州西湖的夸张说法。其实西湖周长约三十里。[18]云外香飘：语本唐宋之问《灵隐寺》：“桂子月中落，天香云外飘。”[19]吴山：即杭州城隍山。金主完颜亮即位后，曾派画工混入使者队伍偷偷把临安的湖山城郭画下。回国后在画上又添加完颜亮立马吴山的形象。完颜亮还在画上题诗：“万里车书盍混同，江南岂有别疆封？提兵百万西湖

上，立马吴山第一峰。” [20] 俺怕不占场儿砌一个《锦西湖上马娇》：意思是我要演一出占领临安的好戏了。占场儿，在花酒场中出风头。场，原指勾栏。砌，串演的意思。 [21] 哨：探听，探望。 [22] 迤递的：慢慢地，从容地。 [23] 线大长江扇大天：出自唐谭峭《大言诗》。见《全唐诗》卷八六一。 [24] 旌旗遥拂雁行偏：出自唐司空曙《秋日趋府上张大夫》。见《全唐诗》卷二九二。 [25] 可胜饮尽江南酒：出自唐张祜《偶作》。见《全唐诗》卷五一一。 [26] 交割山川直到燕：出自唐王建《寄贺田侍中东平功成》。见《全唐诗》卷三〇〇。

［点评］

在以生旦为主的故事中穿插几出净丑的戏，以调剂冷热，是传奇常用的作法。

《牡丹亭》故事的原型《杜丽娘慕色还魂》中并没有宋金交战的情节。有此一出，杜丽娘与柳梦梅的爱情故事就被嵌入了宋金争战的南宋初年的重大历史背景中。

汤显祖用爱情与战争的双线结构来讲述故事，与晚明时期南倭北“虏”入侵、战争不断的社会环境有关，也与汤显祖心系天下安危的政治情怀有关。

本剧写宋金战争，还有推进剧情的作用。因为有李全之乱，杜宝才奉命匆忙离开南安。杜宝离开南安，柳梦梅才有寄宿梅花观、花园拾画的机会。

《虏谍》中对金主完颜亮的狂妄、骄横的描写颇为生动，因此触犯了清王朝的忌讳。

在完成《四库全书》编纂之后，乾隆四十五年（1780）弘历帝又降旨对全国戏曲剧目的“违碍之处”彻底饬查。清朝入关前曾称“后金”，所以《牡丹亭》对南宋与金朝关系的描写，就当然地成了“违碍之处”，因此而遭到删改，删改之后还要“进呈御览”。因此，冰丝馆本《牡丹亭》的《凡例》说明是“谨遵乾隆四十六年进呈订本”，并于《虏谍》出粘签说明“遵进呈本不录”。与此同时刊印的叶堂《纳书楹四梦全谱》中，也就没有了《虏谍》的曲谱，同样注明“此出遵进呈本不录”。此后《牡丹亭》的清代刊本就不再出现这一出戏。这是清朝文化专制的例证。

第十六出　诘　病

【三登乐】（老旦上）今生怎生[1]？偏则是红颜薄命，眼见的孤苦仃俜。（泣介）掌上珍，心头肉，泪珠儿暗倾。天呵，偏人家七子团圆[2]，一个女孩儿厮病[3]。〔清平乐〕“如花娇怯，合得天饶借[4]。风雨于花生分劣[5]，作意十分凌藉[6]。止堪深阁重帘，谁教月榭风檐[7]。我发短回肠寸断，眼昏眵泪双淹[8]。”老身年将半百，单生一女丽娘。因何一病，起倒半年[9]？看他举止容谈，不似风寒暑湿。中间缘故，春香必知，则问他便了。春香贱才那里？（贴上）有哩。我“眼里不逢乖小使[10]，掌中擎着个病多娇。得知堂上夫人召，剩酒残脂要咱消”。春香叩头。（老旦）小姐闲常好好的，才着你贱才伏侍他，不上半年，偏是病害。可恼，可恼！且问近日茶饭多少？

【驻马听】（贴）他茶饭何曾，所事儿休提、叫懒应[11]。看他娇啼隐忍，笑谵迷厮[12]，睡眼懵憕[13]。（老旦）早早禀请太医了[14]。（贴）则除是八法针针断软绵情[15]。怕九还丹丹不的腌臜证[16]。（老旦）是什么病？（贴）春香不知，道他一枕秋清，却怎生还害的是春前病。（老旦哭介）怎生了。

陈继儒：对症药有否？（明刻本《玉茗堂丹青记》批语）

何不去寻柳生？（柳浪馆本批语）

【前腔】他一搦身形[17]，瘦的庞儿没了四星[18]。都是小奴才逗他。大古是烟花惹事[19]，莺燕成招，云月知情。贱才还不跪！取家法来。（贴跪介）春香实不知道。（老旦）因何瘦坏了玉娉婷，你怎生触损了他娇情性？（贴）小姐好好的拈花弄柳，不知因甚病了。（老旦恼，打贴介）打你这牢承[20]，嘴骨稜的胡遮映[21]。（贴）夫人休闪了手[22]。容春香诉来。便是那一日游花园回来，夫人撞到时节，说个秀才手里折的柳枝儿，要小姐题诗。小姐说这秀才素昧平生，也不和他题了。（老旦）不题罢了。后来？（贴）后来那、那、那秀才就一拍手把小姐端端正正抱在牡丹亭上去了。（老旦）去怎的？（贴）春香怎得知？小姐做梦哩。（老

妙在春香说得凿凿有据，老夫人认真听了半晌，才知是梦。（三妇本批语）

旦惊介）是梦么？（贴）是梦。（老旦）这等着鬼了。快请老爷商议。（贴请介）老爷有请。（外上）“肘后印嫌金带重[23]，掌中珠怕玉盘轻[24]。”夫人，女儿病体因何？（老旦泣介）老爷听讲：

【前腔】说起心疼，这病知他是怎生！看他长眠短起，似笑如啼，有影无形[25]。原来女儿到后花园游了。梦见一人手执柳枝，闪了他去[26]。（作叹介）怕腰身触污了柳精灵，虚器侧犯了花神圣[27]。老爷呵，急与禳星[28]，怕流星赶月相刑迸[29]。（外）却还来。我请陈斋长教书，要他拘束身心。你为母亲的，倒纵他闲游。（笑介）则是些日炙风吹，伤寒流转。便要禳解，不用师巫，则叫紫阳宫石道婆诵些经卷可矣。古语云：“信巫不信医[30]，一不治也。”我已请过陈斋长看他脉息去了。（老旦）看甚脉息。若早有了人家，敢没这病。（外）咳，古者男子三十而娶[31]，女子二十而嫁。女儿点点年纪，知道个什么呢？

与前“女孩家长成，自有许多情态”意同，想夫人曾谙此也。后文“早早乘龙”数语亦然。（三妇本批语）

【前腔】忒恁憨生[32]，一个哇儿甚七情[33]？则不过往来潮热[34]，大小伤寒，急慢风惊。则是你为母的呵，真珠不放在掌中擎，因此娇花不奈这心头病。（泣介）（合）两口丁零[35]，告天天，半边儿是咱全家命[36]。(丑扮院公上)"人来大庾岭，船去郁孤台[37]。"禀老爷，有使客到。

【尾声】(外)俺为官公事有期程。夫人，好看惜女儿身命，少不的人向秋风病骨轻[38]。(外、丑下)(老旦、贴吊场介)(老旦)"无官一身轻，有子万事足。"我看老相公则为往来使客，把女儿病都不瞧。好伤怀也。(泣介)想起来一边叫石道婆禳解，一边教陈教授下药。知他效验如何？正是："世间只有娘怜女，天下能无卜与医！"(下)

柳起东风惹病身[39]，李绅
举家相对却沾巾[40]。刘长卿
遍依仙法多求药[41]，张籍
会见蓬山不死人[42]。项斯

[注释]

[1]怎生：怎么了。 [2]七子团圆：宋元时代的祝福语。意为多子多福，阖家团圆。 [3]厮病：害病。 [4]饶借：饶免，怜惜。 [5]生分劣：与人过不去，故意为难。 [6]作意十分凌藉：有意地摧残。 [7]月榭风檐：月下风前的亭台。此指《惊梦》所写的游园事。 [8]眵(chī)：眼屎。 [9]起倒：好一阵坏一阵。 [10]乖小使：机灵乖巧的童仆。 [11]所事儿：凡事，事事。 [12]笑谵迷厮：有时笑，有时胡言乱语，迷迷糊糊

的。[13] 懵憕：懵懂，神志模糊。此处形容睡眼蒙眬。[14] 太医：御医。后来为医生的敬称。[15] 八法针：最好的针刺医术。根据阴阳、表里、寒热、虚实八纲，针对不同经穴，采用不同手法，以达到汗、吐、下、和、温、清、补、消等八种功效的针刺妙法。下文之针字是动词。[16] 怕九还丹丹不的：九还丹，即九转丹。道教烧炼的一种金丹。下文之丹字是动词，医治的意思。腌臜证：肮脏病、相思病的代称。腌臜，丢人、难为情的意思。[17] 一搦（nuò）：一捻，一握，形容腰身之细。[18] 瘦的庞儿没了四星：脸瘦得不成样子了。古人以二分半为一星，四星即为十分。[19] 大古是：总是。[20] 牢承：原为殷勤，此处转意为滑头、善于献殷勤的人。[21] 嘴骨棱：多嘴多舌。[22] 闪：扭伤。[23] 肘后印嫌金带重：肘后挂金印，说明做了大官。嫌金印重，就是年事已高不太愿意做官了。[24] 掌中珠怕玉盘轻：担心爱女养不大。[25] 有影无形：形容病体非常虚弱。[26] 闪：勾引。[27] 虚嚣侧犯了花神圣：戏耍的动作触犯了花神。[28] 禳星：道教用祭星、符咒等为人驱邪除病的法术。[29] 流星赶月相刑迸：星相家的迷信说法。流星赶月，即禳祭中"冲剋"之一种。刑，相冲。迸，相克。刑、迸，皆主凶事。[30] 信巫不信医：《史记·扁鹊列传》："故病有六不治……信巫不信医，六不治也。" [31] "古者男子三十而娶"二句：见《礼记·内则》。[32] 忒恁憨生：那样娇憨，形容少女还不懂事。[33] 一个哇儿甚七情：一个小孩儿家知道啥是男女情事。哇儿，娃儿。七情，喜怒爱惧哀恶欲，此处指男女之情。[34] "往来潮热"以下三句：各种病症。潮热、伤寒、惊风都是疾病的名称。[35] 丁零：伶仃，孤单。[36] 半边儿：半子，即女婿。这里指杜丽娘。[37] 郁孤台：在江西赣州，离南安不远。[38] 病骨轻：病体虚弱。[39] 柳起东风惹病身：出自唐李绅《发寿阳分司敕到又遇新正感怀书事》。见《全唐诗》卷四八〇。怀德堂本、朱墨本、六十种曲本、同文书局本此出无下场诗。三妇本、才子牡丹亭本、暖红室本在【尾声】“人向秋风病骨轻”之后，有此四句下场诗，今移此处。 [40] 举家相对却沾巾：出自唐刘长卿《戏题赠二小男》。见《全唐诗》卷一五一。 [41] 遍依仙法多求药：出自唐张籍《寄白二十二舍人》。见《全唐诗》卷三八五。 [42] 会见蓬山不死人：出自唐项斯《梦仙》诗。见《全唐诗》卷五五四。

［点评］

杜丽娘游园归来，抑郁成病，一病半年，引起了父母的关注。

杜宝对女儿的病因，完全不得要领，认为女儿年纪尚小，不懂男女情事，患病不过是因“日炙风吹，伤寒流转”，居然能付之一笑。这位老官僚一心办公事，对女儿患病只不过掉几滴眼泪，并不认真追究病根。

杜母为女儿患病十分焦虑，出于母性的敏感，多少看出女儿的心病，心想“若早有了人家，敢没这病”，但她毫无主见，只能落实杜宝的决定，请道姑禳解，请腐儒下药。

有这样的一双父母，杜丽娘性命危矣。

第十七出　道　觋[1]

【风入松】（净扮老道姑上）人间嫁娶苦奔忙，只为有阴阳。问天天从来不具人身相[2]，只得来道扮男妆[3]，屈指有四旬之上。当人生，梦一场。〔集唐〕“紫府空歌碧落寒[4]李群玉，竹石如山不敢安[5]杜甫。长恨人心不如石[6]刘禹锡，每逢佳处便开看[7]韩愈。”贫道紫阳宫石道姑是也。俗家原不姓石，则因生为石女[8]，为人所弃，故号“石姑”。思想起来：要还俗，《百家姓》上有俺一家[9]；论出身，《千字文》中有俺数句[10]。天呵，非是俺“求古寻论”，恰正是“史鱼秉直”[11]。俺因何住在这“楼观飞惊”[12]，打并的“劳谦谨敕”[13]？看修行似“福缘善庆”，论因果是“祸因恶积”。有甚么“荣业所基”？几辈儿“林皋幸即”[14]。生下俺“形端表正”，那些“性静情逸”。大便孔似“园莽抽条”，小净处也“渠荷滴沥”[15]。只那些儿正好叉着口，“巨野洞庭”[16]；偏和你灭了缝，“昆池碣石”[17]。虽则石路上可以“路侠槐卿”[18]，石田中怎生“我艺黍稷”[19]？难道嫁人家“空谷传声”？则好守娘家“孝当竭力”[20]。可奈不由人“诸姑伯叔”，聒噪俺“入奉母仪”[21]。母亲说你内才儿虽然“守真志满”，外像儿“毛施淑姿”[22]，是人家有个“上和下睦”，偏你石二姐没个“夫唱妇随”？便请了个有口齿的媒人，“信使可覆”。许了个大鼻子的女婿[23]，“器欲难量”。则见不多时，那人家下定了。说道选择了一年上“日月盈昃”[24]，配定了八字儿“辰宿列张”[25]。他过的礼，“金生丽水”[26]，俺上了轿，“玉出昆冈”[27]。遮脸的“纨扇圆洁”，引路的“银烛辉煌”。那新郎好不打扮的头直上“高冠陪辇”[28]。咱新人一般排比了腰儿下“束带矜庄”。请了些“亲戚故旧”，半路上“接杯举觞”。请新人“升阶纳陛”[29]，叫女伴们“侍巾帷房”。合卺的“弦歌酒宴”[30]，撒帐的“诗赞羔羊”[31]。把俺做新人嘴脸儿一寸寸“鉴貌辨色”，将俺那宝妆奁

从《百家姓》转出《千字文》，便不鹘突。一部《千字文》随手拈来，分为十段，或笑或谑，忽恼忽悟，真不从天降，不从地出，令人叫绝。（三妇本批语）

一件件都"寓目囊箱"。早是二更时分，新郎紧上来了。替俺说，俺两口儿活像"鸣凤在竹"[32]，一时间就要"白驹食场"[33]。则见被窝儿"盖此身发"，灯影里褪尽了这几件"乃服衣裳"。天呵，瞧了他那"驴骡犊特"[34]；教俺好一会"悚惧恐惶"。那新郎见我害怕，说道：新人，你年纪不少了，"闰余成岁"[35]。俺可也不使狠，和你慢慢的"律吕调阳"[36]。俺听了口不应，心儿里笑着。新郎，新郎，任你"矫手顿足"[37]，你可也"靡恃己长"[38]。三更四更了，他则待阳台上"云腾致雨"，怎生巫峡内"露结为霜"？他一时摸不出路数儿，道是怎的？快取亮来。侧着脑要"右通广内"[39]，蹅着眼在"篮笋象床"[40]。那时节俺口不说，心下好不冷笑。新郎，新郎，俺这件东西，则许你"徘徊瞻眺"，怎许你"适口充肠"。如此者几度了，恼的他气不分的嘴劳刀"俊乂密勿"[41]，累的他凿不窍皮混沌的"天地玄黄"[42]。和他整夜价则是"寸阴是竞"[43]。待讲起，丑煞那"属耳垣墙"[44]。几番待悬梁[45]，待投河，"免其指斥"[46]。若还用刀钻，用线药[47]，"岂敢毁伤"[48]？便拚做赸了交"索居闲处"[49]，甚法儿取他意"悦豫且康"？有了，有了。他没奈何

恶得紧。（清刻冰丝馆本《玉茗堂还魂记》批语）

沈际飞：谑极。（独深居本批语）

央及煞后庭花“背邙面洛”[50]，俺也则得且随顺干荷叶，和他“秋收冬藏”。哎哟，对面儿做的个“女慕贞洁”，转腰儿到做了“男效才良”。虽则暂时间“释纷利俗”，毕竟情意儿“四大五常”[51]。要留俺怕误了他“嫡后嗣续”[52]，要嫁了俺怕人笑“饥厌糟糠”[53]。这时节俺也索劝他了：官人，官人，少不得请一房“妾御绩纺”，省你气那“鸟官人皇”[54]。俺情愿“推位让国”，则要你“得能莫忘”。后来当真讨一个了。没多时做小的“宠增抗极”[55]，反捻去俺为正的“率宾归王”[56]。不怨他，只“省躬讥诫”[57]。出了家罢，俺则“垂拱平章”[58]。若论这道院里，昔年也不甚“宫殿盘郁”；到老身，才开辟了“宇宙洪荒”。画真武“剑号巨阙”[59]，步北斗“珠称夜光”[60]。奉香供“果珍李柰”，把斋素也是“菜重芥姜”。世间味识得破“海咸河淡”，人中网逃得出“鳞潜羽翔”。俺这出了家呵，把那几年前做新郎的臭粘涎“骸垢想浴”[61]，将俺即世里做老婆的干柴火“执热愿凉”。则可惜做观主“游鹍独运”[62]，也要知观的“顾答审详”[63]。赴会的都要“具膳餐饭”，行脚的也要“老少异粮”[64]。怎生观中再没个人儿？也都则是“沉默寂寥”，全不会“笺牒简要”[65]。俺老将来“年矢每催”[66]，镜儿里“晦魄环照”[67]。硬配不上仕女图“驰誉丹青”，也要接得着仙真传“坚持雅操”。懒云游“东西二京”[68]，端一味“坐朝问道”。女冠子有几个“同气连枝”[69]，骚道士不与他“工颦妍笑”。怕了他暗地虎“布射辽丸”[70]，则守着寒水鱼“钧巧任钓”[71]。使唤的只一个“犹子比儿”[72]，叫做癞头鼋“愚蒙等诮”[73]。（内）姑娘骂俺哩。俺是个妙人儿。（净）好不羞。“殆辱近耻”，到夸奖你“并皆佳妙”。（内）杜太爷皂隶拿姑娘哩。（净）为甚么？（内）说你是个贼道。（净）咳，便道那府牌来“杜藁钟隶”[74]，把俺做女妖看“诛斩贼盗”。俺可也“散虑逍遥”，不用你这般“虚辉朗耀”[75]。（丑扮府差上）“承差府堂上，提名仙观中。”（见介）（净）府牌哥为何而来？

用《千字文》处极为巧妙，临川毋乃太聪明乎！今世上有几个晓得《千字文》的，徒然费此一片苦心也。（柳浪馆本批语）

【大迓鼓】（丑）府主坐黄堂，夫人传示，衙内敲梆[76]。知他小姐年多长，染一疾，半年光。（净）俺不是女科[77]。（丑）请你修斋，一会祈禳。

【前腔】（净）俺仙家有禁方。小小灵符，带在身傍。教他刻下人无恙。（丑）有这等灵符！快行动些。（行介）（净）叫童儿。（内应介）（净）好看守，卧云房。

陈继儒：此出可删，细唱无味。（明刻本《玉茗堂丹青记》批语）

殿上无人，仔细灯香。（内）知道了。

（净）紫微宫女夜焚香[78]，王建

（丑）古观云根路已荒[79]。释皎然

（净）犹有真妃长命缕[80]，司空图

（丑）九天无事莫推忙[81]。曹唐

［注释］

[1] 觋（xí）：男性巫师。　[2] 从来不具人身相：老道姑是石女，与常人不同。　[3] 道扮男妆：穿道教的服装。僧道服装男女无差别。　[4] 紫府空歌碧落寒：出自唐李群玉《紫极宫斋后》。见《全唐诗》卷五七〇。紫府，仙人居住的宫殿。碧落，天。　[5] 竹石如山不敢安：出自唐杜甫《绝句四首》其二。见《全唐诗》卷二二八。　[6] 长恨人心不如石：出自唐刘禹锡《竹枝词九首并引》其七。见《全唐诗》卷三六五。　[7] 每逢佳处便开看：出自唐韩愈《将至韶州先寄张端公使君借图经》。见《全唐诗》卷三四四。　[8] 石女：先天性阴道闭锁患者。　[9]《百家姓》：以姓氏编成的四言体韵文，旧时初学识字的课本。　[10]《千字文》：旧时初学读本之一，四言韵文体，共一千字，讲有关自然社科的各种常识。本出戏引用其原文一百十六句，均以引号标出。　[11] 史鱼：春秋时卫国的史官，以直谏著名。秉直：坚持正直。　[12] 飞惊：形容建筑物很高。　[13] 劳谦：对人殷勤。谨敕（chì）：即谨饬，规规矩矩。　[14] 临皋幸即：来到田野，退隐。此处是修行的意思。　[15] 渠荷：荷花。　[16] 巨野：古代的大湖，在山东巨野，今已干涸。　[17] 昆池：汉代的昆明池，在长安，已干涸。碣石：古代海边的山名，具体地点说法不一，

大致在渤海边。 [18] 路侠：夹道，古代“侠”“夹”通用。槐卿：相传周天子的外朝种植槐棘，作为臣僚朝见时的位次标记。三槐是三公所在的位置，两边各有九棘，是卿大夫公侯伯子男的位置。 [19] 艺：种植。 [20] 则好守娘家“孝当竭力”：只好一辈子不出嫁，在娘家奉养父母。 [21] 聒（guō）噪俺“入奉母仪”：唠唠叨叨地催促嫁人。聒噪，吵闹。母仪，为母之道。入奉母仪，去做母亲。 [22] 毛施：毛嫱、西施，古代的美女。 [23] 大鼻子：柳宗元《河间传》说大鼻子性欲旺盛。 [24] 选择了一年上“日月盈昃”：选择了吉日。盈昃，盈亏。昃，日斜。 [25] 配定了八字儿“辰宿列张”：配定了男女双方的八字，认定可以结婚。八字，星命家以人出生的年、月、日、时所值的干支，推算人的命运。列张，指星宿散布在天上。 [26] 金生丽水：此指聘金。丽水，金沙江的一段，以产金出名。 [27] 玉出昆冈：此指出嫁。昆冈，昆仑山，相传出美玉。 [28] 高冠陪辇：头戴高冠，坐在车子的右边。陪辇，陪乘，按礼数要坐在车子的右边。 [29] 升阶纳陛：郑重地走进厅堂。纳，进入。陛，阶石。 [30] 合卺（jǐn）：古代的婚礼仪式之一。相当于后世的吃交杯酒。 [31] 撒帐：古代婚礼仪式之一。夫妇对拜后，坐床上。赞礼人口诵祝福诗句，并以金钱彩果散掷给看热闹的孩子们，谓之坐床撒帐。诗赞羔羊：《羔羊》是《诗经》的篇名。此处引用《千字文》语，与《诗经》原意无关。 [32] 鸣凤在竹：凤吃竹实。相传太平盛世凤才出现。 [33] 白驹食场：《诗经·小雅·白驹》：“皎皎白驹，食我场苗。” [34] 驴骡犊特：暗喻男性生殖器。 [35] 闰余成岁：阴历三十一年的闰月加起来才满一年，这里是说年纪大了。 [36] 律吕调阳：此处借喻夫妇相爱。律吕，古代乐律分阴阳，阳为律，阴为吕。 [37] 矫手顿足：动手动脚。 [38] 靡恃己长：不要依仗自己的特长。语含猥亵。 [39] 广内：汉代藏书的宫殿名。此处指女性生殖器。 [40] 踣（bó）着眼在“篮笋象床”：意思是低着眼趴在床上。踣，俯着。篮笋，轿子，此处指床。 [41] 气不分：气愤。俊乂（yì）：贤才。密勿：做事勤勉。 [42] 凿不窍皮混沌的“天地玄黄”：混沌一片，凿不出一个孔窍。相传上古时代天地未分，混沌一片。此处比喻石女阴道锁闭。 [43] 寸阴是竞：爱惜光阴，语意双关。 [44] 属耳垣墙：墙外有人窃听。 [45] 悬梁：自缢。 [46] 免其指斥：《千字文》原句是“勉其祗植”，此处取其音略改。 [47] 线药：中医外科手术之一。 [48] 岂敢毁伤：《孝经》：“身体发肤，受之父母，不敢毁伤，孝之始也。” [49] 赸：走开。 [50] 央及煞后庭花“背邙面洛”：背邙面洛，背靠邙山，面对洛水，是古都洛阳的形势。此处语含秽亵，后庭指肛门。 [51] 四大五常：意思是正常的夫妻关系不能落实。四大，佛家以地水火风为“四大”，人身为四大和合而成。五常，仁义礼智信。 [52] 嫡后嗣续：传宗接代。 [53] 厌：餍，饱食。糟糠：原指粗粮，这里指糟糠之妻，贫贱时娶的妻子。 [54] 鸟官：传说上古少昊氏立国时，有凤鸟飞来，他就以鸟名做官名。人皇：传说上古时代最早的君主之一。 [55] 做小的“宠增抗极”：做妾的得宠争权。抗极，和皇帝相抗衡，形容权势极大。 [56] 反捻去俺为正的“率宾归王”：妻（为正的）反而受妾的摆布。捻，撵。率，所有的。率宾归王，即“率土之滨，莫非王臣”。就是说做妾的掌握了家庭全部大权。 [57] 省躬讥诫：自省，自己批评自己。 [58] 垂拱：天子垂衣拱手，无为而治。此处是说出家后落得清静闲适。 [59] 真武：道教崇奉的真武大帝。巨阙：古代宝剑名。 [60] 步北斗：道教的一种修炼术。 [61] 骸：身体。 [62] 游鹍独运：意思是全凭自己一人操作，没有别的道姑帮助。鹍，大鸟，神话传说中鹍一飞八百里。运，飞。 [63] 知观：道观的管理者。顾答审详：认真考虑，言谈详细周到。　[64] 行脚的：游食四方的道姑。　[65] 笺牒：原指书信文件。这里指向人募化。　[66] 年矢每催：时光像箭似的飞快过去。　[67] 晦魄环照：月亏了又慢慢圆起来。环，循环往复。这里说的是镜中人影。　[68] 东西二京：西汉、隋、唐建都长安，称西京；东汉迁都洛阳，称东京。后来洛阳又是隋、唐陪都。此句是说不愿意到远方云游了。　[69] 女冠子：女道士。同气连枝：本来指兄弟，此处指志同道合的人。　[70] 布射辽丸：暗地里以诡计伤人。布，东汉吕布，吕布善射。辽，僚，指春秋时期楚国熊宜僚，熊宜僚善弄丸。　[71] 则守着寒水鱼"钧巧任钓"：能贞静自守，不受外物诱惑。寒水鱼，语本华亭舡子和尚偈："夜静水寒鱼不食，满船空载月明归。"见宋惠洪《冷斋夜话》。钧，三国马钧，著名工艺家，曾制作指南车等。任，古代寓言中的任公子，曾在东海钓得一大鱼，浙江以东，广西以北，人人得以饱餐。见《庄子·外物》。　[72] 犹子比儿：把侄子当儿子。犹子，侄子。　[73] 愚蒙等诮：和无知的人一样受人讥诮。愚蒙，愚昧无知的人。等，等同，一样。　[74] 便道那府牌来"杜藁钟隶"：东汉杜操的草书（藁），三国钟繇的隶书。这里只取"隶"字，指皂隶，差役。府牌，府里派来的差役。　[75] 虚辉朗耀：以虚张声势吓唬人。　[76] 梆：竹木制作的梆子，敲击以作信号。　[77] 女科：妇科医生。　[78] 紫微宫女夜烧香：出自唐王建《宫词一百首》其十三。见《全唐诗》卷三〇二。紫微宫，天宫。　[79] 古观云根路已荒：出自唐皎然《晚春寻桃源观》。见《全唐诗》卷八一七。云根，山上高处。　[80] 犹有真妃长命缕：出自唐司空图《南至四首》其三。见《全唐诗》卷六三三。真妃，九华真妃，道教崇奉的女仙。长命缕，端午节用五彩丝带缠在臂上，据说可以辟邪除病。这里指除病所用的灵符。　[81] 九天无事莫推忙：出自唐曹唐《小游仙诗九十八首》其五十五。见《全唐诗》卷六四一。意思是请道姑不要借口事忙而推辞不应。

［点评］

《道觋》写杜宝夫人请石道姑为杜丽娘作法禳解。

觋是男性的巫师，此出戏指石道姑。因为此道姑为石女，作者戏谑其性别男女混杂。

石道姑是汤显祖的创造，话本小说《杜丽娘慕色还魂》中本无此人。在剧作中她收留了生病的柳梦梅，促成了柳梦梅和杜丽娘的人鬼之恋；她帮助柳梦梅掘墓开棺，使杜丽娘还魂成功；她还协助杜柳逃走，一同逃往临安并一起生活。可见她和陈最良一样，也是《牡丹亭》的重要配角。

《道觋》是一出颇具争议的戏。如果说汤显祖的讽刺才能在陈最良身上得到最好的表现，那末，当他描写石道姑时，幽默就降低为刻薄。作者抓住石道姑的生理缺陷大做文章，引用《千字文》116句，句句双关，笔笔耸听，奇趣骇俗，此种雅谑虽为明清部分文人所欣赏，但毕竟不是剧情之主脑，而且语涉秽亵，只可窃观而羞于共论，奏之场上不成体统，所以演出本大多删削。

第十八出 诊 祟

“轻憔悴”与“花容只顾衰”承《写真》折来，是小姐最伤心处，故屡言之。（三妇本批语）

【一江风】（贴扶病旦上）（旦）病迷厮[1]。为甚轻憔悴？打不破愁魂谜。梦初回，燕尾翻风，乱飒起湘帘翠。春去偌多时，春去偌多时，花容只顾衰。井梧声刮的我心儿碎。〔行香子〕春香呵，我“楚楚精神，叶叶腰身，能禁多病逡巡[2]！（贴）你星星措与[3]，种种生成，有许多娇，许多韵，许多情。（旦）咳，咱弄梅心事[4]，那折柳情人[5]，梦淹渐暗老残春。（贴）正好簟炉香午，枕扇风清。知为谁颦，为谁瘦，为谁疼？”（旦）春香，我自春游一梦，卧病如今。不痒不疼，如痴如醉。知他怎生？（贴）小姐，梦儿里事，想他则甚！（旦）你教我怎生不想呵！

【金落索】贪他半晌痴，赚了多情泥[6]。待不思量，怎不思量得？就里暗销肌，怕人知。嗽腔腔嫩喘微[7]。哎哟，我这惯淹煎的样子谁怜惜？自噤窄的春心怎的支[8]？心儿悔，悔当初一觉留春睡。（贴）老夫人替小姐冲喜[9]。（旦）信他冲的个甚喜？到的年时[10]，敢犯杀花园内？

周锡山：用反问句否定自己在花园里冲撞了神道或鬼魅（犯煞），深知自己的病因。（《〈牡丹亭〉注释汇评》）

【前腔】（贴）看他春归何处归，春睡何曾睡？气丝儿怎度的长天日？把心儿捧凑眉[11]，病西施。小姐，梦去知他实实谁？病来只送的个虚虚的你。做行云先渴倒在巫阳会[12]。全无谓，把单相思害得忒明昧[13]。又不是困人天气，中酒心期[14]，魆魆地常如醉[15]。（末上）“日下晒书嫌鸟迹，月中捣药要蟾酥[16]。”我陈最良承公相命，来诊视小姐脉息。到此后堂，不免打叫一声。春香贤弟有么？（贴见介）是陈师父。小姐睡哩。（末）免惊动他。我自进去。（见介）小姐。（旦作惊介）谁？（贴）陈师父哩。（旦扶起介）（旦）师父，我学生患病。久失敬了。（末）学生，学生，古书有云：“学精于勤[17]，荒于嬉。”你因为后花园汤风冒日[18]，感下这疾，荒废书工。我为师的在外，寝食不安。幸喜老公相请来看病。也不料你清减至此。似

沈际飞：絮絮叨叨，雅俗长短，无字不妙。（独深居本批语）

这般样，几时能够起来读书？早则端阳节哩。（贴）师父，端节有你的。（末）我说端阳，难道要你粽子？小姐，望、闻、问、切[19]，我且问你病症因何？（贴）师父问什么！只因你讲《毛诗》，这病便是“君子好求”上来的。（末）是那一位君子？（贴）知他是那一位君子。（末）这般说，《毛诗》病用《毛诗》去医。那头一卷就有女科圣惠方在里[20]。（贴）师父，可记的《毛诗》上方儿？（末）便依他处方。小姐害了“君子”的病，用的史君子[21]。《毛诗》：“既见君子[22]，云胡不瘳？”这病有了君子抽一抽，就抽好了。（旦羞介）哎也！（贴）还有甚药？（末）酸梅十个。《诗》云：“摽有梅[23]，其实七兮”，又说：“其实三兮。”三个打七个，是十个。此方单医男女过时思酸之病。（旦叹介）（贴）还有呢？（末）天南星三个[24]。（贴）可少？（末）再添些。《诗》云：“三星在天[25]。”专医男女及时之病。（贴）还有呢？（末）俺看小姐一肚子火，你可抹净一个大马桶，待我用栀子仁、当归[26]，泻下他火来。这也是依方：“之子于归，言秣其马。”（贴）师父，这马不同那“其马”。（末）一样髀鞦窟洞下[27]。（旦）好个伤风切药陈先生。（贴）做的按月通经陈妈妈。（旦）师父不可执

因读诗起病，即按诗定方。中间极谐谑处，皆带老学究掉文腐气，又与《闺塾》折照映生动。（三妇本批语）

方[28]，还是诊脉为稳。（末看脉，错按旦手背介）（贴）师父，讨个转手。（末）女人反此背看之，正是王叔和《脉诀》[29]。也罢，顺手看是。（诊脉介）呀，小姐脉息，到这个分际了。

【金索挂梧桐】他人才忒整齐，脉息恁微细。小小香闺，为甚伤憔悴？（起介）春香呵，似他这伤春怯夏肌，好扶持。病烦人容易伤秋意。小姐，我去咀药来[30]。（旦叹介）师父，少不得情栽了窍髓针难入[31]，病躲在烟花你药怎知[32]？（泣介）承尊觑，何时何日来看这女颜回[33]？（合）病中身怕的是惊疑。且将息，休烦絮。（旦）师父且自在。送不得你了。可曾把俺八字推算么？（末）算来要过中秋好。"当生止有八个字[34]，起死曾无三世医[35]。"（下）（贴）一个道姑走来了。（净上）"不闻弄玉吹箫去[36]，又见嫦娥窃药来[37]。"自家紫阳宫石道姑便是。承杜老夫人呼唤，替小姐禳解。（见贴介）（贴）姑姑为何而来？（净）吾乃紫阳宫石道姑。承夫人命，替小姐禳解。不知害的甚病？（贴）尴尬病[38]。（净）为谁来？（贴）后花园耍来。（净举三指，贴摇头介）（净举五指，贴又摇头介）（净）咳，你说是三是五，与他做主。（贴）你自问他去。（净见旦介）

"小小香闺"，即杜老所云"点点年纪"，腐儒语也，却已道着病原。（三妇本批语）

小姐以颜回自比，非言好学，正恐短命死耳。（三妇本批语）

小姐，小姐，道姑稽首那。（旦作惊介）那里道姑？（净）紫阳宫石道姑。夫人有召，替小姐保禳。闻说小姐在后花园着魅[39]，我不信。

【前腔】你惺惺的怎着迷[40]？设设的浑如魅[41]。（旦作魇语介）[42]我的人那。（净、贴背介）你听他念念呢呢[43]，作的风风势[44]。是了，身边带有个小符儿。（取旦钗挂小符，作咒介）"赫赫扬扬[45]，日出东方。此符屏却恶梦，辟除不祥。急急如律令敕[46]。"（插钗介）这钗头小篆符[47]，眠坐莫教离。把闲神野梦都回避。（旦醒介）咳，这符敢不中[48]？我那人呵，须不是依花附木廉纤鬼[49]。咱做的弄影团风抹媚痴[50]。（净）再痴时，请个五雷打他[51]。（旦）些儿意，正待携云握雨，你却用掌心雷。（合前）（净）还分明说与，起个三丈高咒幡儿[52]。（旦）待说个甚么子好？

丽娘正要寻向梦中去，道姑如何打他？又如何咒他？故但转一语曰：要咒，亦须"向梦儿里"也。（三妇本批语）

【尾声】依稀则记的个柳和梅。姑姑，你也不索打符桩挂竹枝，则待我冷思量，一星星咒向梦儿里。（贴扶旦下）[53]

（贴）绿惨双蛾不自持[54]，步非烟

（净）道家妆束厌禳时[55]。薛能

（旦）如今不在花红处[56]，僧怀济

（合）为报东风且莫吹[57]。李涉

［注释］

[1]病迷厮：病得迷迷糊糊。 [2]多病逡巡：久病缠身。逡巡，徘徊不去。 [3]星星：件件，点点。措与：举动，行事。 [4]弄梅心事：指杜丽娘怀春之情。本剧第十四出有杜丽娘自画肖像，手捻青梅一枝。 [5]折柳情人：指柳梦梅。在杜丽娘梦中，他曾折柳枝请杜丽娘题诗。 [6]赚了多情泥：害得情思牵缠。赚，骗取，这里是害得、弄得的意思。泥，腻，纠缠。 [7]嗽腔腔：咳嗽连声。腔腔，咳嗽声。 [8]自噤窄的春心怎的支：闷在心里的情思怎得排遣。噤窄，闷在心里，不对人说。 [9]冲喜：一种迷信做法，人病重时偏要办喜事，以冲击不祥，转危为安。 [10]"到的年时"二句：难道说是先前在花园里冲撞了什么神道？到的，道的，想是的。年时，从前。犯杀，犯煞，冲撞了鬼神。 [11]"把心儿捧凑眉"二句：西施，春秋时越国美女，据说她心疼时捧心皱眉，样子很美。 [12]做行云先渴倒在巫阳会：渴望情爱，却先病倒了。行云，巫山神女的典故。巫阳，巫山之阳。 [13]明昧：不明不白。 [14]中酒心期：喝多了酒，心情烦躁。中酒，酒醉。心期，心绪，心情。 [15]魆（xū）魆地：本意黑魆魆的，此意神情恍惚。 [16]月中捣药要蟾酥：神话传说，月亮里有白兔捣药。蟾酥，蟾蜍（癞蛤蟆）皮疣内的毒液，可做药。传说月亮里有蟾蜍，白兔捣药作蛤蟆丸，吃了可成神仙。 [17]"学精于勤"二句：韩愈《进学解》中的句子。 [18]汤风：冒着风，受了风吹。汤，碰到。 [19]望、闻、问、切：看病人的气色，听声音，问病情，以指切脉。中医的四种基本诊病方法。 [20]圣

惠方：有灵验的处方。宋朝太平兴国三年（978）集《太平圣惠方》一百卷。 [21] 史君子：中药名，通写为“使君子”。 [22] “既见君子”二句：见到君子，病就好了。语出《诗经·郑风·风雨》。君子，是《诗经》中唱这首情歌的女子的情人。胡，为什么。云，不表示意义。瘳（chōu），病愈。 [23] “摽有梅”二句：梅子落下来了，树上还剩七个。语出《诗经·召南·摽有梅》。摽，落下。《摽有梅》描写女子渴求及时出嫁的心理。下文“其实三兮”，见同诗。 [24] 天南星：中药名。 [25] 三星在天：见《诗经·唐风·绸缪》，描写男女相会的欢乐，所以下文说“专医男女及时之病”。三星，参宿三星，傍晚出现在东方。 [26] “待我用栀子仁、当归”以下五句：栀子仁、当归，中药名，但都不是泻药，只是为“之子于归”谐音。“之子于归，言秣其马”，见《诗经·周南·汉广》。原意说如果哪个姑娘肯嫁给我，我就喂饱了马，驾着车去接她。此处借“言秣其马”的“秣”“马”二字的读音，扯出一句“抹净一个大马桶”，纯属诙谑。 [27] 一样髀鞦窟洞下：马和马桶同样是屁股下所坐的。髀，大腿。鞦，马具，套在马的后臀部。 [28] 执方：固执。 [29] 王叔和《脉诀》：王叔和，晋代名医，曾任太医令，著有《脉诀》《脉经》《脉赋》。 [30] 咀药：有些中药材在煎煮前，要用嘴细嚼。 [31] 情栽了窍髓针难入：相思的病根栽在骨髓里，针是刺不进去的。窍髓，人体内部器官。针，针刺，中医有针刺疗法。 [32] 烟花：男女风月情爱。 [33] 女颜回：优秀而短命的女学生。颜回，孔子最好的弟子，早逝。 [34] 八个字：八字。 [35] 三世医：祖传三代的医生。《礼记》：“医不三世，不服其药。” [36] 弄玉吹箫：弄玉，神话传说中春秋时秦穆公的女儿，她和丈夫萧史都善于吹箫。后来夫妇的箫声引来凤凰，一同飞升。 [37] 嫦娥窃药：神话传说，上古后羿从西王母处求来长生不死的仙药。其妻嫦娥偷吃了仙药，飞升到月宫去了。 [38] 魑尴病：尴尬病，即相思病。　[39] 着魅：被鬼迷惑。　[40] 惺惺的：聪明机灵的样子。　[41] 设设的：迷迷糊糊的。　[42] 魇语：梦话。此处是谵语的意思，即人在昏迷时说的话。　[43] 念念呢呢：说话含糊不清。　[44] 风风势：疯癫的样子。　[45]“赫赫扬扬”二句：道士治病的咒语，常以此句开头。赫赫扬扬，形容光芒四射。　[46] 急急如律令敕：咒语的结句。　[47] 篆符：道士驱鬼治病的灵符。所写的神秘文字，样子与篆书近似。　[48] 不中：不行，没奏效。　[49] 廉纤鬼：小鬼。廉纤，细小，常用来形容微雨，也偶用形容其他细小物件。　[50] 弄影团风：心魂不定的样子。抹媚：魔魅，被鬼物迷惑。　[51] 五雷：掌心雷，道教的一种法术。　[52] 咒幡儿：长条形的旗子，道士祈禳时用。　[53] 贴扶旦下：下场时接落场的唱念，和下场的动作同时进行。　[54] 绿惨双娥不自持：出自唐步非烟《答赵子》。见《全唐诗》卷八〇〇。　[55] 道家装束厌禳时：出自唐薛能《黄蜀葵》。见《全唐诗》卷五六一。厌禳，厌、禳，都是禳解的意思。　[56] 如今不在花红处：出自唐僧怀济《上归州刺史代通状二首》其二。见《全唐诗》卷八二五。　[57] 为报东风且莫吹：出自唐李涉《春晚游鹤林寺寄使府诸公》。见《全唐诗》卷四七七。

[点评]

《诊祟》一出写给杜丽娘治病，杜丽娘自知相思病非巫医所能医治，但又不能拒绝，于是有此一出非关紧要的戏。

杜府既请医，亦请巫，这都是遵照杜宝的安排。

杜宝对陈最良的医术和石道姑的法术都是信任的，怎奈陈最良的诊病与石道姑的禳解，都不得要领，纯属浪费时间。

陈最良引《诗经》词句开方，流露亵语。出手切脉，竟错按杜丽娘手背。腐儒的酸腐、鄙琐和江湖气跃然纸上。石道姑的画符念咒，装神弄鬼，写得也煞有介事。

作者不仅《诗经》烂熟于心，而且兼通医药卜筮、神经怪牒，所以才能做此种文字游戏。

第十九出　牝　贼

【北点绛唇】（净扮李全引众上）世扰膻风[1]，家传杂种。刀兵动，这贼英雄，比不的穿墙洞[2]。“野马千蹄合一群，眼看江海尽风尘。汉儿学得胡儿语[3]，又替胡儿骂汉人。”自家李全是也。本贯楚州人氏[4]。身有万夫不当之勇。南朝不用，去而为盗。以五百人出没江淮之间，正无归着。所幸大金皇帝，遥封俺为溜金王。央我骚扰淮扬，看机进取。奈我多勇少谋。所喜妻子杨氏娘娘，能使一条梨花枪，万人无敌。夫妻上阵，大有威风。则是娘娘有些吃酸，但是掳的妇人，都要送他帐下。便是军士们，都只畏惧他。正是：“山妻独霸蛇吞象[5]，海贼封王鱼变龙。”

省悟子：草寇气象，如在眼中，笔妙如此。（光绪同文书局本《江都省悟子批点还魂记》批语）

【番卜算】（丑扮杨婆持枪上）百战惹雌雄，血映燕支重[6]。（舞介）一枝枪洒落花风，点点梨花弄。（见举手介）大王千岁。奴家介胄在身[7]，不拜了。（净）娘娘，你可知大金皇帝，封俺做溜金王？（丑）怎么叫做溜金王？（净）溜者顺也。（丑）封你何事？（净）央俺骚扰淮扬三年。待俺兵粮齐集，一举渡江，灭了赵宋。那时还封俺为帝哩！（丑）有这等事！恭喜了。借此号令，买马招军。

【六幺令】如雷喧哄，紧辕门画鼓冬冬。哨尖儿飞过海云东[8]。（合）好男女，坐当中，淮扬草木都惊动。

【前腔】聚粮收众。选高蹄战马青骢。闪盔缨斜簇玉钗红。（合前）

（净）群雄竞起向前朝[9]，杜甫
（丑）折戟沉沙铁未销[10]。杜牧
平原好牧无人放[11]，曹唐
白草连天野火烧[12]。王维

［注释］

[1] 世扰：世代养成。羶风：羊羶气。羶风、杂种，都是古代对北方外族的蔑称。 [2] 比不的穿墙洞：和穿墙钻洞的小贼不同。 [3]“汉儿学得胡人语”二句：唐司空图《河湟有感》：

“汉儿尽作胡儿语，却向城头骂汉人。” [4] 楚州：今江苏淮安。 [5] 蛇吞象：比喻贪得无厌。 [6] 燕支：胭脂。 [7] “介胄在身”二句：汉文帝刘恒到细柳营劳军，将军周亚夫手持武器，作揖为礼。他说：“介胄之士，不拜，请以军礼见。”事见《史记·绛侯周勃世家》。介胄，古代军人防身的武装，以皮或铁制成。 [8] 哨尖儿：探子。 [9] 群雄竞起向前朝：出自唐杜甫《夔州歌十绝句》其三。见《全唐诗》卷二二九。 [10] 折戟沉沙铁未销：出自唐杜牧《赤壁》。见《全唐诗》卷五二三。 [11] 平原好牧无人放：出自唐曹唐《病马郑校书五首》其一。见《全唐诗》卷六四〇。 [12] 白草连天野火烧：出自唐王维《出塞作》。见《全唐诗》卷一二八。

[点评]

牝，雌鸟。牝贼，就是女贼，此出指李全妻杨妈妈。《牡丹亭》里有三对夫妻——杜丽娘与柳梦梅，杜宝夫妇，还有李全夫妇。涉及了生、旦，外、老旦，净、丑等六个戏曲行当。

三对夫妻各有特点，李全夫妇最具滑稽色彩。《牝贼》的李全特别地怕老婆，杨妈妈是李全阵营实际的首脑。题目用“牝贼”，表明杨氏的地位高于李全。

作者汤显祖对“南朝不用，去而为盗”的汉奸深恶痛绝，给李全的野心、狂妄和愚蠢以无情的讽刺。

李全的怕老婆使其成为剧中有特色的人物。惟其极端地惧内，后来在《折寇》一出，杜宝才蛮有信心地设计重点说服杨妈妈，李全则当然地谨遵妇命归顺宋朝。

本出虽短，但有唱有做，并为杜宝的移镇淮扬设下伏笔。

第二十出　闹　殇

起句便觉满目凄凉。（三妇本批语）

【金珑璁】（贴上）连宵风雨重，多娇多病愁中。仙少效，药无功。“颦有为颦[1]，笑有为笑。不颦不笑，哀哉年少。”春香侍奉小姐，伤春病到深秋。今夕中秋佳节，风雨萧条。小姐病转沉吟，待我扶他消遣。正是：“从来雨打中秋月，更值风摇长命灯[2]。”（下）

【鹊桥仙】（贴扶病旦上）拜月堂空，行云径拥，骨冷怕成秋梦。世间何物似情浓？整一片断魂心痛。（旦）“枕函敲破漏声残[3]，似醉如呆死不难。一段暗香迷夜雨，十分清瘦怯秋寒。”春香，病境沉沉，不知今夕何夕？（贴）八月半了。（旦）哎也，是中秋佳节哩。老爷，奶奶，都为我愁烦，不曾玩赏了？（贴）

才说暗香迷雨，又要开轩望月，是昏瞀语。（三妇本批语）

这都不在话下了。（旦）听见陈师父替我推命，要过中秋。看看病势转沉，今宵欠好。你为我开轩一望，月色如何？（贴开窗，旦望介）

【集贤宾】（旦）海天悠、问冰蟾何处涌[4]？玉杵秋空，凭谁窃药把嫦娥奉？甚西风吹梦无踪[5]！人去难逢，须不是神挑鬼弄。在眉峰[6]，心坎里别是一般疼痛。（旦闷介）

杨葆光：感极而痛，痛极而闷。（同治版三妇本批语）

【前腔】（贴）甚春归无端厮和哄[7]，雾和烟两不玲珑[8]。算来人命关天重[9]，会消详、直恁匆匆[10]！为着谁侬[11]，俏样子等闲抛送？待我谎他。姐姐，月上了。月轮空，敢蘸破你一床幽梦[12]。（旦望叹介）"轮时盼节想中秋，人到中秋不自由。奴命不中孤月照，残生今夜雨中休。"

【前腔】你便好中秋月儿谁受用？剪西风泪雨梧桐[13]。楞生瘦骨加沉重[14]。趱程期是那天外哀鸿[15]。草际寒蛩[16]，撒剌剌纸条窗缝。（旦惊作昏介）冷松松，软兀剌四梢难动[17]。（贴惊介）小姐冷厥了。夫人有请。（老旦上）"百岁少忧夫主贵，一生多病女儿娇。"我的儿，病体怎生了？（贴）奶奶，欠好，欠好。（老旦）可怎了！

陈继儒：一字一泪。（明刻本《玉茗堂丹青记》批语）

虫鸟悲吟，雨风萧瑟，行间字里，觉有鬼气逼人。独夜阴天，读之生畏。（三妇本批语）

【前腔】不提防你后花园闲梦铳[18]，不分明再不惺忪[19]，睡临侵打不起头梢重[20]。（泣介）恨不呵早早乘龙[21]。夜夜孤鸿，活害杀俺翠娟娟雏凤。一场空，是这答里把娘儿命送。

陈继儒：情真景真，哽咽肠断。（明刻本《玉茗堂丹青记》批语）

【啭林莺】（旦醒介）甚飞丝缱的阳神动[22]，弄悠扬风马叮咚[23]。（泣介）娘，儿拜谢你了。（拜跌介）从小来觑的千金重，不孝女孝顺无终。娘呵，此乃天之数也。当今生花开一红，愿来生把萱椿再奉。（众泣介）（合）恨西风，一霎无端碎绿摧红。

连叫数声娘，一叫一斗泪。（三妇本批语）

【前腔】（老旦）并无儿、荡得个娇香种[24]，绕娘前笑眼欢容。但成人索把俺高堂送[25]。恨天涯老运孤穷。儿呵，暂时间月直年空[26]，返将息你这心烦意冗。（合前）（旦）娘，你女儿不幸，作何处置？（老旦）奔你回去也[27]。儿！

【玉莺儿】（旦泣介）旅榇梦魂中[28]，盼家山千万重。（老旦）便远也去。（旦）是不是[29]，听女孩儿一言。这后园中一株梅树，儿心所爱。但葬我梅树之下可矣。（老旦）这是怎的来？（旦）做不的病婵娟桂窟里长生[30]，则分的粉骷髅向梅花古洞[31]。（老旦泣介）看他强扶头泪濛，冷淋心汗倾，不如我先他一命无常用。

楚楚可怜，石人亦须下泪，铁人亦须软肠，那得不听？但夫人恐无奈杜老何，故不答也。（三妇本批语）

（合）恨苍穹，妒花风雨，偏在月明中。（老旦）还去与爹讲，广做道场也。儿，"银蟾谩捣君臣药[32]，纸马重烧子母钱[33]。"（下）（旦）春香，咱可有回生之日否？

【前腔】（叹介）你生小事依从，我情中你意中。春香，你小心奉事老爷奶奶。（贴）这是当的了。（旦）春香，我记起一事来。我那春容，题诗在上，外观不雅。葬我之后，盛着紫檀匣儿，藏在太湖石底。（贴）这是主何意儿？（旦）有心灵翰墨春容，倘直那人知重[34]。（贴）姐姐宽心。你如今不幸，孤坟独影。肯将息起来，禀过老爷，但是姓梅姓柳秀才，招选一个，同生同死，可不美哉！（旦）怕等不得了。哎哟，哎哟！（贴）这病根儿怎攻[35]，心上医怎逢？（旦）春香，我亡后，你常向灵位前叫唤我一声儿。（贴）他一星星说向咱伤情重。（合前）（旦昏介）（贴）不好了，不好了，老爷奶奶快来！

春香本服侍小姐，今言奉事老爷奶奶，正谓己将死也。语最伤心。（三妇本批语）

小姐所谓那人，指梅、柳也，故春香即以梅、柳开解，真意中之语。（三妇本批语）

【忆莺儿】（外、老旦上）鼓三冬，愁万重。冷雨幽窗灯不红。听侍儿传言女病凶。（贴泣介）我的小姐，小姐！（外、老旦同泣介）我的儿呵，你舍的命终，抛的我途穷。当初只望把爹娘送。（合）恨匆匆，萍

周锡山："冷雨幽窗灯不红"描绘了美人丧凋的典型环境，故而后世传诵。（《〈牡丹亭〉注释汇评》）

踪浪影，风剪了玉芙蓉。（旦作醒介）（外）快苏醒！儿，爹在此。（旦作看外介）哎哟，爹爹扶我中堂去罢。（外）扶你也，儿。（扶介）

【尾声】（旦）怕树头树底不到的五更风[36]，和俺小坟边立断肠碑一统[37]。爹，今夜是中秋。（外）是中秋也，儿。（旦）禁了这一夜雨[38]。（叹介）怎能够月落重生灯再红！（并下）（贴哭上）我的小姐，我的小姐，"天有不测之风云，人有无常之祸福"。我小姐一病伤春死了。痛杀了我家老爷、我家奶奶。列位看官们[39]，怎了也！待我哭他一会。

周锡山："月落重生灯再红"表达了丽娘留恋生命的刻骨痛心。(《〈牡丹亭〉注释汇评》)

结句仍萌回生之想。（三妇本批语）

【红衲袄】小姐，再不叫咱把领头香心字烧[40]，再不叫咱把剔花灯红泪缴[41]，再不叫咱拈花侧眼调歌鸟，再不叫咱转镜移肩和你点绛桃[42]。想着你夜深深放剪刀，晓清清临画藁。提起那春容，被老爷看见了，怕奶奶伤情，分付殉了葬罢。俺想小姐临终之言，依旧向湖山石儿靠也，怕等得个拾翠人来把画粉销[43]。老姑姑，你也来了。（净上）你哭得好，我也来帮你。

臧懋循：结甚平平，然为后日还魂地，非此句不可。（朱墨本批语）

【前腔】春香姐，再不教你暖朱唇学弄箫。（贴）为此。（净）再不和你荡湘裙闲斗草[44]。（贴）便是。（净）

小姐不在，春香姐也松泛多少。（贴）怎见得？（净）再不要你冷温存热絮叨，再不要你夜眠迟、朝起的早。（贴）这也惯了。（净）还有省气的所在。鸡眼睛不用你做嘴儿挑[45]，马子儿不用你随鼻儿倒[46]。（贴啐介）（净）还一件，小姐青春有了，没时间做出些儿也[47]，那老夫人呵，少不的把你后花园打折腰。（贴）休胡说！老夫人来也。（老旦哭介）我的亲儿，

【前腔】每日绕娘身有百十遭，并不见你向人前轻一笑。他背熟的班姬《四诫》从头学[48]，不要得孟母三迁把气淘[49]。也愁他软苗条忒恁娇，谁料他病淹煎真不好。（哭介）从今后谁把亲娘叫也，一寸肝肠做了百寸焦。（老旦闷倒，贴惊叫介）老爷，痛杀了奶奶也。快来，快来！（外哭上）我的儿也，呀，原来夫人闷倒在此。

【前腔】夫人，不是你坐孤辰把子宿嚣[50]，则是我坐公堂冤业报。较不似老仓公多女好[51]。撞不着赛卢医他一病蹻[52]。天，天，似俺头白中年呵，便做了大家缘何处消[53]？见放着小门楣生折倒[54]！夫人，你且自保重。便做你寸肠千断了也，则怕女儿呵，他望帝魂归不可招[55]。（丑扮院公上）“人间旧恨

惊鸦去，天上新恩喜鹊来。”禀老爷，朝报高升[56]。（外看报介）吏部一本[57]，奉圣旨：“金寇南窥，南安知府杜宝，可升安抚使[58]，镇守淮扬。即日起程，不得违误。钦此[59]。”（叹介）夫人，朝旨催人北往，女丧不便西归。院子，请陈斋长讲话。（丑）老相公有请。（末上）“彭殇真一壑[60]，吊贺每同堂。”（见介）（外）陈先生，小女长谢你了。（末哭介）正是。苦伤小姐仙逝，陈最良四顾无门。所喜老公相乔迁[61]，陈最良一发失所。（众哭介）（外）陈先生有事商量。学生奉旨，不得久停。因小女遗言，就葬后园梅树之下，又恐不便后官居住，已分付割取后园，起座“梅花庵观”，安置小女神位。就着这石道姑焚修看守。那道姑可承应的来？（净跪介）老道婆添香换水。但往来看顾，还得一人。（老旦）就烦陈斋长为便。（末）老夫人有命，情愿效劳。（老旦）老爷，须置些祭田才好[62]。（外）有漏泽院二顷虚田[63]，拨资香火。（末）这漏泽院田，就漏在生员身上。（净）咱号道姑，堪收稻谷[64]。你是陈绝粮，漏不到你。（末）秀才口吃十一方[65]，你是姑姑，我还是孤老[66]，偏不该我收粮？（外）不消争，陈先生收给。陈先生，我在此数年，优待学校。（末）都知道。便是老公相高升，旧规有诸生遗爱记、生祠碑文，到京伴礼送人为妙[67]。（净）陈绝粮，遗爱记是老爷遗下与令爱作表记么？（末）是老公相政迹歌谣。什么“令爱”！（净）怎么叫做生祠？（末）大祠宇塑老爷像供养，门上写着“杜公之祠”。（净）这等不如就塑小姐在傍，我普同供养。（外恼介）胡说！但是旧规，我通不用了。

【意不尽】陈先生，老道姑，咱女坟儿三尺暮云高，老夫妻一言相靠。不敢望时时看守，则清明寒食一碗饭儿浇。

（外）魂归冥漠魄归泉[68]，朱褒

（老）使汝悠悠十八年[69]。曹唐

（末）一叫一回肠一断[70]，李白

（合）如今重说恨绵绵[71]。张籍

［注释］

[1]“颦有为颦”二句：当忧则忧，当喜则喜。一言一动不可随便。　[2] 风摇长命灯：比喻生命危险。长命灯，昼夜点燃灯烛，以祈求延寿。　[3] 枕函：枕匣。此指枕头。　[4] 冰蟾：月亮。传说月亮里有蟾蜍。　[5] 甚西风吹梦无踪：李清照《浪淘沙》：“帘外五更风，吹梦无踪。”毛滂《七娘子》：“西风吹梦来无迹。”　[6]“在眉峰”二句：李清照《一剪梅》：“此情无计可消除。才下眉头，却上心头。”此处化用。　[7] 厮和哄：相欺骗。

厮，相互。和哄，欺骗，调弄。 [8] 雾和烟两不玲珑：眼前的事（杜丽娘游春竟如此结果）真弄不明白。雾和烟，如雾如烟一般。玲珑，剔透，引申为通透、明白。 [9] 人命关天重：俗语"人命关天"。 [10] 会消详、直恁匆匆：原以为病会慢慢好的，怎知一下子就变成这个模样。消详，待一会儿。 [11] 谁侬：谁人。 [12] 蘸破：点破，照破。 [13] 剪西风泪雨梧桐：秋风秋雨吹落了梧桐叶。 [14] 楞生瘦骨加沉重：瘦骨嶙峋，病情更加沉重了。 [15] 趱程期：赶路，赶时间。 [16]"草际寒蛩"二句：李清照《行香子》："草际鸣蛩，惊落梧桐。"撒剌剌，风吹窗纸声。 [17] 软兀剌四梢难动：软绵绵的四肢难动。软兀剌，软绵绵的。兀剌，蒙古语，用作词尾，无义。四梢，四肢。 [18] 梦铳：睡梦。铳，打瞌铳。 [19] 不惺忪：神志不清爽。 [20] 睡临侵：睡昏昏地。临侵，有时写作"淋浸"，词尾无实义。头梢：头。本义为头发。 [21] 乘龙：嫁个好女婿。 [22] 阳神：生魂。 [23] 弄悠扬风马叮咚：原来是风吹铁马，叮咚作响，把她的阳神从昏迷中唤醒了。风马，悬在檐下的风铃。 [24] 荡得个娇香种：好不容易养得个好女儿。荡，飘荡不定。 [25] 高堂送：给父母送终。 [26] 月直年空：说的是杜丽娘病危。按冲剋的原理推算，某年某月会有灾厄，叫月值年空。空，空亡。 [27] 奔：把遗体送归故里。 [28] 旅榇：寄存于外乡的棺木。 [29] 是不是：无论如何。 [30] 做不的病婵娟桂窟里长生：做不成带病的嫦娥住在月宫里长生不死。婵娟，指嫦娥。桂窟，月宫。传说嫦娥偷吃了不死之药飞升到月宫。 [31] 分：应该，应分。 [32] 银蟾谩捣君臣药：意思是月亮里的玉兔捣药是白费功夫，救不了杜丽娘的命了。银蟾，月亮。谩，徒然。君臣药，中医按君臣关系配方开药。传说月亮里有玉兔捣药。 [33] 纸马：祭祀焚化所用的绘以神秘图样文字的纸张。子母钱：纸钱。 [34] 倘直那人知重：

也许会碰到哪个心上人喜欢它。倘，也许，或许。直，值，碰到。知重，知心，惜爱。 [35] 攻：医治。 [36] 怕树头树底不到的五更风：怕满树的花朵不待风吹就已落尽了。典出唐王建《宫词一百首》之一：“树头树底觅残红，一片西飞一片东。自是桃花贪结子，错教人恨五更风。” [37] 一统：一方，一块。 [38] 禁：禁受，忍受。 [39] “列位看官们”二句：这是角色和观众的直接交流。春香对观众说的话。怎了也，怎么办呢。 [40] 心字：香名，盘成心字形的香篆。 [41] 红泪：红烛点燃时流下的蜡液。缴：揩拭。 [42] 点绛桃：点绛唇。点，点染。绛桃，红嘴唇。 [43] 怕等得个拾翠人来把画粉销：怕等到拾画的人来到，画上的彩色已经褪掉了。拾翠人，拾画的人。 [44] 荡湘裙：打秋千。斗草：古代女子的一种游戏。 [45] 鸡眼睛：脚上所生的皮肤硬结，状如鸡眼。做嘴儿挑：挑鸡眼时努嘴作势。 [46] 马子儿：马桶。随鼻儿：掩着鼻子。 [47] 没时间做出些儿也：不知什么时候做出些事儿。些儿，指儿女私情。 [48] 班姬《四诫》：汉代班昭作的《女诫》，共七篇，但在明代一般通行的只有四篇，是培养封建道德的妇女读物。 [49] 孟母三迁：孟母，孟子（轲）的母亲。相传为了使孟轲有好的学习成长的环境，曾三次迁居。 [50] 坐孤辰把子宿嚣：命不好，没有儿子。孤辰，古时按天干地支相配以纪年。天干十，地支十二，天干一轮中有两个地支不出现。若轮到没有天干相配的年份，如甲子旬中无戌亥，戌亥即为“孤辰”。迷信说法，孤辰主孤寡，孤辰年出生的人，没有子嗣。子宿，天上的子星，这里是指儿子。嚣，干扰，得罪。 [51] 较不似老仓公多女好：比不上老仓公有那么多女儿。较不似，比不上，不如。老仓公，汉代名医淳于意，做过太仓长，称仓公。淳于意没有儿子，但有五个女儿。淳于意曾获罪，将受肉刑，小女儿缇萦为他上书，终被赦免。此处是杜宝感叹只生了一个女儿。 [52] 撞不着赛卢医他一病蹻：遇不到良医所以她死了。卢医，战国时良医扁鹊，曾住在卢，世称“卢医”。赛，比得上，赛过。赛卢医，可与扁鹊相比，古时江湖医者自吹的话语。蹻，翘，死翘翘。 [53] 家缘：家计，家产。 [54] 见放着小门楣生折倒：现有一个小女儿，也硬是死去了。门楣，女儿的代称。生，硬生生地，活生生地。 [55] 望帝魂归不可招：魂招不回来了，死而不能复生了。望帝，相传蜀王杜宇，自称望帝，死后其魂魄化为杜鹃鸟。 [56] 朝报：古代官府的公报，收皇帝诏令、各部官员任免等事。 [57] 吏部：古代中央政府六部之一，掌管全国官员的考核、升降、任免、调动等。 [58] 安抚使：宋代官制。中央委派主管一个地区的军政大事，通常由知州兼任。 [59] 钦此：宋以后圣旨必用的结尾词。钦，与皇帝有关的事物，前边例加一“钦”字，以表尊敬，如钦差、钦命。 [60] 彭殇真一壑：长寿和短命都逃不出一死。彭，指彭祖，传说活到八百岁。殇，殇子，未成年即夭折的人。壑，坑谷，沟坎，指埋葬的地方。 [61] 乔迁：迁居，这里是升官的意思。典出《诗经·小雅·伐木》：“出自幽谷，迁于乔木。” [62] 祭田：用于提供祭祀香火之费的田产。 [63] 漏泽院：宋代官设的埋葬地，与义冢近似。 [64] 稻谷：与“道姑”谐音。 [65] 口吃十一方：和尚到处化缘，即所谓“十方供养”。住在庙里的穷秀才连和尚的也要吃，所以说是口吃十一方。 [66] 孤老：年老的孤独汉。 [67] 到京伴礼送人：官场庸俗风气。为了结纳朝官，谋求晋升，送礼时附以“遗爱记”“生祠碑文”等自我吹嘘的文字。 [68] 魂归冥漠魄归泉：出自唐朱褒《悼杨氏妓琴弦》。见《全唐诗》卷七三四。 [69] 使汝悠悠十八年：出自唐曹唐《题子侄书院双松》。见《全唐诗》卷六四〇。 [70] 一叫一回肠一断：出自唐李白《宣城见杜鹃花》。见《全唐诗》卷一八四。 [71] 如今重说恨绵绵：出自唐张籍《送元结》。见《全唐诗》卷三八六。

［点评］

《闹殇》也称《离魂》，写杜丽娘之死。杜丽娘因情成梦，因梦而病，至此走完了人生旅程的第一阶段。

在普天下人月团圆的中秋佳节，她却要告别人间。作者用一连串表现凄怆情绪的商调曲牌，表达她对生命的留恋，对至情的坚守，对梦中人的期盼，对父母难以割舍的亲情，情景交融，字字催人泪下。这是《牡丹亭》中最为悲苦的一场戏。

弥留之际，杜丽娘留下葬于梅树下的遗嘱，特别嘱咐将其写真小像安置于太湖石底，为日后柳梦梅的拾画，杜柳的人鬼之恋，设下了伏笔，给“月落重生灯再红”的还魂回生留下了一线希望。

杜丽娘死后，石道姑为春香陪哭的一番滑稽调侃，陈最良和石道姑争夺漏泽院田的插科打诨，都破坏了此出戏生离死别的悲剧气氛。

闹殇之“闹”，是败笔乎？抑或汤显祖特意坚持的悲喜交错安置的戏剧观念的表现？即如传统戏谚所云“要想甜，加把盐”？颇值得讨论。其实西方戏剧也每如此，如莎士比亚的《哈姆雷特》。

第二十一出　谒　遇

陈继儒：有趣。（明刻本《玉茗堂丹青记》批语）

【光光乍】（老旦扮僧上）一领破袈裟，香山嶴里巴[1]。多生多宝多菩萨[2]，多多照证光光乍[3]。小僧广州府香山嶴多宝寺一个住持[4]。这寺原是番鬼们建造[5]，以便迎接收宝官员[6]。兹有钦差苗爷任满[7]，祭宝于多宝菩萨位前，不免迎接。

【挂真儿】（净扮苗舜宾，末扮通事[8]，外、贴扮皂卒，丑扮番鬼上）半壁天南开海汉，向真珠窟里排衙[9]。（僧接介）（合）广利神王[10]，善财、天女[11]，听梵放海潮音下[12]。（净）"铜柱珠崖道路难[13]，伏波横海旧登坛。越人自贡珊瑚树[14]，汉使何劳獬豸冠？"自家钦差识宝使臣苗舜宾便是。三年任满，例当祭赛多宝菩萨。通事那里？（末见介）（丑见介）伽喇喇。（老旦见介）（净）叫通事，分付番回献宝[15]。（末）俱已陈设。（净起看宝介）奇哉宝也。真乃磊落山川，精荧日月。多宝寺不虚名矣！看香。（内鸣钟，净礼拜介）

【亭前柳】（净）三宝唱三多[16]，七宝妙无过[17]。庄严成世界，光彩遍娑婆[18]。甚多，功德无边阔。（合）领拜南无[19]，多得宝，宝多罗多罗。（净）和尚，替番回海商，祝赞一番。

【前腔】（老旦）大海宝藏多，船舫遇风波。商人持重宝，险路怕经过。刹那[20]，念彼观音脱。（合前）

【挂真儿】（生上）望长安西日下[21]，偏吾生海角天涯。爱宝的喇嘛[22]，抽珠的佛法[23]，滑琉璃两下难拿[24]。自笑柳梦梅，一贫无赖，弃家而游。幸遇钦差寺中祭宝，托词进见。倘言语中间，可以打动，得其赈援，亦未可知。（见外介）（生）烦大哥通报一声。广州府学生员柳梦梅，来求看宝。（报介）（净）朝廷禁物[25]，那许人观。既系斯文[26]，权请相见。（见介）（生）"南海开珠殿[27]。（净）西方掩玉门[28]。（生）剖怀俟知己。（净）照乘接贤人[29]。"敢问秀才以何至此？（生）小生贫苦无聊。闻得老大人在此赛宝，愿求一观，以开怀抱。（净笑介）即逢南土之珍，何惜西昆之秘[30]。请试一观。（净引生看宝介）（生）明珠美玉，小生见而知之。其间数种，未委何名？烦老大人一一指教。

【驻云飞】（净）这是星汉神砂[31]，这是煮海金丹和铁树花[32]。少什么猫眼精光射[33]，母碌通明差[34]。嗏，这是靺鞨柳金芽[35]，这是温凉玉斝[36]，这是吸月的蟾蜍[37]，和阳燧、冰盘化[38]。（生）我广南有明月珠[39]，珊瑚树。（净）径寸明珠等让他[40]，便是几尺珊瑚碎了他[41]。（生）小生不游大方之门[42]，何因睹此！

【前腔】天地精华，偏出在番回到帝子家[43]。禀问老大人，这宝来路多远？（净）有远三万里的，至少也有一万多程。（生）这般远，可是飞来、走来？（净笑介）那有飞走而至之理。都因朝廷重价购求，自来贡献。（生叹介）老大人，这宝物蠢尔无知，三万里之外，尚然无足而至；生员柳梦梅，满胸奇异，到长安三千里之近，倒无一人购取，有脚不能飞！他重价高悬下，那市舶能奸诈[44]，嗏，浪把宝船撑[45]。（净）疑惑这宝物欠真么？（生）老大人，便是真，饥不可食[46]，寒不可衣，看他似虚舟飘瓦[47]。（净）依秀才说，何为真宝？（生）不欺，小生到是个真正献世宝[48]。我若载宝而朝，世上应无价。（净笑介）则怕朝廷之上，这样献世宝也多着。（生）但献宝龙宫笑杀他，便斗宝临潼也赛得他[49]。（净）这等便好献与圣天子了。（生）寒儒薄相，要伺候官府，尚不能够。怎见的圣天子？（净）你不知到是圣天子好见。（生）则三千里路资难处。（净）一发不难。古人黄金赠壮士，我将衙门常例银两[50]，助君远行。（生）果尔，小生无父母妻子之累，就此拜辞。（净）左右，取书仪[51]，看酒。（丑上）"广南爱吃荔枝酒，直北偏飞榆荚钱。"酒到，书仪在此。（净）路费先生收下。（生）谢了。（净送酒介）

杨葆光：虽是调侃，实是不谬。（同治版三妇本批语）

臧懋循：天子好见，官府难见，亦是伤时之论。（朱墨本批语）

【三学士】你带微醺走出这香山罅[52]，向长安有路荣华。（生）无过献宝当今驾[53]，撒去收来再似他。（合）骤金鞭及早把荷衣挂[54]，望归来锦上花。

【前腔】（生）则怕呵，重瞳有眼苍天瞎[55]，似波斯赏鉴无差[56]。（净）由来宝色无真假，只在淘金的会拣沙。（合前）（生）告行了。

陈继儒：名言。（明刻本《玉茗堂丹青记》批语）

【尾声】你赠壮士黄金气色佳。（净）一杯酒酸寒奋发，则愿的你呵，宝气冲天海上槎[57]。

（生）乌纱巾上是青天[58]，司空图

（净）俊骨英才气俨然[59]。刘长卿

（生）闻道金门堪济美[60]，张南史

（净）临行赠汝绕朝鞭[61]。李白

[注释]

[1] 香山嶴里巴：香山嶴，澳门。巴，一说即澳门之“大三巴”教堂，见徐朔方、杨笑梅校注《牡丹亭》。　[2] 多宝：多宝如来，宝净国的佛名。　[3] 光光乍：光头。指和尚。　[4] 住持：佛教寺院的主持者。　[5] 番鬼：洋鬼子。明代称外国人为番鬼，此处指外国商人。　[6] 收宝：收购珍宝。　[7] 钦差：明代以后，皇家为处理某项事务而委派的专员。　[8] 通事：翻译。　[9] 真珠窟：中国南海盛产珍珠，此处指香山嶴。　[10] 广利神王：唐天宝十年（751）封南海神为广利王。　[11] 善财：佛弟子。传说他出生时，种种珍宝自然涌出，世称“善财童子”。天女：佛教所说欲界天的女性。　[12] 听梵放海潮音下：听讲佛法。梵，梵音，梵呗，指说法、诵经等。海潮音，本来指观世音菩萨应时说法声音之庄严宏大，此泛指听经。　[13]“铜柱珠崖道路难”二句：意思是路途艰险，古时只有马援、韩说曾到过。铜柱，东汉马援曾被封为伏波将军，征交趾。他在广西上思县分茅岭建铜柱，以为分疆标志。珠崖，汉代郡名，今海南岛东部，古代以产珠著名。横海，指汉武帝时横海将军韩说，曾统军越海出征。登坛，拜将。　[14]“越人自贡珊瑚树”二句：珊瑚树是越人自贡的，用不着朝廷派使臣去索取。獬豸（xiè zhì）冠，冠名，御

史所戴，此指使臣。 [15] 番回：外国商人。回，回教徒、阿拉伯人。 [16] 三宝唱三多：佛家以佛、法、僧为三宝。此指僧人。三多，佛家语，“三多成就：一近善友，二闻法音，三恶露观”。 [17] 七宝：佛教所说的七种宝物。据《法华经》，金、银、琉璃、砗磲、玛瑙、珍珠、玫瑰为七宝。 [18] 娑婆：娑婆世界，佛教所说的三千大千世界的总称。娑婆，梵语，义为“堪忍”，说世界的众生能忍受种种烦恼。 [19] 南无（nà mó）：梵语，敬礼的意思。 [20]“刹那”二句：刹那，梵语，最短的时间，立刻。念彼观音脱，《观世音菩萨普门品》中的一句偈语，佛家说人在遭难时一念观世音菩萨的佛名，菩萨立刻就能知道，使他得到解脱。 [21] 长安：汉代的京城，后来一般做京城的代称。 [22] 喇嘛：此指和尚。 [23] 抽珠：佛教徒念佛诵经时在数珠上抽拨念珠以计数。此处语意双关，有和尚抽取珠宝的意思。 [24] 滑琉璃两下难拿：爱宝的喇嘛，抽珠的佛法，像琉璃一样圆滑，两者都靠不住。 [25] 禁物：皇家专有，不许百姓动用的物品。 [26] 斯文：儒者，读书人。 [27] 珠殿：五代刘陟在广州自立为王，史称南汉。刘陟穷极奢侈，广聚南海珠玑，建造玉堂珠殿。 [28] 西方掩玉门：不要到玉门关外去求取宝玉了。玉门，玉门关，中原到西域的必经要道。玉门关外的昆仑、于阗等地都盛产玉石。 [29] 照乘：照乘珠，一种特大的明珠。此处比喻贤人。 [30] 西昆之秘：指西方昆仑山的秘藏，即宝玉。西昆，帝王藏书处。 [31] 星汉神砂：神话传说中天河（星汉）里神奇的沙石。 [32] 煮海金丹：神话传说张羽煮海时所用的金丹。元李好古《张生煮海》杂剧第四折，东华仙下场诗：“配金丹铅汞相投，运水火张生煮海。”铁树花：铁树开花，指不可能的事，此处指稀罕的宝物。 [33] 猫眼：猫睛石，一种宝石，光彩变幻，形如猫眼。 [34] 母碌：祖母绿，一种绿色的宝石。 [35] 靺鞨

（mò hé）：女真族在隋唐时代称靺鞨。此处是指靺鞨所产的红色宝石。“大如巨栗，赤如樱桃。”见《旧唐书·肃宗本纪》。 [36] 温凉玉斝（jiǎ）：四季温凉玉盏，泰国宝物，据说盛入酒水，可随人意而变化温凉。 [37] 吸月的蟾蜍：可能是一种蟾蜍状的玉器。 [38] 阳燧、冰盘化：阳燧，珠名，传说是大食国宝。冰盘，古代盛冰的玉盘。《三辅黄图》载，汉代董偃以玉晶盘贮冰，冰盘被人拂倒，冰也化了。 [39] 明月珠：很大的夜明珠。 [40] 径寸明珠：《太平广记》卷四〇二《径寸珠》载，有波斯人在中国的一方石中剖得一枚直径一寸的大珠。他泛船回国，宝珠被海神夺去。 [41] 几尺珊瑚碎了他：晋代王恺与石崇斗富，王恺拿出皇帝所赐的三尺高的珊瑚树。石崇用铁如意把它击碎，拿出六七株高三四尺的珊瑚树作为赔偿。 [42] 大方之门：大方之家，原指有道的人，此指祭宝的大场面。 [43] 帝子家：朝廷。帝子，皇帝。 [44] 市舶：外国商船。唐宋时代有管理外贸的机关市舶司。 [45] 擝：同“划”。 [46]“饥不可食”二句：《汉书·食货志》载，晁错云：“夫珠玉金银，饥不可食，寒不可衣，然而众贵之者，以上用之故也。” [47] 虚舟飘瓦：比喻无用的东西。虚舟，空的船。飘瓦，飘落下来的瓦片。 [48] 献世宝：现世宝，罕见的宝贝。下文苗舜宾所说的献世宝是指人，讽刺欺世盗名的江湖骗子。 [49] 便：即如，就像。斗宝临潼：元无名氏《临潼斗宝》杂剧，写秦穆公为吞并天下，约十七国诸侯相会于临潼，各自拿出宝物以决胜负。 [50] 常例银两：旧时官员俸禄以外的收入，如下属的馈赠、多收的赋税等，已成常例，普遍行之。 [51] 书仪：馈赠的钱物的雅称。 [52] 罅（xià）：裂缝，此指山口。 [53] 当今驾：当时在位的皇帝。 [54] 把荷衣挂：指做官。荷衣，平民的衣服。挂，脱下挂起来。 [55] 重瞳：眼珠里有两个瞳子。据说虞舜和项羽有重瞳，重瞳遂为皇帝的代称。 [56] 波斯：相传波斯人善识宝。 [57] 海上槎：比喻爬上去，做官。槎，木筏。传说每年八月海上有浮槎来往，有人乘槎直上天河。见晋张华《博物志》卷三。 [58] 乌纱巾上是青天：出自唐司空图《修史亭三首》其三。见《全唐诗》卷六三四。 [59] 俊骨英才气俨然：据三妇本，此句为刘长卿诗，《刘随州集》中未见。唐刘禹锡《哭庞京兆》有句云："俊骨英才气褎然，策名飞步冠群贤。"见《全唐诗》卷三五九。刘长卿或为刘禹锡之误。 [60] 闻道金门堪济美：出自唐张南史《江北春望赠皇甫补阙》。见《全唐诗》卷二九六。金门，指金马门。汉宫有金马门，简称金门，这里指朝廷。 [61] 临行赠汝绕朝鞭：出自唐李白《送羽林陶将军》。见《全唐诗》卷一七六。春秋时晋国大夫士会在秦国避难，后来设计要逃回晋国，临行时，秦国大夫绕朝送他一根马鞭，对他说："你不要说秦国无人能识破你的计策，不过这次国君刚巧不听我的话罢了。"士会回到晋国做了大官。这里是送人路费，让他赶奔前程的意思，与原意不同。

[点评]

《谒遇》上承《诀谒》，下启《旅寄》，由此柳梦梅的出场渐多。

作者把柳梦梅"打秋风"的对象苗舜宾，安排在香山嶴祭宝，是大有讲究的。

万历十九年，汤显祖因上《论辅臣科臣疏》被贬广东徐闻典史添注。赴贬所途中，经过香山嶴，曾有多首诗纪行。在香山嶴活动的番僧、番鬼、译者、番回客商、市舶珠宝等，给他留下了新鲜而深刻的印象，难以忘怀而自然进入剧作。

汤显祖传奇“好为伤世之语”。本出戏借不远万里以高价采办珠宝，讽刺贪婪成性的明朝皇帝。圣天子好见，官府难伺候，也是伤时之论。

柳梦梅贫苦无聊，却以献世宝自比，狂生形象已初步展现。他与苗舜宾的结识，为他后来的破例应考并高中魁元，做了铺垫。

第二十二出　旅　寄

【捣练子】（生伞、袱、病容上）人出路，鸟离巢。（内风声介）搅天风雪梦牢骚。这几日精神寒冻倒。"香山嶴里打包来[1]，三水船儿到岸开[2]。要寄乡心值寒岁[3]，岭南南上半枝梅。"我柳梦梅。秋风拜别中郎[4]，因循亲友辞饯。离船过岭[5]，早是暮冬。不提防岭北风严，感了寒疾，又无扫兴而回之理。一天风雪，望见南安。好苦也！

【山坡羊】树槎牙饿鸢惊叫[6]，岭迢遥病魂孤吊。破头巾雹打风筛，透衣单伞做张儿哨[7]。路斜抄，急没个店儿捎[8]。雪儿呵，偏则把白面书生奚落。怎生冰凌断桥，步高低蹬着。好了。有一株柳，酬

黄竹三：【捣练子】【山坡羊】二曲，写穷秀才旅途困状，并点缀严冬环境，颇见神情。（《牡丹亭》评注）

将过去[9]。方便处柳跎腰[10]。（扶柳过介）虚嚣[11]，尽枯杨命一条。蹊跷[12]，滑喇沙跌一交。（跌介）

【步步娇】（末上）俺是个卧雪先生没烦恼[13]。背上驴儿笑[14]，心知第五桥。那里开年有斋村学[15]！（生作哎呀介）（末）怎生来人怨语声高？（看介）呀，甚城南破瓦窑[16]，闪下个精寒料[17]。（生）救人，救人！（末）我陈最良，为求馆冲寒到此。彩头儿恰遇着吊水之人，且由他去。（生又叫介）救人！（末）听说救人，那里不是积福处。俺试问他。（问介）你是何等之人，失脚在此？（生）俺是读书之人。（末）委是读书之人，待俺扶起你来。（末扶生，相跌，诨介）（末）请问何方至此？

【风入松】（生）五羊城一叶过南韶[18]，柳梦梅来献宝。（末）有何宝货？（生）我孤身取试长安道，犯严寒少衾单病了。没揣的逗着断桥溪道，险跌折柳郎腰。（末）你自揣高中的，方可去受这等辛苦。（生）不瞒说，小生是个擎天柱[19]，架海梁。（末笑介）却怎生冻折了擎天柱，扑倒了紫金梁？这也罢了，老夫颇谙医理。边近有梅花观，权将息度岁而行。

周锡山：读书人惺惺相惜。两个穷秀才，两个可怜人，演出一场陌路相救的好戏。（《〈牡丹亭〉注释汇评》）

【前腔】（末）尾生般抱柱正题桥[20]，做倒地文星佳兆[21]。论草包似俺堪调药[22]，暂将息梅花观好。（生）此去多远？（末指介）看一树雪垂垂如笑[23]，墙直上绣幡飘。（生）这等望先生引进。

省悟子：雪笑是奇文。（光绪同文书局本《江都省悟子批点还魂记》批语）

（生）三十无家作路人[24]，薛据

（末）与君相见即相亲[25]。王维

（生）华阳洞里仙坛上[26]，白居易

（合）似近东风别有因[27]。罗隐

［注释］

[1] 打包：打包裹，收拾行李。 [2] 三水：地名，在广州西，当西江、北江合流处。 [3]“要寄乡心值寒岁”二句：南朝宋陆凯与范晔相善，自江南寄梅花一枝给范晔，附诗一首：“折梅逢驿使，寄与陇头人。江南无所有，聊赠一枝春。”见《荆州记》。此处化用诗意。 [4] 中郎：官名，或许指识宝使臣苗舜宾。 [5] 岭：指南安、南雄分界的梅岭。 [6] 槎牙：树木枝杈纵横。 [7] 透衣单伞做张儿哨：风吹透单薄的衣衫，吹破纸伞，呜呜声像吹哨子似的。张儿哨，吹哨。 [8] 捎：捎带，收留。 [9] 酬：扶。 [10] 柳跎腰：柳树斜横水上，像弯腰驼背。 [11] 虚嚣：虚浮，不可靠。此指弯折的柳树扶着不牢靠。 [12] 蹊跷：可疑，难解，不知怎的。 [13] 卧雪先生：说自已安贫乐道，比拟东汉袁安卧雪的故事。洛阳大雪封门，高士袁安僵卧家中，也不肯出去求人。 [14]“背上驴儿笑”二句：骑在驴背上，心喜驴儿脚步轻快，知道快到要去的地方了。第五桥，在长安韦曲之西。 [15] 斋村学：村塾。陈最良是出来找一

个地方教书。[16]破瓦窑：宋代吕蒙正的故事，吕青年时极为贫穷，在破瓦窑安身。[17]精寒料：穷光蛋。[18]五羊城：广州。一叶：一叶小舟。南韶：韶州，广东曲江。[19]“擎天柱”二句：俗语常以“擎天白玉柱，架海紫金梁”比喻朝廷的栋梁之材，有出息的读书人。[20]尾生般抱柱：尾生和爱人约定在桥下相会，尾生先到，河水猛涨，他不肯离开，抱着桥柱淹死了，表现了极度的守信与执着。题桥：汉司马相如经过成都的升仙桥，他在桥上题字：“不乘赤车驷马，不过汝下。”表现他的宏大志向。[21]倒地文星：文星，文曲星，魁星。魁星的塑像是一腿翘起踢斗，好像要倒下来的样子。[22]草包：没学问、没本领的人。[23]看一树雪垂垂如笑：看那树上雪一样下垂的梅花好像在笑。[24]三十无家作路人：出自唐薛据《早发上东门》。见《全唐诗》卷二五三。[25]与君相见即相亲：出自唐王维《寄河上段十六》。见《全唐诗》卷一二八。[26]华阳洞里仙坛上：出自唐白居易《华阳观中八月十五日夜招友玩月》。见《全唐诗》卷四三六。华阳洞，原诗指华阳观，此处指南安衙署后花园的梅花观。白居易《春题华阳观》：“帝子吹箫逐凤皇，空留仙洞号华阳。”华阳洞与弄玉、萧史的故事有关，这里做恋爱的典故用。[27]似近东风别有因：出自唐罗隐《牡丹花》。见《全唐诗》卷六五五。

[点评]

《旅寄》是剧情发展的重要节点。柳梦梅只有寄宿梅花观，才会有拾画的奇遇，才会有杜柳的人鬼之恋，才会有杜丽娘的还魂。

此出篇幅虽短，人物刻画却颇为用心。柳梦梅穷愁潦倒，摔跌呼救之际，还自吹是擎天柱、架海梁，自信满满，酸态可掬。陈最良听人呼救，从莫管闲事，到积福行善，再听落难者是读书人则顿生恻隐之心，不仅救起柳生，还给他介绍安身养病之处，心理变化合乎逻辑。陈甚至还善意相劝："你自揣高中的，方可去受这等辛苦。"一句话饱含了老秀才观场一十五次，屡战屡败的痛苦体会。

第二十三出　冥　判

【北点绛唇】（净扮判官，丑扮鬼持笔、簿上）十地宣差[1]，一天封拜。阎浮界[2]，阳世栽埋[3]，又把俺这里门桯迈[4]。自家十地阎罗王殿下一个胡判官是也[5]。原有十位殿下，因阳世赵大郎家[6]，和金达子争占江山[7]，损折众生，十停去了一停，因此玉皇上帝[8]，照见人民稀少，钦奉裁减事例。九州九个殿下[9]，单减了俺十殿下之位，印无归着。玉帝可怜见下官正直聪明[10]，着权管十地狱印信。今日走马到任，鬼卒夜叉[11]，两傍刀剑，非同容易也。（丑捧笔介）新官到任，都要这笔判刑名，押花字[12]。请新官喝采他一番。（净看笔介）鬼使，捧了这笔，好不干系也[13]。

臧懋循：亦如今士子作举业往往入时事。（明刻本《玉茗堂四种传奇》批语）

【混江龙】这笔架在那落迦山外[14]，肉莲花高耸案前排[15]。捧的是功曹令史[16]，识字当该[17]。（丑）笔管儿？（净）笔管儿是手想骨、脚想骨[18]，竹筒般剉的圆滴溜[19]。（丑）笔毫？（净）笔毫呵，是牛头须、夜叉发[20]，铁丝儿揉定赤支毸[21]。（丑）判爷上的选哩[22]？（净）这笔头公[23]，是遮须国选的人才[24]。（丑）有甚名号？（净）这管城子[25]，在夜郎城受了封拜[26]。（丑）判爷兴哩？（净作笑舞介）啸一声，支兀另汉钟馗其冠不正[27]。舞一回，疏喇沙斗河魁近墨者黑[28]。（丑）喜哩？（净）喜时节，滦河桥题笔儿要去[29]。（丑）闷呵？（净）闷时节，鬼门关投笔归来。（丑）判爷可上榜来[30]？（净）俺也曾考神祇，朔望旦名题天榜[31]。（丑）可会书来？（净）摄星辰，井鬼宿[32]，俺可也文会书斋。（丑）判爷高才。（净）做弗迭鬼仙才[33]，白玉楼摩空作赋；陪得过风月主[34]，芙蓉城遇晚书怀。便写不尽四大洲转轮日月[35]，也差的着五瘟使号令风雷[36]。（丑）判爷见有地分[37]？（净）有地分，则合北斗司、阎浮殿[38]，立俺边傍；没衙门，却怎生东岳观、城隍庙[39]，也塑人左侧。（丑）让谁？（净）便百里城

判以笔得名，即从笔上发想，作许大议论，奇绝，横绝。（三妇本批语）

高捧手[40]，让大菩萨好相庄严乘坐位[41]。（丑）恼谁？（净）怎三尺土[42]，低分气[43]，对小鬼卒清奇古怪立基阶。（丑）纱帽古气些。（净）但站脚，一管笔、一本簿，尘泥轩冕[44]。（丑）笔干了。（净）要润笔[45]，十锭金、十贯钞，纸陌钱财[46]。（丑）点鬼簿在此。（净）则见没掂三展花分鱼尾册[47]，无赏一挂日子虎头牌[48]。真乃是鬼董狐落了款[49]，《春秋传》某年某月某日下[50]，崩薨葬卒大注脚[51]。假如他支祈兽上了样[52]，把禹王鼎各山各水各路上，魍魉魑魅细分腮。（丑）待俺磨墨。（净）看他子时砚[53]，忔忔察察，乌龙蘸眼显精神[54]。（丑）鸡唱了。（净）听丁字牌[55]，冬冬登登，金鸡翦梦追魂魄。（丑）禀爷点卷。（净）但点上格子眼[56]，串出四万八千三界，有漏人名[57]，乌星炮粲[58]。怎按下笔尖头[59]，插入一百四十二重无间地狱，铁树花开。（丑）大押花。（净）哎也，押花字，止不过发落簿剉、烧、舂、磨一灵儿[60]。（丑）少一个请字[61]。（净）登请书，左则是那虚无堂[62]，瘫、痨、蛊、膈四正客。（丑）吊起称竿来。（众卒应介）（净）发称竿，看业重身轻[63]，衡石程书秦狱吏[64]。（内作"哎哟"，叫"饶也，苦也”介)(丑)隔壁九殿下拷鬼。(净)肉鼓吹[65]，听神啼鬼哭，毛钳刀笔汉乔才[66]。这时节呵，你便是没关节包待制、“人厌其笑”[67]。(内哭介)恁风景，谁听的无棺椁颜修文、“子哭之哀”[68]！(丑)判爷害怕哩。(净恼介)哎,《楼炭经》[69], 是俺六科五判。刀花树[70]，是俺九棘三槐。脸娄搜[71]，风鬌赳赳。眉剔竖，电目崖崖[72]。少不得中书鬼考[73]，录事神差。比着阳世那金州判、银府判、铜司判、铁院判[74]，白虎临官[75]，一样价打贴刑名催伍作[76]；实则俺阴府里注湿生[77]，牒化生，准胎生，照卵生，青蝇报赦[78]，十分的磊齐功德转三阶[79]。威凛凛人间掌命，颤巍巍天上消灾。叫掌案的[80]，这簿上开除都也明白[81]。还有几宗人犯，应该发落了？(贴扮吏上)“人间勾令史[82]，地下列功曹。”禀爷，因缺了殿下，地狱空虚三年。则有枉死城中轻罪男子四名[83]，赵大、钱十五、孙心、李猴儿；女囚一名，杜丽娘：未经发落。(净)先取男犯四名。(生、末、外、老旦扮四犯，丑押上)(丑)男犯带到。(净点名介)赵大有何罪业，脱在枉死城？(生)鬼犯没甚罪。生前喜歌唱些。(净)一边去。叫钱十五。(末)鬼犯无罪。则

臧懋循：此曲在北调，原无定句，然太长则厌人，故为删其烦冗者。(明刻本《玉茗堂四种传奇》批语)

是做了一个小小房儿，沉香泥壁[84]。（净）一边去。叫孙心。（老旦）鬼犯些小年纪，好使些花粉钱[85]。（净）叫李猴儿。（外）鬼犯是有些罪，好男风[86]。（丑）是真。便在地狱里，还勾上这小孙儿。（净恼介）谁叫你插嘴！起去伺候。（做写簿介）叫鬼犯听发落。（四犯同跪介）（净）俺初权印，且不用刑。赦你们卵生去罢。（外）鬼犯们禀问恩爷，这个卵是甚么卵？若是回回卵[87]，又生在边方去了。（净）唗，还想人身？向蛋壳里走去。（四犯泣介）哎。被人宰了！（净）也罢，不教阳间宰吃你。赵大喜歌唱，贬做黄莺儿。（生）好了。做莺莺小姐去[88]。（净）钱十五住香泥房子。也罢，准你去燕窠里受用，做个小小燕儿。（末）恰好做飞燕娘娘哩[89]。（净）孙心使花粉钱，做个蝴蝶儿。（外）鬼犯便和孙心同做蝴蝶去。（净）你是那好男风的李猴，着你做蜜蜂儿去，屁窟里长拖一个针。（外）哎哟，叫俺钉谁去？（净）四位虫儿听分付：

【油葫芦】蝴蝶呵，你粉版花衣胜翦裁[90]；蜂儿呵，你忒利害，甜口儿咋着细腰捱[91]；燕儿呵，斩香泥弄影钩帘内[92]；莺儿呵，溜笙歌警梦纱窗外：恰好个花间四友无拘碍[93]。则阳世里孩子们轻薄，怕弹珠儿打的呆[94]，扇梢儿扑的坏，不枉了你宜题入画高人爱，则教你翅捓儿展将春色闹场来[95]。（外）俺做蜂儿的不来，再来钉肿你个判官脑。（净）讨打。（外）可怜见小性命。（净）罢了。顺风儿放去，快走快走。（净噀气介）[96]（四人做各色飞下）（净做向鬼门嘘气吷声介）[97]（丑带旦上）"天台有路难逢俺，地狱无情欲恨谁？"女鬼见。（净抬头背介）[98]这女鬼到有几分颜色！

【天下乐】猛见了荡地惊天女俊才，哈也么哈[99]，来俺里来。（旦叫苦介）（净）血盆中叫苦观自在[100]。（丑耳语介）判爷权收做个后房夫人。（净）哇，有天条[101]，擅用囚妇者斩。则你那小鬼头胡乱筛[102]，俺判官头何处买？（旦叫哎介）（净回身）是不曾见他粉油头忒弄色[103]。叫那女鬼上来。

【那吒令】瞧了你润风风粉腮[104]，到花台、酒台？溜些些短钗[105]，过歌台、舞台？笑微微美怀，住秦台、楚台[106]？因甚的病患来？是谁家嫡支派？这颜色不像似在泉台[107]。（旦）女囚不曾过人家[108]，也不曾饮酒，是这般颜色。则为在南安府后花园梅树之下，梦见一秀才，折柳一枝，要奴题咏。留连婉转，甚是多情。梦醒来沉吟，题诗一首："他年

"欲恨谁"非反语，正见为情死，死而无悔也。（三妇本批语）

赵山林：地府本来是阴森恐怖的，地府中的判官、小鬼本来见惯了残缺与丑陋，因此当明眸皓齿的杜丽娘出现在地府的时候，判官、小鬼都受到了极大的震撼。这是美的力量。（《牡丹亭选评》）

"惊天荡地""不似泉台"皆极形容丽娘美色，老判犹为歆动，故下曲有"秀才何在"之疑也。（三妇本批语）

若傍蟾宫客，不是梅边是柳边。”为此感伤，坏了一命。（净）谎也。世有一梦而亡之理？

【鹊踏枝】一溜溜女婴孩[109]，梦儿里能宁耐[110]！谁曾挂圆梦招牌[111]，谁和你拆字道白[112]？哈也么哈，那秀才何在？梦魂中曾见谁来？（旦）不曾见谁。则见朵花儿闪下来，好一惊。（净）唤取南安府后花园花神勘问。（丑叫介）（末扮花神上）“红雨数番春落魄[113]，山香一曲女消魂[114]。”老判大人请了。（举手介）（净）花神，这女鬼说是后花园一梦，为花飞惊闪而亡。可是？（末）是也。他与秀才梦的绵缠，偶尔落花惊醒。这女子慕色而亡。（净）敢便是你花神假充秀才，迷误人家女子？（末）你说俺着甚迷他来？（净）你说俺阴司里不知道呵！

周锡山：判官问话仔细，听话也仔细，他马上抓住“花儿”这个线索，“唤取南安府后花园花神勘问”，勘得真情。（《〈牡丹亭〉注释汇评》）

【后庭花滚】但寻常春自在，恁司花忒弄乖[115]。眨眼儿偷元气、艳楼台[116]。克性子费春工、淹酒债[117]。恰好九分态，你要做十分颜色。数着你那胡弄的花色儿来[118]。（末）便数来。碧桃花[119]。（净）他惹天台。（末）红梨花[120]。（净）扇妖怪。（末）金钱花。（净）下的财[121]。（末）绣球花。（净）结得采。（末）芍药花[122]。（净）心事谐。（末）木笔花。（净）写

前赞笔一曲，浩若江河。又着此曲，将三十九种花信口撰写，如激湍叠涧，遥相映带。（三妇本批语）

明白。（末）水菱花。（净）宜镜台。（末）玉簪花。（净）堪插戴。（末）蔷薇花。（净）露渲腮[123]。（末）腊梅花。（净）春点额[124]。（末）翦春花。（净）罗袂裁。（末）水仙花[125]。（净）把绫袜踹。（末）灯笼花。（净）红影筛。（末）酴醾花[126]。（净）春醉态。（末）金盏花。（净）做合卺杯。（末）锦带花。（净）做裙褶带。（末）合欢花[127]。（净）头懒抬。（末）杨柳花[128]。（净）腰恁摆。（末）凌霄花。（净）阳壮的咍。（末）辣椒花。（净）把阴热窄。（末）含笑花。（净）情要来。（末）红葵花。（净）日得他爱。（末）女萝花。（净）缠的歪。（末）紫薇花[129]。（净）痒的怪。（末）宜男花。（净）人美怀。（末）丁香花[130]。（净）结半躧。（末）豆蔻花[131]。（净）含着胎。（末）奶子花。（净）摸着奶。（末）栀子花。（净）知趣乖。（末）柰子花。（净）恣情奈。（末）枳壳花。（净）好处揩。（末）海棠花[132]。（净）春困怠。（末）孩儿花。（净）呆笑孩。（末）姊妹花。（净）偏妒色。（末）水红花[133]。（净）了不开。（末）瑞香花[134]。（净）谁要采。（末）旱莲花[135]。（净）怜再来。（末）石榴花。（净）可留得在？几桩儿你自猜。哎，把天公无计策。你道为甚么流动了女裙钗[136]，划地里牡丹亭又把他杜鹃花魂魄洒[137]？（末）这花色花样，都是天公定下来的。小神不过遵奉钦依，岂有故意勾人之理？且看多少女色，那有玩花而亡。（净）你说自来女色，没有玩花而亡。数你听着。

【寄生草】花把青春卖，花生锦绣灾。有一个夜舒莲扯不住留仙带[138]；一个海棠丝翦不断香囊怪[139]；一个瑞香风赶不上非烟在[140]。你道花容那个玩花亡[141]？可不道你这花神罪业随花败。

（末）花神知罪，今后再不开花了。（净）花神，俺这里已发落过花间四友，付你收管。这女囚慕色而亡，也贬在燕莺队里去罢。（末）禀老判，此女犯乃梦中之罪，如晓风残月[142]。且他父亲为官清正，单生一女，可以耽饶。（净）父亲是何人？（旦）父亲杜宝知府，今升淮扬总制之职。（净）千金小姐哩。也罢，杜老先生分上，当奏过天庭，再行议处。（旦）就烦恩官替女犯查查，怎生有此伤感之事？（净）这事情注在断肠簿上。（旦）劳再查女犯的丈夫，还是姓柳姓梅？（净）取婚姻簿查来。（作背查介）是。有个柳梦梅，乃新科状元也。妻杜丽娘，前系幽欢，后成明配。相会在红梅观中。不可泄漏。（回介）有此人和你姻缘之分。我今放你出了枉

花神说人情，判官听人情。（明刻本《批点牡丹亭记》批语）

死城，随风游戏，跟寻此人。（末）杜小姐，拜了老判。（旦叩头介）拜谢恩官，重生父母。则俺那爹娘在扬州，可能够一见？（净）使得。

老判趣甚。（明刻本《批点牡丹亭记》批语）。

【幺篇】他阳禄还长在[143]，阴司数未该。禁烟花一种春无赖[144]，近柳梅一处情无外。望椿萱一带天无碍。则这水玻璃堆起望乡台[145]，可哨见纸铜钱夜市扬州界[146]？花神，可引他望乡台随意观玩。（旦随末登台，望扬州哭介）那是扬州，俺爹爹奶奶呵，待飞将去。（末扯住介）还不是你去的时节。（净）下来听分付。功曹给一纸游魂路引去[147]，花神休坏了他的肉身也。（旦）谢恩官。

【赚尾】（净）欲火近干柴，且留的青山在[148]，不可被雨打风吹日晒。则许你傍月依星将天地拜，一任你魂魄来回。脱了狱省的勾牌[149]，接着活免的投胎。那花间四友你差排，叫莺窥燕猜，倩蜂媒蝶采，敢守的那破棺星圆梦那人来[150]。（净下）（末）小姐回后花园去来。

赵山林：胡判官说杜丽娘只要肉身不坏，将来可以还魂。你看他说“接着活免的投胎”，何等干脆！而从杜丽娘说来，还魂的根本动力是“梅”“柳”情缘。（《牡丹亭选评》）

（末）醉斜乌帽发如丝[151]，许浑

（旦）尽日灵风不满旗[152]。李商隐

（净）年年检点人间事[153]，罗邺

（合）为待萧何作判司[154]。元稹

［注释］

[1] 十地：佛家语，地分十等。此处指所谓阴司十殿的第十殿转轮王，主管鬼魂转世事。下文“十地阎罗王”，同。 [2] 阎浮界：三千大千世界。 [3] 栽埋：埋葬。 [4] 门桯（yíng）：门槛。 [5] 十地阎罗王殿下：这里的殿下，是指阎王的属下。下文“原有十位殿下”的殿下，是指阎罗王。 [6] 赵大郎：指宋朝开国皇帝赵匡胤。 [7] 金达子：指女真族，建立金朝，与南宋长期对立。达子，对北方外族的蔑称。 [8] 玉皇上帝：天上的最高统治者。 [9] 九州：古代分天下为九州。 [10] 可怜见：可怜。 [11] 夜叉：梵语音译，一种鬼怪。 [12] 刑名：刑罚，如死刑、徒刑等。押花：签名。 [13] 好不干系：关系多么重大。 [14] 落迦山：梵语“地狱”的音译。此处只取“山”字，指山形的笔架。因是与判官审案有关的文具，所以说关系重大。 [15] 肉莲花：莲花常被用来形容山形，这里也是指笔架。肉，说阴司的笔架是用人肉做成，形容地狱情景之惨。 [16] 功曹：衙门里的低等吏员。 [17] 当该：当值。 [18] 手想骨、脚想骨：手管骨、脚管骨。说阴司的笔管是用手骨、脚骨制成。 [19] 圆滴溜：滚圆。 [20] 牛头：阴间的鬼差，头作牛形。 [21] 赤支毸：红色的胡须。 [22] 判爷上的选：制毛笔重在选毫（毛），笔管上常刻有某人某商号“精选”字样，以示信誉。上的选，意思是制笔的行家。 [23] 笔头公：笔。笔头、笔公，是北朝人古弼的外号。以其正直有用，又头形尖削如笔，故称。 [24] 遮须国：根据笔记小说，三国才子曹植死后，做了遮须国的国王。此句意思是这笔是阴间制作的。 [25] 管城子：笔，韩愈《毛颖传》给笔取名“管城子”。 [26] 夜郎：汉代的一个小国，在今贵州境内。这里借“夜”

的谐音，指阴间。 [27] 支兀另：啸声。钟馗：相传是落第秀才，后来成为捉鬼之神。民间绘画和舞台上钟馗的形象，都是丑陋而衣冠不整。 [28] 疏喇沙：形容舞蹈的声音和舞姿。魁：魁星，传说主管文章和功名，形象是手执墨斗，作踢斗状。河魁，凶神名。魁（河魁）也是形容判官形象之丑陋。 [29] 滚河桥：佛家说善人死后走金桥银桥，恶人死后走滚河桥，桥面极窄，桥下滚河积满血污，极为凶险。 [30] 可上榜来：可曾列名在榜上，是否考取过功名。 [31] 朔望：阴历每月的初一、十五。 [32] 井鬼：星宿的名字。这里由鬼星而联想到主文的魁星，意思是说自己也善文墨。 [33]“做弗迭鬼仙才”二句：唐代诗人李白称仙才，李贺称鬼才。此处指李贺。做弗迭，忙弗迭，做不过来。摩空作赋，据说李贺临死时看见有绯衣人带信给他，说上帝造了一座白玉楼，请他去写文章。摩空，升空，上天。 [34]“陪得过风月主”二句：传说宋代文人石曼卿死后为芙蓉城主。此句意思是比不过李贺，但是和石曼卿还能不相上下。 [35] 四大洲：佛家说须弥山四方咸海中有四个大洲，即东胜神洲、南赡部洲、西牛贺洲、北俱芦洲。 [36] 五瘟使：五瘟神，掌管疾病灾难的神。 [37] 见有地分：现在的地位。 [38]“则合北斗司、阎浮殿”二句：庙里判官的塑像通常是立在北斗司的北斗星君和阎浮殿的阎王旁边。 [39]“却怎生东岳观、城隍庙”二句：东岳庙、城隍庙里也都有判官的塑像。东岳观，即东岳庙，祀东岳大帝，主管人的生死及善恶报应。城隍，本地主管之神，各省、府、县都有城隍庙。东岳庙、城隍庙里都有判官塑像，立在东岳大帝和城隍的左侧。 [40] 百里城高捧手：百里城，百里侯，指县官。此处指权管十地狱印信的判官。判官的塑像照例都是站着，手捧笔和文卷。 [41] 好相庄严乘坐位：东岳庙、城隍庙里的主神，和判官小鬼不同，塑像都是坐着的。好相，美妙庄严的形象。乘坐位，有座位坐着。 [42] 三尺土：这里说泥塑判官像只有三尺高。 [43] 低分气：不体面，不成样子。 [44] 尘泥轩冕：衣冠上全是尘泥。古代大夫以上的官员乘轩车，穿冕服。 [45] 润笔：写字、作画、作文的报酬。这里是贿赂的意思。 [46] 纸陌：成百（或成串）的纸钱。 [47] 没掂三展花分鱼尾册：意思是草草地翻开点鬼簿。没掂三，不考虑，糊里糊涂。花分，开列名字。古代登录户口，户叫花户，口叫花名。鱼尾册，点鬼簿。 [48] 无赏一挂日子虎头牌：意思是按点鬼簿开列的名单和日期，一一去捉拿。虎头牌，摄魂牌。无赏一,一无奖赏，尽义务。挂日子，按日子。 [49] 董狐：春秋时晋国史官，以公正不阿，秉笔直书闻名。此处是判官自指。落了款：署了名。 [50]《春秋传》:《春秋》，中国最早的历史著作，五经之一。传，阐明经义的著作。《春秋》有公羊、穀梁、左氏三传。 [51] 崩薨葬卒大注脚：封建时代不同等级的人的死亡有不同的叫法，天子死叫崩，诸侯死叫薨。唐代制度，二品以上官员之死叫薨，五品以上叫卒。注脚，注解、说明文字。 [52]“假如他支祈兽上了样”以下三句：点鬼簿上形形色色各种人物俱全，一无遗漏，有如禹王鼎上不仅铸上了支祈兽的像，各地山林水泽的神怪也都在鼎上有形象记录。支祈兽，即无支祈，淮涡水神，形状如猴，力大无比，被大禹所征服。上了样，铸形象于鼎上。禹王鼎，相传大禹铸九鼎，鼎上有百物图像，包括魑魅魍魉。细分腮，细细地分别他们不同的形貌。 [53]“子时砚”二句：子时砚，半夜用的砚。忔忔察察，研墨时发出的声音。 [54] 乌龙：墨。醮眼：墨光闪闪耀眼。 [55] 丁字牌：丁字形的摄魂牌。冬冬登登：牌子磕碰的声音。 [56]“但点上格子眼”二句：判官的笔在点鬼簿的格子上一点，每个人来生的命运就决定了。四万八千，形容人死后会遭遇的各种不同命运。三界，佛家语。凡生死往来的世界分为：

一、欲界，有淫欲、色欲的众生住所；二、色界，无淫欲、食欲的众生住所；三、无色界，没有物质、身体的世界。　[57] 有漏：佛家语，有烦恼。　[58] 乌星炮粲：形容人多。炮粲，爆竹爆裂的碎片似的。　[59] “怎按下笔尖头”以下三句：要想搁下笔不把犯鬼打入无间地狱，那是像铁树开花一样的稀罕事。无间地狱，阿鼻地狱，地狱的最底层。传说堕入无间地狱则无间断地永远受苦。又说从寒冰地狱到饮铜地狱共一百四十二重。　[60] 剉、烧、舂、磨：地狱里的残酷刑罚。　[61] 少一个请字：请谁来执行。　[62] “虚无堂”二句：虚无堂是各种瘟神的住所。瘫，瘫痪。痨，结核病。蛊，蛊毒。膈，噎嗝反胃。四正客，四个凶神。　[63] 业：罪孽。　[64] 衡石程书秦狱吏：形容办案效率很高。据说秦始皇每天要秤（衡）取一石（一百二十斤）的简册公文来处理，日夜进程一定，不办完不休息。见《史记・秦始皇本纪》。　[65] 肉鼓吹：五代后蜀李匡远做县官非常残酷，天天用刑。他把鞭打犯人的声音叫“肉鼓吹”。见《十国春秋》。鼓吹，音乐。　[66] 毛钳：当作毛锥、毛笔。刀笔：刀笔吏，主管刑罚文书的吏员。汉乔才：汉代的那些坏蛋，指酷吏。　[67] 你便是没关节包待制、“人厌其笑”：意思是你就是像包待制一样铁面无私难得一笑，这笑声在这地方也是可厌的。极言地狱之惨。包待制，宋朝清官包拯。关节，贿赂。包拯铁面无私，不接受贿赂，当时有谚语：“关节不到，有阎罗包老。”据说包拯表情很严肃，难得一笑。“人厌其笑”，点窜《论语・宪问》：“人不厌其笑。”　[68] 无棺椁颜修文、“子哭之哀”：意思是境况够惨的了，不忍心再听到哭声。颜修文，孔子的好学生颜渊，短命而死。传说他死后在阴司做修文郎。颜家穷，他的父亲请求孔子把车卖掉给颜渊买棺椁，孔子没有答应。“子哭之哀”，语出《论语・先进》。孔子听说颜渊死了，哭得很伤心。　[69] “《楼炭经》”二句：以《楼炭经》作为刑法，判处犯鬼化生为飞鸟或走兽。《楼炭经》说鸟有四千五百种，兽有二千四百种。六科，即六条，汉代派刺史到各地巡察，审理可疑案件，根据六条法令办事。五判，指笞、杖、徒、流、死等五种刑罚。 [70] 刀花树：刀山地狱。九棘三槐：审判犯鬼的地方。 [71] 娄搜：形容满脸胡子。 [72] 崖崖：形容目光炯炯。 [73]“少不得中书鬼考”二句：协助判官审理犯鬼的吏员很多。中书，官名，此处指掌管文书的吏员。考，考选。录事，抄录文书的吏员。 [74] 金州判、银府判、铜司判、铁院判：州、府、司、院的判官。金、银、铜、铁，表示各级判官贪赃致富的等差，越是在下级地方衙门越能发财，因为其直接处理民间的词讼，容易放手敲诈。 [75] 白虎临官：白虎当值。白虎，凶神名。临到他当值理事，就有灾祸。 [76] 打贴刑名：量刑，判刑。打贴，打点，处治。伍作：仵作，旧时衙门里的检验死伤的人员，类似法医。 [77]“注湿生”以下四句：注、牒、准、照，都做动词，判明、批准的意思。佛经说，世界众生依四种方式出生：胎生、卵生、湿生、化生。 [78] 青蝇报赦：据说前秦苻坚准备起草赦书，有一大苍蝇飞绕他的笔尖。赦书尚未公布，长安人都已经知道了。原来是这个苍蝇化为黑衣人，把消息传了出去。事见《晋书》。 [79] 磊齐功德：功高德厚。转三阶：官升三级。 [80] 掌案的：管理案卷的吏员。 [81] 开除：开列。 [82]“人间勾令史”二句：人间死了一个令史，地下就多了一个功曹。勾，勾了魂，死了。 [83] 枉死城：阴司里拘禁枉死鬼的地方。 [84] 沉香泥壁：把沉香（一种高贵的香料）涂在墙壁上。指生活过分奢侈。 [85] 花粉钱：嫖妓的用费。 [86] 男风：男色，男同性恋。 [87] 回回卵：对少数民族侮辱的话。 [88] 莺莺小姐：《西厢记》的女主角。 [89] 飞燕娘娘：汉成帝的皇后赵飞燕，古代美女。 [90] 粉版花衣：形容蝴蝶的翅膀。 [91] 咋：咂。 [92] 斩：沾，蘸。 [93] 花间四友：莺、燕、蜂、蝶。 [94] “怕弹珠儿打的呆”以下三句：依次写莺、蝶、燕。 [95] 翅揶儿：翅膀，蜜蜂飞动，嗡嗡作响，很热闹。 [96] 噀（xùn）气：喷水嘘气作法。 [97] 吷（jué）声：小声。吷，噘起嘴来吹。 [98] 背介：旁白，背供。场上其他角色听不到而直接向观众的表白。 [99] 哈也么哈：歌曲中的助声词，此处表示判官惊艳的神情。 [100] 血盆中叫苦观自在：此处是判官惊叹地狱中的杜丽娘竟美得像观音。血盆，地狱名。观自在，观世音菩萨。宋以后观音的雕塑多为女性形象。 [101] 天条：天上的法律。 [102] 胡乱筛：胡言乱语。 [103] 粉油头：少女。弄色：撒娇，卖弄风情。 [104] 润风风粉腮：脸色娇嫩红润。所以问她是否喝酒了。 [105] 溜些些短钗：斜插短钗。所以问她是否唱歌跳舞了。 [106] 秦台、楚台：古代神话：秦台，秦国的凤凰台，弄玉和丈夫萧史同居的所在。楚台，阳台，楚怀王和巫山神女相会的地方。 [107] 泉台：黄泉，阴间。 [108] 过人家：出嫁。 [109] 一溜溜：一点点儿。 [110] 能宁耐：这样有本事。 [111] 谁曾挂圆梦招牌：谁曾和你圆梦来？挂圆梦招牌，以解梦为职业的人。古人认为梦和人的生死祸福有关，所以有专门以解梦为业的人。 [112] 谁和你拆字道白：谁和你猜题的诗是什么兆头？拆字，把字拆开来占卜运气好坏的一种近乎文字游戏的江湖术。 [113] 春落魄：春残。落魄，潦倒，失意。 [114] 山香一曲女消魂：山香，曲名。古代神话：西王母宴群仙，有舞者舞《山香》，曲未终，花纷纷落下。 [115] 恁司花忒弄怪：您掌管百花特会弄怪。恁，您。 [116] 眨眼儿偷元气、艳楼台：一眨眼儿，你就偷取了天地元气，化成了千草百花，使楼台变得那么美丽。 [117] 克性子费春工、淹酒债：沉湎于花酒之间是你的本性，你应该克制一些。 [118] 胡弄的：胡乱搞的。 [119]“碧桃花”二句：戏曲中常以碧桃花下指男女幽会之所。此句是引用刘晨、阮肇天台山遇仙女的典故。　[120]“红梨花”二句：戏曲故事：元张寿卿《红梨花》杂剧写赵汝州和妓女谢金莲一见倾心。赵的友人刘公弼怕他耽误前程，骗他说在晚上遇到的是一个女鬼，红梨花是她的怨气所化。赵汝州吓得匆匆赴京赶考。考取以后，他在刘公弼的家宴上，看到谢金莲的扇子上插一朵红梨花，他以为真的又见鬼了。最后赵谢成婚。　[121]下的财：婚俗，男方向女家送的财礼。　[122]芍药花：《诗经·郑风·溱洧》：“维士与女，伊其相谑，赠之以芍药。”后来芍药就常常和爱情相联系。　[123]露：蔷薇露。宋元时代女子常用的化妆品。　[124]春点额：梅花妆。南朝宋武帝女儿寿阳公主，有一次躺在含章殿的檐下，有梅花落在她的额上，拂之不去。后来人们就照这样子作梅花妆。　[125]“水仙花”二句：由水仙花联想到洛水女神。把绫袜踹，穿着罗袜。曹植《洛神赋》：“凌波微步，罗袜生尘。”　[126]“酴醾花”二句：酴醾花制的酴醾酒。　[127]合欢花：夜合欢，小叶到晚上就合拢似低垂状。　[128]“杨柳花”二句：以杨柳的摇曳比喻美人腰身的婀娜。　[129]“紫薇花”二句：用手抚摸紫薇花的树皮，枝叶就会摇动，好像怕痒，故名痒痒树。　[130]“丁香花”二句：丁香的花蕾如结，称丁香结。结半躧，花蕾半开。　[131]“豆蔻花”二句：豆蔻一名含胎花。胎，苞蕾。　[132]“海棠花”二句：古代诗词中常以美人春困形容海棠花。　[133]“水红花”二句：水红花，即蓼花，蓼、了谐音。　[134]“瑞香花”二句：瑞、谁谐音，故引出“谁要采”。　[135]“旱莲花”二句：旱莲花，小连翘。莲、怜谐音，怜，指情人。　[136]流动：感动。女裙钗：指杜丽娘。　[137]杜鹃花魂魄洒：杜鹃相传是蜀帝杜宇的亡魂所化，此处比喻杜丽娘已死。　[138]有一个夜舒莲扯不住留仙带：夜舒莲，东汉灵帝荒淫无度，修建裸游馆，内有流香渠，渠内荷花晚上开放，白天卷合，叫夜舒荷。留仙带，汉成帝宠幸赵飞燕。一次赵飞燕起舞，时值风起，她说要乘风飞升，左右扯住她的裙子，才把她留下。后来时兴一种裙子，叫做留仙裙。此句把两个典故合在一起，说赵飞燕是玩花而亡。 [139] 一个海棠丝翦不断香囊怪：杨贵妃故事。海棠丝，唐明皇登沉香亭，召杨贵妃。杨宿酒未醒，钗横鬓乱，不能再拜。明皇把杨妃的醉态比作海棠春睡。见《太真外传》。香囊怪，传说安禄山之乱后，唐明皇回到长安。他叫人把杨贵妃的骸骨重新安葬。墓开，看到锦香囊一个。 [140] 一个瑞香风赶不上非烟在：唐人传奇故事：武公业的爱妾步非烟和书生赵象偷偷相爱，赵象送非烟诗中有句：“瑞香风引思深夜，知是蕊宫仙驭来。”事情暴露，非烟被武公业打死。 [141] 花容：美人。 [142] 如晓风残月：比喻自然而生、没有痕迹、不可捉摸的事。 [143] 阳禄：阳寿。 [144] 禁烟花一种春无赖：春天的景色容易引起春情，都该禁了。 [145] 则这水玻璃堆起望乡台：在望乡台上眺望扬州，只见一片茫茫水色。迷信传说，阴间有望乡台，鬼魂在上可以望见自己的亲人。水玻璃，水色如玻璃。 [146] 可哨见纸铜钱夜市扬州界：可瞧见扬州夜市里有人在烧纸钱吗？哨见，看见。 [147] 路引：通行证。 [148] 且留的青山在：民谚：“留得青山在，不怕没柴烧。”此处是比喻杜丽娘肉身不坏，将来就可以复活。 [149] 脱了狱省的勾牌：脱离了地狱的捉拿。狱省，地狱衙门。勾牌，勾魂牌，提审的传票。 [150] 敢守的那破棺星圆梦那人来：可等到开棺救活她的那梦中人的到来。破棺星，星名，这里指开坟破棺的人。 [151] 醉斜乌帽发如丝：出自唐许浑《送萧处士归缑岭别业》。见《全唐诗》卷五三三。 [152] 尽日灵风不满旗：出自唐李商隐《重过圣女祠》。见《全唐诗》卷五三九。 [153] 年年检点人间事：出自唐罗邺《赏春》。见《全唐诗》卷六五四。 [154] 为待萧何作判司：出自唐元稹《酬孝甫见赠十首》其一。见《全唐诗》卷四一三。

［点评］

《冥判》是《牡丹亭》极为奇瑰的一场戏，写阴曹地府的一次审判。因从头至尾多与花有关，所以昆曲演出称此出为《花判》。

杜丽娘在阴间受审的时刻，仍念念不忘梦中情人，咬住“梅”“柳”二字要追根究底。胡判官审明情由，放她出枉死城，允许她随风游戏跟寻梦中人，并保护她肉身不坏，鼓励她满怀信心等候开棺之人到来。这个通情达理的冥判，使杜丽娘的重返花园，杜柳幽媾，还魂回生，成为当然的合法的结果。

代理阎王执行公务的胡判官，形象相当生动。他深知衙门中的一切勾当。他的行事既带庸俗性，也有幽默感。他见美色而动心，却也惧怕天条，不敢违规。他自诩执法公正无私，却也不拒绝“润笔”等“潜规则”。他确实在按律审囚，却也不免要讲人情。鬼气森森的地狱公堂，无异于人间衙门。胡判官对真正爱情的敌意也和阳世一样。他无法想象女孩儿竟会“一梦而亡”，和杜宝唱的“一个哇儿甚七情”是一个调子。在他看来，连春天里万紫千红、百花开放也是败坏人心的。他一口气举出三十九种鲜花，一一加以指谪。

汤显祖作剧喜欢影射时事。十地狱缺了阎罗王，印无归着，由胡判官权管十地狱印信，就是影射明朝万历年间政府机构半瘫痪的状态。如史载万历二十八年间“两京缺尚书三，侍郎十，科道九十四。天下缺巡抚三，布按监司六十六，知府二十五”(《明史·田大益传》)。汤显祖痛感缺官废事病民之害，于是在其剧作中常常出现署摄代管的事，如《南柯记》的南柯郡，“缺下正堂”，由府幕录事官“权时署印”。《邯郸记》的崖州，“州无正官，便是司户官儿署掌”。

【混江龙】曲本无定句，汤显祖竟让胡判官一口气唱了六十句。【后庭花滚】花神和胡判官一问一答，评论了三十九种花卉。对学问知识的炫耀显而易见，但奏之场上绝非当行，所以演出时多被删削。

第二十四出　拾　画

【金珑璁】（生上）惊春谁似我？客途中都不问其他。风吹绽蒲桃褐[1]，雨淋殷杏子罗[2]。今日晴和，晒衾单兀自有残云涴[3]。“脉脉梨花春院香，一年愁事费商量。不知柳思能多少[4]？打叠腰肢斗沈郎[5]。”小生卧病梅花观中，喜得陈友知医，调理痊可。则这几日间春怀郁闷，何处忘忧？早是老姑姑到也[6]。

独任惊春，钟情特甚，宜为丽娘恋恋。前丽娘亦云“眼见春如许”，总是惜春语也。（三妇本批语）

【一落索】（净上）无奈女冠何，识的书生破。知他何处梦儿多？每日价欠伸千个。秀才安稳[7]！（生）日来病患较些[8]，闷坐不过。偌大梅花观，少甚园亭消遣。（净）此后有花园一座，虽然亭榭荒芜，颇有闲花点缀。则留散闷，不许伤心。（生）怎的得伤心也！（净作叹介）是这般说。你自去游便了。从西廊转画墙而去，百步之外，便是篱门。三里之遥，都为池馆。你尽情玩赏，竟日消停，不索老身陪去也。“名园随客到，幽恨少人知。”（下）（生）既有后花园，就此迤逦而去[9]。（行介）这是西廊下了。（行介）好个葱翠的篱门，倒了半架。（叹介）〔集唐〕“凭阑仍是玉阑干[10]王初，四面墙垣不忍看[11]张隐。想得当时好风月[12]韦庄，万条烟罩一时干[13]李山甫。”（到介）呀，偌大一个园子也。

道姑数语，煞是多情，柳生到园中那能不一一领略？（三妇本批语）

【好事近】则见风月暗消磨，画墙西正南侧左。（跌介）苍苔滑擦，倚逗着断垣低垛，因何蝴蝶门儿落合[14]？原来以前游客颇盛，题名在竹林之上。客来过，年月偏多，刻画尽琅玕千个[15]。咳，早则是寒花绕砌，荒草成窠。怪哉，一个梅花观，女冠之流，怎起的这座大园子？好疑惑也。便是这湾流水呵！

柳生你也曾到来。（明刻本《批点牡丹亭记》批语）

【锦缠道】门儿锁，放着这武陵源一座。恁好处教颓堕！断烟中见水阁摧残，画船抛躲，冷秋千尚挂下裙拖。又不是曾经兵火，似这般狼籍呵，

萧条惨淡，一一如画。（朱墨本批语）

敢断肠人远、伤心事多？待不关情么，恰湖山石畔留着你打磨陀。好一座山子哩。（窥介）呀，就里一个小匣儿。待把左侧一峰靠着，看是何物？（作石倒介）呀，是个檀香匣儿。（开匣看画介）呀，一幅观世音喜相。善哉，善哉！待小生捧到书馆，顶礼供养，强如埋在此中。

画幅尚未展完，但见美人颜色，便认是观世音，因在观中所拾故也，亦可见柳生至诚。然此处不草草作观音看，则《玩真》折全无意致矣。（三妇本批语）

【千秋岁】（捧匣回介）小嵯峨[16]，压的旃檀合[17]，便做了好相观音俏楼阁。片石峰前，那片石峰前，多则是飞来石[18]，三生因果。请将去炉烟上过[19]，头纳地[20]，添灯火，照的他慈悲我。俺这里尽情供养，他于意云何[21]？（到介）到了观中，且安置阁儿上，择日展礼。（净上）柳相公多早了！

【尾声】（生）姑姑，一生为客恨情多，过冷澹园林日午殛[22]。老姑姑，你道不许伤心，你为俺再寻一个定不伤心何处可。

（生）僻居虽爱近林泉[23]，伍乔
（净）早是伤春梦雨天[24]。韦庄
（生）何处邈将归画府[25]？谭用之
（合）三峰花半碧堂悬[26]。钱起

[**注释**]

[1] 蒲桃褐：印染有葡萄花样的粗布衣服。 [2] 雨淋殷杏子罗：红罗衣被雨淋了。殷，红色。杏子罗，浅红色的罗衣。 [3] 残云涴（wò）：路上遇雨，衾被上还有湿渍。 [4] 柳思：春思。 [5] 打叠腰肢斗沈郎：意思是说自己瘦了。打叠，打点。腰肢斗沈郎，南朝沈约说自己的腰瘦，后来“沈郎腰”就成为腰瘦的典故。柳梦梅姓柳，柳腰也是瘦的意思。 [6] 早是：幸是，正好是。 [7] 安稳：问候语，犹如“您好”。 [8] 较些：病好一些。 [9] 迤逗：慢慢地。 [10] 凭阑仍是玉阑干：出自唐王初《望雪》。见《全唐诗》卷四九一。 [11] 四面墙垣不忍看：出自唐张隐《万寿寺歌词》。见《全唐诗》卷七三二。 [12] 想得当时好风月：出自唐韦庄《令狐亭》。见《全唐诗》卷七〇〇。 [13] 万条烟罩一时干：出自唐李山甫《柳十首》其十。见《全唐诗》卷六四三。万条烟罩，形容柳条之繁多。 [14] 蝴蝶门：一种蝴蝶样的双扇门。落合：门关着。 [15] 琅玕（lánɡ ɡān）：青玉，竹子的雅称。 [16] 嵯峨：山势险峻，此处是指看起来险峻的假山。 [17] 旃（zhān）檀合：用旃檀香木做成的盒子。合，盒。 [18] 飞来石：杭州西湖灵隐有飞来峰，晋代慧理和尚说，它是中天竺国灵鹫山上的小岭，不知何时飞来的。此处是指假山。 [19] 请将去炉烟上过：把画像迎请进去，焚香礼拜。 [20] “头纳地”以下三句：磕头，点灯，照亮菩萨画像，让菩萨保佑我。 [21] 于意云何：以为如何，佛经里常见的句子。 [22] 殗：偏斜。 [23] 僻居虽爱近林泉：出自唐伍乔《僻居酬友人》。见《全唐诗》卷七四四。 [24] 早是伤春梦雨天：出自唐韦庄《长安清明》。见《全唐诗》卷七〇〇。 [25] 何处邈将归画府：出自唐谭用之《贻钓鱼李处士》。见《全唐诗》卷七六四。 [26] 三峰花半碧堂悬：出自唐钱起《题嵩阳焦道士石

壁》。见《全唐诗》卷二三九。

［点评］

《拾画》与后出《玩真》在昆曲演出中合在一起，称《拾画叫画》。

柳梦梅养病梅花观，病体稍痊，春怀郁闷。石道姑劝他到花园散心，他在太湖石下拾得一幅小画。

柳梦梅本是多情种子。道姑开导他不许伤心，但是看到园林荒芜，池台冷落，他还是禁不住悲从中来。

此时的柳生并未想到三年前他曾经在梦中到过此处。太湖石下拾到画像纯属意外，他完全想不到自己正是杜丽娘盼望的“拾翠人”。

画幅尚未完全展开，见到画的是美女，他以为是观音喜相，连忙恭请回书馆，准备焚香礼拜。这就为后边的《玩真》做了有趣的铺垫，使叫画更加有情趣、有波澜。

第二十五出　忆　女

【玩仙灯】（贴上）睹物怀人，人去物华销尽。道的个“仙果难成，名花易陨”。（叹介）恨兰昌殉葬无因[1]，收拾起烛灰香烬。自家杜府春香是也。跟随公相夫人到扬州。小姐去世，将次三年。俺看老夫人那一日不作念，那一日不悲啼。纵然老公相暂时宽解，怎散真愁？莫说老夫人，便是俺春香想起小姐平常恩养，病里言词，好不伤心也。今乃小姐生忌之辰[2]，老夫人分付香灯，遥望南安浇奠。早已安排。夫人，有请。

愁既真矣，对景增悲，逢欢益恨，如何散得？（三妇本批语）

【前腔】（老旦上）地老天昏，没处把老娘安顿。思量起举目无亲，招魂有尽。（哭介）我的丽娘儿也！

茅暎：入髓。（朱墨本批语）

在天涯老命难存，割断的肝肠寸寸。〔苏幕遮〕“岭云沉，关树杳。（贴）春思无凭，断送人年少。（老旦）子母千回肠断绕。绣夹书囊，尚带余香袅。（贴）瑞烟清，银烛皎。（老旦）绣佛灵辰，血泪风前祷。（哭介）（合）万里招魂魂可到？则愿的人天净处超生早。”（老旦）春香，自从小姐亡过，俺皮骨空存，肝肠痛尽。但见他读残书本，绣罢花枝，断粉零香，余簪弃履，触处无非泪眼，见之总是伤心。算来一去三年，又是生辰之日。心香奉佛[3]，泪烛浇天。分付安排，想已齐备。（贴）夫人，就此望空顶礼。（老旦拜介）〔集唐〕“微香冉冉泪涓涓[4]李商隐，酒滴灰香似去年[5]陆龟蒙。四尺孤坟何处是[6]许浑？南方归去再生天[7]沈佺期。”杜安抚之妻甄氏，敬为亡女生辰，顶礼佛爷。愿得杜丽娘皈依佛力，早早生天。（起介）春香，祷告了佛爷，不免将此茶饭，浇奠小姐。

他乡遥奠，不见孤坟，因感述梦魂相接，眼昏灯晕，一段苦境。（三妇本批语）

【香罗带】（老旦）丽娘何处坟？问天难问。梦中相见得眼儿昏，则听的叫娘的声和韵也，惊跳起，猛回身，则见阴风几阵残灯晕。（哭介）俺的丽娘人儿也，你怎抛下的万里无儿白发亲！

【前腔】（贴拜介）名香叩玉真，受恩无尽，赏春香还是你旧罗裙。（起介）小姐临去之时，分付春香，长叫唤一声。今日叫他，“小姐，小姐呵”，叫的一声声小姐可曾闻也？（老旦、贴哭介）（合）想他那情切，那伤神，恨天天生割断俺娘儿直恁忍！（贴回介）俺的小姐人儿也，你可还向旧宅里重生何处身？（贴跪介）禀老夫人，人到中年，不堪哀毁。小姐难以生易死，夫人无以死伤生。且自调养尊年，与老相公同享富贵。（老旦哭介）春香，你可知老相公年来因少男儿，常有娶小之意？止因小姐承欢膝下，百事因循。如今小姐丧亡，家门无托。俺与老相公闷怀相对，何以为情？天呵！（贴）老夫人，春香愚不谏贤，依夫人所言，既然老相公有娶小之意，不如顺他，收下一房，生子为便。（老旦）春香，你见人家庶出之子[8]，可如亲生？（贴）春香但蒙夫人收养，尚且非亲是亲，夫人肯将庶出看成，岂不无子有子？（老旦）好话，好话。

小姐临终曾说“可有回生之日否”，春香故想到此，隐隐击动关目。（三妇本批语）

（老）曾伴残蛾到女儿[9]，徐凝
（贴）白杨今日几人悲[10]。杜甫
（老）须知此恨消难得[11]，温庭筠
（合）泪滴寒塘蕙草时[12]。廉氏

［注释］

[1] 兰昌：唐人传奇故事：开元年间，杨贵妃侍女张云容服了申天师给她的绛雪丹，天师说她死后一百年，遇到活人精气，便可成为地仙。萧凤台、刘兰翘也是当时的宫女，被人毒杀，葬在张云容墓侧。一天，义士薛昭在兰昌宫遗址遇到这三位美女，并与张云容同居。不久，薛昭发掘张的坟墓，张云容回生。全句是说春香未死，不能葬在杜丽娘墓侧。 [2] 生忌：纪念死者的生日。 [3] 心香：表示虔诚。只要心诚意至，就和焚香供奉一样。 [4] 微香冉冉泪涓涓：出自唐李商隐《野菊》。见《全唐诗》卷五四〇。 [5] 酒滴灰香似去年：怀德堂本"灰香"作"香灰"，据陆龟蒙《和袭美初冬偶作》"酒滴灰香似去年"改。陆诗见《全唐诗》卷六二八。 [6] 四尺孤坟何处是：出自唐许浑《经故丁补阙郊居》。见《全唐诗》卷五三五。 [7] 南方归去再生天：出自唐沈佺期《再入道场纪事应制》。见《全唐诗》卷九六。 [8] 庶出：妾所生的子女。 [9] 曾伴残蛾到女儿：出自唐徐凝《语儿见新月》。见《全唐诗》卷四七四。 [10] 白杨今日几人悲：出自唐杜甫《存殁口号二首》其一。见《全唐诗》卷二三一。 [11] 须知此恨消难得：出自唐温庭筠《李羽处士故里》。见《全唐诗》卷五七八。 [12] 泪滴寒塘蕙草时：出自唐廉氏《寄征人》。见《全唐诗》卷八〇一。

［点评］

这是一出悲戚动情的戏。写杜丽娘死后三年，在她的生日，杜母和春香遥望南安浇奠她的亡灵。

清人焦循《剧说》卷五："临川作《还魂记》，运思独苦。一日，家人求之不可得，遍索，乃卧庭中薪上，掩袂痛哭。惊问之，曰填词至‘赏春香还是旧罗裙’句也。”虽是传说，但作者写剧时全身心投入，所以慈母殇女之痛、侍女忆主之悲，都能催人泪下。

惟有关杜宝纳妾的讨论似为多余。

第二十六出　玩　真

（生上）“芭蕉叶上雨难留，芍药梢头风欲收。画意无明偏着眼，春光有路暗抬头。”小生客中孤闷，闲游后园。湖山之下，拾得一轴小画，似是观音大士，宝匣庄严。风雨淹旬[1]，未能展视。且喜今日晴和，瞻礼一会。（开匣，展画介）

此云“未能展视”，可知拾时展看，不曾竟幅。（三妇本批语）

【黄莺儿】秋影挂银河，展天身[2]，自在波。诸般好相能停妥[3]。他真身在补陀[4]，咱海南人遇他。（想介）甚威光不上莲花座？再延俄，怎湘裙直下一对小凌波[5]？是观音，怎一对小脚儿？待俺端详一会。

突起疑端，因不坐莲花之故，便先从脚尖仔细看起。（三妇本批语）

【二郎神慢】些儿个，画图中影儿则度[6]。着了，敢谁书馆中吊下幅小嫦娥，画的这俜停倭妥[7]。是嫦娥，一发该顶戴了。问嫦娥折桂人有我？可是嫦娥，怎影儿外没半朵祥云托？树皴儿又不似桂丛花琐[8]？不是观音，又不是嫦娥，人间那得有此？成惊愕，似曾相识，向俺心头摸。待俺瞧，是画工临的，还是美人自手描的？

陡地看出神来，却因梅花树下曾梦见过。（三妇本批语）

【莺啼序】问丹青何处娇娥，片月影光生豪末[9]？似恁般一个人儿，早见了百花低躲[10]。总天然意态难模，谁近得把春云淡破？想来画工怎能到此！多敢他自己能描会脱[11]。且住，细观他帧首之上，小字数行。（看介）呀，原来绝句一首。（念介）“近睹分明似俨然，远观自在若飞仙。他年得傍蟾宫客，不在梅边在柳边。”呀，此乃人间女子行乐图也。何言“不在梅边在柳边”？奇哉怪事哩！

【集贤宾】望关山梅岭天一抹，怎知俺柳梦梅过？得傍蟾宫知怎么？待喜呵，端详停和[12]，俺姓名儿直么费嫦娥定夺？打摩诃[13]，敢则是梦魂中真个。好不回盼小生！

杨葆光：奇谈。然天下至情，皆从痴字得来。（同治版三妇本批语）

【黄莺儿】空影落纤娥，动春蕉，散绮罗。春心只在眉间锁，春山翠拖[14]，春烟淡和。相看四

活了。（明刻本《批点牡丹亭记》批语）

目谁轻可[15]！恁横波，来回顾影不住的眼儿睃。却怎半枝青梅在手，活似提掇小生一般？

【啼莺序】他青梅在手诗细哦，逗春心一点蹉跎。小生待画饼充饥[16]，小姐似望梅止渴[17]。小姐，小姐，未曾开半点幺荷[18]，含笑处朱唇淡抹，韵情多。如愁欲语，只少口气儿呵[19]。小娘子画似崔徽，诗如苏蕙[20]，行书逼真卫夫人。小子虽则典雅，怎到得这小娘子[21]！蓦地相逢，不免步韵一首[22]。（题介）"丹青妙处却天然，不是天仙即地仙。欲傍蟾宫人近远，恰些春在柳梅边。"

【簇御林】他能绰斡[23]，会写作。秀入江山人唱和。待小生狠狠叫他几声："美人，美人！姐姐，姐姐！"向真真啼血你知么[24]？叫的你喷嚏似天花唾。动凌波，盈盈欲下——不见影儿那。咳，俺孤单在此，少不得将小娘子画像，早晚玩之、拜之，叫之、赞之。

"小姐""小娘子""美人""姐姐"，随口乱呼，的是情痴之态。（三妇本批语）

【尾声】拾的个人儿先庆贺，敢柳和梅有些瓜葛[25]？小姐小姐，则被你有影无形看杀我。

四"之"字托出痴状。（三妇本批语）

不须一向恨丹青[26]，白居易
堪把长悬在户庭[27]。伍乔
惆怅题诗柳中隐[28]，司空图

添成春醉转难醒[29]。章碣

[注释]

[1] 风雨淹旬：风雨持续了十来天。淹，滞留。旬，十天。 [2]“展天身”二句：把观世音菩萨的真身展现出来。自在，观自在菩萨。波，同“呵”“啊”。 [3] 诸般好相能停妥：观世音菩萨的各种妙相能在画中显现。诸般好相，佛家语，说应身佛肉体有三十二种妙相。 [4] 补陀：普陀。一名补陀落迦，舟山群岛的一个小岛。据说是观音菩萨说法圣地。 [5] 小凌波：女人的小脚。观音像都是大脚，所以柳生生疑。 [6] 度（duó）：猜度。 [7] 倭妥：美好。 [8] 皴：表皮开裂。花琐：细碎的花朵，指桂花。 [9] 豪末：笔端。 [10] 早见了百花低躲：百花见了她的美丽而自觉羞惭。 [11] 脱：脱色，脱稿，此指画得出。 [12] 停和：消停，此处是细看一会儿的意思。 [13] 打摩诃：打磨陀，徘徊，思量。 [14] 春山：指眉毛。 [15] 轻可：轻易，等闲。 [16] 画饼充饥：空想，有名无实。此处是聊以画像自我安慰的意思。 [17] 望梅止渴：曹操行军，路上无水，士兵口渴。他说前边有大梅林，可以摘梅子解渴。士兵听了，口水流出来。这里指杜丽娘题诗“不在梅边在柳边”，表示对爱情的徒然渴望。 [18] 幺荷：荷花蕾，此处形容嘴唇。 [19] 呵：呵气。 [20] 苏蕙：女才子，前秦窦滔之妻。窦滔做秦州刺史，因事被流放。苏蕙织锦为回文诗，凡八百四十字。纵横反复，皆成章句，名《璇玑图》，寄给丈夫。 [21] 到得：及得，比得上。 [22] 步韵：和诗，依照别人作的诗所叶的韵来作诗。 [23] 绰斡（wò）：这里指作画。绰，拾、擦、戳。斡，挖、雕镂。 [24] 真真：唐于逖《闻奇录·画工》说，进士赵颜在画工处得到一张美人图，依画工所言，呼美人名“真真”一百天，

昼夜不歇，美人便活了，与赵颜结合，生了一个儿子。本剧《写真》一出杜丽娘唱“虚劳，寄春容教谁泪落，做真真无人唤叫”。也是用这个典故。 [25] 瓜葛：关系。 [26] 不须一向恨丹青：出自唐白居易《昭君怨》。见《全唐诗》卷四三九。 [27] 堪把长悬在户庭：出自唐伍乔《观华夷图》。见《全唐诗》卷七四四。 [28] 惆怅题诗柳中隐：出自唐司空图《汴柳半枯因悲柳中隐》。见《全唐诗》卷六三三。 [29] 添成春醉转难醒：出自唐章碣《雨》。见《全唐诗》卷六六九。

[点评]

《玩真》与第十四出《写真》相对应。三年前的那天，杜丽娘作完自画像后，感叹“做真真无人唤叫”，她祈望自己也能像“真真”那样恢复生命。现在她的愿望即将实现。柳梦梅下决心“向真真啼血”，发誓要“叫的你喷嚏似天花唾”。究竟是否能把画上的“真真”叫活，还要等杜丽娘幽魂的到来。

这出戏把柳梦梅的痴情表现得淋漓尽致。柳梦梅观画品画的情态，层次分明。初以为是观音，又以为是嫦娥。待看到画上题诗，才知道是人间女子行乐图。细品诗意和美人表情，觉得梦魂中曾见过，与自己大有瓜葛。他倾慕作画者的画笔和诗才，不禁和诗步韵，更忘情地大呼“美人！姐姐！”决定“将小娘子画像，早晚玩之、拜之，叫之、赞之”。柳梦梅的一片至情几乎可与杜丽娘相媲美。

《拾画叫画》是昆曲巾生一行的功夫戏，四百年来演出不辍，名家辈出。

第二十七出　魂　游

【挂真儿】（净扮石道姑上）台殿重重春色上。碧雕阑映带银塘。扑地香腾[1]，归天磬响。细展度人经藏[2]。〔集唐〕“几年红粉委黄泥[3]雍裕之，十二峰头月欲低[4]李涉。折得玫瑰花一朵[5]李建勋，东风吹上窈娘堤[6]罗虬。”俺老道姑看守杜小姐坟庵，三年之上。择取吉日，替他开设道场[7]，超生玉界[8]。早已门外竖立招幡，看有何人来到。

【太平令】（贴扮小道姑，丑扮徒弟上）岭路江乡，一片彩云扶月上。羽衣青鸟闲来往[9]。（丑）天晚，梅花观歇了罢。（贴）南枝外有鹊炉香[10]。小道姑乃韶阳郡碧云庵主是也，游方到此。见他庄严幡引，榜示道场，恰好登坛，共成好事。（见介）〔集唐〕（贴）“大罗天上柳烟含[11]鱼玄机，（净）你毛节朱幡倚石龛[12]王维。（贴）见向溪山求住处[13]韩愈，（净）好哩，你半垂檀袖学通参[14]女光。”小姑姑从何而至？（贴）从韶阳郡来，暂此借宿。（净）东头房儿，有个岭南柳相公养病。则下厢房可矣。（贴）多谢了。敢问今夕道场，为何而设？（净叹介）则为“杜衙小姐去三年，待与招魂上九天[15]”。（贴）这等呵！“清醮坛场今夜好[16]，敢将香火助真仙。”（净）这等却好。（内鸣钟鼓介）（众）请老师父拈香。（净）南斗注生真妃[17]，东岳受生夫人殿下[18]。（拈香拜介）

【孝南歌】钻新火，点妙香。虔诚为因杜丽娘。（众拜介）香霭绣幡幢，细乐风微扬。仙真呵，威光无量，把一点香魂，早度人天上。怕未尽凡心，他再作人身想。做儿郎，做女郎，愿他永成双。再休似少年亡。（净）想起小姐生前爱花而亡，今日折得残梅，安在净瓶供养。（拜神主介）

残梅作供，为丽娘散花之用。且前只有梅树、梅子，今复补写梅花，又暗与花神惊梦相照。（三妇本批语）

【前腔】瓶儿净，春冻阳。残梅半枝红蜡装。小姐呵！你香梦与谁行？精神忒孤往！（众）老师兄，你说净瓶像什么，残梅像什么？（净）这瓶儿空像，世界包藏，身似残梅样，有水无根，尚作余香想。（众）小姐，你受此供呵，教你肌骨凉，魂魄香。肯回阳，再住这梅花帐？（内风响介）（净）奇哉怪哉，冷窣窣一阵风打旋也。（内鸣钟介）（众）这晚斋时分，且吃了斋，收拾道场。正是："晓镜抛残无定色，晚钟敲断步虚声[19]。"（众下）

【水红花】（魂旦作鬼声，掩袖上）则下得望乡台如梦俏魂灵，夜荧荧、墓门人静。（内犬吠，旦惊介）原来是赚花阴小犬吠春星[20]。冷冥冥，梨花春影。呀，转过牡丹亭、芍药阑，都荒废尽。爹娘去了三年也。（泣介）伤感煞断垣荒径。望中何处也？鬼灯青。（听介）兀的有人声也啰[21]。〔添字昭君怨〕"昔日千金小姐，今日水流花谢。这淹淹惜惜杜陵花[22]，太亏他。生性独行无那[23]，此夜星前一个。生生死死为情多。奈情何！"奴家杜丽娘女魂是也。只为痴情慕色，一梦而亡。凑的十地阎君奉旨裁革[24]，无人发遣，女监三年。喜遇老判，哀怜放假。趁此月明风细，随喜一番。呀，这是书斋后园，怎做了梅花庵观？好伤感人也。

"墓门人静"，迤逦从坟窝出来，一路景色，幽寒逼人。（三妇本批语）

赵山林：本意是要写静，却偏写有犬吠之声，这是一层衬托；杜丽娘已是鬼魂，对人间声息已不十分适应，听犬吠声而一惊，这又是一层衬托。（《牡丹亭选评》）

【小桃红】咱一似断肠人和梦醉初醒。谁偿咱残生命也。虽则鬼丛中姊妹不同行，窣地的把罗衣整[25]。这影随形[26]，风沉露，云暗斗，月勾星，都是我魂游境也。到的这花影初更，（内作丁冬声，旦惊介）一霎价心儿瘆[27]，原来是弄风铃台殿冬丁。好一阵香也。

写鬼境，栩栩欲动。（三妇本批语）

【下山虎】我则见香烟隐隐，灯火荧荧。呀，铺了些云霞幢，不由人打个吃挣[28]。是那位神灵，原来是东岳夫人，南斗真妃。（作稽首介）[29]仙真仙真，杜丽娘鬼魂稽首。魆魆地投明证明，好替俺朗朗的超生注生。再看这青词上[30]，原来就是石道姑在此住持。一坛斋意，度俺生天。道姑道姑，我可也生受你呵。再瞧这净瓶中，咳，便是俺那冢上残梅哩。梅花呵，似俺杜丽娘半开而谢，好伤情也。则为这断鼓零钟金字经[31]，叩动俺黄粱境[32]。俺向这地坼里梅根迸几程，透出些儿影。（泣介）姑姑们这般至诚，若不留些踪影，怎显的俺鉴知他，就将梅花散在经台之上。（撒花介）抵甚么一点香销万点情。想起爹娘何处，春香何处也？呀，那边厢有沉吟叫唤之声，听怎来？（内叫介）俺的姐姐呵！俺的美人呵！（旦惊介）谁叫谁也？再听。（内又叫介）（旦叹介）

先闻香，次见铺幢，次看青词，层第不紊。（三妇本批语）

旧时惊梦之地，叫声忽来，那得不惊？（三妇本批语）

【醉归迟】生和死，孤寒命。有情人叫不出情人应。

为什么不唱出你可人名姓[33]？似俺孤魂独趁，待谁来叫唤俺一声。不分明，无倒断[34]，再消停。（内又叫介）（旦）咳，敢边厢甚么书生，睡梦里语言胡哑[35]？

【黑蟆令】不由俺无情有情，凑着叫的人三声两声，冷惺忪红泪飘零。呀，怕不是梦人儿梅卿柳卿？俺记着这花亭水亭，趁的这风清月清。则这鬼宿前程[36]，盼得上三星四星？待即行寻趁，奈斗转参横[37]，不敢久停呵！

【尾声】为甚么闪摇摇春殿灯？（内叫介）殿上响动。（丑虚上望介）（又作风起介）（旦）一弄儿绣幡飘迴，则这几点落花风是俺杜丽娘身后影。（旦作鬼声下）（丑打照面[38]，惊叫介）师父们，快来，快来！（净、贴惊上）怎生大惊小怪？（丑）则这灯影荧煌，躲着瞧时，见一位女神仙，袖拂花幡，一闪而去。怕也，怕也！（净）怎生模样？（丑打手势介）这多高，这多大，俊脸儿，翠翘金凤[39]，红裙绿袄，环佩玎珰，敢是真仙下降？（净）咳，这便是杜小姐生时样子。敢是他有灵活现。（贴）呀，你看经台之上，乱糁梅花[40]，奇也，异也！大家再祝赞他一番。

邹自振、董瑞兰：杜丽娘不敢相信已成鬼魂的自己能在“三星”时刻与情人相会，获得生前得不到的美满婚姻。（《牡丹亭》评注）

【忆多娇】（众）风灭了香，月到廊。闪闪尸尸魂影儿凉[41]。花落在春宵情易伤。愿你早度天堂，早度天堂，免留滞他乡故乡。（贴）敢问杜小姐为何病亡？以何缘故而来出现？

王思任：妙在不说，为下案。（清晖阁本批语）

【尾声】（净）休惊恍，免问当。收拾起乐器经堂。你听波，兀的冷窣窣佩环风还在回廊那边响。

（净）心知不敢辄形相[42]，曹唐

（贴）欲话因缘恐断肠[43]。天竺牧童

（丑）若使春风会人意[44]，罗邺

（合）也应知有杜兰香[45]。罗虬

［**注释**］

[1]"扑地香腾"二句：遍地香烟升腾，磬声上达天际。扑地，遍地。 [2]度人经藏：超度的经卷。 [3]几年红粉委黄泥：出自唐雍裕之《宫人斜》。见《全唐诗》卷四七一。 [4]十二峰头月欲低：出自唐李涉《竹枝词》其四。见《全唐诗》卷四七七。十二峰，巫山十二峰。 [5]折得玫瑰花一朵：出自唐李建勋《春词》。见《全唐诗》卷七三九。 [6]东风吹上窈娘堤：出自唐罗虬《比红儿诗一百首》其一百，有句云"香魂应上窈娘堤"。见《全唐诗》卷六六六。窈娘，武则天在位时，乔知之的宠婢。美貌而善歌舞，被武承嗣夺去，投井死。窈娘堤，在洛阳。 [7]道场：超度亡灵的一种宗教仪式。 [8]玉界：上界，天上。 [9]羽衣青鸟：羽衣，指道士。青鸟，神话中西王母的信使。这里指

外地来的小道姑和她的徒弟。 [10] 鹊炉：鹊尾炉，一种有柄的香炉。 [11] 大罗天上柳烟含：出自唐鱼玄机《光、威、裒姊妹三人少孤而始妍，乃有是作。精粹难俦，虽谢家联雪，何以加之。有客自京师来者示予，因次其韵》。见《全唐诗》卷八〇四。光、威、裒是姊妹三人，失其姓。大罗天，道教所说的最高的天。 [12] 毛节朱幡倚石龛：出自唐王维《送方尊师归嵩山》。见《全唐诗》卷一二八。毛节，道士所执用来表示法力的符节。 [13] 见向溪山求住处：出自唐韩愈《游西林寺题萧二兄郎中旧堂》。见《全唐诗》卷三四四。 [14] 半垂檀袖学通参：出自唐女诗人光、威、裒《联句》。见《全唐诗》卷八〇一。通参，修道，悟道。 [15] 九天：迷信传说天有九重。 [16] 清醮坛场：设坛祈祷的一种道教仪式。 [17] 南斗注生真妃：民间道教的女神仙，主管人的出生。真妃，女仙的称号。 [18] 东岳受生夫人：道教神仙，东岳大帝的夫人，主管人死后的注生。 [19] 步虚声：道士诵经之声。 [20] 赚花阴：花影动，误以为有人来。赚，骗。 [21] 也啰：南曲【水红花】曲尾必须有“也啰”二字，是定格。 [22] 淹淹惜惜：形容多情。杜陵花：比喻杜家的女儿。杜陵，在长安东南，杜甫曾住于此。 [23] 无那（nuó）：无奈。 [24] 凑的：碰着，碰上。 [25] 窣（sū）地的把罗衣整：把拖地的罗衣收拾。窣地，拖地，形容衣服长。 [26] “影随形”以下四句：影子随着身形，冷风使云气凝结成露，云彩遮蔽了北斗，月亮勾揽着星星。四句描写园中夜色。随、沉、暗、勾，皆作动词用。 [27] 疹（shèn）：惊恐。 [28] 呓挣：寒噤。 [29] 稽首：一种跪拜礼。叩头到地，停一会儿再起来。比磕头更恭敬。 [30] 青词：道教斋醮所用的祈祷文，正规的是要写在青藤纸上。 [31] 金字经：用泥金书写的经卷。 [32] 黄粱境：梦境。用唐人传奇小说《枕中记》卢生黄粱一梦的典故。 [33] 可人：可爱的人。 [34] 倒断：了结，停止。 [35] 胡哩：胡言乱语。 [36]“则这鬼宿前程”二句：难道敢盼望这爱情能有结果吗？说做了鬼，姻缘前途已无定准。鬼宿，星宿名，这里只取其“鬼”的意思。前程，指姻缘前程。三星四星，就是三分四分。三星，情人晚上聚会的时刻，见《诗经·唐风·绸缪》，这里指爱情。四星，秤杆的末梢照例嵌有四颗铜星，这里引申为下梢、结果。 [37] 斗转参（shēn）横：北斗转向，参宿横斜，将近黎明。 [38] 打照面：碰面。这里是指丑和旦作对面碰到的动作。 [39] 翠翘金凤：女子首饰。 [40] 糁（shēn）：细屑。这里是铺洒的意思。 [41] 闪闪尸尸：乍出现了一次，又不见了。 [42] 心知不敢辄形相：出自唐曹唐《小游仙诗九十八首》其二。见《全唐诗》卷六四一。 [43] 欲话因缘恐断肠：出自唐袁郊传奇《甘泽谣·圆观》中，天竺牧童所唱《竹枝词二首》其二：“身前身后事茫茫，欲话因缘恐断肠。吴越山川游已遍，却回烟棹上瞿塘。”见《岁时广记》卷三三《中秋》引《甘泽谣》。另，《全唐诗补编·续补遗》卷三录作“圆观《竹枝词二首》”。 [44] 若使春风会人意：出自唐罗邺《叹平泉春》。见《全唐诗》卷六五四。 [45] 也应知有杜兰香：出自唐罗虬《比红儿诗一百首》其十九。见《全唐诗》卷六六六。杜兰香，神话中的仙女，曾谪于人间。

［点评］

《魂游》中杜丽娘鬼魂的行动紧接《冥判》。

判官批准杜丽娘随风游戏，跟寻梦中人，任她魂魄自由来回。杜丽娘死后三年的忌日，由于石道姑的招魂，她来到昔日的花园。

作者从“游”字着笔，写杜丽娘鬼魂从坟中走出，一路的观感。月明风细，夜深人静。犬吠、风铃、香烟、神灯、青词、残梅，都激起她“一点香销万点情”。她想起爹娘，想起春香。突然间听到什么人的一阵“姐姐”“美人”的呼唤，使她吃惊不小。

她盼望“待谁来叫唤俺一声”，她怀疑这呼叫者是“梦人儿梅卿柳卿”。正待即行寻看，无奈天将黎明，不敢久停。两人相会，不能一次到位，使剧情有顿挫，有张弛。

听到痴情人的呼唤，是杜丽娘魂游最大的收获。一种强烈的期盼，让她决定明夜还会继续到这里来听究竟。一对至情人的距离越来越近。

第二十八出　幽　媾

【夜行船】（生上）瞥下天仙何处也？影空濛似月笼沙。有恨徘徊，无言窨约。早是夕阳西下。“一片红云下太清[1]，如花巧笑玉娉婷。凭谁画出生香面？对俺偏含不语情。”小生自遇春容，日夜想念。这更阑时节，破些工夫，吟其珠玉[2]，玩其精神。倘然梦里相亲，也当春风一度。（展画玩介）呀，你看美人呵，神含欲语，眼注微波。真乃“落霞与孤鹜齐飞[3]，秋水共长天一色”。

天仙何处？望极斜阳。可见玩画外，竟日更无别事。（三妇本批语）

【香遍满】晚风吹下，武陵溪边一缕霞，出落个人儿风韵杀。净无瑕，明窗新绛纱。丹青小画，又把一幅肝肠挂。小姐小姐，则被你想杀俺也。

【懒画眉】轻轻怯怯一个女娇娃，楚楚臻臻像个宰相衙[4]。想他春心无那对菱花，含情自把春容画，可想到有个拾翠人儿也逗着他？

【二犯梧桐树】他飞来似月华，俺拾的愁天大。常时夜夜对月而眠，这几夜呵，幽佳，婵娟隐映的光辉杀。教俺迷留没乱的心嘈杂[5]，无夜无明快着他。若不为擎奇怕涴的丹青亚[6]，待抱着你影儿横榻。想来小生定是有缘也。再将他诗句朗诵一番。（念诗介）

一对画中美人，便觉月色幽佳。后对真个美人，又觉月明如乍。则常时对月而眠，凄凉可知也。（三妇本批语）

【浣沙溪】拈诗话[7]，对会家。柳和梅有分儿些[8]。他春心迸出湖山罅，飞上烟绡萼绿华[9]。则是礼拜他便了。（拈香拜介）傒倖杀[10]，对他脸晕眉痕心上掐，有情人不在天涯。小生客居，怎勾姐姐风月中片时相会也。

只拈着"柳""梅"二字不肯放过。才不放过，便是有缘。丽娘认定"梦儿非远"，柳生认定"情人不在天涯"，皆是极得力处。（三妇本批语）

【刘泼帽】恨单条不惹的双魂化[11]，做个画屏中倚玉蒹葭[12]。小姐呵，你耳朵儿云鬓月侵芽[13]，可知他一些些都听的俺伤情话？

【秋夜月】堪笑咱，说的来如戏耍。他海天秋月云端挂，烟空翠影遥山抹。只许他伴人清暇，怎教人佻达[14]。

【东瓯令】俺如念咒，似说法。石也要点头[15]，天雨花[16]。怎虔诚不降的仙娥下？是不肯轻行踏。（内作风起，生按住画介）待留仙怕杀风儿刮，粘嵌着锦边牙[17]。怕刮损他，再寻个高手临他一幅儿。

【金莲子】闲啧牙[18]，怎能够他威光水月生临榻[19]？怕有处相逢他自家，则问他许多情，与春风画意再无差。再把灯剔起细看他一会。（照介）

《魂游》之"再听"，《幽媾》之"细看"，耳目聪明，柳、杜相匹。（三妇本批语）

【隔尾】敢人世上似这天真多则假[20]。（内作风吹灯介）（生）好一阵冷风袭人也。险些儿误丹青风影落灯花。罢了，则索睡掩纱窗去梦他。（打睡介）（魂旦上）"泉下长眠梦不成。一生余得许多情。魂随月下丹青引，人在风前叹息声。"妾身杜丽娘鬼魂是也。为花园一梦，想念而终。当时自画春容，埋于太湖石下。题有"他年得傍蟾宫客，不在梅边在柳边。"谁想魂游观中几晚，听见东房之内，一个书生高声低叫："俺的姐姐，俺的美人。"那声音哀楚，动俺心魂。悄然蓦入他房中[21]，则见高挂起一轴小画。细玩之，便是奴家遗下春容。后面和诗一首，观其名字，则岭南柳梦梅也。梅边柳边，岂非前定乎！因而告过了冥府判君，趁此良宵，完其前梦。想起来好苦也。

赵山林：以上这几支曲子，可以说是写尽了柳梦梅的痴情。（《牡丹亭选译》）

【朝天懒】怕的是粉冷香销泣绛纱，又到的高唐馆玩月华。猛回头羞飒髻儿鬖[22]，自擎拿。呀，前面是他房头了。怕桃源路径行来诧，再得俄旋试认他。（生睡中念诗介）“他年若傍蟾宫客，不在梅边在柳边。”我的姐姐呵。（旦）（听打悲介）

千金小姐，踽踽凉凉来寻幽会，其举止羞涩乃尔。（三妇本批语）

【前腔】是他叫唤的伤情咱泪雨麻，把我残诗句没争差。难道还未睡呵？（瞧介）（生又叫介）（旦）他原来睡屏中作念猛嗟牙[23]。省喧哗，我待敲弹翠竹窗栊下。（生作惊醒，叫“姐姐”介）（旦悲介）待展香魂去近他。（生）呀，户外敲竹之声，是风是人？（旦）有人。（生）这咱时节有人[24]，敢是老姑姑送茶来？免劳了。（旦）不是。（生）敢是游方的小姑姑么？（旦）不是。（生）好怪，好怪，又不是小姑姑。再有谁？待我启门而看。（生开门看介）

赵山林：听了柳梦梅的深情呼唤，内心又是悲凉，又是感动。（《牡丹亭选评》）

【玩仙灯】呀，何处一娇娃，艳非常使人惊诧。（旦作笑闪入）（生急掩门）（旦敛衽整容见介）秀才万福。（生）小娘子到来，敢问尊前何处，因何夤夜至此[25]？（旦）秀才，你猜来。

“急掩门”，有惟恐失之、畏人知之二意。“整容而见”，仍是小姐腔范。（三妇本批语）

【红衲袄】（生）莫不是莽张骞犯了你星汉槎[26]，莫不是小梁清夜走天曹罚[27]？（旦）这都是天上仙人，怎得到此。（生）是人家彩凤暗随鸦[28]？（旦摇头介）（生）敢甚处里绿杨曾系马[29]？（旦）不曾一面。（生）若不是认陶潜眼挫的花[30]，敢则是走临邛道数儿差[31]？（旦）非差。（生）想是求灯的？可是你夜行无烛也[32]，因此上待要红袖分灯向碧纱？

【前腔】（旦）俺不为度仙香空散花[33]，也不为读书灯闲濡蜡。俺不似赵飞卿旧有瑕[34]，也不似卓文君新守寡。秀才呵，你也曾随蝶梦迷花下[35]。（生想介）是当初曾梦来。（旦）俺因此上弄莺簧赴柳衙[36]。若问俺妆台何处也，不远哩，刚则在宋玉东邻第几家[37]。（生作想介）是了。曾后花园转西，夕阳时节，见小娘子走动哩。（旦）便是了。（生）家下有谁？

忽见佳人，惊魂动魄，柳生此时已如在梦中，故忘其与画中人一样形容，反追忆梅树下梦，支吾答应。（三妇本批语）

【宜春令】（旦）斜阳外，芳草涯，再无人有伶仃的爹妈。奴年二八，没包弹风藏叶里花[38]。为春归惹动嗟呀，瞥见你风神俊雅。无他，待和你翦烛临风，西窗闲话。（生背介）奇哉，奇哉，人间有此艳色！夜半无故而遇明月之珠，怎生发付！

"斜阳""芳草"，隐隐逗出一所荒坟。（三妇本批语）

【前腔】他惊人艳，绝世佳。闪一笑风流银蜡[39]。月明如乍，问今夕何年星汉槎？金钗客寒夜来家，玉天仙人间下榻。（背介）知他，知他是甚宅眷的孩儿，这迎门调法[40]？待小生再问他。（回介）小娘子夤夜下顾小生，敢是梦也？（旦笑介）不是梦，当真哩。还怕秀才未肯容纳。（生）则怕未真。果然美人见爱，小生喜出望外。何敢却乎？（旦）这等真个盼着你了。

【耍鲍老】幽谷寒涯，你为俺催花连夜发[41]。俺全然未嫁，你个中知察，拘惜的好人家。牡丹亭，娇恰恰；湖山畔，羞答答；读书窗，淅喇喇[42]。良夜省陪茶，清风明月知无价[43]。

【滴滴金】（生）俺惊魂化，睡醒时凉月些些。陡地荣华，敢则是梦中巫峡[44]？亏杀你走花阴不害些儿怕，点苍苔不溜些儿滑，背萱亲不受些儿吓，认书生不着些儿差。你看斗儿斜，花儿亚，如此夜深花睡罢。笑咖咖，吟哈哈，风月无加。把他艳软香娇做意儿耍，下的亏他[45]？便亏他则半霎。（旦）妾有一言相恳，望郎恕罪。（生笑介）贤卿有话，但说无妨。（旦）妾千金之躯，一旦付与郎矣，勿负奴心。每夜得共枕席，平生之愿足矣。（生笑介）贤卿有心恋于小生，小生岂敢忘于贤卿乎？（旦）还有一言。未至鸡鸣，放奴回去。秀才休送，以避晓风。（生）这都领命。只问姐姐贵姓芳名？

邹自振、董瑞兰：变成鬼魂的杜丽娘再次见到柳梦梅时，依然深切回味着牡丹亭畔的温存。（《牡丹亭》评注）

不说姓名，只酬一欢，巧释柳生之疑，亦是用缓法。若急说出，则不但柳生惊怪，并后《旁疑》《欢挠》《冥誓》诸曲，波澜皆无由生矣。（三妇本批语）

【意不尽】（旦叹介）少不得花有根元玉有芽[46]，待说时惹的风声大。（生）以后准望贤卿逐夜而来。（旦）秀才，且和俺点勘春风这第一花。

（生）浩态狂香昔未逢[47]，韩愈

（旦）月斜楼上五更钟[48]。李商隐

（旦）朝云夜入无行处[49]，李白

（生）神女知来第几峰[50]？张子容

［注释］

[1] 太清：天。 [2] 珠玉：喻诗文佳作。 [3]“落霞与孤鹜齐飞”二句：语出唐王勃《滕王阁序》。此处引用着重在后一句“秋水”和“秋波”的关联。 [4] 宰相衙：此处指宰相家的小姐。 [5] 迷留没乱：心绪纷乱。 [6] 擎奇：擎举。 [7]“拈诗话”二句：意思是杜丽娘的诗是为他这个知心的人写的。会家，精通某种技艺的行家。此处指诗人。 [8] 有分儿些：有些缘分。 [9] 飞上烟绡萼绿华：意思是好像仙女飞上了绢幅，化成画像。萼绿华，神话中的仙女。 [10] 傒倖：烦恼，折磨。 [11] 单条：条幅，狭长的独幅字画。 [12] 做个画屏中倚玉兼葭：恨不得自己化作画中人，和她在一起。倚玉兼葭，典出《世说新语·容止》：“魏明帝使后弟毛曾与夏侯玄共坐。时人谓：‘蒹葭倚玉树。’”蒹葭，芦苇，不值钱的水草，比喻毛曾，此处是柳梦梅谦虚地自比。 [13] 耳朵儿云鬓月侵芽：全句以云遮月比喻美发掩盖了耳朵。侵，遮掩。芽，月牙。 [14] 佻达：轻薄戏谑。 [15] 石也要点头：佛家传说，梁高僧竺道生在苏州虎丘说法，立石为徒，

群石皆为之点头。 [16] 天雨花：佛教传说，梁高僧云光在南京雨花台讲经，感动上天而落花雨。 [17] 锦边牙：在裱好的画幅上端，供悬挂用的物件。 [18] 闲啧牙：多嘴，说废话。 [19] 威光水月生临榻：画中美人活生生地来到床上。威光水月，比喻水月观音，此处指画中美人。 [20] 天真：天仙样的美人。多则假：多半是假的，不敢相信。 [21] 蓦：迈。 [22] 飒：煞。鬔：发髻歪斜。 [23] 睡屏中：床上，睡梦中。作念：想念，动心思。嗟牙：嗟讶，嗟叹。 [24] 这咱时节：这般时候。 [25] 夤夜：深夜。 [26] 张骞犯了你星汉槎：神话传说，汉朝的张骞乘着槎（水上浮木）到了银河边牵牛、织女星那里。你，以织女比杜丽娘。 [27] 梁清：神话中的女仙，织女的侍女梁玉清。她曾和太白星逃往下界，生一子。 [28] 彩凤暗随鸦：杜大中当兵出身，娶一妾才色俱美，她抱怨嫁不到好丈夫，作《临江仙》词，说自己是彩凤随鸦。 [29] 绿杨曾系马：我曾下马访问过你。宋姜夔词《月下笛》："曾游处，但系马垂杨，认郎鹦鹉。" [30] 认陶潜眼挫的花：寻找情郎却眼花缭乱找错了人。陶潜写过《桃花源记》，刘晨、阮肇曾在桃花源遇仙女，两个传说常附会在一起，陶潜和刘、阮有时就做情郎的代表。眼挫的花，看花了眼。 [31] 走临邛道数儿差：私奔走错了路。汉朝临邛女子卓文君新寡，爱上了司马相如，和他私奔到成都。 [32] 夜行无烛：《礼记・内则》："女子出门……夜行以烛，无烛则止。" [33] 度仙香空散花：《维摩诘经・问疾品》说，文殊到维摩诘那里问病，天女散花落到菩萨身上，花从菩萨身上落下。散在大弟子身上的却没有落下。天女说这是因为大弟子的结习还没有尽，修行功夫不到。 [34] 赵飞卿旧有瑕：赵飞卿，或为赵飞燕。她在贫贱时，曾与射鸟人私通。瑕，瑕疵。 [35] 蝶梦：做梦。《庄子・齐物论》说庄周梦为蝴蝶。 [36] 莺簧：莺声，好听的声音。柳衙：柳树成行如官衙的仪仗排列。这里指柳梦梅的住处。［37］宋玉东邻：宋玉《登徒子好色赋》写东邻女子因对他有好感而爬墙头窥视。［38］没包弹：无可指责。［39］银蜡：银烛。［40］调法：耍花枪，玩手段。［41］催花连夜发：武则天《腊日宣诏幸上苑》："花须连夜发，莫待晓风吹。"［42］淅喇喇：风吹窗纸声。［43］清风明月知无价：即"春宵一刻值千金"的意思。［44］巫峡：用巫山神女的典故，说男女欢会。［45］下的：忍心，忍得。［46］花有根元玉有芽：有根芽。意思是我当然有正当的来历。［47］浩态狂香昔未逢：出自唐韩愈《芍药》。见《全唐诗》卷三四三。浩态狂香，借花朵的怒放形容美女杜丽娘情感的热烈大胆。［48］月斜楼上五更钟：出自唐李商隐《无题四首》其一。见《全唐诗》卷五三九。［49］朝云夜入无行处：出自唐李白《巫山枕障》。见《全唐诗》卷一八三。［50］神女知来第几峰：出自唐张子容《巫山》。见《全唐诗》卷一一六。

［点评］

《幽媾》写柳梦梅和杜丽娘开始了神奇的人鬼之恋。

柳梦梅自从拾得美人画就患上了相思病。他幻想"倘然梦里相亲，也当春风一度"，他希望画中人能听到自己的呼唤，想入非非中进入梦乡。

杜丽娘一连几夜魂游后花园，都听到书生至情的呼唤。当她认定呼叫者就是梦中的情人时，立即禀告判官，要趁此良宵完成前梦。

她勇敢地敲醒了柳梦梅的春梦，第一次和真正的情人做最亲密的接触。

一对青年男女初次相见，心理的描绘极为细致真切。

柳梦梅的惊异、猜想和询问，杜丽娘的支吾而巧妙的回答，都入情入理。

杜丽娘的鬼魂获得了恋爱的自由，从此她暮来朝去，享受其恩爱异常的人鬼之情。但是要获得真正的幸福，还有很长的路要走。

第二十九出　旁　疑

【步步娇】（净扮老道姑上）女冠儿生来出家相。无对向[1]、没生长[2]。守着三清像[3]，换水添香，钟鸣鼓响。赤紧的是那走方娘[4]，弄虚花扯闲帐？“世事难拚一个信，人情常带三分疑。”杜老爷为小姐创下这座梅花观，着俺看守三年。水清石见[5]，无半点瑕疵。止因陈教授老狗，引下个岭南柳秀才，东房养病。前几日到后花园回来，悠悠漾漾的，着鬼着魅一般，俺已疑惑了。凑着个韶阳小道姑，年方念八，颇有风情，到此云游，几日不去。夜来柳秀才房里，唧唧哝哝，听的似女儿声息。敢是小道姑瞒着我去瞧那秀才，秀才逆来顺受了。俺且待他来，打觑他一番[6]。

【前腔】(贴扮小道姑上)俺女冠儿俏的仙真样。论举止都停当[7]，则一点情抛漾[8]。步斗风前[9]，吹笙月上。(叹介)古来仙女定成双，恁生来寒乞相？(见介)(贴)“常无欲以观其妙[10]，(净)常有欲以观其窍。”小姑姑你昨夜游方，游到柳秀才房儿里去。是窍，是妙？(贴)老姑姑这话怎的起？谁曾见来？(净)俺见来。

用道经语为道姑相谑，恰合。(三妇本批语)

【剔银灯】你出家人芙蓉淡妆，翦一片湘云鹤氅[11]。玉冠儿斜插笑生香，出落的十分情况。斟量，敢则向书生夜窗，迤逗的幽辉半床[12]？(贴)向那个书生？老姑姑这话敢不中哩。

【前腔】俺虽然年青试妆，洗凡心冰壶月朗[13]。你怎生剥落的人轻相[14]？比似你半老的佳人停当！(净)倒栽起俺来[15]。(贴)你端详，这女贞观傍[16]，可放着个书生话长？(净)哎也，难道俺与书生有帐！这梅花观，你是云游道婆，他是云游秀才，你住的，偏他住不的？则是往常秀才夜静高眠，则你到观中，那秀才夜半开门，唧唧哝哝的。不共你说话，共谁来？扯你道录司告去[17]。(扯介)(贴)便去。你将前官香火院，停宿外方游棍[18]。难道偏放过你？(扯介)

【一封书】（末上）闲步白云除[19]，问柳先生何处居？扣梅花院主[20]。（见扯介）呀，怎两个姑姑争施主[21]？玄牝同门道可道[22]，怎不韫椟而藏姑待姑[23]？俺知道你是大姑他是小姑[24]，嫁的个彭郎港口无？（净）先生不知。听的柳秀才半夜开门，不住的唧哝。俺好意儿问这小姑："敢是你共柳秀才讲话哩？"这小姑则答应着"谁共秀才讲话来"，便罢；倒嘴骨弄的说俺养着个秀才[25]。陈先生，凭你说，谁引这秀才来？扯他道录司明白去[26]。俺是石的。（贴）难道俺是水的[27]？（末）禁声[28]，坏了柳秀才体面。俺劝你。

【前腔】教你姑徐徐。撒月招风实也虚？早则是者也之乎，那柳下先生君子儒[29]，到道录司牒你去俗还俗[30]，敢儒流们笑你姑不姑[31]。（贴）正是不雅相。（末）好把冠子儿扶水云梳，裂了这仙衣四五铢[32]。（净）便依说，开手罢。陈先生吃个斋去。（末）待柳秀才在时又来。

王思任：游戏《四书》，正合腐塾文理。（清晖阁本批语）

【尾声】清绝处，再踟躇。（泪介）咳，糁东风穷泪扑疏疏[33]。道姑，杜小姐坟儿可上去？（净）雨哩。（末叹介）则恨的锁春寒这几点杜鹃花下雨。（下）（净、贴吊场)(净)陈老儿去了。小姑姑好嚏[34]。(贴)和你再打听谁和秀才说话来。

小姑急于自白,宜有此举。(三妇本批语)

(净)烟水何曾息世机[35]!温庭筠

(贴)高情雅淡世间稀[36]。刘禹锡

(净)陇山鹦鹉能言语[37],岑参

(贴)乱向金笼说是非[38]。僧子兰

[注释]

[1]对向:配偶。　[2]生长:生育。　[3]三清:道教供奉的三位神仙,即玉清元始天尊、上清灵宝天尊、太清太上老君。　[4]赤紧的:真的,此处有疑问口气。走方娘:游方的小道姑。　[5]水清石见:清清白白。　[6]打觑:探看。　[7]停当:妥当,合乎规矩。　[8]抛漾:抛出去,让它随意飘荡。　[9]"步斗风前"二句:说的是道姑认真的修炼生活。步斗,踏罡步斗,道教仪规。吹笙,神话传说,西王母侍女董双成善吹笙。她曾在西湖妙庭观修炼,后来吹笙骑鹤上天。　[10]"常无欲以观其妙"二句:语出《老子》。窍,原作"徼"。此处有意改动,语含猥亵,以作调谑。　[11]湘云:形容衣色淡雅。鹤氅:羽衣,道教装束。　[12]幽辉半床:语本元稹《莺莺传》。写崔莺莺到张生那里幽会时的月夜景色。这里是说小道姑到柳梦梅那里幽会。　[13]冰壶月朗:比喻心地纯洁无瑕。王昌龄《芙蓉楼送辛渐》:"一片冰心在玉壶。"　[14]剥落:诋毁。　[15]栽:诬陷。　[16]女贞观:道观名。宋书生潘必正和道姑陈妙常相爱,在女贞观幽会。　[17]道录司:管理道教的机关。　[18]游棍:流氓。　[19]除:台阶。　[20]扣:叩,叩问。　[21]施主:佛

家语。行布施的人。 [22] 玄牝同门道可道："玄牝之门""道可道"，语出《老子》。此处作调谑用，说你们两个都是女道士，与原意不同。玄牝，万物起源。 [23] 韫椟而藏姑待姑：《论语·子罕》："子贡曰：'有美玉于斯，韫椟而藏诸？求善贾而沽诸？'子曰：'沽之哉，沽之哉！我待贾者也。'"韫椟，放在匣子里。此处引用与原意不同，只取其"沽""姑"谐音，用作调谑，说快把怒气藏起来，两人和睦相处。 [24]"你是大姑他是小姑"二句：双关语。江西彭泽有大姑山、小姑山，旁有彭郎矶。后人把彭郎附会为小姑的丈夫。此处是开玩笑，大姑、小姑暗指石道姑和小道姑。 [25] 嘴骨弄的：多言多语。 [26] 明白去：评理去。 [27] 水的：水性，轻浮的。 [28] 禁声：噤声，轻声，别出声。 [29] 柳下先生君子儒：春秋鲁国的柳下惠，品德高尚。一次为了救一受冻的女子，把她抱在怀里过夜，也没有不正当行为，人称"坐怀不乱"。此处的柳下先生比喻柳梦梅。 [30] 牒：公文的一种，此处作动词，即告状。 [31] 姑不姑：《论语·雍也》："觚不觚。"取其谐音。 [32] 仙衣四五铢：一件重四五铢的道袍。铢，古代重量单位，一两的二十四分之一。 [33] 扑疏疏：扑簌簌，形容滴泪。 [34] 嗻：者，语尾助词。 [35] 烟水何曾息世机：出自唐温庭筠《渭上题三首》其三。见《全唐诗》卷五七九。烟水，散淡的人，这里指道姑。 [36] 高情雅淡世间稀：出自唐刘禹锡《赠东岳张炼师》。见《全唐诗》卷三五九。 [37] 陇山鹦鹉能言语：出自唐岑参《赴北庭度陇思家》。见《全唐诗》卷二〇一。 [38] 乱向金笼说是非：出自唐僧子兰《鹦鹉》。见《全唐诗》卷八二四。

[点评]

《旁疑》写杜丽娘和柳梦梅幽媾日久事情泄露，柳梦梅房间里夜间传出男女唧唧哝哝之声，引起石道姑的怀疑。

小道姑是梅花观中唯一年轻貌美的女性，成了直接的怀疑对象。石道姑开门见山地质问，引起老少两个道姑的争吵。

石道姑和小道姑各自窜改《老子》，把道教祖师的警句化作谑语。陈最良劝架，则改窜《论语》，大开玩笑。经典被随意改窜而化作诨话，不乏妙趣而切合人物身份，足见语言设计之精巧。

此番旁疑推动了剧情的发展，两个道姑由窃听而进一步入室搜人，促使杜丽娘下决心说明真相，彻底解决问题。

一段小小的插曲，使杜柳的爱情陡添波澜。

第三十出　欢　挠

偏是志诚人容易着迷。稍不志诚，便将无可奈何，一念自开解矣。（三妇本批语）

【捣练子】（生上）听漏下半更多，月影向中那[1]。恁时节夜香烧罢么？“一点猩红一点金[2]，十个春纤十个针[3]。只因世上美人面，改尽人间君子心。”俺柳梦梅是个读书君子，一味志诚。止因北上南安，凑着东邻西子[4]。嫣然一笑，遂成暮雨之来[5]；未是五更，便逐晓风而去。今宵有约，未知迟早。正是：“金莲若肯移三寸[6]，银烛先教刻五分[7]。”则一件，姐姐若到，要精神对付他。偷盹一会，有何不可。（睡介）

【称人心】（魂旦上）冥途挣挫[8]，要死却心儿无那。也则为俺那人儿忒可，教他闷房头守着闲灯火。（入门介）呀，他端然睡瞌，恁春寒也不把绣衾来摸。

多应他祇候着我[9]。待叫醒他。秀才，秀才！（生醒介）姐姐，失敬也。（起揖介）（生）待整衣罗，远远相迎个。这二更天风露多，还则怕夜深花睡么[10]？（旦）秀才，俺那里长夜好难过，缱着你无眠清坐。（生）姐姐，你来的脚踪儿恁轻，是怎的？〔集唐〕"（旦）自然无迹又无尘[11]朱庆余，（生）白日寻思夜梦频[12]令狐楚。（旦）行到窗前知未寝[13]无名氏，（生）一心惟待月夫人[14]皮日休。"姐姐，今夜来的迟些。

【绣带儿】（旦）镇消停，不是俺闲情忒慢俄。那些儿忘却俺欢哥[15]。夜香残，回避了尊亲。绣床偎收拾起生活[16]，停脱[17]。顺风儿斜将金佩拖，紧摘离百忙的淡妆明抹[18]。（生）费你高情，则良夜无酒奈何？（旦）都忘了。俺携酒一壶，花果二色，在楯栏之上，取来消遣。（旦取酒、果、花上）（生）生受了。是甚果？（旦）青梅数粒。（生）这花？（旦）美人蕉。（生）梅子酸似俺秀才，蕉花红似俺姐姐。串饮一杯。（共杯饮介）

【白练序】（旦）金荷[19]、斟香糯[20]。（生）你酝酿春心玉液波。拚微酡，东风外翠香红酦[21]。（旦）也摘不下奇花果，这一点蕉花和梅豆呵，君知么，

赵山林：杜丽娘看见柳梦梅和衣假寐，连被子也不盖，知道他是在等自己，内心感觉十分温暖。（《牡丹亭选评》）

爱的人全风韵，花有根科[22]。

【醉太平】（生）细哦，这子儿、花朵，似美人憔悴，酸子情多。喜蕉心暗展，一夜梅犀点污[23]。如何？酒潮微晕笑生涡。待噷着脸恣情的呜嘬[24]，些儿个，翠偃了情波，润红蕉点，香生梅唾。

【白练序】（旦）活泼、死腾那，这是第一所人间风月窝。昨宵个微芒暗影轻罗，把势儿忒显豁[25]。为甚么人到幽期话转多？（生）好睡也。（旦）好月也。消停坐，不妒色嫦娥，和俺人三个。

极写两情欢狎，必不可离之意，反映下将挠乱。（三妇本批语）

【醉太平】（生）无多，花影阿那[26]。劝奴奴睡也，睡也奴哥[27]。春宵美满，一霎暮钟敲破。娇娥、似前宵雨云羞怯颤声讹[28]，敢今夜翠颦轻可。睡则那[29]，把腻乳微搓，酥胸汗帖，细腰春锁。（净、贴悄上）（贴）“道可道[30]，可知道？名可名，可闻名？”（生、旦笑介）（贴）老姑姑，你听秀才房里有人。这不是俺小姑姑了。（净作听介）是女人声，快敲门去。（敲门介）（生）是谁？（净）老道姑送茶。（生）夜深了。（净）相公房里有客哩。（生）没有。（净）女客哩。（生、旦慌介）怎好？（净急敲门介）相公，快开门。地方巡警，免的声扬哩。（生慌介）怎了，怎了！（旦笑介）不妨，俺是邻家女子，道姑不肯干休时，便与他一个勾引的罪名儿。

【隔尾】便开呵须撒和[31]，隔纱窗怎守的到参儿趓[32]！柳郎，则管松了门儿。俺影着这一幅美人图那边躲。（生开门，旦作躲，生将身遮旦，净、贴闯进笑介）喜也。（生）什么喜？（净前看，生身拦介）

【滚遍】（净、贴）这更天一点锣[33]，仙院重门阖。何处娇娥？怕惹的干柴火。（生）你便打睃[34]，有甚着科[35]？是床儿里窝[36]？箱儿里那？袖儿里阁？（净、贴向前，生拦不住，内作风起，旦闪下介）（生）昏了灯也。（净）分明一个影儿，只这轴美女图在此。古画成精了么？

三句甚急，如话，亦如画。（三妇本批语）

【前腔】画屏人踏歌[37]，曾许你书生和。不是妖魔，甚影儿望风躲？相公，这是什么画？（生）妙娑婆，秀才家随行的香火。俺寂静里暗祈求，你莽吆喝。（净）是了。不说不知，俺前晚听见相公房内啾啾唧唧，疑惑是这小姑姑。俺如今明白了。相公，权留小姑姑伴话。（生）请了。

石姑妙于解纷，然亦是故作此语，试柳生与小姑留情否也。（三妇本批语）

【尾声】（贴）动不动道录司官了私和[38]。（生）则欺负俺不分外的书生欺别个[39]！姑姑，这多半觉美斛䠷，则被你奚落杀了我。（净、贴下）（生笑介）一天好事，两个瓦剌姑[40]。扫兴，扫兴。那美人呵，好吃惊也！

应陪秉烛夜深游[41]，曹松
恼乱春风卒未休[42]。罗隐
大姑山远小姑出[43]，顾况
更凭飞梦到瀛洲[44]。胡宿

［注释］

[1]那：挪，移动。 [2]猩红：形容女子的嘴唇。 [3]春纤：形容女子的手指。 [4]凑着东邻西子：遇着东邻美女。西子，西施，春秋时越国的美女。 [5]暮雨：用楚怀王与巫山神女的典故。 [6]金莲：三寸金莲。形容女子脚小。 [7]银烛先教刻五分：套用唐皮日休《奉和再招》："红蜡先教刻五分。"典出南朝梁竟陵王萧子良与友人夜聚，刻烛为诗。做四韵的刻一寸。 [8]挣挫：挣扎，此处有受苦的意思。 [9]祇（zhī）候：等候。 [10]还则怕夜深花睡么：苏轼《海棠》："只恐夜深花睡去，故烧高烛照红妆。" [11]自然无迹又无尘：出自唐朱庆余《逢山人》。见《全唐诗》卷五一五。 [12]白日寻思夜梦频：出自唐令狐楚《坐中闻思帝乡有感》。见《全唐诗》卷三三四。 [13]行到窗前知未寝：出自唐无名氏《杂诗》其十二。见《全唐诗》卷七八五。 [14]一心惟待月夫人：出自唐皮日休《寒夜文宴润卿有期不至》。见《全唐诗》卷六一五。 [15]欢哥：古代女子对情郎的昵称。 [16]生活：针线活。 [17]停脱：停当，完毕。 [18]摘离：离开，脱身。 [19]荷：杯的代称。古代有荷叶杯。 [20]糯：糯米做的酒。 [21]酦（pō）：蒸馏的烈

性酒。此处形容花很红，再以花红比喻酒醉。　[22] 根科：根株，根芽。　[23] 梅犀点污：隐喻男女欢会。梅犀，梅子。点污，玷污。　[24] 待噉着脸恣情的呜嘬：狂吻。　[25] 把势：姿态，姿势，指男女欢会。　[26] 阿那：婀娜。　[27] 奴哥：对女子的昵称。　[28] 雨云羞怯颤声讹：形容男女欢会时的含糊声音。　[29] 那：哪。　[30] "道可道"以下四句：戏曲中道姑出场时常用的上场诗。改窜《老子》："道可道，非常道。名可名，非常名。"　[31] 便开呵须撒和：就是要人开门，也要好好地说话。撒和，牲口饥困时，喂些草料，休息一会儿。引申为说好话。　[32] 参儿趓（suō）：参横，指夜深。参，星名。趓，低斜。　[33] 这更天一点锣：晚上起更时分。　[34] 打睃：巡视。　[35] 着科：中计，看出破绽，抓住把柄。　[36] 窝：窝藏。　[37] 画屏人踏歌：《酉阳杂俎》载有一士人醉卧醒来，看见画屏上的女子都来到他的床前歌舞，他一声惊叫，女子就回到画屏上去了。踏歌，民间歌舞。　[38] 官了私和：官了还是私了？这是石道姑对小道姑说过的话，见《旁疑》。小道姑斥责石道姑不该动辄用这种话相威胁。　[39] 则欺负俺不分外的：只欺负我这本分人。不分外的，守本分的。　[40] 瓦剌姑：歪剌骨，骂女人不正派。　[41] 应陪秉烛夜深游：出自唐曹松《陪湖南李中丞宴隐溪》。见《全唐诗》卷七一七。　[42] 恼乱春风卒未休：出自唐罗隐《柳》。见《全唐诗》卷六六三。　[43] 大姑山远小姑出：出自唐顾况《小孤山》："大孤山远小孤出，月照洞庭归客船。"见《全唐诗》卷二六七。此处将"孤"改为"姑"，谐老道姑、小道姑。　[44] 更凭飞梦到瀛洲：出自唐胡宿《津亭》。见《全唐诗》卷七三一。

［点评］

《欢挠》写柳梦梅和杜丽娘欢快的人鬼之恋碰到了大

麻烦。

石道姑和小道姑由怀疑而窥探，敲门捉奸，搅了杜丽娘和柳梦梅的欢会。杜丽娘鬼魂隐身画像，道姑们扑空，但石道姑分明看到人影子，仍然存疑，预示故事还有发展。

【白练序】和【醉太平】两支优美曲子反复咏唱，杜柳月下对酌，说不尽的情话。梅花观的一间斗室，成了“第一所人间风月窝”。道姑突然敲门，并以地方巡警相威胁，一天好事被两个瓦剌姑搅黄。

一连数夜人鬼间的非正常生活，至此顿生波澜。惊心动魄的一幕对杜柳的爱情是现实的考验。

第三十一出　缮　备

【番卜算】（贴扮文官，净扮武官上）边海一边江，隔不断胡尘涨。维扬新筑两城墙[1]，酾酒临江上[2]。请了。俺们扬州府文武官僚是也。安抚杜老大人，为因李全骚扰地方，加筑外罗城一座[3]。今日落成开宴，杜老大人早到也。

此折写安抚淮扬功业，为后来入相之本。（三妇本批语）

【前腔】（众拥外上）三千客两行[4]，百二关重壮[5]。（文武迎介）（外）维扬风景世无双，直上层楼望。（见介）（众）"北门卧护要耆英[6]。（外）恨少胸中十万兵[7]。（众）天借金山为底柱[8]。（外）身当铁瓮作长城[9]。"扬州表里重城，不日成就。皆文武诸公士民之力。（众）此皆老安抚远略奇谋。属官窃在下风[10]，敢献一杯，

长城者，身为之耳。不然，虽砣砣无庸也。（三妇本批语）

效古人城隅之宴[11]。（外）正好。且向新楼一望。（望介）壮哉，城也！真乃："江北无双堑[12]，淮南第一楼。"（众）请进酒。

陈继儒：气象轩豁如许。（明刻本《玉茗堂丹青记》批语）

【山花子】（众）贺层城顿插云霄敞，雉飞腾映压寒江[13]。据表里山河一方，控长淮万里金汤[14]。（合）敌楼高窥临女墙[15]，临风酾酒旌旆扬。乍想起琼花当年吹暗香[16]，几点新亭[17]，无限沧桑[18]。（外）前面高起如霜似雪四五十堆，是何山也？（众）都是各场所积之盐，众商人中纳[19]。（外）商人何在？（末、老旦扮商人上）"占种海田高白玉，掀翻盐井横黄金。"商人见。（外）商人么，则怕早晚要动支兵粮，攒紧上纳。

鹾政自是淮扬重务，然急资商纳养兵，国事可知矣。（三妇本批语）

【前腔】这盐呵，是银山雪障连天晃，海煎成夏草秋粮。平看取盐花灶场，尽支排中纳边商。（合前）（外）酒罢了。喜的广有兵粮，则要众文武关防如法[20]。

文武调和，四民安业，则行军之善，又可知矣。（三妇本批语）

【舞霓裳】（众）文武官僚立边疆，立边疆。休坏了这农桑，士工商。（合）敢大金家早晚来无状[21]，打贴起炮箭旗枪[22]。听边声风沙迭荡[23]，猛惊起，见蟠花战袍旧边将。

【红绣鞋】（众）吉日祭赛城隍，城隍。归神谢土安康，安康。祭旗纛，犒军装。阵头儿，谁抵当？

箭眼里，好遮藏。

【尾声】(外) 按三韬把六出旗门放[24]，文和武肃静端详。则等待海西头动边烽那一声炮儿响[25]。

夹城云暖下霓旄[26]，杜牧
千里崤函一梦劳[27]。谭用之
不意新城连嶂起[28]，钱起
夜来冲斗气何高[29]。谭用之

[注释]

[1] 维扬：扬州。 [2] 酾酒临江上：苏轼《前赤壁赋》："酾酒临江，横槊赋诗。"酾酒，斟酒。 [3] 外罗城：城外加筑的郭城。 [4] 三千客：战国时齐国孟尝君有食客三千人。此处说杜宝幕僚众多。 [5] 百二：《史记·高祖本纪》："秦，形胜之国，带河山之险，县隔千里，持戟百万，秦得百二焉。"意思是秦国地势险要，利于扼守，一百万人可以抵挡一倍之敌。此处形容淮扬形势险要。 [6] 北门卧护：唐宪宗派中书令裴度兼河东节度使，差官向他宣读圣旨："为朕卧护北门可也。"见《新唐书·裴度传》。耆英：年老的贤者。 [7] 胸中十万兵：宋范仲淹曾任陕西经略安抚使，对付西夏。袁桷题其画像诗："甲兵十万在胸中，赫赫英名震犬戎。"西夏人也说："小范老子(范仲淹)腹中自有数万甲兵。"见《类说·名臣传·范仲淹》。 [8] 金山：在江苏镇江，本是长江中一小岛。底柱：砥柱山，在河南三门峡的黄河中流。此处借砥柱山比喻金山，说它是长江的中流砥柱。 [9] 铁瓮：三国吴大帝在镇江筑的子城很坚固，号称铁瓮城。 [10] 下风：下

属。　[11] 城隅之宴：曹植《赠丁翼》："吾与二三子，曲宴此城隅。"城隅，城上的角楼。　[12] 堑：护城河。此指城池。　[13] 雉：雉堞，女墙，筑在城上的矮墙。　[14] 金汤：金城汤池。比喻不可破的城池。　[15] 敌楼：城楼。　[16] 琼花：据说隋炀帝开运河，乘船到扬州看琼花，后被宇文化及所杀，隋亡。此处引史实以为鉴戒。　[17] 几点新亭：新亭之泪，泛言因国家危亡而下泪。新亭，在南京城南。《世说新语·言语》载，东晋偏安江南，过江人士每到暇日，相邀到新亭宴饮。周颉在座中感叹道："风景不殊，正自有山河之异。"因而泣下。　[18] 沧桑：沧海变桑田，为世事变迁而发的感叹。　[19] 中纳：即"入中"，宋代官商间的实物交易。商人直接把粮秣运到边境以供军需，凭收据可以到京城取得贩盐的额度批文。南宋时扬州地处前线，又是盐运重地，交易当在该地进行。　[20] 关防如法：防守合乎规矩。　[21] 无状：无礼，此处是侵犯的意思。　[22] 打贴起：收拾起，准备好。　[23] 迭荡：跌荡，弥漫。　[24] 三韬：兵书。六出旗门：一种阵法。放：安排。　[25] 海西头：边塞。海西，瀚海之西。　[26] 夹城云暖下霓旄：出自唐杜牧《长安杂题长句六首》其三。见《全唐诗》卷五二一。夹城，唐开元间所筑长安城里的皇家专用隔离通道。从西苑、南内到曲江，通道两侧夹以高墙。霓旄，蜺旄，用彩色羽毛编织成的旗子，属皇家仪仗。　[27] 千里崤函一梦劳：出自唐谭用之《途次宿友人别墅》。见《全唐诗》卷七六四。崤函，崤山、函谷关，在今河南灵宝县境。　[28] 不意新城连嶂起：出自唐钱起《同王员外陇城绝句》。见《全唐诗》卷二三九。　[29] 夜来冲斗气何高：出自唐谭用之《古剑》。见《全唐诗》卷七六四。

[点评]

《闹殇》之后，故事话分两头。杜宝奔赴淮扬前线，柳梦梅来到南安花园。一连十出戏写杜柳情事，杜宝都没出场。杜丽娘很快就要还魂，接下来要处理翁婿、父女的关系，此处应该让杜宝露面了。

作者笔下的杜宝是一位勤政爱民的清正官吏，如今又是以天下为己任敢于担当的国家重臣。只因为对爱女的内心世界缺少深入了解，更缺少认真考察的兴趣，固执地以为“小小年纪”还不到考虑爱情婚嫁的时刻，所以酿成了杜丽娘的悲剧。

明刻本《牡丹亭》上卷到此，是全剧的“小收煞”，杜柳的人鬼之恋前景如何，杜宝将如何迎接未来的女婿，留下了悬念。

第三十二出　冥　誓

黄竹三：如说前面《冥判》是丽娘复活的发端，则此出《冥誓》便是她复活的转机。（《牡丹亭》评注）

【月云高】（生上）暮云金阙[1]，风幡淡摇拽。但听的钟声绝，早则是心儿热。纸帐书生，有分氲兰麝[2]。咱时还早。荡花阴，单则把月痕遮。（整灯介）溜风光，稳护着灯儿烨。（笑介）“好书读易尽，佳人期未来。”前夕美人到此，并不提防，姑姑搅攘。今宵趁他未来之时，先到云堂之上攀话一回[3]，免生疑惑。（作掩门行介）此处留人户半斜，天呵，俺那有心期在那些。（下）

被姑姑吓怕了。（明刻本《批点牡丹亭记》批语）

【前腔】（魂旦上）孤神害怯，佩环风定夜。（惊介）则道是人行影，原来是云偷月。（到介）这是柳郎书舍了。呀，柳郎何处也？闪闪幽斋，弄影灯明灭。

魂再艳，灯油接；情一点，灯头结。（叹介）奴家和柳郎幽期，除是人不知，鬼都知道。（泣介）竹影寺风声怎的遮[4]，黄泉路夫妻怎当赊[5]？“待说何曾说，如嚬不奈嚬。把持花下意，犹恐梦中身。”奴家虽登鬼录，未损人身。阳禄将回，阴数已尽。前日为柳郎而死，今日为柳郎而生。夫妇分缘，去来明白。今宵不说，只管人鬼混缠到甚时节？只怕说时柳郎那一惊呵，也避不得了。正是：“夜传人鬼三分话，早定夫妻百岁恩。”

紧接《欢挠》一篇，纯作神魂不定语。（三妇本批语）

【懒画眉】（生上）画阑风摆竹横斜。（内作鸟声惊介）惊鸦闪落在残红榭。呀，门儿开也。玉天仙光降了紫云车[6]。（旦出迎介）柳郎来也。（生揖介）姐姐来也。（旦）剔灯花这咱望郎爷。（生）直恁的志诚亲姐姐。（旦）秀才，等你不来，俺集下了唐诗一首。（生）洗耳[7]。（旦念介）“拟托良媒亦自伤[8]秦韬玉，月寒山色两苍苍[9]薛涛。不知谁唱春归曲[10]曹唐？又向人间魅阮郎[11]刘言史。”（生）姐姐高才。（旦）柳郎，这更深何处来也？（生）昨夜被姑姑败兴，俺乘你未来之时，去姑姑房头看了他动静，好来迎接你。不想姐姐今夜来恁早哩。（旦）盼不到月儿上也。

风动竹枝，鸟惊花落，此中已有人在。（三妇本批语）

【太师引】（生）叹书生何幸遇仙提揭[12]，比人间更志诚亲切。乍温存笑眼生花，正渐入欢肠啖蔗[13]。前夜那姑姑呵，恨无端风雨把春抄截。姐姐呵，误了你半宵周折，累了你好回惊怯[14]。不嗔嫌，一径的把断红重接。

昨宵事亦不可不叙，只如此淡淡作幸语、慰语，使丽娘可以躲闪。（三妇本批语）

【锁寒窗】（旦）是不提防他来的咋嗻[15]，吓的个魂儿收不迭。仗云摇月躲，画影人遮。则没揣的涩道边儿[16]，闪人一跌。自生成不惯这磨灭。险些些，风声扬播到俺家爷，先吃了俺狠尊慈痛决[17]。（生）姐姐费心。因何错爱小生至此？（旦）爱的你一品人才[18]。（生）姐姐敢定了人家？

"魂儿收不迭"已自逗漏，"画影人遮"又复遁去。"自生成"数语，则俨然人也。吞吐之际，总为恐惊柳郎。（三妇本批语）

【太师引】（旦）并不曾受人家红定回鸾帖[19]。（生）喜个甚样人家？（旦）但得个秀才郎情倾意惬。（生）小生到是个有情的。（旦）是看上你年少多情，迤逗俺睡魂难贴。（生）姐姐，嫁了小生罢。（旦）怕你岭南归客路途赊，是做小伏低难说[20]。（生）小生未曾有妻。（旦笑介）少甚么旧家根叶，着俺异乡花草填接？敢问秀才，堂上有人么？（生）先君官为朝散，先母曾封县君。（旦）这等是衙内了[21]。怎恁婚迟？

既曰"小生有情"，又曰"嫁了小生"，先是柳郎步步自紧，丽娘复数番跌宕，以逼出立誓来。（三妇本批语）

【锁寒窗】（生）恨孤单飘零岁月，但寻常稔色谁沾藉[22]？那有个相如在客[23]，肯驾香车？萧史无家，便同瑶阙？似你千金笑等闲抛泄，凭说，便和伊青春才貌恰争些[24]，怎做的露水相看仳别！（旦）秀才有此心，何不请媒相聘？也省的奴家为你担慌受怕。（生）明早敬造尊庭，拜见令尊令堂，方好问亲于姐姐。（旦）到俺家来，只好见奴家。要见俺爹娘还早。（生）这般说，姐姐当真是那样门庭。（旦笑介）（生）是怎生来？

【红衫儿】看他温香艳玉神清绝，人间迥别。（旦）不是人间，难道天上？（生）怎独自夜深行，边厢少侍妾[25]？且说个贵表尊名。（旦叹介）（生背介）他把姓字香沉，敢怕似飞琼漏泄[26]？姐姐不肯泄漏姓名，定是天仙了。薄福书生，不敢再陪欢宴。尽仙姬留意书生，怕逃不过天曹罚折。

“不敢再陪”，非谢绝语，乃反激丽娘速说也。（三妇本批语）

【前腔】（旦）道奴家天上神仙列，前生寿折。（生）不是天上，难道人间？（旦）便作是私奔，悄悄何妨说。（生）不是人间，则是花月之妖。（旦）正要你掘草寻根，怕不待勾辰就月[27]。（生）是怎么说？（旦欲说又止介）不明白辜负了幽期，话到尖头又咽。〔相思令〕（生）姐姐，你“千不说，万不说。直恁的书生不酬决[28]，更向谁边说？（旦）待要说，如何说？秀才，俺则怕聘则为妻奔则妾[29]，受了盟香说。”（生）你要小生发愿，定为正妻，便与姐姐拈香去。

【滴溜子】（生、旦同拜）神天的，神天的，盟香满爇。柳梦梅，柳梦梅，南安郡舍，遇了这佳人提挈，作夫妻。生同室[30]，死同穴。口不心齐，寿随香灭。（旦泣介）（生）怎生吊下泪来？（旦）感君情重，不觉泪垂。

初而笑，继而叹，继而泣，丽娘亦步步紧来。（三妇本批语）

【闹樊楼】你秀才郎为客偏情绝，料不是虚脾把盟誓撇[31]。哎，话吊在喉咙翦了舌。嘱东君在意者[32]，精神打叠。暂时间奴儿回避趄[33]，些儿待说[34]，你敢扑恍松害跌。（生）怎的来？（旦）秀才，这春容得从何处？（生）太湖石缝里。（旦）比奴家容貌争多？（生看惊介）可怎生一个粉扑儿[35]？（旦）可知道，奴家便是画中人也。（生合掌谢画介）小生烧的香到哩。姐姐，你好歹表白一些儿。

以前无数曲折，皆为逼出立誓。以后无数曲折，皆为逼出开圹。【闹樊楼】一支，小作关锁。（三妇本批语）

赵山林：话到口边又咽了回去，她怕惊吓了柳梦梅，但最终还是下决心对他说，自己就是那画中人。（《牡丹亭选评》）

【啄木犯】（旦）柳衙内听根节。杜南安原是俺亲爹。（生）呀，前任杜老先生升任扬州，怎么丢下小姐？（旦）你翦了灯[36]。（生翦灯介）（旦）翦了灯、余话堪明灭。

（生）且请问芳名，青春多少？（旦）杜丽娘小字有庚帖，年华二八，正是婚时节。（生）是丽娘小姐，俺的人那！（旦）衙内，奴家还未是人。（生）不是人，是鬼？（旦）是鬼也。（生惊介）怕也，怕也。（旦）靠边些，听俺消详说。话在前教伊休害怯，俺虽则是小鬼头人半截。（生）姐姐，因何得回阳世而会小生？

杨葆光：一惊便过，写得有分寸。（同治版三妇本批语）

【前腔】（旦）虽则是阴府别[37]，看一面千金小姐，是杜南安那些枝叶。注生妃央及煞回生帖，化生娘点活了残生劫。你后生儿蘸定俺前生业[38]。秀才，你许了俺为妻真切，少不得冷骨头着疼热。（生）你是俺妻，俺也不害怕了。难道便请起你来？怕似水中捞月，空里拈花。

【三段子】（旦）俺三光不灭[39]。鬼胡由[40]，还动迭[41]，一灵未歇。泼残生，堪转折。秀才可谙经典？是人非人心不别，是幻非幻如何说？虽则似空里拈花，却不是水中捞月。（生）既然虽死犹生，敢问仙坟何处？（旦）记取太湖石梅树一株。

【前腔】爱的是花园后节，梦孤清，梅花影斜。熟梅时节，为仁儿，心酸那些。（生）怕小姐别有走跳处？（旦叹介）便到九泉无屈折，衠幽香一阵昏黄月[42]。（生）好不冷。（旦）冻的俺七魄三魂[43]，僵做了三贞七烈[44]。（生）则怕惊了小姐的魂怎好？

【斗双鸡】（旦）花根木节，有一个透人间路穴。俺冷香肌早偎的半热。你怕惊了呵，悄魂飞越，则俺见了你回心心不灭。（生）话长哩。（旦）畅好是一夜夫妻[45]，有的是三生话说。（生）不烦姐姐再三，只俺独力难成。（旦）可与姑姑计议而行。（生）未知深浅，怕一时间攒不彻。

前云“冷骨头着疼热”，犹是责望柳生，此云“冷香肌早偎半热”，分明以活泼泼一丽娘示之，引动柳生热中。（三妇本批语）

【登小楼】（旦）咨嗟、你为人为彻[46]。俺砌笼棺勾有三尺叠，你点刚锹和俺一谜掘[47]。就里阴风泻泻，则隔的阳世些些。（内鸡鸣介）

【鲍老催】咳，长眠人一向眠长夜，则道鸡鸣枕空设。今夜呵，梦回远塞荒鸡咽[48]，觉人间风味别。晓风明灭，子规声容易吹残月。三分话才做一分说。

【耍鲍老】俺丁丁列列[49]，吐出在丁香舌。你拆了俺丁香结，须粉碎俺丁香节。休残慢[50]，须急节。俺的幽情难尽说。（内风起介）则这一翦风动灵衣去了也。（旦急下）（生惊痴介）奇哉，奇哉！柳梦梅做了杜太守的女婿，敢是梦也？待俺来回想一番。

他名字杜丽娘，年华二八，死葬后园梅树之下。啐，分明是人道交感，有精有血。怎生杜小姐颠倒自己说是鬼？（旦又上介）衙内还在此？（生）小姐怎又回来？（旦）奴家还有丁宁[51]。你既以俺为妻，可急视之，不宜自误。如或不然，妾事已露，不敢再来相陪。愿郎留心，勿使可惜。妾若不得复生，必痛恨君于九泉之下矣。

【尾声】（旦跪介）柳衙内你便是俺再生爷。（生跪扶起介）（旦）一点心怜念妾，不着俺黄泉恨你，你只骂的俺一句鬼随邪[52]。（旦作鬼声下，回顾介）（生吊场，低语介）柳梦梅着鬼了。他说的恁般分明，恁般恓切，是无是有，只得依言而行。和姑姑商量去。

此时柳生如何能不回想？一经回想，则转念之间，开坟便未必真切。故丽娘复上一番，重之以丁宁，又重之以跪嘱，正使柳生不得不依从也。（三妇本批语）

梦来何处更为云[53]？李商隐

惆怅金泥簇蝶裙[54]。韦氏子

欲访孤坟谁引至[55]？刘言史

有人传示紫阳君[56]。熊孺登

［注释］

[1] 金阙：皇帝和天帝所居的宫殿。此指道观。 [2] 有分氲兰麝：有缘分与佳丽相欢会。氲，氤氲，形容烟云飘荡，此处说被兰麝香气所笼罩。又氤氲解为阴阳二气和合之状，所以传说

有氤氲大使，是专门撮合男女婚姻的神仙。[3] 云堂：僧道诵经的法堂。[4] 竹影寺：或即竹林寺，相传竹林寺之塔有影无形，所以金元时有“竹林寺有影无形”的民谚。此处是反用，说自己的魂灵既然有影，人们就免不了捕风捉影说闲话。[5] 黄泉：地下，阴间。赊：长远。[6] 紫云车：仙车，传说西王母所乘。[7] 洗耳：洗耳恭听。[8] 拟托良媒亦自伤：出自唐秦韬玉《贫女》。见《全唐诗》卷六七〇。[9] 月寒山色两苍苍：出自唐薛涛《送友人》。见《全唐诗》卷八〇三。[10] 不知谁唱春归曲：出自唐曹唐《小游仙诗九十八首》其六十三。见《全唐诗》卷六四一。[11] 又向人间魅阮郎：出自唐刘言史《赠成炼师四首》其三。见《全唐诗》卷四六八。[12] 提揭：提携，扶持。[13] 啖蔗：吃甘蔗。甘蔗从梢吃起，越吃越甜，形容渐入佳境。此处是越来越甜蜜的意思。[14] 好回：好一回，好一阵。[15] 咋嗻：厉害，张狂。[16] 涩道：台阶。[17] 尊慈：母亲。痛决：严厉的责罚。[18] 一品：第一等。[19] 受人家红定回鸾帖：订婚。红定，男家送女家聘礼。鸾帖，写有女方订婚人生辰八字的庚帖。女方接受红定，回以鸾帖，即表示缔结婚约。[20] 做小伏低：做妾。[21] 衙内：官家子弟。[22] 寻常稔色：一般的女子。稔色，美丽，指女子。沾藉：沾惹。[23] “那有个相如在客”以下四句：谁肯像卓文君私奔于司马相如那样爱一个异乡人？萧史碰不上秦弄玉，哪能上天？意思是自己尚未婚配。[24] “便和伊”二句：纵然比你的青春才貌差一些，既然爱上了，怎能轻易分手。露水，比喻爱情短暂。仳别，离别。[25] 侍妾：婢女。[26] 飞琼：传说中的女仙许飞琼。[27] 勾辰就月：指盼望佳期如等待辰勾的出现，很不容易。勾辰，即辰勾，水星，古人认为水星的出现非常不易。[28] 酬决：说清楚。[29] 聘则为妻奔则妾：语本白居易

《井底引银瓶》:“聘则为妻奔是妾。” [30]“生同室”二句:夫妻生死都在一起。 [31]虚脾:虚情假意。 [32]东君:神话中的春神,这里比喻柳梦梅。 [33]趄(jū):犹豫不前。 [34]“些儿待说”二句:我是要说些话,只怕把你吓得扑通跌倒。 [35]一个粉扑儿:一个模样。 [36]翦了灯:剪掉灯芯上所结的灯花,使灯光更明亮。 [37]“虽则是”以下五句:虽然阴司和人间官府不同,但看我是官家小姐,判官就央请注生妃子让我还魂,央请化生娘娘让我复活。注生妃、化生娘,是阴司掌管轮回投生的神。央及煞,央及,请求。 [38]后生儿蘸定俺前生业:意思是说柳梦梅和她有前生夙缘。后生儿,小伙子,指柳梦梅。蘸,沾惹。前生业,夙缘。业,缘业,缘分。 [39]三光不灭:人死后看不到三光。杜丽娘的鬼魂却可以在星月下游戏,还能还魂,所以说三光不灭。三光,日月星。 [40]鬼胡由:鬼忽悠,鬼狐犹,鬼花样。此处只取鬼的意思。 [41]动迭:走动。 [42]衠(zhūn):纯,纯粹,真,正。 [43]七魄三魂:魂魄,灵魂。道教说人有三魂七魄。 [44]三贞七烈:贞烈之极。 [45]一夜夫妻:谚语:“一夜夫妻百夜恩。” [46]为人为彻:谚语:“为人须为彻。”好人要做到底。 [47]点刚:锋刃由钢制成。一谜:一味地。 [48]梦回远塞荒鸡咽:南唐李璟《摊破浣溪沙》:“细雨梦回鸡塞远。” [49]丁丁列列:说话吞吞吐吐。 [50]残慢:懒散。 [51]丁宁:嘱咐。 [52]鬼随邪:鬼发疯。 [53]梦来何处更为云:出自唐李商隐《促漏》。见《全唐诗》卷五三九。 [54]惆怅金泥簇蝶裙:出自唐京兆韦氏子《悼妓诗》。见《全唐诗》卷七八三。 [55]欲访孤坟谁引至:出自唐刘言史《恸柳论》。见《全唐诗》卷四六八。 [56]有人传示紫阳君:出自唐熊孺登《赠侯山人》。见《全唐诗》卷四七六。紫阳君,紫阳真人,道教神仙。此处指石道姑。柳梦梅正要找石道姑商议。

［点评］

《冥誓》是杜丽娘还魂的关键，戏剧推进层次分明。

杜丽娘阳禄将回，还魂在即。幽媾之事已经泄露，搅扰了梅花观的安静。杜丽娘不愿意继续人鬼混缠，决定向柳梦梅吐露真情。但是，她有两大顾虑，一是怕把柳生吓坏，二是怕柳生可能为此退却。所以她必须十分谨慎地逐层摊开，使柳生能够接受她，而且按照要求坚决地行动。

她先以集唐诗引起柳生探索的兴趣，再补叙昨夜的惊魂。柳生向她求婚并探问其门庭，她要求柳生先盟誓，柳生爽快照办。

杜丽娘感柳生之情重，才逐步坦露身世。先说自己是画中人，让柳生有一种幸福感做心理铺垫。再表白自己是南安知府的女儿。柳生自然会提出疑问，必须说明是人是鬼时，她细心地要柳生剪了灯花，让灯光明亮些，以免把柳生吓着。杜丽娘坦言自己是鬼，柳生还是吃惊不小。柳生表示："你是俺妻，俺也不害怕了。"此时杜丽娘才和盘托出，说明自己"一灵未歇"，虽死犹生，以解除其惊惧。

杜丽娘央求柳梦梅把好事做到底，发墓开棺，助其回生。可惜未及详细讨论，已鸡鸣风起，杜丽娘只好匆匆离去。

柳梦梅正在惊异回想中，杜丽娘又折转回来，丁宁跪嘱，以坚定其信念。

“前日为柳郎而死，今日为柳郎而生”，杜丽娘的至情超越生死的奇迹即将出现，只看柳梦梅如何行动了。

《冥誓》一出的每一步骤，都扣人心弦，太有戏剧性了。

第三十三出　秘　议

【绕地游】（净上）芙蓉冠帔，短发难簪系。一炉香鸣钟叩齿[1]。〔诉衷情〕“风微台殿响笙簧。空翠冷霓裳。池畔藕花深处，清切夜闻香。　人易老，事多妨，梦难长。一点深情，三分浅土，半壁斜阳。”俺这梅花观，为着杜小姐而建。当初杜老爷分付陈教授看管。三年之内，则见他收取祭租，并不常川行走。便是杜老爷去后，谎了一府州县士民人等许多分子[2]，起了个生祠。昨日老身打从祠前过，猪屎也有，人屎也有。陈最良，陈最良，你可也叫人扫刮一遭儿。到是杜小姐神位前，日逐添香换水，何等庄严清净。正是：“天下少信掉书子[3]，世外有情持素人。”

沈际飞：骂世。（独深居本批语）

【前腔】（生上）幽期密意，不是人间世。待声扬徘徊了半日。（见介）（生）“落花香覆紫金堂。（净）你年少看花敢自伤？（生）弄玉不来人换世。（净）麻姑一去海生桑[4]。”（生）老姑姑，小生自到仙居，不曾瞻礼宝殿。今日愿求一观。（净）是礼。相引前行。（行到介）（净）高处玉天金阙，下面东岳夫人，南斗真妃。（内钟鸣，生拜介）“中天积翠玉台遥，上帝高居绛节朝。遂有冯夷来击鼓[5]，始知秦女善吹箫。”好一座宝殿哩。怎生左边这牌位上写着“杜小姐神王”，是那位女王？（净）是没人题主哩[6]。杜小姐。（生）杜小姐为谁？

“徘徊”二字，已尽一早情事。（三妇本批语）

【五更转】（净）你说这红梅院，因何置？是杜参知前所为[7]。丽娘原是他香闺女，十八而亡，就此攒瘗[8]。他爷呵，升任急，失题主，空牌位。（生）谁祭扫他？（净）好墓田，留下有碑记。偏他没头主儿[9]，年年寒食。（生哭介）这等说起来，杜小姐是俺娇妻呵。（净惊介）秀才当真么？（生）千真万真。（净）这等，知他那日生，那日死了？

蓦然一哭，痴景逼真。（三妇本批语）

【前腔】（生）俺未知他生[10]，焉知死？死多年、生此时。（净）几时得他死信？（生）这是俺朝闻夕死了可人矣[11]。（净）是夫妻，应你奉事香火。（生）则怕俺未能事人[12]，焉能事鬼？（净）既是秀才娘子，可曾会他来？（生）便是这红梅院，做楚阳台，偏倍了你[13]。（净）是那一夜？（生）是前宵你们不做美。（净惊介）秀才着鬼了。难道，难道。（生）你不信时，显个神通你看。取笔来点的他主儿会动。（净）有这事？笔在此。（生点介）看俺点石为人，靠夫作主。你瞧，你瞧。（净惊介）奇哉，奇哉。主儿真个会动也。小姐呵！

> 即从神主着想，幻出灵异，非此不足耸动石姑。（三妇本批语）

【前腔】则道墓门梅，立着个没字碑，原来柳客神缠住在香炉里[14]。秀才，既是你妻，鼓盆歌、庐墓三年礼[15]。（生）还要请他起来。（净）你直恁神通，敢阎罗是你？（生）少些人夫用。（净）你当夫，他为人，堪使鬼。（生）你也帮一锹儿。（净）大明律[16]：开棺见尸，不分首从皆斩哩[17]。你宋书生是看不着皇明例，不比寻常，穿篱挖壁。（生）这个不妨，是小姐自家主见。

> 石姑三惊，意各不同。初是惊疑，次是惊惧，此是惊怪。（三妇本批语）

> 沈际飞：故为不通。（独深居本批语）

【前腔】是泉下人，央及你。个中人、谁似伊。（净）既是小姐分付，也待我择个日子。（看介）恰好明日乙酉[18]，可以开坟。（生）喜金鸡玉犬非牛日[19]，则待寻个人儿，开山力士[20]。（净）俺有个侄儿癞头鼋可用。只怕事发之时怎处？（生）但回生，免声息，停商议。可有偷香窃玉劫坟贼？还一事，小姐倘然回生，要些定魂汤药。（净）陈教授开张药铺。只说前日小姑姑，党了凶煞[21]，求药安魂。（生）烦你快去也。这七级浮屠[22]，岂同儿戏。

（净）湿云如梦雨如尘[23]，崔鲁
（生）初访城西李少君[24]。陈羽
（净）行到窈娘身没处[25]，雍陶
（生）手披荒草看孤坟[26]。刘长卿

［注释］

[1] 叩齿：祈祷前上下牙齿互相叩击，以表虔诚。 [2] 分（fèn）子：众人筹款办事，各人出一份钱。 [3] 掉书子：掉书袋，引经据典以卖弄学问的人。此指读书人。 [4] 麻姑：神话中的女仙，曾三次看到东海变为桑田。 [5] 冯夷：神话中的水神，即河伯。这四句诗是杜甫《玉台观》的前半首。 [6] 题主：旧时礼制，人死后，立一木牌位，先用墨笔写上死者名字“某某之神王”，然后择期请名人用朱笔在“王”字上加一点，成“主”字。这一仪式称“题主”，亦称“点主”。 [7] 参知：参知政事，宋代官名，即副宰相。 [8] 攒瘗（cuán yì）：暂时浅埋，以待迁葬。 [9]“没头主儿”二句：清明前两日叫寒食。清明、寒食是祭扫坟墓的日子。此句是说年年寒食无亲属来祭扫。 [10]“未知他生”二句：《论语·先进》：“未知生，焉知死？” [11] 朝闻夕死：《论语·里仁》：“朝闻道，夕死可矣。” [12]“未能事人”二句：语见《论语·先进》。 [13] 偏倍：背了人，不让人

知道。 [14] 柳客神：巫蛊术所用的小人形，用柳木刻成。这里调侃柳梦梅。 [15] 鼓盆歌、庐墓三年礼：鼓盆歌，悼亡。庄子死了妻子，他没有哭泣，却敲着盆子唱歌。见《庄子·至乐》。庐墓，住在坟旁。丧妻并不行庐墓三年礼，这里是调侃柳梦梅。 [16] 大明律：明代法典，成于洪武六年（1373）。本剧讲的是宋代故事，却说到明代的法律，是故作调笑，所以下句明说宋书生看不着。元人戏曲里常有这种写法。 [17] 首从：首犯和从犯。 [18] 乙酉：日子所值的天干地支。 [19] 喜金鸡玉犬非牛日：金鸡，酉日；玉犬，戌日，宜开坟。牛日，丑日，不宜开坟。这是阴阳家迷信的说法。 [20] 开山力士：这里指有力气的帮助开坟的人。 [21] 党了凶煞：迷信的说法，冲撞了凶神，就会害病。 [22] 七级浮屠：救人一命。俗谚："救人一命，胜造七级浮屠。"浮屠，佛塔。 [23] 湿云如梦雨如尘：出自唐崔鲁《华清宫三首》其三。见《全唐诗》卷五六七。 [24] 初访城西李少君：出自唐陈羽《游洞灵观》。见《全唐诗》卷三四八。李少君，汉武帝时的方士，自称有神妙的法术。后来成为传说中的神秘人物。 [25] 行到窈娘身没处：出自唐雍陶《洛中感事》。见《全唐诗》卷五一八。 [26] 手披荒草看孤坟：出自唐刘长卿《送李将军》。见《全唐诗》卷一五一。

[点评]

找石道姑商议开棺，是杜丽娘的建议，柳梦梅照办。不过如何让石道姑能接受这一不寻常的任务，柳梦梅颇费踌躇。

他徘徊半晌，才下决心走进梅花观。见到杜丽娘的牌位，先是假意问闲话，不谈正题。待说到正题，禁不住大哭。柳生的非常行动，使石道姑大为吃惊。听柳生说人鬼幽会，她更加吃惊。柳生表演“点主”，牌位居然能动，她越发惊怪。石道姑终于相信了发墓开棺之事可为，哪怕是冒杀头之罪，也要救人一命。石道姑的三个“惊介”的表演，应该是很精彩的。

柳梦梅和石道姑所计议的事情是非凡的，危险的，但是作者写来却是用调笑诙谐的手法。紧张之中，又不乏趣味。

第三十四出　诇　药[1]

（末上）“积年儒学理粗通，书簏成精变药笼。家童唤俺老员外[2]，街坊唤俺老郎中[3]。”俺陈最良失馆，依然开药铺。看今日有甚人来？

杜索梦中，柳思泉下，皆天上人间之不可解者，故以“难讲”二字贯之。（三妇本批语）

【女冠子】（净上）人间天上，道理都难讲。梦中虚诳，更有人儿思量泉壤。陈先生利市哩[4]。（末）老姑姑到来。（净）好铺面！这“儒医”二字杜太爷赠的。好“道地药材”[5]！这两块土中甚用？（末）是寡妇床头土。男子汉有鬼怪之疾，清水调服良。（净）这布片儿何用？（末）是壮男子的裤裆。妇人有鬼怪之病，烧灰吃了效。（净）这等，俺贫道床头三尺土，敢换先生五寸裆？（末）怕你不十分寡。（净）啐，你敢也不十分壮。（末）罢了，来意何事？（净）不瞒你说，前日小道姑呵！

【黄莺儿】年少不提防，赛江神，归夜忙。（末）着手了？（净）知他着甚闲空旷[6]？被凶神煞党。年灾月殃，瞑然一去无回向。（末）欠老成哩！（净）细端详，你医王手段敢对的住活阎王[7]。（末）是活的，死的？（净）死几日了。（末）死人有口吃药？也罢，便是这烧裆散，用热酒调服下。

【前腔】海上有仙方，这伟男儿深裤裆。（净）则这种药，俺那里自有。（末）则怕姑姑记不起谁阳壮。翦裁寸方，烧灰酒娘[8]，敲开齿缝把些儿放。不寻常，安魂定魄，赛过反精香[9]。（净）谢了。

（末）还随女伴赛江神[10]，于鹄
（净）争奈多情足病身[11]。韩偓
（末）岩洞幽深门尽锁[12]，韩愈
（净）隔花催唤女医人[13]。王建

［注释］

[1] 诇（xióng）：求。 [2] 员外：原为官名，后来有财势的人也称员外。推而广之，员外也作对人的尊称。 [3] 郎中：原为官名，一般也称医生为郎中。 [4] 利市：吉利话，祝人发财、交好

运。 [5] 道地药材：中药铺招牌，意思是说都是各地出产的正宗药材。 [6] 空旷：按迷信说法，空旷无人之处多鬼神。 [7] 医王：佛名，能为众生治病。 [8] 酒娘：甜米酒。 [9] 反精香：返魂香。传说能使病死的人还魂的药。 [10] 还随女伴赛江神：出自唐于鹄《江南曲》。见《全唐诗》卷三一〇。 [11] 争奈多情足病身：出自唐韩偓《江楼二首》其二。见《全唐诗》卷六八三。 [12] 岩洞幽深门尽锁：出自唐韩愈《奉和李相公题萧家林亭》。见《全唐诗》卷三四四。 [13] 隔花催唤女医人：出自唐王建《宫词一百首》其四十四。见《全唐诗》卷三〇二。

[点评]

石道姑和柳梦梅商定，到陈最良的药铺为杜丽娘的回生准备还魂汤药。她隐瞒了实情，谎称是为小道姑讨药，给陈最良误以为杜丽娘坟墓被盗而向杜宝报告做了铺垫。

一净一末的巫医对话，多含秽亵之语。科诨虽巧，但并非杜丽娘还魂所必须。

第三十五出　回　生

【字字双】（丑扮疙童，持锹上）猪尿泡疙疸偌卢胡[1]，没裤。铧锹儿入的土花疏，没骨[2]。活小娘不要去做鬼婆夫[3]，没路。偷坟贼拿到做个地官符[4]，没趣。（笑介）自家梅花观主家癞头鼋便是。观主受了柳秀才之托，和杜小姐启坟。好笑，好笑，说杜小姐要和他这里重做夫妻。管他人话鬼话，带了些黄钱，挂在这太湖石上，点起香来。

【出队子】（净携酒同生上）玉人何处，玉人何处？近墓西风老绿芜。《竹枝歌》唱的女郎苏[5]，杜鹃声啼过锦江无[6]？一窖愁残[7]，三生梦余。（生）老姑姑，已到后园。只见半亭瓦砾，满地荆榛。

一日一夜，念兹释兹，总在丽娘身上，故开口便说"玉人何处"也。（三妇本批语）

绣带重寻，袅袅藤花夜合；罗裙欲认[8]，青青蔓草春长。则记的太湖石边，是俺拾画之处。依稀似梦，恍惚如亡。怎生是好?（净）秀才不要忙，梅树下堆儿是了。（生）小姐，好伤感人也。（哭介）（丑）哭甚的。趁时节了。（烧纸介）（生拜介）巡山使者[9]，当山土地，显圣显灵。

【啄木鹂】开山纸草面上铺[10]。烟罩山前红地炉[11]。（丑）敢太岁头上动土[12]？向小姐脚跟挖窟。（生）土地公公，今日开山，专为请起杜丽娘。不要你死的，要个活的。你为神正直应无妒，俺阳神触煞俱无虑。要他风神笑语都无二，便做着你土地公公女嫁吾[13]。呀，春在小梅株。好破土哩。

莫笑柳痴，求神者类如是。（三妇本批语）

【前腔】（丑、净锹土介）这三和土一谜鉏[14]。小姐呵，半尺孤坟你在这的无[15]？（生）你们十分小心。（看介）到棺了。（丑作惊丢锹介）到官没活的了。（生摇手介）禁声。（内旦作哎哟介）（众惊介）活鬼做声了。（生）休惊了小姐。（众蹲向鬼门，开棺介）（净）原来钉头锈断，子口登开[16]，小姐敢别处送云雨去了。（内哎哟介）（生见旦扶介）（生）咳，小姐端然在此。异香袭人，幽姿如故。天也，你看正面上那些儿尘渍，斜空处

诚哉，天也，谁得有此？（三妇本批语）

没半米蚍蜉[17]。则他暖幽香四片斑斓木，润芳姿半榻黄泉路，养花身五色燕支土[18]。（扶旦软亸介）（生）俺为你款款偎将睡脸扶，休损了口中珠[19]。（旦作呕出水银介）（丑）一块花银，二十分多重，赏了癞头罢。（生）此乃小姐龙含凤吐之精，小生当奉为世宝。你们别有酬犒。（旦开眼叹介）（净）小姐开眼哩。（生）天开眼了。小姐呵！

【金蕉叶】（旦）是真是虚？劣梦魂猛然惊遽[20]。（作掩眼介）避三光业眼难舒[21]，怕一弄儿巧风吹去。（生）怕风怎么好？（净扶旦介）且在这牡丹亭内进还魂丹，秀才翦裆。（生翦介）（丑）待俺凑些加味还魂散[22]。（生）不消了。快快热酒来。

【莺啼序】（调酒灌介）玉喉咙半点灵酥。（旦吐介）（生）哎也，怎生呵落在胸脯。姐姐再进些，才吃下三个多半口还无。（觑介）好了，好了！喜春生颜面肌肤。（旦觑介）这些都是谁？敢是些无端道途[23]，弄的俺不着坟墓？（生）我便是柳梦梅。（旦）晗矇觑[24]，怕不是梅边柳边人数[25]。（生）有这道姑为证。（净）小姐可认得道姑么？（旦看不语介）

【前腔】（净）你乍回头记不起俺这姑姑。（生）可

惊疑自语。钱曰：凡人迷魅乍醒，或泣或呼，不能默默，况长眠三岁，复见天日乎？此时应有此语。（三妇本批语）

茅暎：像还魂时光景。（朱墨本批语）

盖丽娘止于梦里魂里曾见柳生，生前元未相识，不可无此疑问耳。（三妇本批语）

两番不语，忽问柳郎，正见一灵不放处。（三妇本批语）

杨葆光：生死不忘，夫妇之情，于此观止。（同治版三妇本批语）

不扶你往牡丹亭去了。（明刻本《批点牡丹亭记》批语）

记得这后花园？（旦不语介）（净）是了，你梦境模糊。（旦）只那个是柳郎？（生应，旦作认介）咳，柳郎真信人也。亏杀你拨草寻蛇，亏杀你守株待兔。棺中宝玩收存，诸余抛散池塘里去[26]。（众）呸！（丢去棺物介）向人间别画个葫芦[27]。水边头洗除凶物[28]。（众）亏了小姐整整睡这三年。（旦）流年度，怕春色三分[29]，一分尘土。（生）小姐，此处风露，不可久停。好处将息去。

【尾声】死工夫救了你活地狱，七香汤莹了美食相扶[30]。（旦）扶往那里去？（净）梅花观内。（旦）可知道洗棺尘，都是这高唐观中雨。

（生）天赐燕支一抹腮[31]，罗隐
（旦）随君此去出泉台[32]。景舜英
（净）俺来穿穴非无意[33]，张祜
（生）愿结灵姻愧短才[34]。潘雍

［注释］

[1]“猪尿泡疙疸偌卢胡”二句：像猪尿脬上起了疱块让人见了发笑，是对癞头的恶谑。 [2]没骨：没有石块。 [3]鬼婆夫：鬼婆。 [4]地官符：活埋。道教为人驱病时，作天、地、水三官符，地官符埋入土中。 [5]《竹枝歌》：即竹枝词，古代民

歌，盛行于四川、湖南一带，大都以爱情为主题。 [6] 杜鹃声啼过锦江无：杜鹃，鸟名，啼声如“不如归去”。锦江，在四川成都。杜丽娘老家是四川，所以用歌用鸟以表示对杜丽娘的怀念。 [7] 一窖愁残：说杜丽娘在凄苦的阴间。窖，地穴，坟墓，指阴间。 [8]“罗裙欲认”二句：五代牛希济《生查子》：“记得绿罗裙，处处怜芳草。” [9] 巡山使者：山神。 [10] 开山纸：民间葬俗，开坟破土焚化的黄纸钱。 [11] 烟罩山前红地炉：纸钱烧起来，烟火上腾，就像地炉生火。山，坟堆。 [12] 太岁头上动土：古人以木星为太岁，主凶煞。在木星的方向破土动工，会招来灾祸。 [13] 便做着：就当作……一样。 [14] 三和土：用糯米汁将泥土、沙石、石灰搅合而成的泥浆。 [15] 这的：这里。 [16] 子口：合缝处。 [17] 半米：半粒，半只。蚍蜉：一种蚂蚁。 [18] 燕支土：红土。燕支，胭脂。 [19] 口中珠：死人入殓，在口中放珍珠、谷米等，叫衔口。有钱人家为防止尸体腐烂，在死人口中灌水银，所以下文有“呕出水银介”。 [20] 遽：惊醒。 [21] 业眼：作孽的眼睛。 [22] 加味：原处方外再加几味药。 [23] 无端道途：无赖之辈，歹徒。 [24] 眳矇：朦胧，看不清楚。 [25] 人数：人。 [26] 诸余：其他，余外的一切。 [27] 向人间别画个葫芦：重新做人。“依样画葫芦”，原是模仿的意思。别，特地。 [28] 凶物：殉葬品。 [29]“怕春色三分”二句：怕青春过去。苏轼《水龙吟》：“春色三分：二分尘土，一分流水。” [30] 七香汤：沐浴用的香汤。莹：洗得光亮。美食相扶：好的食品补养。 [31] 天赐燕支一抹腮：出自唐罗隐《梅》。见《全唐诗》卷六五六。 [32] 随君此去出泉台：据三妇本，为唐景舜英诗。《全唐诗》未见。 [33] 俺来穿穴非无意：出自唐张祜《题朱兵曹山居》。见《全唐诗》卷五一一。 [34] 愿结灵姻愧短才：出自唐潘雍《赠葛氏小娘子》。见《全唐诗》卷七七八。

［点评］

杜丽娘还魂重新回到人间。汤显祖所说的“至情”的不朽意义，得到了生动的验证。

杜丽娘因情而梦，因梦而死，一灵不灭，苦苦追求，当然是“情之至者”。柳梦梅为实现理想婚姻，甘冒生死，说到做到，也是“情之至者”。一对至情人终于创造了超越生死的奇迹。杜丽娘生命旅程的第二阶段到此结束。

柳生等人掘墓开棺是在提心吊胆中进行的，整个过程描写得很逼真，很细致。寻坟、焚纸、祷告、动土、开棺、扶出、苏醒、灌药、起身，每一步骤都伴随有独特的心理活动的生动表达。

杜丽娘睁开眼睛的第一句话就是问“只那个是柳郎”，感叹“柳郎真信人也”。柳梦梅果然是至诚君子，信守诺言，没有让她失望。此情此景，颇为感人。

从一般意义上讲，杜丽娘还魂已经是理想的结果，所以《牡丹亭》的不少演出本，到此谢幕。但是，按传奇的分卷体例，《回生》并不是全剧的“大收煞”，因为杜丽娘的回生不等于问题的最终解决，杜柳的实际婚姻还要接受人间社会的一系列考验，杜丽娘新的人生旅程从此起步。

第三十六出　婚　走

【意难忘】（净扶旦上）（旦）如笑如呆，叹情丝不断，梦境重开。（净）你惊香辞地府，舆榇出天台[1]。（旦）姑姑，俺强挣作[2]，软咍咍[3]，重娇养起这嫩孩孩。（合）尚疑猜，怕如烟入抱[4]，似影投怀。〔画堂春〕（旦）"蛾眉秋恨满三霜[5]，梦余荒冢斜阳。土花零落旧罗裳[6]，睡损红妆。（净）风定彩云犹怯，火传金炧重香[7]。如神如鬼费端详，除是高唐。"（旦）姑姑，奴家死去三年。为钟情一点，幽契重生。皆亏柳郎和姑姑信心提救。又以美酒香酥，时时将养。数日之间，稍觉精神旺相。（净）好了，秀才三回五次，央俺成亲哩。（旦）姑姑，这事还早。扬州问过了老相公、老夫人，

"如烟""似影"，写还魂情况，尚作惊异不定语。（三妇本批语）

"也由你"者，反言由不得也。（三妇本批语）

请个媒人方好。（净）好消停的话儿[8]。这也由你。则问小姐前生事可记得些么？

【胜如花】（旦）前生事，曾记怀。为伤春病害，困春游梦境难捱。写春容那人儿拾在。那劳承、那般顶戴[9]，似盼天仙盼的眼哈[10]，似叫观音叫的口歪。（净）俺也听见些。则小姐泉下怎生得知？（旦）虽则尘埋，把耳轮儿热坏。感一片志诚无奈，死淋侵走上阳台，活森沙走出这泉台[11]。（净）秀才来哩。

【生查子】（生上）艳质久尘埋，又挣出这烟花界[12]。你看他含笑插金钗，摆动那长裙带。（见介）丽娘妻。（旦羞介）（生）姐姐，俺地窟里扶卿做玉真。（旦）重生胜过父娘亲。（生）便好今宵成配偶。（旦）懵腾还自少精神[13]。（净）起前说精神旺相，则瞒着秀才。（旦）秀才可记的古书云："必待父母之命[14]，媒妁之言。"（生）日前虽不是钻穴相窥，早则钻坟而入了。小姐今日又会起书来。（旦）秀才，比前不同。前夕鬼也，今日人也。鬼可虚情，人须实礼。听奴道来：

太难为鬼矣。（三妇本批语）

【胜如花】青台闭[15]，白日开。（拜介）秀才呵，受的俺三生礼拜，待成亲少个官媒。（泣介）结盏的要高堂人在[16]。（生）成了亲，访令尊令堂，有惊天之喜。要媒人，道姑便是。（旦）秀才忙待怎的？也曾落几个黄昏陪待。（生）今夕何夕[17]？（旦）直恁的急色秀才。（生）小姐捣鬼。（旦笑介）秀才捣鬼。不是俺鬼奴台妆妖作乖[18]。（生）为甚？（旦羞介）半死来回，怕的雨云惊骇。有的是这人儿活在，但将息俺半载身材。（背介）但消停俺半刻情怀。

赵山林：说得十分热闹，足见两人关系的亲密无间，而“捣鬼”这个词，在杜丽娘身上又有它特定的含义，包含着一种幽默感。（《牡丹亭选评》）

【不是路】（末上）深院闲阶，花影萧萧转翠苔。（扣门介）人谁在？是陈生探望柳君来。（众惊介）（生）陈先生来了，怎好？（旦）姑姑，俺回避去。（下）（末）忒奇哉，怎女儿声息纱窗外，硬抵门儿应不开？（又扣门介）（生）是谁？（末）陈最良。（开门见介）（生）承车盖[19]，俺衣冠未整因迟待。（末）有些惊怪。（生）有何惊怪？

陈老之来，为《骇变》张本。然小姐因此曲成亲事，同赴临安，以后关目皆从此生出。（三妇本批语）

【前腔】（末）不是天台，怎风度娇音隔院猜？（净上）原来陈斋长到来。（生）陈先生说里面妇娘声息，则是老姑姑。（净）是了，长生会[20]，莲花观里一个小姑来[21]。（末）便是前日的小姑么？（净）另是一众。（末）好哩，这梅花观一发兴哩。也是杜小姐冥福所致。因此径来相约，明午整个小盒儿同柳兄往坟

石姑接语便捷，陈生又有前日小姑和柳秀才房中说话一事映带在心，遂释一时疑惑。（三妇本批语）

上随喜去[22]。暂告辞了。无闲会，今朝有约明朝在，酒滴青娥墓上回[23]。（生）承拖带，这姑姑点不出个茶儿待[24]。即来回拜。（末）慢来回拜。（下）（生）喜的陈先生去了，请小姐有话。（旦上介）（净）怎了，怎了？陈先生明日要上小姐坟去。事露之时，一来小姐有妖冶之名，二来公相无闺阃之教[25]，三来秀才坐迷惑之讥，四来老身招发掘之罪。如何是了？（旦）老姑姑，待怎生好？（净）小姐，这柳秀才待往临安取应[26]。不如曲成亲事，叫童儿寻只赣船，夤夜开去，以灭其踪。意下何如？（旦）这也罢了。（净）有酒在此。你二人拜告天地。（拜，把酒介）

四虑甚周，故是促迫丽娘。然与前应陈生，另是一众语，俱见细密。（三妇本批语）

【榴花泣】（生）三生一会，人世两和谐。承合卺，送金杯。比墓田春酒这新醅，才酸转人面桃腮。（旦悲介）伤春便埋，似中山醉梦三年在[27]。只一件来，看伊家龙凤姿容，怎配俺这土木形骸[28]！（生）那有此话！

“伤春便埋”，直以死殉一梦。至此喜心倒极，忽悲忽叹，无非至情。（三妇本批语）

【前腔】相逢无路，良夜肯疑猜？眠一柳[29]，当了三槐。杜兰香真个在读书斋，则柳耆卿不是仙才[30]。（旦叹介）幽姿暗怀，被元阳鼓的这阴无赖[31]。柳郎，奴家依然还是女身。（生）已经数度幽期，玉体岂能无损？（旦）那是魂，这才是正身陪奉。伴情哥则是游魂，女儿身依旧含胎。（外扮舟子歌上）春娘爱上酒家子楼[32]，不怕归迟总弗子愁。推道那家娘子睡，且留教住要梳子头。（又歌）不论秋菊和那春子个花，个个能噇空肚子茶[33]。无事莫教频入子库，一名闲物他也要些子些。（丑扮疙童上介）船，船，船，临安去。（外）来，来，来。（拢船介）（丑）门外船便，相公篡下小姐班[34]。（净辞介）相公、小姐，小心去了。（生）小姐无人伏侍，烦老姑姑一行，得了官时相报。（净）俺不曾收拾。（背介）事发相连，走为上计。（回介）也罢，相公赏侄儿什么，着他和俺收拾房头，俺伴小姐同去。（丑）使得。（生）便赏他这件衣服。（解衣介）（丑）谢了，事发谁当？（生）则推不知便了。（丑）这等请了。"秃厮儿堪充道伴[35]，女冠子权当梅香。"（下）

臧懋循：连石道姑走，才有做。（朱墨本批语）

【急板令】（众上船介）别南安孤帆夜开，走临安把双飞路排。（旦悲介）（生）因何吊下泪来？（旦）叹从此天涯，从此天涯。叹三年此居，三年此埋。死不能归，活了才回。（合）问今夕何夕？此来、魂脉脉，意咍咍。

做梦游魂之处，自应恋恋难舍。（三妇本批语）

臧懋循："三年此居"四句，皆寻常口头语，入曲自佳。（朱墨本批语）

【前腔】（生）似倩女返魂到来[36]，采芙蓉回生并载。（旦叹介）（生）为何又吊下泪来？（旦）想独自谁挨，独自谁挨？翠黯香囊，泥渍金钗。怕天上人间，心事难谐。（合前）（净）夜深了，叫停船。你两人睡罢。（生）风月舟中，新婚佳趣，其乐何如！

【一撮掉】蓝桥驿[37]，把淥河桥风月筛。（旦）柳郎，今日方知有人间之乐也。七星版三星照[38]，两星排。今夜呵，把身子儿带，情儿迈，意儿挨。（净）你过河衣带紧，请宽怀。（生）眉横黛，小船儿禁重载？这欢眠自在，抵多少吓魂台[39]。

丽娘今日方知有人间之乐，即柳郎亦今日方知有人间丽娘之乐也。（三妇本批语）

【尾声】情根一点是无生债[40]。（旦）叹孤坟何处是俺望夫台[41]？柳郎呵，俺和你死里淘生情似海。

《魂游》所云"生生死死为情多"，即无生债也。（三妇本批语）

（生）偷去须从月下移[42]，吴融

（净）好风偏似送佳期[43]。陆龟蒙

（旦）傍人不识扁舟意[44]，张蠙

（净）惟有新人子细知[45]。戴叔伦

［注释］

[1] 舆榇出天台：意思是死去活来。舆，车。榇，棺材。舆榇，以车载棺材。天台，仙界，这里指阴间。　[2] 挣作：挣扎、振作。　[3] 软咍咍：软绵绵。　[4] 如烟入抱：神话故事：吴王夫差的女儿小玉，爱上了青年韩重。吴王不允许他们结婚，小玉气结

而死。三年后她的鬼魂在墓旁与韩重相会，小玉赠韩重明珠。小玉的母亲想去抱她，她却化作烟消逝了。事见《搜神记》。 [5] 三霜：三年。 [6]“土花零落旧罗裳”二句：黄庭坚《画堂春》：“杏花零落燕泥香，睡损红妆。” [7] 灺（xiè）：蜡烛的余烬。这里指香烬。 [8] 消停：现成，自在，轻松。 [9] 劳承：殷勤。 [10] 眼哈：眼呆。 [11] 活森沙：活活地，活泼地。 [12] 挣出这烟花界：从阴间挣脱，来到这繁华的世界。挣，从……挣脱出来。 [13] 懵腾：糊里糊涂，神志不清。 [14]“必待父母之命”二句：《孟子·滕文公下》：“不待父母之命，媒妁之言，钻穴隙相窥，逾墙相从，则父母国人皆贱之。” [15] 青台：泉台，黄泉。 [16] 结盏：合卺，喝交杯酒，指婚礼。 [17] 今夕何夕：《诗经·唐风·绸缪》：“今夕何夕？见此良人。子兮子兮，如此良人何？”是一首写新婚欢乐的诗。 [18] 鬼奴台：鬼奴胎，小鬼头。 [19] 承车盖：承蒙光临。车盖，指车子。 [20] 长生会：泛指道观的法事。 [21] 莲花观：道观。 [22] 整个小盒儿：准备一份祭奠的酒食。 [23] 青娥：少女。 [24] 点不出个茶儿：未能点茶待客。点茶，古代烹茶的一种方法，这里指泡茶。 [25] 闺阃之教：对女子的封建教育，如男女授受不亲等。闺阃，妇女的居室。 [26] 取应：应考，参加科举考试。 [27] 中山醉梦：刘玄石在中山酒家喝了“千日酒”，回到家里一醉不醒，家里人以为他死了，就把他葬了。千日后，酒家算来该醒了，到他家探望。家人说已经死了三年，早就埋葬了。打开棺材，刘刚刚醒来。见张华《博物志·千日酒》。 [28] 土木形骸：原意是不加修饰，见《晋书·嵇康传》。这里说自己形体粗俗，是杜丽娘自谦之词，暗指曾掩埋在坟墓棺椁中。 [29]“眠一柳”二句：一宵欢爱，抵得上考取功名。眠一柳，《三辅旧事》：“汉苑中有柳，状如人形，号曰人柳。一日三眠三起。”三槐，三公。这里指春试及第。 [30] 柳耆卿：北宋词人柳永。有名的风流才子。上句的杜兰香和此句的柳耆卿并提，与杜丽娘、柳梦梅的姓相合。 [31] 元阳：指男性。 [32] 春娘爱上酒家子楼：唐李昌符《婢仆诗》："春娘爱上酒家楼，不怕归迟总不留。推道那家娘子卧，且留教住待梳头。""不论秋菊与春花，个个能噇空肚茶。无事莫教频入库，一名闲物要些些。"见《北梦琐言》卷十。这里舟子所唱略有变化。 [33] 噇（chuáng）：无节制地狂吃狂喝。 [34] 相公纂下小姐班：是请相公扶小姐下船的意思。 [35] 秃厮儿：秃童。女冠子：道姑。【秃厮儿】【女冠子】都是曲牌名，嵌在这里是一种文字游戏。 [36] 倩女返魂：张倩娘与王宙相爱，王宙赴京赶考，倩娘相思成病。她的灵魂离开肉体，赶上王宙，和他同居。后来两人回到倩娘家，倩娘的灵魂重新回归肉体，一切恢复正常。典出《太平广记》。元人郑光祖根据此故事作《倩女离魂》杂剧。 [37] 蓝桥驿：唐人传奇故事：裴航路过蓝桥驿，遇见仙女云英，后来双双成仙。典出《太平广记》。元杂剧有《裴航遇云英》。 [38]"七星版三星照"二句：意思是说杜丽娘和柳梦梅神奇的两情结合。七星版，七星板，棺材里的夹板，有北斗七星样的小孔。这里指死去。三星，心宿，《诗经·唐风·绸缪》："三星在天。"写情人相会的时刻。两星，牵牛星和织女星。神话传说，每年七夕两星渡河相会。 [39] 抵多少吓魂台：比阴间好多了。抵，胜过。吓魂台，地狱里折磨鬼魂的地方，指阴间。 [40] 无生：佛家修行所达到的一种无生无灭的境界。此句说有了情根一点，就不能达到无生的境界了。 [41] 望夫台：望夫石。民间传说，有女子在这里送丈夫出征，一直看着他。丈夫远去，女子化而为石。 [42] 偷去须从月下移：出自唐吴融《高侍御话及皮博士池中白莲因成一章寄博士兼奉呈》。见《全唐诗》卷六八七。 [43] 好风偏似送佳期：出自唐陆龟蒙《中秋待月》。见《全唐诗》卷六二四。 [44] 傍人不识扁舟意：出自唐张蠙《经范蠡旧居》。见《全唐诗》卷七〇二。 [45]惟有新人子细知：出自唐戴叔伦《抚州被推昭雪答陆太祝三首》其一。见《全唐诗》卷二七四。

［点评］

杜丽娘还魂，柳梦梅央求成亲，杜丽娘的回答却是"这事还早，扬州问过了老相公、老夫人，请个媒人方好。"因为古书云婚姻"必待父母之命，媒妁之言"。这个问题非常重要。

杜丽娘回到人间，立即就陷入封建礼教笼罩的现实社会。读过男女《四书》、《昔氏贤文》，又接受过严格闺训的杜丽娘，不能不考虑合乎礼法的社会共识。

"鬼可虚情，人须实礼"，礼的规范含糊不得。但是，这只不过是一个必须发表的声明，早已突破人鬼界限的杜丽娘在精神上早已和柳梦梅难分难解，所以并没有坚持这一立场，结果还是和柳梦梅举行了简单的婚礼，然后一同逃往临安。

促成杜丽娘态度转变的还有两个因素：一是陈最良闯入，约上柳梦梅翌日祭奠杜丽娘，掘坟事行将暴露，面临杀身大祸；一是石道姑分析的四大严重后果，有无可辩驳的说服力。

一对至情男女终于结成连理，都感到"今日方知人间之乐"。不过柳梦梅能否科举考中？杜宝夫妇能否接受这宗奇特的婚姻？一切尚在未知数。

第三十七出　骇　变

周锡山：全出全是陈最良一人自言自语，自问自答，写法特别，但自然而生动。(《〈牡丹亭〉注释汇评》)

从门外入来，门不关，香灯不点，小姐牌位不见，石姑、柳生俱不应，一路疑端杂出，使陈老应接不暇。(三妇本批语)

〔集唐〕(末上)“风吹不动顶垂丝[1]雍陶，吟背春城出草迟[2]朱庆余。毕竟百年浑是梦[3]元稹，夜来风雨葬西施[4]韩偓。”俺陈最良。只因感激杜太守，为他看顾小姐坟茔。昨日约了柳秀才到坟上望去，不免走一遭。(行介)“岩扉不掩云长在，院径无媒草自深。”待俺叫门。(叫介)呀，往常门儿重重掩上，今日都开在此。待俺参了圣[5]。(看菩萨介)咳，冷清清没香没灯的。呀，怎不见了杜小姐牌位？待俺问一声老姑姑。(叫三声介)俗家去了。待俺叫柳兄问他。(叫介)柳朋友！(又叫介)柳先生！一发不应了。(看介)嗄，柳秀才去了。医好了病，来不参，去不辞。没行止[6]，没行止！待俺西房瞧瞧。咳哟，道姑也搬去了。磬儿，锅儿，床席，一些都不见了。怪哉！（想介）是了。日前小道姑有话，昨日又听的小道姑声息，其中必有柳梦梅勾搭事情。一夜去了。没行止，没行止！由他，由他。到后园看小姐坟去。（行介）

【懒画眉】园深径侧老苍苔，那儿所月榭风亭久不开。当时曾此葬金钗[7]。（望介）呀，旧坟高高儿的，如今平下来了也。缘何不见坟儿在？敢是狐兔穿空倒塌来？这太湖石，只左边靠动了些，梅树依然。（惊介）咳呀，小姐坟被劫了也。

茅暎：凄凉景况，不浅不深。（朱墨本批语）

【朝天子】（放声哭介）小姐，天呵！是什么发冢无情短幸材[8]？他有多少金珠葬在打眼来[9]。小姐，你若早有人家，也搬回去了。则为玉镜台无分照泉台[10]。好孤哉！怕蛇钻骨，树穿骸，不提防这灾。知道了，柳梦梅岭南人，惯了劫坟。将棺材放在近所，截了一角为记，要人取赎。这贼意思，止不过说杜老先生闻知，定来取赎。想那棺材，只在左近埋下了。待俺寻看。（见介）咳呀，这草窝里不是朱漆板头？这不是大锈钉？开了去。天，小姐骨殖丢在那里？（望介）那池塘里浮着一片棺材。是了，小姐尸骨抛在池里去

哭小姐，哭天，失惊乱呼。（三妇本批语）

孤坟被发，柳、石无踪，自应于此二人揣度劫坟情事。（三妇本批语）

了。狠心的贼也！

【普天乐】问天天，你怎把他昆池碎劫无余在[11]？又不欠观音锁骨连环债[12]，怎丢他水月魂骸？乱红衣暗泣莲腮[13]，似黑月重抛业海。待车干池水，捞起他骨殖来。怕浪淘沙碎玉难分派。到不如当初水葬无猜。贼眼脑生来毒害[14]，那些个怜香惜玉[15]，致命图财！先师云："虎兕出于柙[16]，龟玉毁于椟中，典守者不得辞其责。"俺如今先去禀了南安府缉拿[17]。星夜往淮扬，报知杜老先生去。

周锡山：不愧是个书呆子，任何时候都记着要在经书中寻找，也都能找到合适的言论作为根据和指导。（《〈牡丹亭〉注释汇评》）

【尾声】石虔婆他古弄里金珠曾见来[18]。柳梦梅，他做得个破周书汲冢才[19]。小姐呵，你道他为甚么向金盖银墙做打家贼？

丘坟发掘当官路[20]，韩愈
春草茫茫墓亦无[21]。白居易
致汝无辜由俺罪[22]，韩愈
狂眠恣饮是凶徒[23]。僧子兰

［注释］

[1] 风吹不动顶垂丝：出自唐雍陶《咏双白鹭》，句云："风飘不动顶丝垂。"见《全唐诗》卷五一八。 [2] 吟背春城出草迟：出自唐朱庆余《寻僧》。见《全唐诗》卷五一四。 [3] 毕竟百年

浑是梦：出自唐元稹《酬乐天秋兴见赠本句云莫怪独吟秋兴苦比君校近二毛年》。见《全唐诗》卷四一一。［4］夜来风雨葬西施：出自唐韩偓《哭花》。见《全唐诗》卷六八三。西施，古代美人，这里用人比花。［5］圣：这里指菩萨。［6］行止：品行，德行。［7］葬金钗：这里是说葬杜丽娘。金钗，以首饰指代女子。［8］短幸材：短命的，没良心的，骂人话。［9］打眼：引起人注意。［10］玉镜台无分照泉台：既然生前没有受聘，死后就无人照看了。玉镜台，晋温峤以玉镜台为聘，娶表妹为妻。见《世说新语·假谲》。元关汉卿有《玉镜台》杂剧。泉台，黄泉，阴间。［11］昆池碎劫无余在：意思是坟墓被盗掘，一点骨殖都没留下。昆池，汉代长安的昆明池。汉武帝开昆明池，掘到黑土，方士说这就是劫灰。见《三辅黄图》卷四。［12］观音锁骨连环：宗教传说有“锁骨观音”，是观音变相行道事迹之一。这里只是指美人骨头。［13］红衣：红色的莲花瓣。［14］眼脑：眼。［15］那些个：说什么，哪里会。［16］“虎兕（sì）出于柙（xiá）”三句：《论语·季氏》：“孔子曰：‘……虎兕出于柙，龟玉毁于椟中，是谁之过与？’”朱熹注：“典守者不得辞其过。”兕，雌犀牛。柙，兽圈。龟，龟甲，上古时代认为是宝物，用来占卜。椟，柜子。［17］缉：搜捕。［18］石虔婆他古弄里金珠曾见来：意思是石道姑曾为杜丽娘装殓，知道棺材里的金珠。虔婆，贼婆，一般指鸨母，骂人的话。古弄里，窟窿里，坟里。［19］破周书汲冢：晋咸宁五年（279），汲郡人不準（人名）发掘魏襄王墓，得到很多周、秦古书。这里比喻柳梦梅掘墓。［20］丘坟发掘当官路：出自唐韩愈《题广昌馆》。见《全唐诗》卷三四四。［21］春草茫茫墓亦无：出自唐白居易《罗敷水》。见《全唐诗》卷四五五。［22］致汝无辜由俺罪：出自唐韩愈《去岁自刑部侍郎以罪贬潮州刺史乘驿赴任其后家亦谴逐小女道死殡之层峰驿旁山下蒙恩还朝过其墓留题驿梁》。见《全唐诗》卷三四四。 [23] 狂眠恣饮是凶徒：出自唐僧子兰《长安伤春》。见《全唐诗》卷八二四。

[点评]

本出是陈最良的独角戏。整个过程的曲白唱做写得自然而生动。

杜宝相当赏识陈最良，不仅聘他为塾师，还给他的药店题匾，又托付看坟的重任。陈最良也是心怀感激，尽心尽职。陈先生的惊骇和推断似乎都合乎逻辑，其实都是主观的想当然。读者和观众都明白，惟陈老处在认真的糊涂中，当然显得可笑。

原本对柳梦梅深表同情而且深信不疑的陈最良，现在却认定柳梦梅是盗墓贼，义愤填膺地把他推向与杜宝的矛盾中。

戏剧的活动空间由南安迅速向淮扬转移。

第三十八出　淮　警

【霜天晓角】（净引众上）英雄出众，鼓噪红旗动。三年绣甲锦蒙茸[1]，弹剑把雕鞍斜鞚[2]。“贼子豪雄是李全，忠心赤胆向胡天。靴尖踢倒长天堑[3]，却笑江南土不坚。”俺溜金王奉大金之命，骚扰江淮三年。打听大金家兵粮凑集，将次南征，教俺淮扬开路，不免请出贱房计议。中军快请[4]。（众叫介）大王叫箭坊[5]。（老旦扮军人持箭上）箭坊俱已造完。（净笑恼介）狗才怎么说？（老旦）大王说，请出箭坊计议。（净）胡说！俺自请杨娘娘，是你箭坊？（老旦）杨娘娘是大王箭坊，小的也是箭坊。（净喝介）

【前腔】（丑上）帐莲深拥[6]，压寨的阴谋重[7]。（见介）大王兴也！你夜来鏖战好粗雄。困的俺垓心没缝。大王夫，俺睡倦了。请俺甚事商量？（净）闻得金主南侵，教俺攻打淮扬，以便征进。思想扬州有杜安抚镇守，急切难攻。如何是好？（丑）依奴家所见，先围了淮安，杜安抚定然赴救。俺分兵扬州，断其声援，于中取事。（净）高，高！娘娘这计，李全要怕了你。（丑）你那一宗儿不怕了奴家！（净）罢了。未封王号时，俺是个怕老婆的强盗，封王之后，也要做怕老婆的王。（丑）着了。快起兵去攻打淮城。

【锦上花】（净）拨转磨旗峰[8]，促紧先锋。千兵摆列，万马奔冲。鼓通通，鼓通通，噪的那淮扬动。

计出杨妈妈，与此处“听分付”，总写李全不能自主，为后杜安抚料定退兵之策也。（三妇本批语）

【前腔】（众）军中母大虫[9]，绰有威风。连环阵势，烟粉牢笼[10]。哈哄哄，哈哄哄，哄的淮扬动。（丑）溜金王听俺分付：军到处，不许你抢占半名妇女。如违，定以军法从事。（净）不敢。

（丑）日暮风沙古战场[11]，王昌龄

（净）军营人学内家妆[12]。司空图

（众）如今领帅红旗下[13]，张建封

（众）擘破云鬟金凤凰[14]。曹唐

[注释]

[1]蒙茸：衣服散乱，不整齐。此处形容军中生活紧张。 [2]鞚：拉住马缰绳。 [3]靴尖踢倒长天堑：《说郛》卷七引《钱塘遗事》载，南宋末降元叛将吕文焕答宋太皇太后书："孤城其若弹丸，谓可靴尖之踢倒；长江虽曰天堑，或欲投鞭而断流。"天堑，指长江。 [4]中军：军帐中的传令官。 [5]箭坊：制造弓箭的作坊。此处是"贱房"的谐音，诨语。贱房，妻子的谦称。此处有秽亵意。 [6]帐莲：莲帐的倒词，莲帐，原指幕府。此处之帐莲，是指营帐。 [7]压寨的：压寨夫人，山大王的妻子。 [8]磨旗：开道旗。峰：旗杆的顶尖。 [9]母大虫：母老虎。 [10]烟粉：女人，此处指李全妻。牢笼：控制。 [11]日暮风沙古战场：出自唐王昌龄《从军行七首》其三。见《全唐诗》卷一四三。 [12]军营人学内家妆：出自唐司空图《歌》。见《全唐诗》卷六三三。内家妆，宫内女人的梳妆样式。 [13]如今领帅红旗下：出自唐张建封《酬韩校书愈打球歌》。见《全唐诗》卷二七五。 [14]擘破云鬟金凤凰：出自唐曹唐《玉女杜兰香下嫁于张硕》。见《全唐诗》卷六四〇。

[点评]

在男尊女卑的封建社会里，惧内的男子常成为被讽刺的对象。此出的李全被塑造成怕老婆大王，杨妈妈才是军营的主宰。李全夫妇以喜剧角色净丑扮演，极尽讽刺揶揄，科诨调笑颇为有趣。

杜宝镇守淮扬，三年无重大战事。因为有《淮警》，才有杜宝移镇，才有杜母回临安，才有杜丽娘遇母；才有会试延迟发榜，才有柳梦梅前线探亲。

此出虽然简短，仍是戏剧发展的一个重要节点。

第三十九出　如　杭

【唐多令】（生上）海月未尘埋[1]，（旦上）新妆倚镜台。（生）卷钱塘风色破书斋。（旦）夫，昨夜天香云外吹，桂子月中开。（生）“夫妻客旅闷难开，（旦）待唤提壶酒一杯。（生）江上怒潮千丈雪，（旦）好似禹门平地一声雷[2]。”（生）俺和你夫妻相随，到了临安京都地面。赁下一所空房，可以理会书史。争奈试期尚远[3]，客思转深。如何是好？（旦）早上分付姑姑，买酒一壶，少解夫君之闷，尚未见回。（生）生受了，娘子。一向不曾话及：当初只说你是西邻女子，谁知感动幽冥，匆匆成其夫妇。一路而来，到今不曾请教。小姐可是见小生于道院西头？因何诗句上“不是梅边是柳

月中桂、禹门雷，隐隐击动试闱报捷之意，引起后文。又先伏石姑沽酒，皆于闲中着笔。（三妇本批语）

边”，就指定了小生姓名？这灵通委是怎的？（旦笑介）柳郎，俺说见你于道院西头是假。我前生呵！

【江儿水】偶和你后花园曾梦来，擎一朵柳丝儿要俺把诗篇赛。奴正题咏间，便和你牡丹亭上去了。（生笑介）可好哩？（旦笑介）咳，正好中间，落花惊醒。此后神情不定，一病奄奄。这是聪明反被聪明带[4]，真诚不得真诚在，冤亲做下这冤亲债。一点色情难坏，再世为人，话做了两头分拍[5]。

臧懋循：丽娘回生之后，柳郎奔走无暇，今已入临安，石姑他出，诘问题诗，所以此一段，断不可少。（朱墨本批语）

【前腔】（生）是话儿听的都呆答孩[6]。则俺为情痴信及你人儿在。还则怕邪淫惹动阴曹怪，忌亡坟触犯阴阳戒。分书生领受阴人爱[7]，勾的你色身无坏。出土成人，又看见这帝城风采。（净提酒上）“路从丹凤城边过[8]，酒向金鱼馆内沽。”呀，相公，小姐不知：俺在江头沽酒，看见各处秀才，都赴选场去了。相公错过天大好事。（生、旦作忙介）（旦）相公只索快行。（净）这酒便是状元红了[9]。

丽娘非柳生启坟，则抱恨泉台矣。花园一梦，便为知己者死，皆于痴处作合。（三妇本批语）

为补试伏案。钱曰：亏杀陈老逼到临安，不然此时尚滞红梅观中，真错过也。（三妇本批语）

【小措大】（旦把酒介）喜的一宵恩爱，被功名二字惊开。好开怀这御酒三杯，放着四婵娟人月在[10]。立朝马五更门外，听六街里喧传人气概[11]。七步才[12]，蹬上了寒宫八宝台[13]。沉醉了九重春色[14]，便看花十里归来[15]。

笔兴所至，便作算博士，颠之倒之，靡不工巧。(三妇本批语)

【前腔】(生)十年窗下[16]，遇梅花冻九才开[17]。夫贵妻荣八字安排。敢你七香车稳情载[18]，六宫宣有你朝拜[19]。五花诰封你非分外[20]。论四德、似你那三从结愿谐[21]。二指大泥金报喜[22]。打一轮皂盖飞来[23]。(旦)夫，我记的春容诗句来。

【尾声】盼今朝得傍你蟾宫客，你和俺倍精神金阶对策[24]。高中了，同去访你丈人、丈母呵，则道俺从地窟里登仙那大喝采。

(旦)良人的的有奇才[25]，刘氏

(净)恐失佳期后命催[26]。杜甫

(生)红粉楼中应计日[27]，杜审言

(合)遥闻笑语自天来[28]。李端

[注释]

[1]海月：一种贝壳类动物，大如镜子。此处指镜子。 [2]禹门：黄河龙门，相传为大禹所开。传说鱼跳龙门，雷电烧了尾巴，化而为龙。禹门一声雷，比喻中状元。 [3]争奈：怎奈。 [4]带：带累，耽误。 [5]分拍：分说。 [6]呆打孩：发呆。 [7]分：应分，应该，该，当。 [8]丹凤城：京城。唐殷尧藩《春游》："路从丹凤楼前过，酒向金鱼馆里赊。" [9]状元红：酒名。此处以酒名讨彩头，祝柳梦梅中状元。 [10]四婵娟人月在：意思是

人月都团圆。四婵娟，花、竹、人、月。 [11] 六街：唐宋时代，京城有六街。 [12] 七步才：才思敏捷。曹植被哥哥曹丕所迫，在七步之内写成一首诗。 [13] 蹬上了寒宫八宝台：意思是月中折桂中状元。寒宫，广寒宫，即月宫。 [14] 沉醉了九重春色：意思是能入宫禁畅饮，即中状元。九重，天子住处。春，喻酒。 [15] 看花：科举得中。唐孟郊《登科后》："春风得意马蹄疾，一日看尽长安花。" [16] 十年窗下：十年寒窗，长期苦读。 [17] 冻九：数九日子，最冷的时候。 [18] 七香车：贵妇人的坐车。稳情：稳稳当当，一定。 [19] 六宫宣：皇后的宣召。六宫，后妃住处。 [20] 五花诰：命妇的封诰。诰命文书以五彩绫做成。 [21] 四德：妇德、妇言、妇工、妇容。三从：未嫁从父、既嫁从夫、夫死从子。三从四德是束缚妇女的封建教条。 [22] 泥金报喜：科举得中的喜报。唐朝科举进士及第，用泥金写的帖子寄到考生家里报喜。泥金，用金屑做的书写颜料。 [23] 皂盖：黑色的车篷，官员的车子。 [24] 和：为，给。金阶对策：殿试。会试中试后，参加的考试程序。殿试由皇帝主持，以经义政事出题目，要应试者回答，考试的第一名就是状元。 [25] 良人的的有奇才：出自唐刘氏《夫下第》。见《全唐诗》卷七九九。的的，确确实实。 [26] 恐失佳期后命催：出自唐杜甫《送李八秘书赴杜相公幕》。见《全唐诗》卷二三一。 [27] 红粉楼中应计日：出自唐杜审言《赠苏绾书记》。见《全唐诗》卷六二。 [28] 遥闻笑语自天来：出自唐李端《长门怨》。见《全唐诗》卷二八六。

[点评]

脱离了南安险境，柳梦梅夫妻来到临安。在暂时安定的空暇，柳梦梅解开了从拾画以来心头的一个疑问，就是杜丽娘画上题诗的缘由。两人的讨论是愉快的，充满了诗意，充满了柔情。

不料石道姑带来紧急的消息，柳梦梅有迟到耽误考试的危险，再生一个悬念。于是，一壶散闷的酒，变成了为柳梦梅饯行祝捷的酒。

两支幽默的【小措大】用了“嵌字体”，每句嵌一数字。杜丽娘的祝福由一唱到十，热情满腔。柳梦梅的回敬由十唱到一，信心百倍。颠来倒去，充满数字游戏之趣味。

第四十出　仆　侦

【孤飞雁】（净扮郭驼挑担上）世路平消长，十年事老头儿心上。柳郎君翰墨人家长[1]。无营运，单承望，天生天养，果树成行。年深树老，把园围抛漾。你索在何方？好没主量[2]。凄惶，趁上他身衣口粮。“家人做事兴，全靠主人命。主人不在家，园树不开花。”俺老驼一生依着柳相公种果为生。你说好不古怪：柳相公在家，一株树上摘百十来个果儿；自柳相公去后，一株树上生百十来个虫。便胡乱结几个儿，小厮们偷个尽。老驼无主，被人欺负。因此发个老狠，体探俺相公过岭北来了[3]，在梅花观养病，直寻到此，早则南安府大封条封了观门。听的边厢人说，

涉世深远，都肖老人语。（三妇本批语）

道婆为事走了，有个侄儿癞头鼋是小西门住。去寻问他。（行介）“抹过大东路，投至小西门。”（下）

【金钱花】（丑扮疙童披衣笑上）自小疙辣郎当[4]，郎当。官司拿俺为姑娘，姑娘。尽了法，脑皮撞。得了命，卖了房。充小厮[5]，串街坊。“若要人不知，除非己不为。”自家癞头鼋便是。这无人所在，表白一会。你说姑娘和柳秀才那事干得好，又走得好！只被陈教授那狗才，禀过南安府，拿了俺去。拷问俺：“姑娘那里去了？劫了杜小姐坟哩！”你道俺更不聪明，却也颇颇的[6]。则掉着头不做声。那鸟官喝道：“马不吊不肥，人不拶不直，把这厮上起脑箍来。”哎也，哎也，好不生疼！原来用刑人先捞了俺一架金钟玉磬，替俺方便，禀说这小厮夹出脑髓来了。那鸟官喝道：“捻上来瞧。”瞧了，大鼻子一彫[7]，说道：“这小厮真个夹出脑浆来了。”他不知是俺癞头上脓。叫松了刑，着保在外。俺如今有了命，把柳相公送俺这件黑海青穿摆将起来[8]。（唱介）摆摇摇，摆摆摇。没人所在，被俺摆过子桥。（净向前叫揖介）小官唱喏[9]。（丑作不回揖，大笑唱介）俺小官子腰闪价，唱不的子喏。比似你个驼子唱喏，则当伸子个腰。（净）这贼种，开口伤人。

小癞口中，补写陈老鸣官一事。（三妇本批语）

难道做小官的背偏不驼？（丑）刮这驼子嘴，偷了你什么？贼？（净作认丑衣介）别的罢了。则这件衣服，岭南柳相公的，怎在你身上？（丑）咳呀，难道俺做小官的，就没件干净衣服，便是岭南柳家的？隔这般一道梅花岭，谁见俺偷来？（净）这衣带上有字。你还不认，叫地方。（扯丑作怕倒介）罢了，衣服还你去啰。（净）要哩！俺正要问一个人。（丑）谁？（净）柳秀才那里去了？（丑）不知。（净三问）（丑三不知介）（净）你不说，叫地方去。（丑）罢了，大路头难好讲话。演武厅去。（行介）（净）好个僻静所在。（丑）咦，柳秀才到有一个。可是你问的不是？你说得像，俺说；你说不像，休想叫地方，便到官司，俺也只是不说。（净）这小厮到贼。听俺道来：

宾白皆有科段，斗笋亦佳。若老驼、小癞作庄语相见，岂非笨伯？（三妇本批语）

【尾犯序】提起柳家郎，他俊白庞儿，典雅行藏[10]。（丑）是了。多少年纪？（净）论仪表看他，三十不上。（丑）是了。你是他什么人？（净）他祖上、传留下俺栽花种粮。自小儿、俺看成他快长。（丑）原来你是柳大官[11]。你几时别他，知他做出甚事来？（净）春头别，跟寻至此，闻说的不端详。（丑）这老儿说的一句句着。老儿，若论他做的事，咦！（丑作扯净耳语）（净听不见介）（丑）呸，左则无人[12]，要他去。

柳生尝以典雅自居，能于行装上见之，非老仆不解。（三妇本批语）

老儿你听者。

【前腔】他到此病郎当。逢着个杜太爷衙教小姐的陈秀才，勾引他养病庵堂，去后园游赏。（净）后来？（丑）一游游到小姐坟儿上。拾得一轴春容，朝思暮想，做出事来。（净）怎的来？（丑）秀才家为真当假，劫坟偷圹[13]。（净惊介）这却怎了？（丑）你还不知。被那陈教授禀了官，围住观门。拖番柳秀才，和俺姑娘行了杖。棚琶拶压[14]，不怕不招。点了供纸[15]，解上江西提刑廉访司[16]。问那六案都孔目[17]，这男女应得何罪[18]？六案请了律令，禀复道，但偷坟见尸者，依律一秋[19]。（净）怎么秋？（丑作按净头介）这等秋。（净惊哭介）俺的柳秀才呵，老驼没处投奔了。（丑笑介）休慌。后来遇赦了。便是那杜小姐活转来哩。（净）有这等事！（丑）活鬼头还做了秀才正房[20]，俺那死姑娘到做了梅香伴当[21]。（净）何往？（丑）临安去，送他上路，赏这领旧衣裳。（净）吓俺一跳。却早喜也！

他也吓人。（明刻本《批点牡丹亭记》批语）

王思任：本等服色家常饭，只觉受用不完。（清晖阁本批语）

【尾声】去临安定是图金榜。（丑）着了。（净）俺勒挣着躯腰走帝乡[22]。（丑）老哥，你路上精细些。现如今一路里画影图形捕凶党。

嘱老驼精细，为索元时伏脉。（三妇本批语）

（净）寻得仙源访隐沦[23]，朱湾

（丑）郡城南下是通津[24]。柳宗元

（净）众中不敢分明说[25]，于鹄

（丑）遥想风流第一人[26]。王维

［注释］

[1] 翰墨人：读书人。　[2] 主量：主意，商量。　[3] 体探：打探，打听。　[4] 疙辣：疥癞，癞痢头。　[5] 小厮：仆人，家童。　[6] 颇颇的：聪明伶俐。　[7] 彫（diū）：甩。　[8] 海青：大袖子男服。　[9] 唱喏（rě）：作揖。　[10] 行藏：出处。这里指举止，风度。　[11] 柳大官：对柳家的管家或仆人的尊称。　[12] 左则：反正是。　[13] 圹：墓穴。　[14] 棚琶拶（zǎn）压：各种刑罚。棚琶，绷扒，剥去衣服，用绳索捆绑起来。拶，用小木棍编成的拶子夹手指。压，压杠子。　[15] 点了供纸：在供状上画了押，表示认罪。　[16] 提刑廉访司：主管一地司法、监察的官员，宋代设廉访使，元代设肃政廉访使，明代设提刑按察使，其衙门称提刑廉访司。　[17] 六案都孔目：主管全部公文案卷的官员。六案，古代中央机关分吏、礼、户、工、刑、兵六部，州县衙门也相应设立六案，处理各曹事务。孔目，衙门里的书吏。　[18] 男女：对人的蔑称。　[19] 秋：一种死刑。或曰绞刑。　[20] 正房：正妻。　[21] 梅香伴当：婢女仆人。　[22] 勒挣：挣扎、振作。　[23] 寻得仙源访隐沦：出自唐朱湾《寻隐者韦九山人于东溪草堂》。见《全唐诗》卷三〇六。　[24] 郡城南下是通津：出自唐柳宗元《柳州峒氓》。见《全唐诗》卷三五二。　[25] 众中不敢分明说：出自唐于鹄《江南曲》。见《全

唐诗》卷十九。 [26] 遥想风流第一人：出自唐王维《同崔傅答贤弟》。见《全唐诗》卷一二五。

[点评]

柳梦梅和郭驼是相依为命的主仆。柳梦梅去后，郭驼受人欺负，决定北上寻找主人。他在南安找到石道姑的侄子癞头鼋。由柳梦梅所赏癞头鼋的一件长衫黑海青引出惊人的话题。

赤诚厚道的郭驼寻根问底，机灵滑稽的癞头鼋却先要耍弄一番，一净一丑两个性格迥异的角色碰到一起，被昆曲艺人锤炼成一场有趣的喜剧折子，改出名曰《问路》。

第四十一出　耽　试

【凤凰阁】（净扮苗舜宾引众上）九边烽火咤[1]。秋水鱼龙怎化[2]？广寒丹桂吐层花，谁向云端折下？（合）殿闱深锁[3]，取试卷看详回话。〔集唐〕"铸时天匠待英豪[4]谭用之，引手何妨一钓鳌[5]李咸用？报答春光知有处[6]杜甫，文章分得凤凰毛[7]元稹。"下官苗舜宾便是。圣上因俺香山能辨番回宝色，钦取来京典试。因金兵摇动，临轩策士[8]，问和战守三者孰便？各房俱已取中头卷[9]，圣旨着下官详定。想起来看宝易，看文字难。为什么来？俺的眼睛，原是猫儿睛，和碧绿琉璃水晶无二。因此一见真宝，眼睛火出。说起文字，俺眼里从来没有。如今却也奉旨无奈，左右，

臧懋循：看宝易，看文难，此语甚佳。（朱墨本批语）

开箱取各房卷子上来。（众取卷上，净作看介）这试卷好少也。且取天字号三卷，看是何如。第一卷，“诏问：‘和战守三者孰便？’”“臣谨对：‘臣闻国家之和贼，如里老之和事[10]。’”呀，里老和事，和不得，罢；国家事，和不来，怎了？本房拟他状元，好没分晓。且看第二卷，这意思主守。（看介）“臣闻天子之守国，如女子之守身。”也比的小了。再看第三卷，到是主战。（看介）“臣闻南朝之战北，如老阳之战阴[11]。”此语忒奇。但是《周易》有“阴阳交战”之说。——以前主和[12]，被秦太师误了。今日权取主战者第一，主守者第二，主和者第三。其余诸卷，以次而定。

沈际飞：如今文字只用一派大帽头影子话，那有实理实事可取？（独深居本批语）

【一封书】（净）文章五色讹。怕冬烘头脑多[13]。总费他墨磨，笔尖花无一个[14]。恁这里龙门日月开无那，都待要尺水翻成一丈波[15]。却也无奈了，也是浪桃花当一科[16]，池里无鱼可奈何！（封卷介）

周锡山：苗舜宾虽然评定了名次，但心中对这些考卷很不满意。（《〈牡丹亭〉注释汇评》）

【神仗儿】（生上）风尘战斗，风尘战斗，奇材辐辏[17]。（丑）秀才来的停当，试期过了。（生）呀，试期过了。文字可进呈么？（丑）不进呈，难道等你？道英雄入彀[18]，恰锁院进呈时候。（生）怕没有状元在里也哥。（丑）不多，有三个了。（生）万马争先，偏

此曲与前白俱为柳生留余地，乃是作法，非故作轻薄也。（三妇本批语）

骅骝落后。你快禀，有个遗才状元求见[19]。（丑）这是朝房里面。府州县道，告遗才哩。（生）大哥，你真个不禀？（哭介）天呵，苗老先赍发俺来献宝[20]。止不住卞和羞[21]，对重瞳双泪流。（净听介）掌门的，这什么所在！拿过来。（丑扯生进介）（生）告遗才的，望老大人收考。（净）哎也，圣旨临轩，翰林院封进。谁敢再收？（生哭介）生员从岭南万里带家口而来。无路可投，愿触金阶而死。（生起触阶，丑止介）（净背介）这秀才像是柳生，真乃南海遗珠也。（回介）秀才上来。可有卷子？（生）卷子备有。（净）这等，姑准收考，一视同仁。（生跪介）千载奇遇。（净念题介）"圣旨：'问汝多士，近闻金兵犯境，惟有和战守三策。其便何如？'"（生叩头介）领圣旨。（起介）（丑）东席舍去。（生写策介）（净再将前卷细看介）头卷主战，二卷主守，三卷主和。主和的怕不中圣意。（生交卷，净看介）呀，风檐寸晷[22]，立扫千言。可敬，可敬。俺急忙难看。只说和战守三件，你主那一件儿？（生）生员也无偏主。可战可守而后能和。如医用药，战为表，守为里，和在表里之间。（净）高见，高见。则当今事势何如？

【马蹄花】（生）当今呵[23]，宝驾迟留，则道西湖

臧懋循：临川又说时事矣。（朱墨本批语）

杜小姐为你重生，不可死，不可死。（明刻本《批点牡丹亭记》批语）

数语是总括千言大意，其中自有便宜条列，与前三种诨喻不同。（三妇本批语）

昼锦游。为三秋桂子，十里荷香，一段边愁。则愿的“吴山立马”那人休[24]。俺燕云唾手何时就[25]？若止是和呵，小朝廷羞杀江南。便战守呵，请銮舆略近神州[26]。（净）秀才言之有理。

杨葆光：柳生自是中兴人才，非侥幸一第者可比。（同治版三妇本批语）

【前腔】圣主垂旒[27]，想泣玉遗珠一网收。对策者千余人，那些不知时务，未晓天心，怎做儒流。似你呵，三分话点破帝王忧，万言策检尽乾坤漏。（生）小生岭南之士。（净低介）知道了。你钓竿儿拂绰了珊瑚[28]，敢今番着了鳌头。秀才，午门外候旨[29]。（生应出，背介）这试官却是苗老大人。嫌疑之际，不敢相认。“且当青镜明开眼，惟愿朱衣暗点头[30]。”（生下）（净）试卷俱已详定。左右跟随进呈去。（行介）“丝纶阁下文章静[31]，钟鼓楼中刻漏长[32]。”呀，那里鼓响？（内急擂鼓介）（丑）是枢密府楼前边报鼓[33]。（内马嘶介）（净）边报警急。怎了，怎了？（外扮老枢密上）“花萼夹城通御气[34]，芙蓉小苑入边愁。”（见介）（净）老先生奏边事而来？（外）便是。先生为进卷而来？（净）正是。（外）今日之事，以缓急为先后，僭了。（外叩头奏事介）掌管天下兵马知枢密院事臣谨奏俺主。（内宣介）所奏何事？

吴凤雏：所谓考官，只识“真宝”，不懂文章；所谓考题，模棱两可，似是而非；所谓考试，掩人耳目，可遗可补；所谓举才，随意人情，随心所欲。（《牡丹亭》评注）

【滴溜子】（外）金人的、金人的风闻入寇。（内）谁是先锋？（外）李全的、李全的前来战斗。（内）到什么地方了？（外）报到了淮扬左右。（内）何人可以调度？（外）有杜宝现为淮扬安抚。怕边关早晚休，要星忙厮救。（净叩头奏事介）臣看卷官苗舜宾谨奏俺主。

【前腔】临轩的、临轩的文章看就，呈御览、呈御览定其卷首。黄道日[35]，传胪祗候[36]。众多官在殿头，把琼林宴备久[37]。（内）奏事官午门外伺候。（外、净同起介）（净）老先生，听的金兵为何而动？（外）适才不敢奏知。金主此行，单为来抢占西湖美景。（净）痴鞑子，西湖是俺大家受用的。若抢了西湖去，这杭州通没用了。（内宣介）听旨：朕惟治天下，有缓有急，乃武乃文。今淮扬危急，便着安抚杜宝前去迎敌。不可有迟。其传胪一事，待干戈宁辑，偃武修文。可谕知多士。叩头。（外、净叩头呼“万岁”起介）

（外）泽国江山入战图[38]，曹松
（净）曳裾终日盛文儒[39]。杜甫
（外）多才自有云霄望[40]，钱起
（净）其奈边防重武夫[41]。杜牧

[注释]

[1] 九边：边境。明代北方边境分辽东、蓟州、宣府、大同、山西、延绥、宁夏、固原、甘肃等九区。此处是写宋代故事用明代制度，古代戏剧常见这种写法。 [2] 秋水鱼龙怎化：因边境战事紧急，科举考试难以进行，考生怎能实现自己的理想？鱼龙变化就是鲤鱼跳龙门，比喻科考得中而地位变化。 [3] 殿闱深锁：殿试前三日，试官到学士院锁院，然后陪同考生进殿对策。此处指考场锁门。 [4] 铸时天匠待英豪：出自唐谭用之《古剑》。见《全唐诗》卷七六四。铸时天匠，铸造万物的天老爷，此处指主考官。 [5] 引手何妨一钓鳌：出自唐李咸用《陈正字山居》。见《全唐诗》卷六四六。 [6] 报答春光知有处：出自唐杜甫《江畔独步寻花七首》其三。见《全唐诗》卷二二七。 [7] 文章分得凤凰毛：出自唐元稹《寄赠薛涛》。见《全唐诗》卷四二三。凤凰毛，一种稀见的珍品，这里指杰出的文章。 [8] 临轩策士：御试，金殿对策。天子不坐正座而坐在平台上，叫临轩。 [9] 各房：所有的分考官。科举考场中有主考官、分考官。分考官不止一人，每一分考官称一房，分阅一部分考卷。 [10] 里老：地方上的长者。 [11] 老阳之战阴：语意双关，一指阴阳相互作用，一暗喻男女交媾。 [12] “以前主和”二句：秦太师，南宋宰相秦桧，向金朝求和误国，害死抗金名将岳飞。 [13] 冬烘头脑：思想迂腐，没有真学问。 [14] 笔尖花：妙笔生花，有才学的人。 [15] 尺水：以科举得中为起码条件。桓谭《新论》：“龙无尺水，无以升天；圣人无尺土，无以王天下。” [16] 浪桃花当一科：意思是虽然没有好文章，也算是考过了一科。浪桃花，黄河春汛叫桃花汛、桃花浪，此时鱼可以乘浪而登龙门，比喻在春天举行的会试登第。一科，一次、一届考试。 [17] 辐辏：会集。像车辐凑集到车轴上。 [18] 入彀：就范，受到笼络。彀，射箭的命中范

围。唐太宗看到新进士从宫门鱼贯而出，高兴地说："天下英雄入吾彀中矣。"见《唐摭言》卷一。 [19] 遗才：有应考资格因故没有参加考试的叫遗才。遗才可以补考，叫录遗，需要由府州县道提出请求。告遗才，请求参加补考。 [20] 赍发：送路费，打发人起程。 [21] 卞和：春秋楚国人。他发现一块璞玉，先后献给楚厉王和楚武王，都被诬为欺诈，受了刖刑（砍掉双脚）。后来楚文王即位，他又抱璞哭于荆山。文王命工匠剖开璞玉，果然是宝玉，成为著名的"和氏之璧"。见《韩非子·和氏》。 [22] 寸晷：片刻。古代计时方法，日影移动一寸，形容时间非常短。晷，日影。 [23] "当今呵"以下三句：意思是当今皇帝在杭州逗留，错把这地方当成故乡了。当今、宝驾，均指皇帝。昼锦，衣锦还乡。《史记·项羽本纪》载，项羽说："富贵不归故乡，如衣锦夜行。"又，宋朝韩琦为宰相，致仕后归故里，造昼锦堂，欧阳修为他作《相州昼锦堂记》。 [24] "吴山立马"那人休：参看第十五出《虏谍》，金主完颜亮狂言："吴山最高，俺立马在吴山最高。" [25] 燕云唾手：收复失地唾手可得。后晋石敬瑭曾把燕云十六州割给契丹。 [26] 请銮舆略近神州：意思请皇帝从临安迁都到比较接近中原的地方。銮舆，皇帝所乘的车子，指代皇帝。神州，中国，中原。 [27] 垂旒（liú）：统治、治理国家。旒，皇冠前垂下来的玉串。 [28] 钓竿儿拂绰了珊瑚：以钓到珊瑚比喻考中。拂绰，碰到，钓着。杜甫《送孔巢父谢病归游江东兼呈李白》："钓竿欲拂珊瑚树。" [29] 午门：紫禁城的正门。 [30] 朱衣暗点头：相传欧阳修主持考试，看到可以录取的考卷，就好像有一个朱衣人在旁边点头认可。见《侯鲭录》。 [31] 丝纶阁：翰林院，主管诏敕。白居易《紫薇花》："丝纶阁下文章静，钟鼓楼中刻漏长。" [32] 刻漏：古代计时器。 [33] 枢密府：枢密院，宋朝最高军事机关。 [34] "花萼夹城通御气"二句：语本杜甫

《秋兴八首》其六。花萼，花萼楼，唐玄宗时长安兴庆宫的一座楼阁。夹城，由兴庆宫到曲江所筑的复道。芙蓉苑，在长安曲江池。边愁，指安禄山在边境叛乱。杜诗是写唐朝的帝王后妃常到曲江享乐，不久有边关的警报。此处是指李全南侵。 [35] 黄道日：吉日。 [36] 传胪：殿试揭晓时唱名的一种仪式。 [37] 琼林宴：殿试揭晓后，为新进士在琼林苑设的御宴。 [38] 泽国江山入战图：出自唐曹松《己亥岁二首》其一。见《全唐诗》卷七一七。 [39] 曳裾终日盛文儒：出自唐杜甫《又作此奉卫王》。见《全唐诗》卷二三二。 [40] 多才自有云霄望：出自唐钱起《送裴頔侍御使蜀》。见《全唐诗》卷二三九。 [41] 其奈边防重武夫：出自唐杜牧《重送》。见《全唐诗》卷五二〇。

[点评]

《耽试》是作者用喜剧的夸张手法写成的一折科举讽刺剧。

科举是中国人事制度的一大发明，意在择优取士，形式上似乎无可挑剔。但是实际执行起来，弊端也时有发生。时至晚明，科场的丑闻已屡见不鲜，往往引起士林大哗。汤显祖对科场的腐败深有体会，在此借题发挥，是真情的流露。

此出的苗舜宾是为皇家采办珠宝的专家，一见珠宝两眼放光，但是说起文字，“眼里从来没有”。这样的人物却做了执掌文柄的主考官。

考生作策论旨在给皇帝出主意，可是准备录取的前三名的卷子却一律胡说八道。

柳梦梅迟到了，考试已经耽误，可是因为在香山嶴

“打秋风”时认识了苗舜宾，结果不但允许他破例应试，而且马上点了头名状元。

一场最高级别的人才选拔，竟如一场儿戏。作者并无意贬低柳梦梅，只是抨击的矛头对准了时弊，讽刺不可谓不辛辣。

此出有丰富的表演提示，“科介”安排很用心思。

就剧情结构而言，由于边报紧急，发榜推迟，才引出以后的一系列戏剧情节。

第四十二出　移　镇

江山不殊，风景日异，最堪悲凉。（三妇本批语）

【夜游朝】（外扮杜安抚引众上）西风扬子津头树，望长淮渺渺愁予[1]。枕障江南，钩连塞北。如此江山几处？〔诉衷情〕“砧声又报一年秋。江水去悠悠。塞草中原何处？一雁过淮楼。　天下事，鬓边愁，付东流。不分吾家小杜[2]，清时醉梦扬州。”自家淮扬安抚使杜宝。自到扬州三载，虽则李全骚扰，喜得大势平安。昨日打听边兵要来，下官十分忧虑。可奈夫人不解事，偏将亡女絮伤心。

【似娘儿】（老旦引贴上）夫主掣兵符，也相从燕幕栖迟[3]，（叹介）画屏风外秦淮树。看两点金焦[4]，十分眉恨，片影江湖。（老旦）相公万福。（外）夫人免礼。〔玉楼春〕（老旦）相公：“几年别下南安路，春去秋来朝复暮。（外）空怀锦水故乡情，不见扬州行乐处。（老旦）你摩挲老剑评今古[5]，那个英雄闲处住？（泪介）（合）忘忧恨自少宜男[6]，泪洒岭云江外树。”（老旦）相公，我提起亡女，你便无言。岂知俺心中愁恨！一来为苦伤女儿，二来为全无子息。待趁在扬州寻下一房，与相公传后。尊意何如？（外）使不得，部民之女哩。（老旦）这等，过江金陵女儿可好？（外）当今王事匆匆，何心及此。（老旦）苦杀俺丽娘儿也！（哭介）（净扮报子上）[7]“诏从日月威光远，兵洗江淮杀气高[8]。”禀老爷，有朝报。（外起看报介）枢密院一本，为边兵寇淮事。奉圣旨：便着淮扬安抚使杜宝，刻日渡淮。不许迟误。钦此。呀，兵机紧急，圣旨森严。夫人，俺同你移镇淮安，就此起程也。（丑扮驿丞上）“羽檄从参赞[9]，牙签报驿程[10]。”禀老爷，船只齐备。（内鼓吹介）（上船介）（内禀“合属官吏候送”，外分付“起去”介）（外）夫人，又是一江秋色也。

夫人思女，只忆南安，杜老则怀蜀水，各有妙理。（三妇本批语）

茅暎：庄而秀，似盛唐人诗。（朱墨本批语）

【长拍】天意秋初，天意秋初，金风微度[11]，城阙外画桥烟树。看初收泼火[12]，嫩凉生，微雨沾裾。移画舸浸蓬壶[13]。报潮生风气肃，浪花飞吐，点点白鸥飞近渡。风定也，落日摇帆映绿蒲，白云秋窣的鸣箫鼓。何处菱歌，唤起江湖[14]？（外）呀，岸上跑马的什么人？

【不是路】（末扮报子，跑马上）马上传呼，慢橹停船看羽书。（外）怎的来？（末）那淮安府，李全将次逞狂图。（外）可发兵守御么？（末）怎支吾[15]？星飞调度恁安抚。则怕这水路里耽延，你还走旱途。（外）休惊惧。夫人，吾当走马红亭路[16]；你转船归去、转船归去。（老旦）咳，后面报马又到哩。

【前腔】（丑扮报子上）万骑胡奴，他要堑断长淮塞五湖[17]。老爷快行，休迟误。小的先去也。怕围城缓急要降胡。（下）（老旦哭介）待何如？你星霜满鬓当戎虏[18]，似这烽火连天各路衢。（外）真愁促，怕扬州隔断无归路。再和你相逢何处、相逢何处？夫人，就此告辞了。扬州定然有警，可径走临安。

【短拍】老影分飞[19]，老影分飞，似参军杜甫，把山妻泣向天隅。（老旦哭介）无女一身孤，乱军中别了夫主。（合）有什么命夫命妇[20]，都是些鳏寡孤独！生和死，图的个梦和书。

【尾声】（老旦）老残生两下里自支吾。（外）俺做的

赵山林：烽火连天之际，杜宝还有闲情逸致欣赏江上景色，这可以显示杜宝临事不惊，指挥若定，具备宰相气度；同时在一连串紧张的军事调动之间插入这一闲笔，也可以使戏剧节奏得到调节。（《牡丹亭选评》）

“转船”一事，生后文杨妈妈之计，又增波澜。（三妇本批语）

杨妈妈断其声援之计，已为安抚逆料。然因此老夫人径走临安，得遇小姐，正是关目紧要处。（三妇本批语）

是这地头军府[21]。（老旦）老爷也，珍重你这满眼兵戈一腐儒[22]。（外下）（老旦叹介）天呵，看扬州兵火满道。春香，和你径走临安去也。

“老残生”已是可怜，何况又各自“支吾”耶？此语惨极。（三妇本批语）

隋堤风物已凄凉[23]，吴融
楚汉宁教作战场[24]。韩偓
闺阁不知戎马事[25]，薛涛
双双相趁下残阳[26]。罗邺

［注释］

[1] 望长淮渺渺愁予：面对这渺渺淮水，平添无限忧思。《楚辞·湘君》：“帝子降兮北渚，目眇眇兮愁予。” [2]“不分吾家小杜”二句：不分，不忿，不服气。小杜，晚唐诗人杜牧。史家称盛唐诗人杜甫为老杜，杜牧为小杜。清时，政治清明年代，太平时候。醉梦扬州，杜牧长期活动于扬州，有诗《遣怀》：“十年一觉扬州梦。” [3] 燕幕栖迟：在危险的地方居留。燕幕，燕子巢于幕上，比喻随时都会发生危险。栖迟，栖息。 [4] 金焦：金山、焦山，都属镇江，距扬州不远。 [5] 摩挲：抚摩。 [6] 忘忧恨自少宜男：意思是只恨没有儿子。忘忧，忘忧草，萱草，又名宜男草。旧时相传妇女怀孕时佩戴宜男草就会生男孩子。妇女多生男孩子的，也叫宜男。 [7] 报子：探报消息的人。 [8] 兵洗：洗兵，激励士气。武王伐纣时，遇大雨，他说这是天洗兵。兵，兵器。 [9] 羽檄：羽书，古代军事文书插羽毛，表示紧急。 [10] 牙签报驿程：牙签，即邮签，古代驿站晚上报时的更筹。杜甫《宿青草湖》：“邮签报水程。”此处略改。 [11] 金风：

秋风。 [12] 泼火：暑气。 [13] 蓬壶：蓬莱、方壶，神话中的海上两仙山。此处形容江色如仙境。 [14] 江湖：归隐江湖之心。 [15] 支吾：抵挡，对付。 [16] 红亭路：陆路。红亭，路亭。 [17] 五湖：太湖。 [18] 星霜满鬓：两鬓全白了。星霜，毛发斑白。 [19] “老影分飞”以下四句：老年夫妻分别。杜甫于唐肃宗乾元元年（758）出任华州司功参军，当时安史之乱未平，与妻儿离散。杜宝自认是杜甫后代，所以有此联想。 [20] 命夫命妇：受皇帝任命做官的男人和受皇帝封赠的妇人。 [21] 地头军府：当地的军事机关，引申为当地的军事长官。 [22] 满眼兵戈一腐儒：杜甫《江汉》：“乾坤一腐儒。” [23] 隋堤风物已凄凉：出自唐吴融《彭门用兵后经汴路三首》其二。见《全唐诗》卷六八四。隋堤，隋炀帝所开的运河的河堤。这里指淮扬一带。 [24] 楚汉宁教作战场：出自唐韩偓《秋郊闲望有感》。见《全唐诗》卷六八一。 [25] 闺阁不知戎马事：出自唐薛涛《赠远二首》其一。见《全唐诗》卷八〇三。 [26] 双双相趁下残阳：出自唐罗邺《仆射陂晚望》。见《全唐诗》卷六五四。

［点评］

杜宝移镇淮安，甄氏径走临安，才会有丽娘遇母、李全寇间诸情节。杜宝夫妇此时一别，大收煞时才能重逢。从此出开始，杜宝将成为举足轻重的角色。本剧的主干是杜丽娘和柳梦梅的爱情故事。至此，杜柳爱情的诸多环节均已通过，只剩下杜宝这一关。

移镇时的几个细节，表明作者对杜宝人格的肯定。妻子鼓动其纳妾，杜宝断然拒绝。圣旨命令移镇，杜宝即刻起程。羽书紧急传呼，杜宝立即和老妻分手，奔赴前线。这都说明杜宝是一位端正自持、全心全意为国效命的官员。

剧中【夜游朝】【长拍】等曲，是优美的情景交融的抒情诗。【不是路】两曲表达情势紧急时报子、杜宝、甄氏三人的心态，杂白混唱，极富动作性。【短拍】【尾声】写老影分飞，生死一别，情真意切，相当感人。

第四十三出　御　淮

【六幺令】（外引生、末、众扮军人上）西风扬噪，漫腾腾杀气兵妖。望黄淮秋卷浪云高。排雁阵，展《龙韬》[1]，断重围杀过河阳道[2]。（外）走乏了！众军士，前面何处？（众）淮城近了。（外望介）天呵！〔昭君怨〕"剩得江山一半，又被胡笳吹断。（众）秋草旧长营，血风腥。（外）听得猿啼鹤怨[3]，泪湿征袍如汗。（众）老爷呵！无泪向天倾，且前征。"（外）众三军，俺的儿，你看咫尺淮城，兵势危急。俺们一边舍死先冲入城，一面奏请朝廷添兵救助。三军听吾号令，鼓勇而行。（众哭应介）谨如军令。

众军感激前征，由安抚之以家人相待也，故着"俺的儿"三字，非仅学元人套语。（三妇本批语）

【四边静】（行介）坐鞍心把定中军号，四面旌旗绕。

旗开日影摇，尘迷日光小。（合）胡兵气骄，南兵路遥。血晕几重围，孤城怎生料！（外）前面寇兵截路，冲杀前去。（合下）

【前腔】（净引丑、贴扮众军喊上）李将军射雁穿心落[4]，豹子翻身嚼[5]。单尖宝镫挑，把追风腻旗儿袅[6]。（合前）（净笑介）你看俺溜金王手下，雄兵万余，把淮阴城围了七周遭。好不紧也！（内擂鼓喊介）（净）呀，前路兵风，想是杜安抚来到。分兵一千，迎杀前去。（虚下）（外、众唱“合前”上，净众上打话，单战介）（净叫众摆长阵拦路介）（外叫“众军，冲围杀进城去”介）（净）呀，杜家兵冲入围城去了。且由他。吃尽粮草，自然投降也。（合前）（下）

【番卜算】（老旦、末扮文官上）镇日阵云飘，闪却乌纱帽。（净、丑扮武官上）（净）长枪大剑把河桥。（丑）鼓角如龙叫。（见介）请了。〔更漏子〕（老旦）“枕淮楼，临海际。（末）杀气腾天震地。（丑）闻炮鼓，使人惊。插天飞不成。（净）匣中剑，腰间箭，领取背城一战[7]。（合）愁地道，怕天冲[8]。几时来杜公？”（老旦）俺们是淮安府行军司马，和这参谋，都是文官。遭此贼兵围紧，久已迎接安抚杜老大人，还不见到。敢问二位周锡山：插科打诨，似乎与环境、气氛不符，实则是危急中军人故作轻松的心态。他们正等待杜宝的援军，心中尚有希望。（《〈牡丹亭〉注释汇评》）

留守将军，有何计策？（丑）依在下所见，降了他罢。（末）怎说这话？（丑）不降，走为上计。（老旦）走的一个，走不的十个。（丑）这般说，俺小奶奶那一口放那里？（净）锁放大柜子里。（丑）钥匙哩？（净）放俺处。李全不来，替你托妻寄子。（丑）李全来哩？（净）替你出妻献子。（丑）好朋友，好朋友！（内擂鼓喊介）（生扮报子上）报，报，报。正南一枝兵马，破围而来。杜老爷到也。（众）快开城门迎接去。"天地日流血，朝廷谁请缨[9]。"（众并下）

【金钱花】（外引众上）连天杀气萧条，萧条。连城围了周遭，周遭。风喇喇，阵旗飘。叫开城，下吊桥[10]。（老旦等上）（合）文和武，索迎着。（老旦等跪介）文武官属，迎接老大人。（外）起来，敌楼相见。（老旦等应，起下）

【前腔】（外）胡尘染惹征袍，征袍。血花风腥宝刀，宝刀。（内擂鼓介）淮安鼓，扬州箫。摆鸾旗[11]，登丽谯[12]。（合）排衙了，列功曹。（到介）（贴扮办事官上）禀老爷升堂。

【粉蝶儿引】（外）万里寄龙韬，那得戍楼清啸[13]？（贴报门介）文武官属进。（老旦等参见介）孤城累卵[14]，方当万死之危；开府弄丸[15]，来赴两家之难。凡俺官僚，礼当拜谢。（外）兵锋四起，劳苦诸公，皆老夫迟慢之罪，只长揖便了。（众应起揖介）（外）看来此贼颇有兵机。放俺入城，其中有计。（众）不过穿地道，起云梯，下官粗知备御。（外）怕的是锁城之法耳。（丑）敢问何谓锁城？是里面锁，外面锁？外面锁，锁住了溜金王；若里面锁，连下官都锁住了。（外）不提起罢了。城中兵几何？（净）一万三千。（外）粮草几何？（末）可支半年。（外）文武同心，救援可待。（内擂鼓喊介）（生扮报子上）报，报，李全兵紧围了。（外长叹介）这贼好无理也。

【划锹儿】兵多食广禁围绕[16]，则要你文班武职两和调。（众）巡城彻昏晓，这军民苦劳。（内喊介）（泣介）（合）那兵风正号，俺军声静悄。（外拜天，众扶同拜介）泪洒孤城，把苍天暗祷。

【前腔】（众）危楼百尺堪长啸，筹边两字寄英豪[17]。（外）江淮未应小[18]，君侯佩刀。（合前）（外）从今日起，文官守城，武官出城，随机策应。（丑）则怕大金家兵来了。（外）金兵呵！

【尾声】他看头势而来不定交[19]，休先倒折了赵家旗号。便来呵，也少不得死里求生那一着敲[20]。

（净）日日风吹虏骑尘[21]，陈标
（丑）三千犀甲拥朱轮[22]。陈陶
（外）胸中别有安边计[23]，曹唐
（众）莫遣功名属别人[24]。张籍

［注释］

[1]《龙韬》：古代兵书《六韬》之一。　[2] 河阳：今河南孟州西，南宋时为金国占领。　[3] 猿啼鹤怨：官兵的怨声。神话传说，周穆王南征，军官化为猿、鹤，士兵化为虫、沙。　[4] 李将军：汉代名将李广，号称飞将军。善射。此处是李全自比。　[5] 豹子：豹子马，宋代的一种马技。《东京梦华录》卷七《驾登宝津楼诸军呈百戏》："或放令马先走，以身追及，握马尾而上，谓之豹子马。"　[6] 追风腻旗儿袅：《盛世新声・集贤宾・元和令》："急穰穰追风小腻旗。"追风，迎风飘展。腻旗儿，小旗儿。袅，摇摆不定。　[7] 背城一战：在城下作最后决战。　[8] 天冲：装有云梯的兵车。冲，冲车，古代用来冲撞城门的兵车。　[9] 请缨：自请赴敌。　[10] 吊桥：架设在城门口护城河上的可以起落的木桥。　[11] 鸾旗：仪仗的一种旗子。　[12] 丽谯：高楼，此指城楼。　[13] 戍楼清啸：晋刘琨在围城中，月夜登城清啸。又叫人吹胡笳，使敌人凄凉感叹，军心涣散，得以解围。见《晋书・刘琨传》。　[14] 累卵：蛋上加蛋，很容易跌碎。比喻危险。　[15]"开府弄丸"二句：意思是说杜安抚取胜很容易。语本《庄子・徐无鬼》。开府，开设幕府，主掌一方军政大权。此指安抚杜宝。弄丸，一种抛弄弹子的杂耍。春秋时楚国与宋国交战，楚国勇士熊宜僚在阵前弄丸，宋兵停战看得入迷，因而失败。　[16] 禁：禁得起，

经受得起。　[17] 筹边：主持边防。　[18]“江淮未应小”二句：江淮之地很重要，自己亲临兵戎。　[19] 看头势而来不定交：意思是敌人伺机而动，进退无定。头势，势头，指军事形势。不定交，不定。　[20] 一着敲：一次战斗。　[21] 日日风吹虏骑尘：出自唐陈标《饮马长城窟》。见《全唐诗》卷五〇八。　[22] 三千犀甲拥朱轮：出自唐陈陶《赠容南韦中丞》。见《全唐诗》卷七四六。　[23] 胸中别有安边计：出自唐曹唐《羽林贾中丞》。见《全唐诗》卷六四〇。　[24] 莫遣功名属别人：出自唐张籍《寄宋景》。见《全唐诗》卷三八六。

[点评]

本出着力描写杜宝。杜宝是星霜满鬓的一介腐儒，但能临危受命，冲进围城，与淮安共存亡。杜宝以家人待士兵，所以士兵听军令。面对围城强敌，杜宝能识破李全的兵机，鼓舞军心，统一意志，并亲临阵前。他在无奈中，对未来又不失自信。在作者笔下，杜宝可谓真道学。

在以生旦为主的传奇中，也往往安排几出武戏，以调剂冷热。本出武打场面的安置，再加后场几次擂鼓呐喊，很能制造紧张气氛。

第四十四出　急　难

【菊花新】（旦上）晓妆台圆梦鹊声高[1]，闲把金钗带笑敲。博山秋影摇[2]，盼泥金俺明香暗焦[3]。“鬼魂求出世，贫落望登科。夫荣妻贵显，凝盼事如何？”俺杜丽娘跟随柳郎科试，偶逢天子招贤，只这些时还迟喜报。正是：“长安咫尺如千里，夫婿迢遥第一人。”

杨葆光：贫贱夫妻，又经患难，两语惨绝。（同治版三妇本批语）

【出队子】（生上）词场凑巧，无奈兵戈起祸苗。盼泥金赚杀玉多娇，他待地窟里随人上九霄。一脉离魂，江云暮潮。（见介）（旦）柳郎，你回来了。望你高车昼锦，为何徒步而回？（生）听俺道来：

【瓦盆儿】去迟科试，收场锁院散群豪。（旦）咳，原来去迟了。（生）喜逢着旧知交。（旦）可曾补上？（生）亏他满船明月又把去珠淘。（旦喜介）好了。放榜未？（生）恰正在奏龙楼，开凤榜，蹊跷……（旦）怎生蹊跷？（生）你不知大金家兵起，杀过淮扬来了。忙喇煞细柳营[4]，权将杏苑抛[5]，刚则迟误了你夫人花诰[6]。（旦）迟也不争几时。则问你，淮扬地方，便是俺爹爹管辖之处了？（生）便是。（旦哭介）天也，俺的爹娘怎了！（泣介）（生）直恁的活擦擦[7]、痛生生，肠断了。比如你在泉路里可心焦？（旦）罢了。奴有一言，未忍启齿。（生）但说不妨。（旦）柳郎，放榜之期尚远，欲烦你淮扬打听爹娘消耗[8]，未审许否？（生）谨依尊命。奈放小姐不下。（旦）不妨，奴家自会支吾。（生）这等就此起程了。

赵山林：短短几句对话，把杜丽娘企盼、失望、欣喜、焦虑的感情变化传神地表现出来，不愧是心理描写的圣手。（《牡丹亭选评》）

杨葆光：未有多情人而不急父母之急者。非轻柳生而重父母。丽娘可爱，可敬。（同治版三妇本批语）

【榴花泣】（旦）白云亲舍[9]，俺孤影旧梅梢。道香魂恁寂寥，怎知魂向你柳枝销[10]。维扬千里，长是一灵飘。回生事少，爹娘呵，听的俺活在人间惊一跳。平白地凤婿过门[11]，好似半青天鹊影成桥[12]。

【前腔】（生）俺且行且止，两处系心苗。要留旅店伴多娇……（旦）有姑姑为伴。（生）阴人难伴你这

已允就行，又作一顿，生出许多疑虑。（三妇本批语）

冷长宵。把心儿不定，还怕你旧魂飘。（旦）再不飘了。（生）俺文高中高，怕一时榜下归难到。（旦泣介）俺爹娘呵！（生）你念双亲舍的离情，俺为半子怎惜攀高[13]。小姐，卑人拜见岳翁岳母，起头便问及回生之事了。

此云"怕旧魂飘"，是柳生极痛惜丽娘，唯恐其为己远离，惊魂不定，故为此虑，莫谬作谑语看。（三妇本批语）

【渔家灯】（旦叹介）说的来似怪如妖，怕爹爹执古妆乔[14]。（想介）有了，将奴春容带在身傍。但见了一幅春容，少不的问俺两下根苗。（生）问时怎生打话？（旦）则说是天曹，偶然注定的姻缘到，蓦踏着墓坟开了。（生）说你先到俺书斋才好。（旦羞介）休乔，这话教人笑。略说与梅香贼牢[15]。

不可与父母知，反可与婢子知，更见女儿心性。（三妇本批语）

【前腔】（生）俺满意儿待驷马过门[16]，和你离魂女同归气高。谁承望探高亲去傍干戈，怕寒儒欠整衣毛[17]。（旦）女婿老成些不妨。则途路孤恓，使奴挂念。（生）秋霄，云横雁字斜阳道，向秦淮夜泊魂销。（旦）夫，你去时冷落些，回来报中状元呵……（生）名标，大拜门喧笑，抵多少驸马还朝[18]。（净上）"雨伞晴兼雨，春容秋复春。"包袱雨伞在此。

杨葆光：好是丽娘，盖既遣其去，便望其回也。（同治版三妇本批语）

【尾声】（拜别介）（旦）秀才郎探的个门楣着。（生）

报重生这欢声不小。（旦）柳郎，那里平安了便回，休只顾的月明桥上听吹箫[19]。

（生）不为经时谒丈人[20]，刘商

（旦）囊无一物献尊亲[21]。杜甫

（生）马蹄渐入扬州路[22]，章孝标

（旦）两地各伤无限神[23]。元稹

［注释］

[1] 晓妆台圆梦鹊声高：早上起来梳妆，听见喜鹊高声叫，好像给我圆梦，这是好兆头。 [2] 博山：博山炉。这里泛指香炉。 [3] 焦：有双关意：一是香在燃烧，一是杜丽娘心焦。 [4] 忙喇煞细柳营：意思是战事紧张。忙喇煞，忙煞，忙坏。细柳营，汉代名将周亚夫驻军细柳营，以纪律严明著称。此处代指军营。 [5] 权将杏苑抛：意思是把新进士发榜的事抛在一边。杏苑，杏园，在长安，新进士在此游宴。 [6] 刚则：偏只。 [7] 活擦擦：活生生。 [8] 消耗：消息。 [9] 白云亲舍：表示对父母的思念。唐朝狄仁杰离开家乡到并州做官，他登太行，南望一朵白云，对随从说："我的父母就住在那白云下边。"悲泣伫立良久。见《旧唐书·狄仁杰传》。 [10] 魂向你柳枝销：为你柳梦梅弄得神魂颠倒。古人常以折柳枝作别。此处柳枝借喻柳梦梅。销，销魂。 [11] 凤婿：女婿的代称。用萧史弄玉骑凤上天的恋爱神话。 [12] 鹊影成桥：用牛郎织女鹊桥相会的神话传说，表示惊奇和喜悦。 [13] 攀高：攀附巴结，跟比自己地位高的人结交或结亲。此处说去淮扬寻访做大官的岳父。 [14] 执古妆乔：固执己见，装腔做势。 [15] 贼牢：机灵，狡黠，鬼精灵。 [16] 满

意儿：一心一意。驷马：四匹马拉的车子。过门：婚后数日，新夫妇回女家行拜门礼。[17]欠整衣毛：贫寒。衣毛，衣服。[18]驸马还朝：魏晋以后，皇帝的女婿一般都做驸马都尉，简称驸马。【驸马还朝】也是曲牌名。[19]月明桥上听吹箫：唐杜牧《寄扬州韩绰判官》："二十四桥明月夜，玉人何处教吹箫。"此处是说在扬州享乐。[20]不为经时谒丈人：出自唐刘商《上崔十五老丈》。见《全唐诗》卷三〇四。[21]囊无一物献尊亲：出自唐杜甫《重赠郑鍊》。见《全唐诗》卷二二六。[22]马蹄渐入扬州路：出自唐章孝标《及第后寄广陵故人》。见《全唐诗》卷五〇六。[23]两地各伤无限神：出自唐元稹《寄乐天二首》其一。见《全唐诗》卷四一六。

[点评]

金榜题名对柳梦梅和杜丽娘都是非常重要的。杜丽娘未必过分看重丈夫的功名，只是他们的爱情经历太过奇特，柳梦梅如果高中，有助于抵消社会的阻力，使爱情得到美满结局。

柳梦梅带回了科考取中的希望，同时带回了淮扬战事吃紧的坏消息。杜丽娘万分焦急，请求柳梦梅去探望父母。柳生非常理解妻子的心情，也想尽半子的义务，毫不犹豫地即刻起程。

柳梦梅面临的难题是如何向岳父母解释这桩奇特的婚姻。杜丽娘设计以自绘的春容做权威的凭证，她想得很乐观。此时她根本没料到这一张小画，却几乎要了柳郎的小命，因为杜宝果然是"执古妆乔"，坚决不相信女儿能还魂。

冒烽火赴前线探望岳父母，是柳梦梅继冒死掘坟之后，对杜丽娘的又一次舍命相助。有此两大勇敢的行动，柳梦梅至情君子的形象可以成立，杜丽娘的至情付出是值得的。

第四十五出　寇　间

【包子令】（老旦、外扮贼兵巡哨上）大王原是小喽啰，喽啰。娘娘原是小旗婆[1]，旗婆。立下个草朝忒快活[2]，亏心又去抢山河。（合）转巡罗[3]，山前山后一声锣。兄弟，大王爷攻打淮城，要个人见杜安抚打话。大路头影儿没一个，小路头寻去。（唱前合下）

【驻马听】（末雨伞、包袱上）家舍南安，有道为生新失馆。要腰缠十万[4]，教学千年，方才满贯。俺陈最良为报杜小姐之事，扬州见杜安抚大人。谁知他淮安被围，教俺没前没后。大路上不敢行走，抄从小路而去。学先师传食走胡旋[5]，怯书生避寇遭涂炭[6]。你看树影凋残，猿啼虎啸教人叹。（老、外上）

因上扬州，便作此赊想，却妙。是本色语。（三妇本批语）

“明知山有虎，故向虎边行。”鸟汉那里去？（拿介）（末）饶命，大王。（外）还有个大王哩。（末）天，天怎了！正是：“乌鸦喜鹊同行，吉凶全然未保。”（并下）

【普贤歌】（净、丑众上）莽乾坤生俺贼儿顽，谁道贼人胆里单！南朝俺不蛮[7]，北朝俺不番。甚天公有处安排俺[8]？（净）娘娘，俺和你围了淮安许时[9]，只是不下。要得个人去淮安打话，兼看杜安抚动定如何。则眼下无人可使哩。（丑）必得杜老儿亲信之人，将计就计，方才可行。

【粉蝶儿】（外绑末上）没路走羊肠[10]，天、天呵，撞入这屠门怎放！（见介）（外）禀大王，拿的个南朝汉子在此。（净）是个老儿。何方人氏？作何生理[11]？（末）听禀：

【大迓鼓】生员陈最良，南安人氏，访旧淮扬[12]。（净）访谁？（末）便是杜安抚。他后堂曾设扶风帐。（丑）你原来他衙中教学。几个学生？（末）则他甄氏夫人，单生下一女。女书生年少亡。（丑）还有何人？（末）义女春香，夫人伴房。（丑笑背介）一向不知杜老家中事体。今日得知，吾有计矣。（回介）这腐儒，且带在辕门外去。（众应，押末下介）（丑）大王，奴家有了一计。昨日杀了几个妇人，可于中取出首级二颗。则说杜家老小，回至扬州，被俺手下杀了。献首在此。故意苏放那腐儒[13]，传示杜老。杜老心寒，必无守城之意矣。（净）高见，高见。（净起低声分付介）叫中军。（生扮上）（净）俺请那腐儒讲话中间，你可将昨日杀的妇人首级二颗来献，则说是杜安抚夫人甄氏和他使女春香。牢记着。（生应下）（净）左右，再拿秀才来见。（众押末上介）（末）饶命，大王。（净）你是个细作[14]，不可轻饶。（丑）劝大王松了他，听他讲些兵法到好。（净）也罢。依娘娘说，松了他。（众放末缚介）（末叩头介）叩谢大王、娘娘不杀之恩。（净）起来，讲些兵法俺听。（末）卫灵公问陈于孔子[15]，孔子不对。说道："吾未见好德如好色者也[16]。"（净）这是怎么说？（末）则因彼时卫灵公有个夫人南子同座[17]，先师所以怕得讲话。（净）他夫人是南子，俺这娘娘是妇人。（内擂鼓，生扮报子上介）报，报，报！扬州路上兵马，杀了杜安抚家小，径来献首级讨赏。（净看介）则怕是假的。（生）千真万真。夫人甄氏，这使女叫做春香。（末做看认，惊哭介）天呵，真个是老夫人和春香也。（净）哇，腐儒啼哭什么！还要打破淮城，杀杜老儿去。（末）饶了罢，大王。（净）

杨妈妈此计岂能骧安抚军心？但借此作关目，为识认时又添波澜，有云山海市之幻。（三妇本批语）

以兵法引出卫灵公问陈，即以杨妈妈比南子，老儒掉文，颇不唐突。（三妇本批语）

要饶他，除非献了这座淮安城罢。（末）这等容生员去传示大王虎威，立取回报。（丑）大王恕你一刀，腐儒快走。（内擂鼓发喊，开门介）（末作怕介）

陈老此时只借此为脱身之计，不想即为出身之地。（三妇本批语）

【尾声】显威风、记的这溜金王。（净、丑）你去说与杜安抚呵，着什么耀武扬威早纳降。俺实实的要展江山、非是谎。（下）（末打躬送介）（吊场）活强盗，活强盗。杀了杜老夫人、春香。不免城中报去。

"打躬"正照应"生员"二字。若匆匆一走，与从前腐气不相称矣。（三妇本批语）

海神东过恶风回[18]，李白
日暮沙场飞作灰[19]。常建
今日山翁旧宾主[20]，刘禹锡
与人头上拂尘埃[21]。李山甫

［注释］

[1]旗婆：女兵。　[2]草朝：山寨。　[3]巡罗：巡逻。　[4]"要腰缠十万"以下三句：塾师收入微薄，要想有十万贯钱，得教书一千年。腰缠十万贯，是古人形容过分的贪欲。贯，串钱的绳子。　[5]先师传食走胡旋：孔子曾周游列国，受到各国诸侯的供养（传食）。先师，孔子。走胡旋，到处奔走不停。　[6]涂炭：比喻生命危险。　[7]"南朝俺不蛮"二句：自己是汉人而投降金朝，成了既非南人又非北人的人物。蛮，旧时北人对南人的蔑称。番，旧时南人对北人的蔑称。　[8]甚天公有处安排俺：语本元白无咎《鹦鹉曲·渔父》："算从前错怨天公，甚也有安排我处。"　[9]许时：多时，这么久。　[10]羊肠：弯曲的羊肠小道。　[11]生理：

谋生之道，维持生活的职业。 [12] 旧：故旧，老朋友。 [13] 苏放：释放。 [14] 细作：间谍。 [15] 卫灵公问陈于孔子：《论语 · 卫灵公》：“卫灵公问陈于孔子。孔子对曰：‘……军旅之事，未之学也。’”陈，同“阵”，军阵。 [16] 吾未见好德如好色者也：语出《论语 · 子罕》，与卫灵公无关。此处是陈最良恐慌之际的东拉西扯。 [17] 卫灵公有个夫人南子：语出《论语 · 雍也》，孔子不得已而受她接见。 [18] 海神东过恶风回：出自唐李白《横江词六首》其四。见《全唐诗》卷一六六。 [19] 日暮沙场飞作灰：出自唐常建《塞下曲五首》其三。见《全唐诗》卷一四四。 [20] 今日山翁旧宾主：出自唐刘禹锡《送李庚先辈赴选》诗。见《全唐诗》卷三五九。山翁，晋代山简。曾为镇南将军，出镇襄阳。洛阳失守，迁镇夏口。招纳流亡，归附者甚多。此处比喻移镇淮安的杜宝。 [21] 与人头上拂尘埃：出自唐李山甫《下第出春明门》诗。见《全唐诗》卷六四三。

[点评]

《寇间》写陈最良被李全抓捕和利用。

作者对其腐儒形象做多方面描绘。为报杜小姐之事，扬州不见杜宝而再奔淮安，表现其守信尽责。李全稍加威胁，即老实交代杜家人事，表现其胆怯和幼稚。未加细察即认定杜母和春香被杀，和认定柳梦梅为盗墓贼一样，表现其一贯粗心和主观。杨妈妈要他讲兵法，则掉书袋歪讲《论语》，表现其迂腐本色。自己因胆怯而讲不出话，还要拉“先师”为自己辩护，由此又引出李全“南子”“男子”的打岔，也产生了喜剧效果。

这样一个腐儒意外地陷入宋金战事，不料竟成为解决戏剧矛盾的重要角色。陈最良的命运也从此发生转折。

第四十六出　折　寇

【破阵子】（外戎装佩剑，引众上）接济风云阵势[1]，侵寻岁月边陲[2]。（内擂鼓喊介）（外叹介）你看虎咆般炮石连雷碎，雁翅似刀轮密雪施[3]。李全，李全，你待要霸江山、吾在此。〔集唐〕"谁能谈笑解重围[4]皇甫冉？万里胡天鸟不飞[5]高骈。今日海门南畔事[6]高骈，满头霜雪为兵机[7]韦庄。"我杜宝自到淮扬，即遭兵乱。孤城一片，困此重围。只索调度兵粮，飞扬金鼓。生还无日，死守由天。潜坐敌楼之中，追想靖康而后[8]。中原一望，万事伤心。

"吾在此"三字，凛然足使旌旗变色，天壤间何可一日无此人！（三妇本批语）

【玉桂枝】问天何意：有三光不辨华夷，把腥膻吹换人间，这望中原做了黄沙片地？（恼介）猛冲

一想一望，伤心惨目，有如是耶。（三妇本批语）

冠怒起，猛冲冠怒起，是谁弄的，江山如是？（叹介）中原已矣，关河困，心事违。也则愿保扬州，济淮水。俺看李全贼数万之众，破此何难？进退迟疑，其间有故。俺有一计可救围，恨无人与游说。（内擂鼓介）（净扮报子上）"羽檄场中无雁到，鬼门关上有人来。"好笑，城围的铁桶似紧，有秀才来打秋风，则索报去。禀老爷：有个故人相访。（外）敢是奸细？（净）说是江右南安府陈秀才[9]。（外）这迂儒怎生飞的进来？快请见。

【浣溪沙】（末上）摆旌旗，添景致，又不是闹元宵鼓炮齐飞。杜老爷在那里？（外出笑迎介）忽闻的千里故人谁？（叹介）原来是先生到此。教俺惊垂泪。（末）老公相头通白了。（合）白首相看俺与伊，三年一见愁眉。（拜介）（末）〔集唐〕"头白乘驴悬布囊[10]卢纶，（外）故人相见忆山阳[11]谭用之。（末）横塘一别千余里[12]许浑，（外）却认并州作故乡[13]贾岛。"（末）恭谂公相，又苦伤老夫人回扬州，被贼兵所算了[14]。（外惊介）怎知道？（末）生员在贼营中，眼同验过老夫人首级，和春香都杀了。（外哭介）天呵，痛杀俺也！

杜公正在围困之际，陈老一见，别无半词安慰，叠说数端，无非恨事，迂景可掬。（三妇本批语）

【玉桂枝】相夫登第，表贤名甄氏吾妻。称皇宣一品夫人，又待伴俺立双忠烈女。想贤妻在日，想贤妻在日，凄然垂泪，俨然冠帔。（外哭倒，众扶介）（末）我的老夫人，老夫人怎了！你将官们也大家哭一声儿么！（众哭介）老夫人呵！（外作恼拭泪介）呀，好没来由！夫人是朝廷命妇，骂贼而死，理所当然。我怎为他乱了方寸[15]，灰了军心？身为将，怎顾的私？任恓惶，百无悔。陈先生，溜金王还有话么？（末）不好说得，他还要杀老先生。（外）咳，他杀俺甚意儿？俺杀他全为国。（末）依了生员，两下都不要杀。（做扯外耳语介）那溜金王要这座淮安城。（外）噤声！那贼营中是一个座位，是两个座位？（末）他和妻子连席而坐。（外笑介）这等，吾解此围必矣。先生竟为何来？（末）老先生不问，几乎忘了。为小姐坟儿被盗，径来相报。（外惊介）天呵！冢中枯骨，与贼何仇？都则为那些宝玩害了也。贼是谁？（末）老公相去后，道姑招了个岭南游棍柳梦梅为伴。见物起心，一夜劫坟逃去。尸骨丢在池水中。因此不远千里而告。（外叹介）女坟被发，夫人遭难。正是："未归三尺土[16]，难保百年身。既归三尺土，难保百年坟。"也索罢了，则可惜先生一片好心。（末）生员拜别老公相后，一发贫薄了。（外叹介）

因众将齐哭，恐乱军心，激为忘情之语，词义侃侃，能使闻者起敬。（三妇本批语）

不即说解围之计，横叙劫坟，事在中间，却以"为何来"一问引出，章法断而不乱。盖陈生冲围而至，或为李全说客，此问故不可少也。（三妇本批语）

别后贫薄，是陈生来意，又妙在恰引杜公干功一答，不见穿插之迹。（三妇本批语）

军中仓卒，无以为情。我把一大功劳，先生干去。（末）愿效劳。（外）我久写下咫尺之书[17]，要李全解散三军之众。余无可使，烦公一行。左右，取过书仪来。倘说得李全降顺，便可归奏朝廷，自有个出身之处。（杂取书礼介）"儒生三寸舌，将军一纸书。"书仪在此。（末）途费谨领。送书一事，其实怕人。（外）不妨。

【榴花泣】兵如铁桶，一使在其中。将折简[18]、去和戎[19]。陈先生，你志诚打的贼儿通。虽然寇盗奸雄，他也相机而动。（末）恐游说非书生之事。（外）看他开围放你来，其意可知。你这书生正好做传书用。（末）仗恩台一字长城[20]，借寒儒八面威风。（内鼓吹介）

【尾声】戍楼羌笛话匆匆[21]。事成呵，你归去朝廷沾寸宠，这纸书敢则是保障江淮第一封。

（外）隔河征战几归人[22]？刘长卿

（末）五马临流待幕宾[23]。卢纶

（外）劳动先生远相访[24]，王建

（末）恩波自会惜枯鳞[25]。刘长卿

［注释］

[1] 风云阵势:《风后握奇经》所列阵势有八种:天、地、风、云、飞龙、翔鸟、虎翼、蛇蟠。　[2] 侵寻:渐渐度过。　[3] 轮:刀身弯成半月形。　[4] 谁能谈笑解重围:出自唐皇甫冉(一作刘长卿)《同温丹徒登万岁楼》。见《全唐诗》卷二五〇。　[5] 万里胡天鸟不飞:出自唐高骈《塞上寄家兄》。见《全唐诗》卷五九八。　[6] 今日海门南畔事:出自唐高骈《赴安南却寄台司》。见《全唐诗》卷五九八。　[7] 满头霜雪为兵机:出自唐韦庄《赠边将》。见《全唐诗》卷六九六。　[8] 靖康而后:指靖康二年(1127)金人攻破汴京,掳去徽钦二帝以后。靖康,宋钦宗年号。　[9] 江右:江西。　[10] 头白乘驴悬布囊:出自唐卢纶《赠别李纷》。见《全唐诗》卷二八〇。　[11] 故人相见忆山阳:出自唐谭用之《寄孟进士》。见《全唐诗》卷七六四。山阳,地名,今河南修武。晋向秀在山阳旧居,听邻人吹笛,笛声幽怨,使他想起已故的友人,作《思旧赋》。山阳、山阳笛,后来用作旧友、旧地的代称。又,山阳是淮安的旧称,晋朝在此置山阳郡,宋朝山阳是淮安府治所。杜宝镇守淮安,或许因此联想到这个典故。　[12] 横塘一别千余里:出自唐许浑《夜泊永乐有怀》。见《全唐诗》卷五三八。横塘,在南京。　[13] 却认并州作故乡:出自唐贾岛《渡桑乾》。见《全唐诗》卷五七四。并州,治今山西太原。贾岛在并州时,时常想起咸阳。后渡桑乾河,去得更远,反而觉得并州就像故乡一样,令人怀念。这里比喻杜宝在淮安想起了南安,也把南安当作故乡了。　[14] 所算:所害。　[15] 方寸:心、心智。　[16]"未归三尺土"以下四句:这四句谚语原见于《琵琶记》第三十八出。　[17] 咫尺之书:尺牍,短信。　[18] 折简:裁纸写信。　[19] 戎:外敌,此处指李全。　[20] 恩台:恩官。一字长城:凭书信就可以御敌。　[21] 羌笛:泛指笛子。　[22] 隔河征战几归人:出自唐柳长卿《送耿拾遗归上都》。见《全唐诗》

卷一五一。 [23] 五马临流待幕宾：出自唐卢纶《送崔琦赴宣州幕》。见《全唐诗》卷二八〇。 [24] 劳动先生远相访：出自唐王建《从军后寄山中友人》。见《全唐诗》卷三〇〇。 [25] 恩波自会惜枯鳞：出自唐刘长卿《狱中闻收东京有赦》。见《全唐诗》卷一五一。枯鳞，失水的鱼，比喻失意者，此指陈最良。

[**点评**]

《折寇》一出用更多的笔墨写杜宝。

在作者笔下，杜宝是一位系念国事、勤政尽职的重臣。困守淮安，他严阵以待，不失大将风范。闻知夫人和春香遇难，他悲痛哭倒，但拭泪转念一想："夫人是朝廷命妇，骂贼而死，死得壮烈，理所当然，我怎为他乱了方寸，灰了军心？"不中敌人诡计。得知爱女坟墓被掘，他更加悲痛，但也只是付之一叹，并未失去理智。他分析了李全与金朝的矛盾和李全惧内的特殊性格，倒想出一条利诱分化的退敌计策，说明他并不是无所作为的书呆，而是有儒将的素质。

正因如此，陈最良由李全强迫的传话人摇身一变，成了策反李全的真正的间谍。

陈最良抖擞精神，到敌营下书，是渴望事成之后有进身的机会，写来很有分寸。

第四十七出　围　释

【出队子】(贴扮通事上)一天之下，南北分开两事家。中间放着个蓼儿洼[1]，明助着番家打汉家。通事中间，拨嘴撩牙[2]。事有足诧，理有必然。自家溜金王麾下一名通事便是。好笑，好笑，俺大王助金围宋，攻打淮城。谁知北朝暗地差人去到南朝讲话！正是："暂通禽兽语，终是犬羊心。"(下)

【双劝酒】(净引众上)横江虎牙[3]，插天鹰架[4]。擂鼓扬旗，冲车甲马。把座锦城墙、围的阵云花。杜安抚、你有翅难加。自家溜金王。攻打淮城，日久未下。外势虽然虎踞，中心未免孤疑。一来怕南朝大兵兼程策应，二来怕北朝见责委任无功：真个进退

心有所疑，凡事必多顾及。李全只一疑心，便是纳降之本，不待番使怒时也。(三妇本批语)

两难。待娘娘到来计议。（丑上）“驱兵捉将蚩尤女[5]，捏鬼妆神豹子妻[6]。”大王，你可听见大金家有人南朝打话，回到俺营门之外了？（净）有这事？（老旦扮番将带刀骑马上）

【北夜行船】大北里宣差传站马[7]，虎头牌滴溜的分花[8]。（外扮马夫赶上介）滑了，滑了。（老旦）那古里谁家[9]？跑番了拽喇[10]。怎生呵，大营盘没个人儿答煞。（外大叫介）溜金爷，北朝天使到来。（下）（净、丑作慌介）快叫通事请进。（贴上，接跪介）溜金王患病了。请那颜进[11]。（老旦）可才、可才道句儿克卜喇[12]。（下马，上坐介）都儿都儿。（净问贴介）怎么说？（贴）恼了。（净、丑举手，老旦做恼不回介）（指净介）铁力温都答喇。（净问贴介）怎说？（贴）不敢说，要杀了。（净）却怎了？（老旦做看丑笑介）忽伶忽伶。（丑问贴介）（贴）叹娘娘生的妙。（老旦）克老克老。（贴）说走渴了。（老旦手足做忙介）兀该打剌。（贴）叫马乳酒。（老旦）约儿兀只。（贴）要烧羊肉。（净叫介）快取羊肉、乳酒来。（外持酒肉上）（老旦洒酒，取刀割羊肉吃，笑，将羊油手擦胸介）一六兀剌的。（贴）不恼了，说有礼体。（老旦作醉介）锁陀八，锁陀八。（贴）说醉了。（老旦作看丑介）倒喇倒喇。（丑笑介）怎说？（贴）

以番语作诨，非但新人听闻，亦为后讨毛克喇处得蕴藉也。（三妇本批语）

要娘娘唱个曲儿。（丑）使得。

【北清江引】呀，哑观音觑着个番答辣，胡芦提笑哈。兀那是都麻，请将来岸答。撞门儿一句咬儿只不毛古喇。通事，我斟一杯酒，你送与他。（贴作送酒介）阿阿儿该力。（丑）通事，说甚么？（贴）小的禀娘娘送酒。（丑）着了。（老旦作醉，看丑介）孛知，孛知。（贴）又央娘娘舞一回。（丑）使得，取我梨花枪过来。

【前腔】（持枪舞介）冷梨花点点风儿刮，袅得腰身乍[13]。胡旋儿打一车，花门折一花。把一个睃啜老那颜风势煞[14]。（老旦反背，拍袖笑倒介）忽伶忽伶。（贴扶起老旦介）（老旦摆手倒地介）阿来不来。（贴）这便是唱喏，叫唱一直。（老旦笑点头招丑介）哈嘣哈嘣。（贴）要问娘娘。（丑笑介）问什么？（老旦扯丑轻说介）哈嘣兀该毛克喇，毛克喇。（丑笑问贴介）怎说？（贴作摇头介）问娘娘讨件东西。（丑笑介）讨甚么？（贴）通事不敢说。（老旦笑倒介）古鲁古鲁。（净背叫贴问介）他要娘娘什么东西？古鲁古鲁不住的。（贴）这件东西，是要不得的。便要时，则怕娘娘不舍的。便是娘娘舍的，大王也不舍的。便大王舍的，小的也不舍的。（净）甚东西，直恁舍不的？（贴）他这话到明，哈嘣兀该毛克喇，要娘

看上杨妈妈，无可致辞，要唱一回、舞一回，皆有苦心在。（三妇本批语）

娘有毛的所在。（净作恼介）气也，气也。这臊子好大胆[15]，快取枪来。（净作持花枪赶杀介）（贴扶醉老旦走，老旦提酒壶叫“古鲁古鲁”架住枪介）

【北尾】（净）你那醋葫芦指望把梨花架，臊奴，铁围墙敢靠定你大金家。（搊倒老旦介）则踹着你那几茎儿苫嘴的赤支砂[16]，把那咽腥臊的嗓子儿生搭杀[17]。（丑扯住净，放老旦介）（老旦）曳喇曳喇哈哩。（指净介）力娄吉丁母剌失，力娄吉丁母剌失。（作闪袖走下介）（净）气杀我也。那曳喇哈的什么？（贴）叫引马的去。（净）怎指着我力娄吉丁母剌失？（贴）这要奏过他主儿，叫人来相杀。（净作恼介）（丑）老大王，你可也当着不着的[18]。（净）唗，着了你那毛克喇哩。（丑）便许他在那里，你却也忒捻酸。（净不语介）正是我一时风火性。大金家得知，这溜金王到有些欠稳。（丑）便是番使南朝而回，未必其中有话。（净）娘娘高见何如？（丑）容奴家措思。（内擂鼓介）（贴扮报子上）报，报，报！前日放去的秀才，从淮城中单马飞来。道有紧急，投见大王。（丑）恰好，着他进来。

【缕缕金】（末上）无之奈，可如何！书生承将令，强喽啰[19]。（内喊，末惊跌介）一声金炮响，将人跌蹉。

可怜、可怜！密札札干戈，其间放着我。（贴唱门介）生员进。（末见介）万死一生生员陈最良百拜大王殿下，娘娘殿下。（净）杜安抚献了城池？（末）城池不为希罕，敬来献一座王位与大王。（净）寡人久已为王了。（末）正是官上加官，职上添职。杜安抚有书呈上。（净看书介）"通家生杜宝顿首李王麾下[20]"。（问末介）秀才，我与杜安抚有何通家？（末）汉朝有个李、杜至交[21]，唐朝也有个李、杜契友，因此杜安抚斗胆称个通家。（净）这老儿好意思。书有何言？

入万死一生之地，不放"生员"二字，的是腐儒。（三妇本批语）

臧懋循："通家"等语甚迂，然出腐儒之口，足称专对。（朱墨本批语）

【一封书】（读书介）"闻君事外朝，虎狼心，难定交。肯回心圣朝，保富贵，全忠孝。平梁取采须收好[22]，背暗投明带早超[23]。凭陆贾[24]，说庄蹻。颙望麾慈即鉴昭[25]。"（笑介）这书劝我降宋，其实难从。"外密启一通，奉呈尊阃夫人。"（笑介）杜安抚也畏敬娘娘哩。（丑）你念我听。（净看书介）"通家生杜宝敛衽杨老娘娘帐前[26]。"咳也，杜安抚与娘娘，又通家起来。（末）大王通得去，娘娘也通得去。（净）也通得去。只汉子不该说敛衽。（末）娘娘肯敛衽而朝，安抚敢不敛衽而拜！（丑）说的好。细念我听。（净念书介）"通家生杜宝敛衽杨老娘娘帐前：远闻金朝封贵夫为溜

只一通名，便寓嘲讽不浅。（三妇本批语）

金王，并无封号及于夫人。此何礼也？杜宝久已保奏大宋，敕封夫人为讨金娘娘之职。伏惟妆次鉴纳[27]。不宣[28]。”好也，到先替娘娘讨了恩典哩。（丑）陈秀才，封我讨金娘娘，难道要我征讨大金家不成？（末）受了封诰后，但是娘娘要金子，都来宋朝取用。因此叫做讨金娘娘。（丑）这等是你宋朝美意。（末）不说娘娘，便是卫灵公夫人，也说宋朝之美[29]。（丑）依你说。我冠儿上金子，成色要高。我是带盔儿的娘子[30]。近时人家首饰浑脱[31]，就一个盔儿，要你南朝照样打造一付送我。（末）都在陈最良身上。（净）你只顾讨金讨金，把我这溜金王，溜在那里？（丑）连你也做了讨金王罢。（净）谢承了。（末叩头介）则怕大王、娘娘退悔。（丑）俺主意定了。便写下降表，赍发秀才回奏南朝去。

【前腔】（净）归依大宋朝，怕金家成祸苗。（丑）秀才，你担承这遭，要黄金须任讨。（末）大王，你鄱阳湖磬响收心早[32]，娘娘，你黑海岸回头星宿高[33]。（合）便休兵，随听招。免的名标在叛贼条。

（净）秀才，公馆留饭。星夜草表送行。（举手送末，拜别介）

【尾声】（净）咱比李山儿何足道[34]，这杨令婆委实高[35]。（末）带了你这一纸降书，管取那赵官家欢笑倒[36]。（末下）（净、丑吊场）（净）娘娘，则为失了一边金，得了两条王。人要一个王不能够，俺领下两个王号。岂不乐哉！（丑）不要慌，还有第三个王号。（净）什么王号？（丑）叫做齐肩一字王[37]。（净）怎么？（丑）杀哩。（净）随顺他，又杀什么？（丑）你俺两人作这大贼，全仗金鞑子威势。如今反了面，南朝拿你何难。（净作恼介）哎哟，俺有万夫不当之勇，何惧南朝！（丑）你真是个楚霸王[38]，不到乌江不止。（净）胡说！便作俺做楚霸王，要你做虞美人，定不把赵康王占了你去。（丑）罢，你也做楚霸王不成，奴家的虞美人也做不成。换了题目做。（净）什么题目？（丑）范蠡载西施[39]。（净）五湖在那里？——去做海贼便了。（丑作分付介）众三军，俺已降顺了南朝。暂解淮围，海上伺候去。（众应介）解围了。（内鼓介）船只齐备了，禀大王起行。（众行介）

又生出诨语，转到入海，总不见递接之痕。（三妇本批语）

【江头送别】淮扬外，淮扬外，海波摇动。东风劲，东风劲，锦帆吹送。夺取蓬莱为巢洞，鳌背上立着旗峰。

茅暎：一切科诨极尽聪明巧妙，作者一肚皮不合时宜，都发泄尽矣。（朱墨本批语）

【前腔】顺天道，顺天道，放些儿闲空。招安后，招安后，再交兵言重。险做了为金家伤炎宋[40]。权袖手，做个混海痴龙。（众）禀大王娘娘，出海了。

（净）且下了营，天明进发。

（净）干戈未定各为君[41]，许浑
（丑）龙斗雌雄势已分[42]。常建
（净）独把一麾江海去[43]，杜牧
（众）莫将弓箭射官军[44]。窦巩

［注释］

[1] 蓼儿洼：梁山泊。山寨的代称。这里指李全。 [2] 拨嘴撩牙：播嘴弄牙，挑拨是非。 [3] 虎牙：军旗。 [4] 鹰架：供猎鹰栖止的木架。 [5] 蚩尤：神话传说中上古时代一个部落的首领，铜头铁额，能兴云作雾。后被黄帝所杀。 [6] 豹子妻：明朱有燉《仗义疏财》杂剧第三折【滚绣球】："本是个梁山寨生成的豹子妻。"豹子妻是剧中男扮女装的黑旋风李逵。这里是指李全妻。豹子，形容凶猛。 [7] 大北里：指金朝。宣差：差官，使命。这里指番将自己。站马：驿马，一名铺马。 [8] 虎头牌：万户金虎符。金朝军队里用来证明长官身份的一种证件。滴溜：明溜溜，明晃晃。 [9] 那古里：那答儿，那边。谁家：什么人。 [10] 拽喇：或作曳剌，兵卒，外来语。 [11] 那颜：蒙古族官长的音译。 [12] 克卜喇：金国使臣说番语的音译，下文还有多处，其意义见通事（翻译）的解释。 [13] 袅：扭。乍：俏。 [14] 睃啜老：骂外国人的话。风势煞：疯样子。 [15] 臊子：当时对北方少数民族的蔑称。臊，肉类的膻臭味。 [16] 苫：遮掩。赤支砂：红胡须。 [17] 搭杀：扼杀，掐死。 [18] 当着不着：该做的事不做，不该做的却做了。这里指李全不该把那颜撵走。 [19] 强喽啰：强作聪明。此处是陈最良怪自己多事。喽啰，聪明、机灵

的意思。 [20] 通家：世交。 [21]“汉朝有个李、杜至交”二句：东汉李固、杜乔，同在朝做官，同心合作。唐朝的李白、杜甫，都是大诗人，又是好朋友。 [22] 平梁：王冠，即平天冠。 [23] 带早超：或是及早高升的意思。 [24]“凭陆贾”二句：意思是凭着自己有陆贾一样的辩才，去说服李全。陆贾，汉朝初年著名的辩士，曾两次出使南越国，说服南越王赵佗归顺汉朝。庄蹻，战国楚庄王后裔，曾在川、滇一带自立为王，到他的后代才归顺汉朝。 [25] 颙（yóng）望：恳切地希望。 [26] 敛衽：整理衣襟，古代的一种礼节，后来专用于妇女。 [27] 妆次：对妇女的客气称呼，用于书信。如对男子称阁下。 [28] 不宣：不尽，言不尽意。旧时书信结尾的套语。 [29] 宋朝之美：春秋时宋公子朝，有美色。见《论语·雍也》。《论语》也提到卫灵公夫人，但与宋朝无关，是陈最良胡扯。此处是人名、朝代名双关语。 [30] 带盔儿的娘子：女将军。盔儿，头盔。 [31]“人家首饰浑脱”二句：俺什么首饰都不戴，只戴一个盔儿。人家，指自己。浑脱，也可指毡帽。 [32] 鄱阳湖磬响：磬响，动法器，表示皈依佛门，这里是投诚的意思。鄱阳湖中有石钟山，由钟而联想到磬。 [33] 黑海岸回头星宿高：你只要及早弃暗投明，一定会交好运。谚语：“苦海无边，回头是岸。” [34] 李山儿：元人杂剧中给李逵的称号。 [35] 杨令婆：传说中杨老令公的夫人佘太君。此处比喻李全妻杨妈妈。 [36] 管取：一定教。赵官家：宋朝皇帝。 [37] 齐肩一字王：斩首，砍头。 [38]“你真是个楚霸王”二句：项羽战败，和虞美人诀别，最后在乌江自刎。 [39] 范蠡载西施：范蠡帮助越王勾践复国后，功成身退，带上西施泛五湖（太湖）而去。 [40] 炎宋：古代以阴阳五行解释国家的兴衰，赵宋以火德王，称火宋，又称炎宋。 [41] 干戈未定各为君：出自唐许浑《鸿沟》。见《全唐诗》卷五三八。 [42] 龙斗雌雄势已分：出自唐常建《塞下曲四首》其三。见《全唐诗》卷一四四。 [43] 独把一麾江海去：出自唐杜牧《将赴吴兴登乐游原一绝》。见《全唐诗》卷五二一。麾，旌旗，喻指挥。杜牧诗“欲把一麾江海去”是说赴湖州刺史任。这里指挥动旌旗带兵入海。 [44] 莫将弓箭射官军：出唐窦巩《唐州东途作》。见《全唐诗》卷二七一。

［点评］

《围释》一出对李全用了较多的笔墨，描绘其复杂的心情和立场。

李全本是唯利是图的江洋大盗。他发现金朝与南宋暗中勾结，所以对淮安城围而不攻，等待获取更大利益的机会。在金朝主子面前，李全完全没有尊严。金朝使臣公然羞辱和调戏他的爱妻，使他无法忍受，愤而将使臣打跑。正在他为自己的冲动而手足无措的时刻，陈最良携劝降书到来。李全夫妇无法抗拒优厚价码的诱惑，立即解围而去。

杜宝认真研究了李全与金朝的矛盾关系和心理期望，又深知杨妈妈的权威，所以才敢于假传圣旨以利诱降。算得是有胆有识，敢于担当的角色。陈最良得到杜宝的许诺，说降成功可以得官，因此冒险当信使，而且施展口舌之才。近似儿戏的一场戏，写得却合乎情理。

论者认为，杜宝许李全妻为“讨金娘娘”事，是影射明王朝羁縻蒙古女首领三娘子的怀柔政策，表达了汤显祖的政见。首辅张居正在任时竭力支持边将王崇古、吴兑、方逢时、郑洛等利用三娘子招降俺答。这些人因此做到了兵部尚书之类的大官。剧中陈最良对杨妈妈说：

“但是娘娘要金子，都来宋朝取用。”而且要送她金冠，使人联想到《明史·吴兑传》所说赠三娘子“八宝冠、百凤云衣、红骨朵云裙，三娘子以此为兑尽力”。首辅申时行当政则一味采取怀柔政策，虚报战绩，边患已不可收拾，汤显祖对此非常地不满。

本出戏对金朝大不敬，触犯了清王朝的政治忌讳。乾隆四十五年奉旨审查戏曲剧本，将“南宋与金朝关涉”的“违碍之处”大加删改，《围释》中金国使臣整段被删去，并报送朝廷。其后《牡丹亭》的清刻本，在《围释》一出都加上了一个字条，说明“遵进呈本略有删节”。

第四十八出　遇　母

【十二时】（旦上）不住的相思鬼，把前身退悔。土臭全消，肉香新长。嫁寒儒客店里孤栖。（净上）又着他攀高谒贵。〔浣溪沙〕“（旦）寂寞秋窗冷簟纹，（净）明珰玉枕旧香尘，（旦）断潮归去梦郎频。（净）桃树巧逢前度客[1]，（旦）翠烟真是再来人[2]，（合）月高风定影随身。”（旦）姑姑，奴家喜得重生，嫁了柳郎。只道一举成名，回去拜访爹娘。谁知朝廷为着淮南兵乱，开榜稽迟。我爹娘正在围城之内，只得赍发柳郎往寻消耗，撇下奴家钱塘客店。你看那江声月色，凄怆人也。（净）小姐，比你黄泉之下，景致争多。（旦）这不在话下。

【针线厢】虽则是荒村店江声月色，但说着坟窝里前生今世，则这破门帘乱撒星光内，煞强似洞天黑地[3]。姑姑呵，三不归父母如何的[4]？七件事儿夫家靠谁[5]？心悠曳，不死不活，睡梦里为个人儿。（净）似小姐的罕有。

小姐与石姑闲叙一番，亦不可少。（三妇本批语）

【前腔】伴着你半间灵位，又守见你一房夫婿[6]。（旦）姑姑，那夜搜寻秀才，知我闪在那里？（净）则道画帧儿怎放的个人回避，做的事瞒神唬鬼。（旦）昏黑了，你看月儿黑黑的星儿晦，萤火青青似鬼火吹。（旦）好上灯了。（净）没油，黑坐地[7]，三花两焰，留的你照解罗衣。（旦）夜长难睡，还向主家借些油去。（净）你院子里坐坐，咱去借来。"合着油瓶盖，踏碎玉莲蓬[8]。"（下）（旦玩月叹介）

无油黑坐，此处先写出吓人之景，为惊见埋伏。（三妇本批语）

打发石姑落场，只留丽娘独自玩月，愈使老夫人、春香惊疑不定，取境最幽。（三妇本批语）

【月儿高】（老旦、贴行路上）江北生兵乱，江南走多半。不载香车稳，趿的鞋鞓断[9]。夫主兵权，望天涯生死如何判。前呼后拥，一个春香伴。风髻消除，打不上扬州纂[10]。上岸了到临安。趁黄昏黑影林峦，生忔察的难投馆[11]。（贴）且喜到临安了。（老旦）咳，万死一逃生，得到临安府。俺女娘无处投，长路多孤苦。（贴）前面像是个半开门儿，蓦了进去。（老

确是从干戈中来，惊惶投奔之状，不嫌径直。（三妇本批语）

旦进介）呀，门房空静，内可有人？（旦）谁？（贴）是个女人声息。待打叫一声开门。

【不是路】（旦惊介）斜倚雕阑，何处娇音唤启关？（老旦）行程晚，女娘们借住霎儿间。（旦）听他言，声音不似男儿汉，待自起开门月下看。（见介）（旦）是一位女娘，请里坐。（老旦）相提盼，人间天上行方便。（旦）趋迎迟慢，趋迎迟慢。（打照面介）（老旦作惊介）

相会处，极有关目，作手作手。（柳浪馆本批语）

【前腔】破屋颓椽，姐姐呵，你怎独坐无人灯不燃？（旦）这闲庭院，玩清光长送过这月儿圆。（老旦背叫贴）春香，这像谁来？（贴惊介）不敢说，好像小姐。（老旦）你快瞧房儿里面，还有甚人？若没有人，敢是鬼也？（贴下）（旦背）这位女娘，好像我母亲，那丫头好像春香。（作回问介）敢问老夫人，何方而来？（老旦叹介）自淮安，我相公是淮扬安抚、遭兵难，我避虏逃生到此间。（旦背介）是我母亲了，我可认他？（贴慌上，背语老旦介）一所空房子，通没个人影儿。是鬼，是鬼！（老旦作怕介）（旦）听他说起，是我的娘也。（旦向前哭娘介）（老旦作避介）敢是我女孩儿？怠慢了你，你活现了。春香，有随身纸钱，快丢，快丢。（贴丢纸钱介）（旦）儿不是鬼。

到鬼门关尚逐夜望秋月，何况人间？丽娘洵有情人也。然本自无油，反以爱月掩饰，恰似鬼境，逼出老夫人疑问来。（三妇本批语）

（老旦）不是鬼，我叫你三声，要你应我一声高如一声。（做三叫三应，声渐低介）（老旦）是鬼也。（旦）娘，你女儿有话讲。（老旦）则略靠远，冷淋侵一阵风儿旋，这般活现。（旦）那些活现？（旦扯老旦作怕介）儿，手恁般冷。（贴叩头介）小姐，休要捻了春香[12]。（老旦）儿，不曾广超度你，是你父亲古执。（旦哭介）娘，你这等怕，女孩儿死不放娘去了。

【前腔】（净持灯上）门户牢拴，为甚空堂人语喧？（灯照地介）这青苔院，怎生吹落纸黄钱？（贴）夫人，来的不是道姑？（老旦）可是。（净惊介）呀，老夫人和春香那里来？这般大惊小怪。看他打盘旋，那夫人呵，怕漆灯无焰将身远[13]。小姐，恨不得幽室生辉得近前。（旦）姑姑快来，奶奶害怕。（贴）这姑姑敢也是个鬼？（净扯老旦，照旦介）休疑惮。移灯就月端详遍，可是当年人面？（合）是当年人面。（老旦抱旦泣介）儿呵，便是鬼，娘也舍不的去了。

携灯者，必下视，故先照地也。（三妇本批语）

人在幽暗中，小胆多怯，明灯一照，便觉霍然。"合"句得神。（三妇本批语）

【前腔】肠断三年，怎坠海明珠去复旋[14]？（旦）爹娘面，阴司里怜念把魂还。（贴）小姐，你怎生出的坟来？（旦）好难言。（老旦）是怎生来？（旦）则感的是东岳大恩眷，托梦一个书生把墓踹穿。（老旦）

书生何方人氏？（旦）是岭南柳梦梅。（贴）怪哉，当真有个柳和梅。（老旦）怎同他来此？（旦）他来科选。（老旦）这等是个好秀才，快请相见。（旦）我央他看淮扬动静去把爹娘探，因此上独眠深院，独眠深院。（老旦背与贴语介）有这等事？（贴）便是，难道有这样出跳的鬼[15]？（老旦回泣介）我的儿呵！

聚后诉说离情，眼泪都从欢喜中流出。（三妇本批语）

【番山虎】则道你烈性上青天，端坐在西方九品莲，不道三年鬼窟里重相见[16]。哭得我手麻肠寸断，心枯泪点穿。梦魂沉乱，我神情倒颠。看时儿立地，叫时娘各天。怕你茶饭无浇奠，牛羊侵墓田。（合）今夕何年？今夕何年？咦，还怕这相逢梦边。

丽娘自己只作淡语，更妙。（三妇本批语）

【前腔】（旦泣介）你抛儿浅土，骨冷难眠。吃不尽爷娘饭，江南寒食天。可也不想有今日，也道不起从前。似这般糊突谜[17]，甚时明白也天！鬼不要，人不嫌，不是前生断，今生怎得连！（合前）（老旦）老姑姑，也亏你守着我儿。

【前腔】（净）近的话不堪提咽，早森森地心疏体寒。空和他做七做中元[18]，怎知他成双成爱眷？（低与老旦介）我捉鬼拿奸，知他影戏儿做的恁活现？（合）这样奇缘，这样奇缘，打当了轮回一遍[19]。

【前腔】（贴）论魂离倩女是有，知他三年外灵骸怎全？则恨他同棺椁、少个郎官，谁想他为院君这宅院[20]。小姐呵，你做的相思鬼穿，你从夫意专。那一日春香不铺其孝筵，那节儿夫人不哀哉醮荐？早知道你撇离了阴司，跟了人上船！（合前）

茅暎：平平淡淡，自然当行，所以不可及也。（朱墨本批语）

【尾声】（老旦）感得化生女显活在灯前面。则你的亲爹，他在贼子窝中没信传。（旦）娘放心，有我那信行的人儿[21]，他穴地通天，打听的远。

因女思夫，情所必至，不惟结到杜公，并结到柳生，觉前后俱灵动。（三妇本批语）

想象精灵欲见难[22]，欧阳詹
碧桃何处便骖鸾[23]？薛逢
莫道非人身不暖[24]，白居易
菱花初晓镜光寒[25]。许浑

［注释］

[1] 桃树巧逢前度客：唐刘禹锡《再游玄都观绝句》："种桃道士归何处？前度刘郎今又来。"前度客，即前度刘郎，此处喻柳梦梅。　[2] 翠烟：小玉的亡魂。见第三十六出《婚走》注[4]。此处是杜丽娘以小玉亡魂自比。　[3] 煞强似：胜过。亦作赛强似、索强如。　[4] 三不归：没结果，没着落。　[5] 七件事：指家庭日常生计。元武汉臣《玉壶春》杂剧第一折："早晨起来七件事，柴米油盐酱醋茶。"　[6] 守见：守着，等着。　[7] 黑坐地：黑暗里坐着。　[8] 玉莲蓬：比喻小脚。　[9] 趿（sǎ）：拖拉着。鞓（tīng）：鞋带。　[10] 纂：扎头发的细绳。　[11] 生忔察：生

疏，陌生。 [12] 捻了：捏住，扯着。 [13] 漆灯无焰：《佩文韵府》引《江南野史》："沈彬居有一大树。尝曰：'吾死可葬于是。'及葬，穴之，乃古冢。其间一古灯台，上有漆灯一盏。圹头铜牌篆文曰：'佳城今已开，虽开不葬埋。漆灯犹未爇，留待沈彬来。'" [14] 坠海明珠去复旋：意思是爱女死而复活。旋，还，回来。 [15] 出跳：女孩子长得漂亮灵巧。 [16] 不道：不料。 [17] 糊突：糊涂。 [18] 做七：古时人死后每七天做一次佛事，从头七到七七（四十九天）止。做中元：阴历七月十五是中元节，是祭奠亡灵的日子。 [19] 打当：打点，准备，收拾。此处是"当作"的意思。 [20] 为院君这宅院：做了这个宅院的女主人。院君，一般夫人的尊称。 [21] 信行：守信用，老实。 [22] 想象精灵欲见难：出自唐欧阳詹《题延平剑潭》。见《全唐诗》卷三四九。 [23] 碧桃何处便骖鸾：出自唐薛逢《汉武宫辞》。见《全唐诗》卷五四八。 [24] 莫道非人身不暖：出自唐白居易《戏答皇甫监》。见《全唐诗》卷四四九。 [25] 菱花初晓镜光寒：出自唐许浑《重游飞泉观题故梁道士宿龙池》。见《全唐诗》卷五三四。

［点评］

《遇母》写杜母和春香逃难到临安，天黑投宿，和杜丽娘意外相遇，很有戏剧性。

作者先营造了一个"月儿黑黑的星儿晦，萤火青青似鬼火吹"的吓人氛围。杜母进门和杜丽娘第一个照面，见到的是黑暗中"独坐无人灯不燃"的女子，岂能不认为是见鬼了！

作者用四支【不是路】生动而有层次地描写母女意

外相遇的复杂心理。乍一相见，彼此都很惊讶。虽然觉得对方是自己的亲人，可是一种恐惧又使得彼此不敢相认。杜母怕杜丽娘是鬼，杜丽娘则怕吓着母亲。不过亲情毕竟战胜了恐惧，母女终于相认，再也不肯分开。四支曲子有抒情，有交流，真实而自然。

石道姑持灯归来，疑惧消除。杜母、杜丽娘、石道姑、春香各唱一支【番山虎】，表达各自的感慨，悲喜交并，十分动情。

尾声表示对柳梦梅的信任与期待，全剧的重心由此转移到杜柳的独特婚姻与传统礼教的直接冲突上。

第四十九出　淮　泊

【三登乐】（生包袱、雨伞上）有路难投，禁得这乱离时候！走孤寒落叶知秋[1]。为娇妻思岳丈，探听扬州。又谁料他困守淮扬，索奔前答救[2]。〔集唐〕"那能得计访情亲[3]李白？浊水污泥清路尘[4]韩愈。自恨为儒逢世难[5]卢纶，却怜无事是家贫[6]韦庄。"俺柳梦梅阳世寒儒，蒙杜小姐阴司热宠，得为夫妇，相随赴科。且喜殿试撺过卷子，又被边报耽误榜期。因此小姐呵，闻说他尊翁淮扬兵急，叫俺沿路上体访安危。亲赍一幅春容，敬报再生之喜。虽则如此，客路贫难，诸凡路费之资，尽出圹中之物。其间零碎宝玩，急切典卖不来。有些成器金银，土气销镕有限。兼且小生看书之眼，并不认的等子星儿[7]。一路上赚骗无多，逐日里支分有尽。得到扬州地面，恰好岳丈大人移镇淮城。贼兵阻路，不敢前进。且喜因循解散，不免迤逦数程。

【锦缠道】早则要、醉扬州寻杜牧，梦三生花月楼，怎知他长淮去休！那里有缠十万顺天风、跨鹤闲游！则索傍渔樵寻食宿、败荷衰柳，添一抹五湖秋[8]。那秋意儿有许多迤逗[9]！咱功名事未酬，冷落我断肠闺秀。堪回首？算江南江北有十分愁。

一路行来，且喜看见了插天高的淮城，城下一带清长淮水。那城楼之上，还挂有丈六阔的军门旗号。大吹大擂，想是日晚掩门了。且寻小店歇宿。（丑上）“多搀白水江湖酒[10]，少赚黄边风月钱。”秀才投宿么？（生进店介）（丑）要果酒，案酒[11]？（生）天性不饮。（丑）柴米是要的？（生）吃倒算[12]。（丑）算倒吃。（生）花银五分在此。（丑）高银散碎些，待我称一称。（称介，作惊叫介）银子走了。（寻介）（生）怎的大惊小怪？（丑）秀才，银子地缝里走了。你看碎珠儿。（生）这等还有几块在这里。（丑接银又走，三度介）呀，秀才原来会使水银？（生）因何是水银？（背介）是了，是小姐殡敛

推托不饮，为无钱买酒耳，故后文即欲以书准一壶。（三妇本批语）

之时，水银在口。龙含土成珠而上天，鬼含汞成丹而出世，理之然也。此乃见风而化。原初小姐死，水银也死；如今小姐活，水银也活了。则可惜这神奇之物，世人不知。（回介）也罢了。店主人，你将我花银都消散去了，如今一厘也无。这本书是我平日看的，准酒一壶。（丑）书破了。（生）贴你一枝笔，（丑）笔开花了。（生）此中使客往来，你可也听见"读书破万卷[13]"？（丑）不听见。（生）可听见"梦笔吐千花"？（丑）不听见。

【皂罗袍】（生作笑介）可笑一场闲话，破诗书万卷，笔蕊千花。是我差了，这原不是换酒的东西。（丑笑介）"神仙留玉佩，卿相解金貂[14]。"（生）你说金貂玉佩，那里来的？有朝货与帝王家，金貂玉佩书无价。你还不知道，便是千金小姐，依然嫁他。一朝臣宰，端然拜他。（丑）要他则甚？（生）读书人把笔安天下。（生）不要书，不要笔，这把雨伞可好？（丑）天下雨哩。（生）明日不走了。（丑）饿死在这里？（生笑介）你认的淮扬杜安抚么？（丑）谁不认的！明日吃太平宴哩。（生）则我便是他女婿来探望他。（丑惊介）喜是相公说的早，杜老爷多早发下请书了。（生）请书那里？（丑）和相公瞧去。（丑请生行介）待小人背褡裢雨伞。（行介）（生）请书那里？（丑）兀的不是！（生）这是告示居民的。（丑）便是。你瞧！

趁机送出门去，写小人狡狯如活。（三妇本批语）

【前腔】“禁为闲游奸诈。”杜老爷是巴上生的：“自三巴到此[15]，万里为家。不教子侄到官衙，从无女婿亲闲杂。”这句单指你相公：“若有假充行骗，地方禀拿。”下面说小的了：“扶同歇宿，罪连主家。为此须至关防者[16]。右示通知。建炎三十二年五月日示[17]。”你看后面安抚司杜大花押。上面盖着一颗“钦差安抚淮扬等处地方提督军务安抚司使之印”，鲜明紫粉。相公，相公，你在此消停，小人告回了。“各人自扫门前雪，休管他家屋上霜。”（下）（生哭介）我的妻，你怎知丈夫到此凄惶无地也。（作望介）呀，前面房子门上有大金字，咱投宿去。（看介）四个字：“漂母之祠[18]。”怎生叫做漂母之祠？（看介）原来壁上有题：“昔贤怀一饭[19]，此事已千秋。”是了，乃前朝淮阴侯韩信之恩人也。我想起来，那韩信是个假齐王[20]，尚然有人一饭，俺柳梦梅是个真秀才，要杯冷酒不能够！像这漂母，俺拜他一千拜。

一腔愤懑，无处可吐，忽从淮地古迹生情，落落莫莫，与古人攀话一回，文情幽曲之极。（三妇本批语）

【莺皂袍】（拜介）垂钓楚天涯，瘦王孙[21]，遇漂纱。楚重瞳较比这秋波瞎[22]。太史公表他[23]，淮安府

意中含有丽娘在。（三妇本批语）

冷语，比眼泪洗面更惨。（三妇本批语）

祭他，甫能够一饭千金价。看古来妇女多有俏眼儿：文公乞食[24]，僖妻礼他；昭关乞食[25]，相逢浣纱。凤尖头叩首三千下[26]。起更了，廊下一宿。早去伺候开门。没水梳洗。（看介）好了，下雨哩。

旧事无人可共论[27]，韩愈
只应漂母识王孙[28]。王遵
辕门拜手儒衣弊[29]，刘长卿
莫使沾濡有泪痕[30]。韦洵美

［注释］

[1] 落叶知秋：《淮南子·说山训》："见一叶落而知岁之将暮。"宋唐庚《文录》引唐人诗"山僧不解数甲子，一叶落知天下秋"。 [2] 答救：搭救。 [3] 那能得计访情亲：出自唐李白《赠段七娘》。见《全唐诗》卷一八四。 [4] 浊水污泥清路尘：出自唐韩愈《酒中留上襄阳李相公》。见《全唐诗》卷三四四。以污泥与清尘比喻人的贵贱、地位不同。清尘喻贵，污泥喻贱。 [5] 自恨为儒逢世难：出自唐卢纶《长安春望》。见《全唐诗》卷二七九。 [6] 却怜无事是家贫：出自唐韦庄《新正日商南道中作寄李明府》。见《全唐诗》卷六九六。 [7] 等子：即戥子，称量金银、药材的小秤。星儿：嵌进秤杆表明重量的金属小星儿。 [8] 一抹：一片。 [9] 迤逗：此处作感触、感慨解。 [10] 搀：掺和，往酒里掺水。 [11] 果酒：比较讲究的酒菜。案酒：普通的简单的下酒菜。 [12] 吃倒算：吃了之后再算账。算，算账付钱。反之，算倒吃则是先付钱再吃。 [13] 读书破万卷：杜甫

《奉赠韦左丞丈》:“读书破万卷,下笔如有神。”破,诗的原意是读遍、读尽,并非破烂。 [14] 金貂:大官的制式饰物。汉代侍中、中常侍等高官所用的冠饰,以貂尾插在附有蝉形饰物的金珰上。 [15] 三巴:四川。东汉末,益州牧刘璋置巴郡及巴东、巴西,时称三巴。 [16] 须至关防者:通告周知。关防,布告。 [17] 建炎:南宋高宗的年号,建炎元年是公元 1127 年。 [18] 漂母:洗衣服的老妇人。韩信年少时家贫,曾在淮阴城边河里钓鱼,漂母可怜他,给以饭食。后来韩信做了大官,回到淮阴,寻到漂母,赠以千金作为报答。见《史记·淮阴侯列传》。 [19] 昔贤怀一饭:唐刘长卿《经漂母墓》:“昔贤怀一饭,兹事已千秋。”昔贤,从前的贤者,此处指韩信。怀,怀念,记住人家的好处。 [20] 假齐王:秦末,韩信攻下山东一带,要求刘邦封他为假齐王,刘邦只得正式封他为齐王。见《史记·淮阴侯列传》。 [21] 瘦王孙:指韩信。漂母客气地称韩信为王孙,其实韩信并非出身贵族。 [22] 楚重瞳较比这秋波瞎:意思是项羽的眼光比不上漂母。韩信本来是项羽的部下,因不受重用,投奔了刘邦,后来把项羽逼上死路。楚重瞳,项羽。秋波,眼神,眼光。 [23] 太史公:司马迁。他:指漂母。 [24] “文公乞食”二句:晋公子重耳出亡,有一次向一个农夫讨吃的,人家丢给他一块泥巴。到了曹国,曹共公又侮辱他。曹国大臣僖负羁的妻子知道重耳是有前途的人,叫丈夫暗中送食物给他。后来重耳复国,成为春秋霸主晋文公。 [25] “昭关乞食”二句:春秋伍子胥逃亡的路上,在昭关附近向浣纱女乞食。浣纱女为了不泄露伍子胥的行踪,抱石投江而死。 [26] 凤尖头叩首三千下:意思是对漂母、僖妻、浣纱女这样有眼光的女性应该顶礼膜拜。凤尖头,凤头鞋,此处指代女子。 [27] 旧事无人可共论:出自唐韩愈《过始兴江口感怀》。见《全唐诗》卷三四四。 [28] 只应漂母识王孙:出自唐汪遵《淮阴》。见《全唐诗》卷六〇二。 [29] 辕门拜手儒衣弊：出自唐刘长卿《送秦侍御外甥张篆之福州谒鲍大夫秦侍御与大夫有旧》。见《全唐诗》卷一五〇。拜手，跪拜时头低到手，表示恭敬。 [30] 莫使沾濡有泪痕：出自唐韦洵美《答崔素娥》。见《全唐诗补编·续补遗》卷十。

[点评]

柳梦梅千里奔波赶到淮安城外，盘缠用尽无钱吃饭住宿，又遭店家奚落，只好饿着肚皮在漂母祠廊下度过雨夜。

店家的狡狯市侩，柳生的天真憨直，一丑一生相映成趣。

柳生在极度狼狈潦倒之中，只能面对淮安的文物古迹和古人对话。他赞美自古以来有眼光的女性，当然包括杜丽娘在内。

杜宝的一纸布告，申明禁绝亲友进衙门来访，目的不是表明自己的清廉立场，而是针对“闲游奸诈”。告示中“从无女婿亲闲杂”，看似用语不伦不类，实则预示着柳梦梅翌日的尴尬遭遇。

第五十出　闹　宴

【梁州令】（外引丑众上）长淮千骑雁行秋[1]，浪卷云浮。思乡泪国倚层楼。（合）看机遘，逢奏凯，且迟留。〔昭君怨〕“万里封侯岐路[2]，几两英雄草屦。秋城鼓角催，老将来。烽火平安昨夜[3]，梦醒家山泪下。兵戈未许归，意徘徊。”我杜宝身为安抚，时值兵冲。围绝救援，贻书解散。李寇既去，金兵不来。中间善后事宜，且自看详停当。分付中军门外伺候。（众下）（丑把门介）（外叹介）虽有存城之欢，实切亡妻之痛。（泪介）我的夫人呵，昨已单本题请他的身后恩典，兼求赐假西归。未知旨意何如？正是：“功名富贵草头露[4]，骨肉团圆锦上花。”（看文书介）

且莫忙题请。（明刻本《批点牡丹亭记》批语）

【金蕉叶】（生破衣巾携春容上）穷愁客愁，正摇落雁飞时候[5]。（整容介）帽儿光整顿从头[6]，还则怕未分明的门楣认否[7]？（丑喝介）甚么人行走？（生）是杜老爷女婿拜见。（丑）当真？（生）秀才无假。（丑进禀介）（外）关防明白了。（问丑介）那人材怎的？（丑）也不怎的。袖着一幅画儿。（外笑介）是个画师。则说老爷军务不闲便了。（丑见生介）老爷军务不闲。请自在。（生）叫我自在，自在不成人了[8]。（丑）等你去，成人不自在。（生）老爷可拜客去么？（丑）今日文武官僚吃太平宴，牌簿都缴了[9]。（生）大哥，怎么叫做太平宴？（丑）这是各边方年例。则今年退了贼，筵宴盛些。席上有金花树，银台盘，长尺头[10]，大元宝，无数的。你是老爷女婿，背几个去。（生）原来如此。则怕进见之时，考一首《太平宴诗》，或是《军中凯歌》，或是《淮清颂》，急切怎好？且在这班房里等着打想一篇[11]，正是“有备无患”。（丑）秀才还不走，文武官员来也。（生下）

如此女婿，原觉难认，柳生早已想到，但不虑至于吊打耳。（三妇本批语）

沈际飞：异想，极是秀才本等。（独深居本批语）

【梁州令】（末扮武官上）长淮望断塞垣秋，喜兵甲潜收。贺升平、歌颂许吾流[12]。（净扮武官上）兼文武，陪将相，宴公侯。请了。（末）今日我文武官属太平宴，水陆务须华盛[13]，歌舞都要整齐。（末、净见介）

圣天子万灵拥辅，老君侯八面威风[14]。寇兵销咫尺之书，军礼设太平之宴。谨已完备，望乞俯容。（外）军功虽卑末难当，年例有诸公怎废？难言奏凯，聊用舒怀。（内鼓吹介）（丑持酒上）“黄石兵书三寸舌[15]，清河雪酒五加皮[16]。”酒到。

【梁州序】（外浇酒介）天开江左，地冲淮右。气色夜连刁斗[17]。（末、净进酒介）长城一线，何来得御君侯！喜平销战气，不动征旗，一纸书回寇。那堪羌笛里望神州！这是万里筹边第一楼[18]。（合）乘塞草，秋风候，太平筵上如淮酒[19]，尽慷慨，为君寿。

气虽不扬，亦南渡宿将也。（明刻本《批点牡丹亭记》批语）

【前腔】（外）吾皇福厚。群才策凑，半壁围城坚守。（末、净）分明军令，杯前借箸题筹[20]。（外）我题书与李全夫妇呵，也是燕支却虏[21]，夜月吹篪[22]，一字连环透。不然无救也怎生休！不是天心不聚头。（合前）（内擂鼓介）（老旦扮报子上）“金貂并入三公府[23]，锦帐谁当万里城？”报老爷奏本已下，奉有圣旨，不准致仕[24]。钦取老爷还朝，同平章军国大事。老夫人追赠一品贞烈夫人。（末、净）平章乃宰相之职，君侯出将入相，官属不胜欣仰。

【前腔】（末、净送酒介）揽貂蝉岁月淹留[25]，庆龙虎风云辐辏。君侯此一去呵，看洗兵河汉[26]，接天高手。偏好桂花时节，天香随马，箫鼓鸣清昼。到长安宫阙里报高秋，可也河上砧声忆旧游？（合前）（外）诸公皆高才壮岁，自致封侯。如杜宝者，白首还朝，何足道哉！

如此情怀，平章何用。（明刻本《批点牡丹亭记》批语）

【前腔】每日价看镜登楼，泪沾衣浑不如旧。似江山如此，光阴难又。猛把吴钩看了[27]，阑干拍遍，落日垂回首。此去呵，恨南归草草也寄东流[28]，（举手介）你可也明月同谁啸庾楼[29]？（合前）（生上）"腹稿已吟就，名单还未通。"（见丑介）大哥替我再一禀。（丑）老爷正吃太平宴。（生）我太平宴诗也想完一首了，太平宴还未完。（丑）谁叫你想来？（生）大哥，俺是嫡亲女婿，没奈何禀一禀。（丑进禀介）禀老爷，那个嫡亲女婿，没奈何禀见。（外）好打！（丑出作恼，推生走介）（生）"老丈人高宴未终，咱半子礼当恭候。"（下）（旦、贴扮女乐上）"壮士军前半死生[30]，美人帐下能歌舞。"营妓们叩头[31]。

【节节高】辕门箫鼓啾，阵云收。君恩可借淮扬寇[32]？貂插首，玉垂腰[33]，金佩肘[34]。马敲金镫也秋风骤，展沙堤笑拂朝天袖[35]。（合）但卷取江山献君王，看玉京迎驾把笙歌奏[36]。（生上）“欲穷千里目[37]，更上一层楼。”想歌阑宴罢，小生饥困了。不免冲席而进。（丑拦介）饿鬼不羞？（生恼介）你是老爷跟马贱人，敢辱我乘龙贵婿？打不的你。（生打丑介）（外问介）军门外谁敢喧嚷？（丑）是早上嫡亲女婿叫做没奈何的，破衣、破帽、破褡褳、破雨伞，手里拿一幅破画儿，说他饿的荒了，要来冲席。但劝的都打，连打了九个半，则剩下小的这半个脸儿。（外恼介）可恶。本院自有禁约，何处寒酸，敢来胡赖？（末、净）此生委系乘龙，属官礼当攀凤[38]。（外）一发中他计了。叫中军官暂时拿下那光棍。逢州换驿，递解到临安监候者。（老旦扮中军官应介）（出缚生介）（生）冤哉，我的妻呵！“因贪弄玉为秦赘，且戴儒冠学楚囚[39]。”（下）（外）诸公不知。老夫因国难分张[40]，心痛如割。又放着这等一个无名子来聒噪人[41]，愈生伤感。（末、净）老夫人受有国恩，名标烈史。兰玉自有，不必虑怀。叫乐人进酒。

【前腔】（末、净）江南好宦游。急难休，樽前且进平安酒。看福寿有，子女悠[42]，夫人又。（外）径醉矣。（旦、贴作扶介）（外泪介）闪英雄泪渍盈盈袖[43]，

黄竹三：杜宝“貂插首，玉垂腰，金佩肘”，柳梦梅“破衣，破帽，破褡褳，破雨伞，破画儿”，翁婿一贵一贱，形成鲜明对照。（《牡丹亭》评注）

伤心不为悲秋瘦[44]。（合前）（外）诸公请了。老夫归朝念切，即便起程。（内鼓乐介）

【尾声】明日离亭一杯酒。（末、净）则无奈丹青圣主求。（外笑介）怕画的上麒麟人白首[45]。

（外）万里沙西寇已平[46]，张乔

（末）东归衔命见双旌[47]。韩翃

（净）塞鸿过尽残阳里[48]，耿沛

（众）淮水长怜似镜清[49]。李绅

［注释］

[1]“长淮千骑雁行秋”二句：语本辛弃疾词《声声慢》：“指点檐牙高处，浪涌云浮。……罢长淮，千骑临秋。” [2]“万里封侯岐路”二句：岐路，易于迷路，形容封侯不易。下句说穿破几双草鞋，形容建功立业的艰苦。 [3]烽火平安：古代建烽火台，举烟火以传递信息。傍晚燃起烽火，报告边境平安，叫平安火。每天一次。 [4]功名富贵草头露：杜甫《送孔巢父谢病归游江东兼呈李白》：“富贵何如草头露。” [5]摇落：草木凋零。 [6]帽儿光：俗语“帽儿光光，好做新郎。袖儿窄窄，好做娇客”。元杂剧中常见。 [7]未分明：夫妇关系尚未正式确立，家庭中的身份尚未明确。 [8]自在不成人：民间谚语“成人不自在，自在不成人”。 [9]牌簿都缴了：意思是不会客了。牌簿，官署里用的会客登记簿。缴了，收起来了。 [10]尺头：匹头，指绫罗缎匹。 [11]班房：此处指门房。 [12]吾流：我辈。 [13]水陆：水陆所产的食品。 [14]君侯：古代对达官贵人的尊称。 [15]黄

石兵书：黄石公，秦末人，曾以《太公兵法》赠张良。见《史记·留侯世家》。 [16] 清河：地名。五加皮：中药，用它浸制的酒叫五加皮。 [17] 刁斗：古代军营用品。铜铁制成，状如斗，白日做炊具，夜晚敲更。 [18] 万里筹边第一楼：赵孟頫诗："春风阆苑三千客，明月扬州第一楼。"南宋时，扬州曾为边境，并一直为北部边防重镇。 [19] 如淮酒：形容酒多。《左传》昭公十二年："有酒如淮。" [20] 借箸题筹：设计策。张良看望刘邦，刘邦正在吃饭，张良就借他的筷子（箸）在桌子上指画天下大事。见《史记·留侯世家》。 [21] 燕支却虏：汉高祖刘邦被匈奴困于平城。得知匈奴单于怕老婆，而匈奴阏氏性妒，陈平即去游说阏氏，说汉高祖将献美女求和。阏氏怕美女来了，自己失宠，就劝单于退兵，于是平城围释。阏氏，匈奴酋长之妻的称呼。事见《史记·陈丞相世家》。燕支，即胭脂，指代美女。此处指李全妻。 [22] 夜月吹箎（chí）：此用刘琨典故，晋刘琨在围城中，叫人在月夜吹胡笳，使敌军凄凉感叹、军心涣散，得以解围。箎，竹管乐器，类似箫，八孔。此处的箎，应指胡笳。 [23] 三公：最高级的官员。周代以太师、太傅、太保为三公。 [24] 致仕：退职，退休。 [25] 貂蝉：贵官的冠饰。见第四十九出《淮泊》注 [14]。 [26] 洗兵河汉：用银河（河汉）的水把兵器洗了，收藏起来。意思是天下太平了。杜甫《洗兵马》："安得壮士挽天河，净洗甲兵长不用。" [27]"猛把吴钩看了"二句：语本辛弃疾词《水龙吟》："落日楼头，断鸿声里，江南游子，把吴钩看了，栏干拍遍，无人会，登临意。"吴钩，刀。 [28] 寄东流：事业付诸东流。 [29] 明月同谁啸庾楼：晋征西将军庾亮出镇武昌，某天晚上他到城南楼游玩，遇见了僚属，就和他们一起坐下来谈笑。见《晋书》本传。 [30]"壮士军前半死生"二句：唐高适《燕歌行》："战士军前半死生，美人帐下犹歌舞。" [31] 营妓：军营中的女乐人。 [32] 借淮扬寇：东汉寇恂由颍川太守调到京城做官。后来他跟随皇上到颍川，地方人士对皇帝说："请再借您的寇恂来这里做一年事。"见《后汉书·寇恂传》。这里是表示对杜宝的挽留。 [33]玉：指玉带。宋朝三品以上的官员，腰围玉带。 [34]金佩肘：金印挂在肘后，表示年老倦于居官。金，指金印。 [35] 沙堤：唐制，从新任宰相的府第到长安子城的路上铺一层沙子，叫沙堤。 [36] 玉京：京城。 [37]"欲穷千里目"二句：唐王之涣《登鹳雀楼》诗句。 [38] 攀凤：结交比自己地位高的人。这里说和杜宝的女婿结识。 [39] 楚囚：囚人的泛称。春秋时，楚人钟仪被郑国俘虏，郑国把他送到晋国。他戴着南冠（楚国的帽子），奏着南方的音乐，表示不忘故国。后来被释放。见《左传》成公九年。 [40] 分张：分离。这里指一家人分散。 [41] 无名子：无赖之徒。 [42] 悠：众多。 [43] 闪英雄泪渍盈盈袖：辛弃疾词《水龙吟》："倩何人唤取红巾翠袖，揾英雄泪。"袖，劝酒的乐人的衣袖。 [44] 伤心不为悲秋瘦：李清照词《凤凰台上忆吹箫》："新来瘦，非干病酒，不是悲秋。" [45] 麒麟：麒麟阁的省称。汉宣帝叫人在麒麟阁画十一位功臣的图像。 [46] 万里沙西寇已平：出自唐张乔《再书边事》。见《全唐诗》卷六三九。 [47] 东归衔命见双旌：出自唐韩翃《送康洗马归滑州》。见《全唐诗》卷二四五。双旌，唐代节度使辞朝赴任，皇帝赐双旌双节。此处是指杜宝回朝。 [48] 塞鸿过尽残阳里：出自唐耿沣《塞上曲》。见《全唐诗》卷二六九。 [49] 淮水长怜似镜清：出自唐李绅《初出淝口入淮》。见《全唐诗》卷四八〇。

[点评]

《闹宴》写柳梦梅求见岳父，三次被拒受辱，怒闯太平宴而被捕。

翁婿二人都是由一再克制而终于发作，情绪层层推进，每层皆有戏，人物在戏剧行动中性格毕现。

柳梦梅第一次以女婿身份求见，已经触犯了杜宝的关防告示，但杜宝并未动怒，反而“笑介”，他以为是穷画师打秋风，只以“军务不闲”而不予接见。柳梦梅亦不动气，反而兴致勃勃地准备诗稿，想在太平宴上一展风采，书生呆气颇具幽默感。

柳梦梅腹稿已打好，再次求见。杜宝正吃太平宴，接受文武官员的祝贺与吹捧，兴致不错。“没奈何”此时到来实在大煞风景，所以下令驱赶。柳梦梅被推走，但想的是“老丈人高宴未终，咱半子礼当恭候”，依然耐心等候。礼仪当先，书生本色。

等了一整天，饿困已极的柳梦梅实在忍不住了，书生意气终于爆发，冲席而进。此时的杜宝真的“恼介”，加之官员们的起哄，他才下令把柳梦梅绑了，递解到临安处理。

杜宝之所以不接受柳梦梅，并非因为他的寒酸，而是因为他压根儿就不相信自己会有女婿，认定来者一定是骗子，这在告示里已说明白。他没有立即动怒，说明他本性并非暴戾。

此时的杜宝心境复杂，出将入相并未给他带来多少喜悦，反而是妻亡女殇使他无法释怀，所以同一场戏里杜宝两次“泪介”，等待柳梦梅的必然是一场“好打”。

第五十一出　榜　下

（老旦、丑扮将军持瓜、锤上[1]）“凤舞龙飞作帝京，巍峨宫殿羽林兵[2]。天门欲放传胪喜，江路新传奏凯声。”请了。圣驾升殿，在此祇候。

【北点绛唇】（外扮老枢密上）整点朝纲，运筹边饷，山河壮。（净扮苗舜宾上）翰苑文章，显豁的升平象[3]。请了，恭喜李全纳款[4]，皆老枢密调度之功也。（外）正此引奏。前日先生看定状元试卷，蒙圣旨武偃文修，今其时矣。（净）正此题请。呀，一个老秀才走将来。好怪，好怪！（末破衣巾捧表上）“先师孔夫子，未得见周王。本朝圣天子，得睹我陈最良。”非小可也。（见外、净介）生员陈最良告揖。（净惊介）又是遗才告考么？（末）

腐语绝倒。（三妇本批语）

不敢，生员是这枢密老大人门下引奏的。（外）则这生员，是杜安抚叫他招安了李全，便中带有降表。故此引见。（内响鼓，唱介）奏事官上御道。（外前跪，引末后跪、叩头介）（外）掌管天下兵马知枢密院事臣谨奏：恭贺吾主，圣德天威。淮寇来降，金兵不动。有淮扬安抚臣杜宝，敬遣南安府学生员臣陈最良奏事，带有李全降表进呈。微臣不胜欢忭！（内介）杜宝招安李全一事，就着生员陈最良详奏。（外）万岁！（起介）（末）带表生员臣陈最良谨奏：

奚落陈生，却映带柳生，妙。（三妇本批语）

【驻云飞】淮海维扬，万里江山气脉长。那安抚机谋壮，矫诏从宽荡[5]。嗏，李贼快迎降，他表文封上。金主闻知，不敢兵南向。他则好看花到洛阳[6]，咱取次擒胡到汴梁[7]。（内介）奏事的午门候旨。（末）万岁！（起介）（净跪介）前廷试看详文字官臣苗舜宾谨奏：

两军不战，彼此无伤，是宽荡也，非止为赦李全。（三妇本批语）

【前腔】殿策贤良[8]，榜下诸生候久长。乱定人欢畅，文运天开放。嗏，文字已看详，胪传须唱。莫遣夔龙[9]，久滞风云望。早是蟾宫桂有香，御酒封题菊半黄。（内介）午门外候旨。（净）万岁！（起行介）今当榜期，这些寒儒，却也候久。（外笑介）则这

沈际飞：笑骂绝倒。（独深居本批语）

陈秀才夹带一篇海贼文字[10]，到中得快。（内介）圣旨已到，跪听宣读。“朕闻李全贼平，金兵回避。甚喜，甚喜。此乃杜宝大功也。杜宝已前有旨，钦取回京。陈最良有奔走口舌之才，可充黄门奏事官，赐其冠带。其殿试进士，于中柳梦梅可以状元。金瓜仪从，杏苑赴宴。谢恩。”（众呼“万岁”起介）（众扮杂取冠带上）“黄门旧是黉门客[11]，蓝袍新作紫袍仙[12]。”（末作换冠服介）二位老先生，告揖。（外、净贺介）恭喜，恭喜。明日便借重新黄门唱榜了。（末）适间宣旨，状元柳梦梅何处人？（净）岭南人，此生遭际的奇异。（外）有甚奇异？（净）其日试卷看详已定，将次进呈。恰好此生午门外放声大哭，告收遗才。原来为搬家小到京迟误。学生权收他在附卷进呈，不想点中状元。（外）原来有此！（末背想介）听来敢便是那个、那个柳梦梅？他那有家小？是了，和老道姑做一家儿。（回介）不瞒老先生，这柳梦梅也和晚生有旧。（外、净）一发可喜可贺了。

陈老问柳籍贯，本为劫坟而发，却内唱榜接下，不觉其突。（三妇本批语）

是陈生意中事，抵死与报安抚语相顾。（三妇本批语）

（净）榜题金字射朝晖[13]，郑畋

（外）独奏边机出殿迟[14]。王建

（末）莫道官忙身老大[15]，韩愈

（合）曾经卓立在丹墀[16]。元稹

［注释］

[1] 瓜、锤：皇帝禁卫军所用的武器，兼做仪仗用。 [2] 羽林兵：皇帝的禁卫军。 [3] 显豁的：显出了。 [4] 纳款：有条件的归顺、投诚。 [5] 矫诏：假传圣旨。 [6] 他则好看花到洛阳：古代洛阳以花卉著名。意思是金兵只能占领洛阳，不敢觊觎江南了。 [7] 取次擒胡到汴梁：意思是战胜金兵，接着就可以进取汴梁了。取次，逐渐，次第。 [8] 贤良：贤良方正。汉代学士的科目之一，此处指进士科。 [9] 夔龙：比喻贤才。《书·舜典》："帝曰：夔，命汝典乐教胄子……帝曰：龙，……命汝作纳言。"夔、龙二臣是舜的贤臣。 [10] 夹带：原指考试作弊的一种方式，这里有捎带的意思。 [11] 黉门客：生员。 [12] 蓝袍：襕衫，明代生员的制服。紫袍：唐朝五品以上的官员的制服。 [13] 榜题金字射朝晖：出自唐郑畋《下直早出》。见《全唐诗》卷五五七。 [14] 独奏边机出殿迟：出自唐王建《赠王枢密》。见《全唐诗》卷三〇〇。 [15] 莫道官忙身老大：出自唐韩愈《早春呈水部张十八员外二首》其二。见《全唐诗》卷三四四。 [16] 曾经卓立在丹墀：出自唐元稹《酬孝甫见赠十首》其四。见《全唐诗》卷四一三。

［点评］

战争结束，"干戈宁戢，偃武修文"，朝政恢复正常。

朝廷要做两件事，一是会试发榜，二是人事任命。杜宝已出将入相，陈最良也以奔走口舌之才任黄门奏事官。

本出是一个简短的过渡，上承《耽试》，下启《索元》。重点笔墨在描绘陈最良。一是写他的酸腐和踌躇满志，二是写他掌握着新状元的一个秘密。杜宝尚未到京，柳梦梅命运如何又设下一个悬念。

第五十二出　索　元

【吴小四】（净扮郭驼伞、包上）天九万[1]，路三千。月余程，抵半年。破虱装衣担压肩，压的头脐匾又圆，圪喇察龟儿爬上天[2]。谢天，老驼到了临安。京城地面，好不繁华。则不知柳秀才去向，俺且往天街上瞧去。呀，一伙臭军踢秃秃走来[3]，且自回避。正是："不因渔父引，怎得见波涛！"（下）

【六幺令】（老旦、丑扮军校旗、锣上）朝门榜遍，怎生状元柳梦梅不见？又不是黄巢下第题诗赳[4]。排门的问[5]，刻期宣[6]，再因循敢淹答了杏园公宴[7]。（老旦笑介）好笑，好笑，大宋国一场怪事。你道差不差[8]？中了状元干鳖煞[9]。你道奇不奇？中了状元啰

此等语非浪说，实指一种没兴趣状元而言，嬉笑皆成妙文也。（三妇本批语）

唣唏[10]。你道兴不兴？中了状元胡厮胫[11]。你道山不山[12]？中了状元一道烟。天下人古怪，不像岭南人。你瞧这驾牌上，“钦点状元岭南柳梦梅，年二十七岁，身中材，面白色”。这等明明道着，却普天下找不出这人？敢家去哩，亡化哩，睡觉哩？则淹了琼林宴席面见。（丑）哥，人山人海，那里淘气去？俺们把一位带了儒巾吃宴去。正身出来[13]，算还他席面钱。（老）使不得，羽林卫宴老军替得，琼林宴进士替不得。他要杏苑题诗。（丑）哥，看见几个状元题诗哩。依你说叫去。（行叫介）状元柳梦梅那里？（叫三次介）（老旦）长安东西十二门，大街都无人应，小胡同叫去。（丑）这苏木胡同有个海南会馆。叫地方问去。（叫介）（内应介）老长官贵干？（老旦、丑）天大事，你在睡梦哩！听分付。

【香柳娘】问新科状元，问新科状元。（内）何处人？（众）广南乡贯。（内）是何名姓？（众）柳梦梅面白无巴缱[14]。（内）谁寻他来？（众）是当今驾传，是当今驾传。要得柳如烟[15]，才开杏花宴。（内）俺这一带铺子都没有，则瓦市王大姐家歇着个番鬼[16]。（众）这等，去，去，去。（合）柳梦梅也天，柳梦梅也天。好几个盘旋，影儿不见。（下）〔集句〕

周锡山：【香柳娘】及其后【前腔】二曲，每每从柳字生情，非常奇巧。（《〈牡丹亭〉注释汇评》）

（贴扮妓上）“残莺何事不知秋[17]李后主？日日悲看水独流[18]王昌龄。便从巴峡穿巫峡[19]杜甫，错把杭州作汴州[20]林升。”奴家王大姐是也。开个门户在此[21]。天，一个孤老不见，几个长官撞的来。（老旦、丑上）王大姐喜哩。柳状元在你家。（贴）什么柳状元？（众）番鬼哩。（贴）不知道。（众）地方报哩。

【前腔】笑花牵柳眠，笑花牵柳眠。（贴）昨日有个鸡[22]，不着裤去了。（众）原来十分形现。敢柳遮花映做葫芦缠[23]。有状元么？（贴）则有个状匾。（丑）房儿里状匾去。（进房搜介）（众诨，贴走下介）（众）找烟花状元，找烟花状元。热赶在谁边[24]，毛臊打教遍[25]。去罢。（合前）（下）

【前腔】（净拐杖上）到长安日边[26]，到长安日边。果然风宪[27]，九街三市排场遍[28]。柳相公呵，他行踪杳然，他行踪杳然。有了俏家缘[29]，风声儿落谁店？少不的大道上行走。那柳梦梅也天！（老旦、丑上）柳梦梅也天！好几个盘旋，影儿不见。（丑作撞跌净，净叫介）跌死人，跌死人！（丑作拿净介）俺们叫柳梦梅，你也叫柳梦梅。则拿你官里去。（净叩头介）是了，梅花观的事发了。小的不知情。（众笑介）定说你知情！是他什么人？（净）听禀：老儿呵！

【前腔】替他家种园，替他家种园，远来探看。（众作忙）可寻着他哩？（净）猛红尘透不出东君面。（众）你定然知他去向。（净）长官可怜，则听是他到南安，其余不知。（众）好笑，好笑！他到这临安应试，得中状元了。（净惊喜介）他中了状元，他中了状元！踏的菜园穿[30]，攀花上林苑[31]。长官，他中了状元，怕没处寻他！（众）便是哩。（合前）（众）也罢，饶你这老儿，协同寻他去。

所问非所说，言话中间不相会意光景，最是发笑。（三妇本批语）

（老）一第由来是出身[32]，郑谷

（丑）五更风水失龙鳞[33]。张曙

（净）红尘望断长安陌[34]，韦庄

（合）只在他乡何处人[35]？杜甫

［注释］

[1]“天九万”以下四句：借用《庄子》的典故，形容路途遥远艰辛。《庄子·逍遥游》：“鹏之徙于南冥也，水击三千里，抟扶摇而上者九万里，去以六月息者也。” [2] 扢喇察：形容龟爬的声音、状态。 [3]踢秃秃：走路声态。 [4]黄巢下第题诗趱（shàn）：黄巢，唐末农民起义军的领袖。传说他科举落第，题了一首言志诗就走了。见《新编五代史平话》。趱，原意跳跃，此处是走的意思。 [5]排门：挨家挨户。 [6]刻期宣：皇帝限时召见。刻期，

指定时间。 [7] 淹答：延误，耽搁了。 [8] 差不差：糟糕不糟糕。 [9] 干鳖煞：干瘪，干枯，引申为没味道、没意思。 [10] 啰唣唏：啰唣，吵闹，引申为弄出麻烦，惹是生非。唏，语助词，无实义。 [11] 胡厮胫：胡乱行走。 [12] 山：奇怪。 [13] 正身：本人。 [14] 巴缱：疤绽。 [15] 柳如烟：形容春天的柳色，殿试放榜正当春天。柳，此处隐指柳梦梅。 [16] 瓦市：宋元时代城市里的游艺场所。 [17] 残莺何事不知秋：出自南唐后主李煜《秋莺》。见《全唐诗》卷八。 [18] 日日悲看水独流：出自唐王昌龄《万岁楼》。见《全唐诗》卷一四二。 [19] 便从巴峡穿巫峡：出自唐杜甫《闻官军收河南河北》。见《全唐诗》卷二二七。 [20] 错把杭州作汴州：出自宋林升《题临安邸》。见《宋诗纪事》卷五六。 [21] 门户：妓院。门户中人，即妓女。 [22] 鸡：江西籍的嫖客。明代官场流行的调笑词语，呼江西人为鸡或腊鸡。见《陔余丛考》卷三八《混号》。 [23] 葫芦缠：胡缠。 [24] 热赶在谁边：热赶郎，对嫖客的蔑称。这里误指柳梦梅。 [25] 毛臊打：即打毷氉。考不取进士而吃酒解闷叫打毷氉。见《唐摭言》卷一。 [26] 日边：天子左右，指京城。 [27] 风宪：风纪，法度。这里指市容整饬。 [28] 九街三市：泛指京城的街市。 [29] 俏家缘：漂亮的妻子。 [30] 踏的菜园穿：熬出头了。古代笑话，有一穷书生常年吃蔬菜，忽然吃了一次羊肉，梦见五脏神说："羊把菜园踏破了。"见《笑林》。 [31] 攀花上林苑：中状元。花，桂花。攀花，即折桂。上林苑，御花园。 [32] 一第由来是出身：出自唐郑谷《卷末偶题三首》其三。见《全唐诗》卷六七五。 [33] 五更风水失龙鳞：出自唐张曙《下第戏状元崔昭纬》。见《全唐诗》卷六九〇。龙麟，这里指状元。 [34] 红尘望断长安陌：出自唐韦庄《春日》。见《全唐诗》卷六九六。 [35] 只在他乡何处人：出自唐杜甫《戏作寄上汉中王二首》其一。见《全唐诗》卷二二七。

［点评］

《索元》是一折热闹的过场戏。殿试发榜，琼林宴在即，却满京城寻不到新状元，目的是为下一场的《硬拷》作铺垫。

新状元之搜寻不到，是因为他正在遭受岳父的吊打呢！从大喜事却跌落到大折磨，大出剧中人意外，给柳梦梅的命运添加了浓烈的喜剧色彩。

柳梦梅已经中了状元，读者和观众已不必为他担忧，下一场将进入完全的艺术欣赏状态，就看这一对翁婿如何折腾了。

第五十三出　硬　拷

【风入松慢】（生上）无端雀角土牢中[1]。是什么孔雀屏风[2]？一杯水饭东床用[3]，草床头绣褥芙蓉[4]。天呵，系颈的是定昏店[5]，赤绳羁凤；领解的是蓝桥驿，配递乘龙[6]。〔集唐〕“梦到江南身旅羁[7]方干，包羞忍耻是男儿[8]杜牧。自家妻父犹如此[9]孙元晏，若问傍人那得知[10]崔颢！”俺柳梦梅因领杜小姐言命，去淮扬谒见杜安抚。他在众官面前，怕俺寒儒薄相，故意不行识认，递解临安。想他将次下马，提审之时，见了春容，不容不认。只是眼下凄惶也。（净扮狱官，丑扮狱卒持棍上）“试唤皋陶鬼[11]，方知狱吏尊[12]。”咄！淮安府解来囚徒那里？（生见举手介）（净）见面钱[13]？（生）少有。（丑）入监油？（生）也无。（净恼介）哎呀，一件也没有，大胆来举手。（打介）（生）不要打，尽行装检去便了。（丑检介）这个酸鬼，一条破被单，裹一轴小画儿。（看画介）（丑）是轴观音，送奶奶供养去。（生）都与你去，则留下轴画儿。（丑作抢画，生扯介）（末扮公差上）"僵杀乘龙婿，冤遭下马威。"狱官那里？（丑揖介）原来平章府祗候哥。（末票示介）平章府提取送解犯人一名，及随身行李赴审。（丑）人犯在此，行李一些也无。（生）都是这狱官搬去了。（末）搬了几件？拿狗官平章府去。（丑、净慌叩头介）则这轴画、被单儿。（末）这狗官！还了秀才，快起解去。（净、丑应介）（押生行介）老相公，你便行动些儿。"略知孔子三分礼[14]，不犯萧何六尺条[15]。"（下）

狱卒亦认为观音，总形其美。（三妇本批语）

柳本不老，加一"老"字，是厌恶之词。（三妇本批语）

【唐多令】（外引众上）玉带蟒袍红，新参近九重。耿秋光长剑倚崆峒[16]。归到把平章印总，浑不是黑头公[17]。〔集唐〕"秋来力尽破重围[18]罗邺。入掌银台护紫微[19]李白。回头却叹浮生事[20]李中，长向东风有是非[21]罗隐。"自家杜平章。因淮扬平寇，叨蒙圣恩，超迁相位。前日有个棍徒，假充门婿。已着递解临安府监候。今日不免取来细审一番。（净、丑押生上）（杂扮门官唱门介）临安府解犯人进。（见介）（生）岳丈大人拜揖。（外坐笑介）（生）人将礼乐为先。（众大呼喝介）（生长叹介）

【新水令】则这怯书生剑气吐长虹，原来丞相府十分尊重，声息儿忒汹涌[22]。咱礼数缺通融，曲曲躬躬；他那里半抬身全不动。（外）寒酸，你是那色人数[23]？犯了法，在相府阶前不跪！（生）生员岭南柳梦梅，乃老大人女婿。（外）呀，我女已亡故三年。不说到纳采下茶[24]，便是指腹裁襟[25]，一些没有。何曾得有个女婿来？可笑，可恨！祗候们与我拿下。（生）谁敢拿！

杜老亦是实语，惜不问及认婿因由耳。（三妇本批语）

【步步娇】（外）我有女无郎，早把他青年送[26]。划口儿轻调哄[27]。便做是我远房门婿呵，你岭南，吾蜀中，牛马风遥[28]，甚处里丝萝共[29]？敢一棍儿走秋风！指说关亲、骗的军民动。（生）你这样女婿，眠书雪案，立榜云霄，自家行止用不尽，定要秋风老大人？（外）还强嘴！搜他裹袱里，定有假雕书印，并赃拿贼。（丑开袱介）破布单一条，画观音一幅。（外看画惊介）呀，见赃了。这是我女孩儿春容。你可到南安，认的石道姑么？（生）认的。（外）认的个陈教授么？（生）

认的。（外）天眼恢恢[30]，原来劫坟贼便是你。左右采下打。（生）谁敢打？（外）这贼快招来。（生）谁是贼？老大人拿贼见赃，不曾捉奸见床来。

【折桂令】你道证明师一轴春容[31]。（外）春容分明是殉葬的。（生）可知道是苍苔石缝，迸坼了云踪[32]？（外）快招来。（生）我一谜的承供，供的是开棺见喜，攩煞逢凶[33]。（外）圹中还有玉鱼、金碗[34]。（生）有金碗呵，两口儿同匙受用；玉鱼呵，和我九泉下比目和同[35]。（外）还有哩。（生）玉碾的玲珑，金锁的玎珍。（外）都是那道姑。（生）则那石姑姑他识趣拿奸纵，却不似你杜爷爷逞拿贼威风。（外）他明明招了。叫令史取过一张坚厚官绵纸，写下亲供："犯人一名柳梦梅，开棺劫财者斩。"写完，发与那死囚，于斩字下押个花字。会成一宗文卷，放在那里。（贴扮吏取供纸上）禀老爷定个斩字。（外写介）（贴叫生押花字）（生不伏介）（外）你看这吃敲才[36]！

【江儿水】眼脑儿天生贼[37]，心机使的凶。还不画花？（生）谁惯来。（外）你纸笔砚墨则好招详用[38]。（生）生员又不犯奸盗。（外）你奸盗诈伪机谋中。（生）因令爱之故。（外）你精奇古怪虚头弄[39]。（生）令爱

临行特付春容，至此方见波折。（三妇本批语）

柳生实实供招，杜公听来却似说梦。（三妇本批语）

一味痴风情话，到底有趣。（明刻本《批点牡丹亭记》批语）

沈际飞：辩折好。（独深居本批语）

现在。（外）现在么，把他玉骨抛残心痛。（生）抛在那里？（外）后苑池中，月冷断魂波动。（生）谁见来？（外）陈教授来报知。（生）生员为小姐费心，除了天知地知，陈最良那得知！

王思任：一片痴境。累丝雕孔作个痴字。（清晖阁本批语）

【雁儿落】我为他礼春容、叫的凶，我为他展幽期、耽怕恐，我为他点神香、开墓封，我为他唾灵丹、活心孔，我为他偎熨的体酥融，我为他洗发的神清莹，我为他度情肠、款款通，我为他启玉肱、轻轻送，我为他软温香、把阳气攻，我为他抢性命、把阴程迸。神通，医的他女孩儿能活动。通也么通，到如今风月两无功[40]。（外）这贼都说的是甚么话？着鬼了。左右，取桃条打他，长流水喷他。（丑取桃条上）“要的门无鬼[41]，先教园有桃。”桃条在此。（外）高吊起打。（众吊起生，作打介）（生叫痛，转动，众诨、打鬼介，喷水介）（净扮郭驼拐杖同老旦、贴扮军校持金瓜上）“天上人间忙不忙？开科失却状元郎。”一向找寻柳梦梅，今日再寻不见，打老驼。（净）难道要老驼赔？买酒你吃，叫去罢。（叫介）状元柳梦梅那里？（外听介）（众叫下）（外问丑介）（丑）不见了新科状元，圣旨着沿街寻叫。（生）大哥，开榜哩。状元谁？（外恼介）这贼闲管，掌

邹自振、董瑞兰：【雁儿落】一曲无疑是对封建清规戒律和杜宝这类卫道士的无情嘲弄和大胆挑战。（《牡丹亭》评注）

柳生又实实供招，杜老听之却似鬼话。（三妇本批语）

嘴，掌嘴。（丑掌生嘴介）（生叫冤屈介）（老旦、贴、净依前上）“但闻丞相府，不见状元郎。”咦，平章府打喧闹哩。（听介）（净）里面声息，像有俺家相公哩！（众进介）（净向前见哭介）吊起的是我家相公也！（生）列位救我。（净）谁打相公来？（生）是这平章。（净将拐杖打外介）拚老命打这平章。（外恼介）谁敢无礼？（老旦、贴）驾上的[42]，来寻状元柳梦梅。（生）大哥，柳梦梅便是小生。（净向前解生，外扯净跌介）（生）你是老驼，因何至此？（净）俺一径来寻相公，喜的中了状元。（生）真个的！快向钱塘门外报与杜小姐知道。（老旦、贴）找着了状元，俺们也报知黄门官奏去。“未去朝天子，先来激相公。”（下）（外）一路的光棍去了。正好拷问这厮，左右再与俺吊将起。（生）待俺分诉些，难道状元是假得的？（外）凡为状元者，有登科录为证[43]。你有何据？则是吊了打便了。（生叫苦介）（净扮苗舜宾引老旦，贴扮堂候官，捧冠袍带上）“踏破草鞋无觅处，得来全不费工夫。”老公相住手，有登科录在此。

驾上人径入相府，老驼攻平章，写出一时仓卒情景。（三妇本批语）

一心只在小姐，不觉冲口而出。然忙中着此语，正是要杜老听得。（三妇本批语）

一时愤怒，喜众人散去，即便接问，盖杜老急欲入柳生之罪，不暇追查喧闹之人也。（三妇本批语）

【侥侥犯】（净）则他是御笔亲标第一红，柳梦梅为梁栋。（外）敢不是他？（净）是晚生本房取中的。（生）是苗老师哩，救门生一救！（净笑介）你高吊起文章钜公[44]，打桃枝受用。告过老公相，军校，快请状元下吊。（贴放，生叫“疼煞”介）（净）可怜，可怜！是斯文倒吃尽斯文痛，无情棒打多情种。（生）他是我丈人。（净）原来是倚泰山压卵欺鸾凤[45]。（老旦）状元悬梁、刺股。（净）罢了，一领宫袍遮盖去。（外）什么宫袍，扯了他！

【收江南】（外扯住冠服介）（生）呀，你敢抗皇宣骂敕封，早裂绽我御袍红。似人家女婿呵，拜门也似乘龙。偏我帽光光走空，你桃夭夭煞风[46]。（老旦替生冠服插花介）（生）老平章，好看我插宫花帽压君恩重。（外）柳梦梅怕不是他。果是他，便童生应试，也要候案[47]。怎生殿试了，不候榜开，来淮扬胡撞？（生）老平章是不知。为因李全兵乱，放榜稽迟。令爱闻得老平章有兵寇之事，着我一来上门，二来报他再生之喜，三来扶助你为官。好意成恶意，今日可是你女婿了？（外）谁认你女婿来！

以前柳生冤气不可言，此时杜老冤气又不可言。（三妇本批语）

【园林好】（净众）嗔怪你会平章的老相公，不刮目破窑中吕蒙[48]。忒做作、前辈们性重。（笑介）敢折倒你丈人峰？（外）悔不将劫坟贼监候奏请为是。

悔得无理，却妙。闷受旁人嘲诮，不得不以一悔消之。（三妇本批语）

【沽美酒】（生笑介）你这孔夫子，把公冶长陷缧绁中[49]。我柳盗跖打地洞向鸳鸯冢[50]。有日呵，把燮理阴阳问相公[51]，要无语对春风。则待列笙歌画堂中，抢丝鞭御街拦纵。把穷柳毅赔笑在龙宫[52]，你老夫差失敬了韩重[53]。我呵，人雄气雄，老平章深躬浅躬，请状元升东转东[54]。呀，那时节才提破了牡丹亭杜鹃残梦。老平章请了，你女婿赴宴去也。

【北尾】你险把司天台失陷了文星空[55]，把一个有对付的玉洁冰清烈火烘[56]。咱想有今日呵，越显的俺玩花柳的女郎能，则要你那打桃条的相公懂。（下）

（外吊场）异哉，异哉！还是贼，还是鬼？堂候官，去请那新黄门陈老爷到来商议。（丑）知道了。“谒者有如鬼[57]，状元还似人。”（下）（末扮陈黄门上）“官运精神老不眠，早朝三下听鸣鞭。多沾圣主随朝米，不受村童学俸钱。”自家陈最良。因奏捷，圣恩可怜，钦授黄门。此皆杜老相公抬举之恩，敬此趣谢。（丑上见介）正来相请，少待通报。（进报见介）（外笑介）可喜，可喜！“昔为陈白屋[58]，今作老黄门。”（末）“新恩无报效，旧恨有还魂。”适间老先生三喜临门：一喜官居宰辅，二喜小姐活在人间，三喜女婿中了状元。（外）陈先生

一天大事，爽然若失，“是贼”“是鬼”，惊疑绝妙。（三妇本批语）

教的好女学生，成精作怪哩！（末）老相公葫芦提认了罢[59]。（外）先生差矣！此乃妖孽之事。为大臣的，必须奏闻灭除为是。（末）果有此意，容晚生登时奏上取旨何如？（外）正合吾意。

（外）夜读沧州怪亦听[60]，陆龟蒙
（末）可关妖气暗文星[61]。司空图
（外）谁人断得人间事[62]？白居易
（末）神镜高悬照百灵[63]。殷文圭

［注释］

[1] 雀角：雀的喙。此指被人诬控。《诗经·召南·行露》："谁谓雀无角？何以穿我屋。谁谓女无家？何以速我狱。" [2] 孔雀屏风：许婚。隋朝窦毅不肯轻易把女儿许人。他在屏风上画两只孔雀，叫求婚人展示箭法。李渊射了两次，都中孔雀眼睛。窦毅就把女儿许配给他。见《新唐书·太穆窦皇后传》。 [3] 东床：女婿的代称。 [4] 草床头绣褥芙蓉：以一床草代替了新女婿的芙蓉绣褥。 [5]"系颈的是定昏店"二句：唐人传奇故事：韦固在旅店（定昏店）遇见一老人。天下人的婚姻都是由这个老人主管。凡是夫妻，他就用红绳系住他们的足，这样不管天南地北都会聚到一起。见《续玄怪录》。凤，柳梦梅自喻。 [6] 配递：递解。官府将非本籍的犯人押令出境，递解到本籍，或有关地方候审。 [7] 梦到江南身旅羁：出自唐方干《旅次扬州寓居郝氏林亭》。见《全唐诗》卷六五〇。 [8] 包羞忍耻是男儿：出自唐杜牧《题乌江亭》。见《全唐诗》五二三。 [9] 自家妻父犹如此：出

自唐孙元晏《王郎》。见《全唐诗》卷七六七。　[10] 若问傍人那得知：出自唐崔颢《孟门行》。见《全唐诗》卷一三〇。　[11] 皋陶（yáo）：虞舜的臣子，据说是法律和监狱的创立者，后来人们把他当狱神。　[12] 方知狱吏尊：《史记·绛侯周勃世家》："吾尝将百万军，然安知狱吏之贵乎！"　[13] 见面钱：狱吏对囚犯的勒索。下文"入监油"义同。　[14] 孔子三分礼：礼，是孔子教育弟子的重要科目。　[15] 萧何六尺条：泛指法律。萧何根据秦法制定九章律，是汉朝最早的法律。六尺条，用六尺竹简写的条令。　[16] 耿秋光长剑倚崆峒：倚着崆峒山拔出寒光闪闪的长剑。杜甫《投赠哥舒开府翰二十韵》："防身一长剑，将欲倚崆峒。"倚崆峒而拔剑，夸张形容剑之长。　[17] 黑头公：壮年人做了大官。见《晋书·诸葛恢传》。　[18] 秋来力尽破重围：出自唐罗邺《征人》。见《全唐诗》卷六五四。　[19] 入掌银台护紫微：出自唐李白《赠郭将军》。见《全唐诗》卷一六八。银台，唐朝的翰林院。紫微，唐开元元年改中书省为紫微省，中书令为紫微令（宰相）。　[20] 回头却叹浮生事：出自唐李中《经古观有感》。见《全唐诗》卷七四八。　[21] 长向东风有是非：出唐罗隐《广陵开元寺阁上作》。见《全唐诗》卷六五六。　[22] 声息：声势，动静儿。　[23] 那色人数：何等样人。　[24] 纳采下茶：旧时订婚风俗，男家送聘礼给女家叫纳采（下茶）。采、茶，都是聘礼。　[25] 指腹：婴儿还没出生，父母就为他们订婚。裁襟：幼年时男女父母代为订婚，怕长大之后彼此不相认，把衣襟裁为两幅，各执一方做凭证。　[26] 送：送命，死。　[27] 刬口儿：信口胡说。　[28] 牛马风：风马牛不相及。　[29] 丝萝：比喻结婚。丝，菟丝；萝，女萝。都是攀缘植物。古诗："与君为新婚，菟丝附女萝。"　[30] 天眼恢恢：《老子》："天网恢恢，疏而不失。"天眼，天网，法网。恢恢，广大。　[31] 证明师：证据。明朱有燉《复落娼》杂剧：

“屈写了招伏字，久后是证明师。” [32] 迸坼了云踪：意思是假山倒塌，露出了画像。迸坼，崩塌破裂。云踪，雨云踪，这里指画像。 [33] 攩煞逢凶：挡住了恶煞，又碰到了凶神。指救活了杜丽娘，自己反而被杜宝当贼看。攩，通“挡”。煞、凶，迷信说法中降灾祸的恶神。 [34] 玉鱼、金碗：殉葬品。杜甫《诸将五首》其一：“昨日玉鱼蒙葬地，早时金碗出人间。” [35] 比目：比喻夫妇好合，据说比目鱼游必成双。 [36] 吃敲才：挨打的货，该死的贼骨头。 [37] 眼脑儿天生贼：天生贼眼。 [38] 招详：招口供。 [39] 虚头弄：弄虚头，讹诈，行骗。 [40] 风月两无功：爱情落空。元明戏曲中常用的熟语。 [41] “要的门无鬼”二句：门无鬼，《庄子·天地》中人名。园有桃，《诗经·魏风》篇名。古代说法桃树辟邪，桃枝可以打鬼，有桃树的地方无鬼。 [42] 驾上的：奉旨差遣的人。 [43] 登科录：登科记，新进士名册。 [44] 文章钜公：文豪，大作家。 [45] 泰山压卵：泰山及泰山的丈人峰都是岳父的代称。卵，鸟蛋。有双关意。泰山压卵，见《晋书·孙惠传》。 [46] 桃夭夭煞风：意思是美好的爱情被弄得大煞风景。《诗经·周南·桃夭》：“桃之夭夭，灼灼其华。”夭夭，枝叶柔嫩，双关桃条。煞风，煞风景。《桃夭》是歌颂爱情的诗。 [47] 候案：等候发榜。 [48] 不刮目破窑中吕蒙：《三国志·吴书·吕蒙传》注引《江表传》：“士别三日，即更刮目相待。”此处有意将吕蒙与吕蒙正相混。吕蒙正，宋人，贫困住破窑，后来飞黄腾达做了宰相。刮目，不以旧眼光看人。 [49] 公冶长陷缧绁（léi xiè）中：公冶长，孔子的弟子，曾经坐过牢，孔子认为不是他的罪过，仍然把女儿嫁给他。见《论语·公冶长》。缧绁，绑人的绳子，指监狱。陷缧绁中，关在监狱里。 [50] 柳盗跖：盗跖，旧说春秋时的大盗，家在柳下。《庄子·盗跖》说他与柳下惠是兄弟。柳梦梅被诬为盗墓贼，所以借称柳盗跖。[51] 把燮理阴阳问相公：意思是我能使杜丽娘起死回生，你则徒有燮理阴阳的虚名。燮理，调和。古代称宰相治理政事为燮理阴阳。相公，宰相。这里指杜宝。[52] 穷柳毅赔笑在龙宫：书生柳毅替受难的龙女送一封信给龙王，在龙宫受到款待，后来还和龙女成亲。见唐人传奇小说《柳毅传》。[53] 韩重：传说吴王夫差的女儿小玉和韩重相爱，夫差不允许他们结婚。小玉气结而死。后来韩重在墓旁看见了她。见《搜神记》。[54] 升东转东：古时主位在东，宾位在西。升东转东，是请上坐的意思，说总有一天你对我要客气起来的。[55] 你险把司天台失陷了文星空：你险些害死新科状元，使得司天台看不到天上的文星。传说状元是天上的文星下凡。[56] 有对付的：有才能的。玉洁冰清：此处指女婿。晋朝卫玠，风神秀异。他的岳父乐广也很有名。当时人称赞他们："妇公冰清，女婿玉润。"烈火烘：指剧中柳梦梅所受的各种虐待。[57] 谒者有如鬼：《战国策·楚策三》："谒者难得见如鬼。"谒者，古代官名，相当于黄门官。[58] 白屋：穷人家。这里指老百姓。[59] 葫芦提：马马虎虎，糊里糊涂。[60] 夜读沧州怪亦听：出自唐陆龟蒙《和袭美为新罗弘惠上人撰灵鹫山周禅师碑送归诗》。见《全唐诗》卷六二六。[61] 可关妖气暗文星：出自唐司空图《戊午三月晦二首》其一。见《全唐诗》卷六三三。[62] 谁人断得人间事：出自唐白居易《夭老》。见《全唐诗》卷四五一。[63] 神镜高悬照百灵：出自唐殷文圭《省试夜投献座主》。见《全唐诗》卷七〇七。

[点评]

《硬拷》写柳梦梅与岳父的第二次冲突，两人的个性活灵活现。

这出戏在杜丽娘的自画像上大做文章。柳梦梅被狱吏勒索，什么都可舍弃，唯独不肯舍弃轴画儿。他本以为杜宝绑他是因为在众官面前嫌他“寒儒薄相”，故意不认。他自恃有这画像，一旦展出即万事大吉。所以，他心怀坦荡地承认到过南安，认识石道姑，认识陈最良，而且以画像为凭，证明自己的身份。不料画像竟成了他盗墓的罪证，所有的陈述都成了供词。他万万想不到陈最良早已向杜宝报告，自己已经是盗墓的嫌疑人。

杜宝开始也以为捉住的不过是个江湖骗子，不料却是盗墓贼自投罗网。他有成见在先，悲愤之中又缺少冷静的分析与考察，他的推理和判断在形式上都是合乎逻辑的。既有了供词，又取得物证，他的判决当然理直气壮。但事实上完全是主观臆断，由误解而误判，几乎酿成人命。

鸡对鸭讲，无法沟通，不可理喻。柳梦梅百口莫辩，被逼着在死刑判决书上画押，情急之下再也顾不得礼数，一曲【雁儿落】浩浩荡荡地一连唱了十句“我为他”。尽管词情不够文雅，但倾吐了对杜丽娘的不顾生死的至情至爱。谁知柳梦梅的一番倾诉不仅未感动杜宝，反而被认为是着鬼的昏话，招来了桃条抽打。若不是郭驼闻声解救，柳梦梅小命休矣。

可爱的是在吃吊打得皮开肉绽时刻，柳梦梅还不忘让郭驼给杜丽娘报喜，一片钟情令人笑中带泪。

新科状元被苗舜宾带走，不等于问题的解决。古执循礼的杜宝是一位不信“怪力乱神”的认真的儒者，他不信死去三年的女儿能还魂，他坚信所谓状元柳梦梅是妖孽，“必须奏闻灭除”，激烈的冲突必定会闹到金銮殿上。

本来杜丽娘重生后戏剧的主要冲突已解决，后面很容易流于拖沓平淡，汤显祖设计的《硬拷》使剧情出现新的高潮。

第五十四出　闻　喜

赵山林：两场风暴之间，插入一出比较轻松的《闻喜》，可以协调节奏，变换气氛，从全局的安排来说，是完全必要的。（《牡丹亭选评》）

【绕地游】（贴上）露寒清怯，金井吹梧叶，转不断辘轳情劫[1]。咳，俺小姐为梦见书生，感病而亡，已经三年。老爷与老夫人，时时痛他孤魂无靠。谁知小姐到活活的跟着个穷秀才，寄居钱塘江上。母子重逢。真乃天上人间，怪怪奇奇，何事不有！今日小姐分付安排绣床，温习针指。小姐早来到也。

“江北草”，思杜也；“岭南花”，思梅也。（三妇本批语）

【绕红楼】（旦上）秋过了平分日易斜[2]，恨辞梁燕语周遮[3]。人去空江，身依客舍，无计七香车。“秋风吹冷破窗纱，夫婿扬州不到家。玉指泪弹江北草，金针闲刺岭南花。”春香，我同柳郎至此，即赴试闱。虎榜未开[4]，扬州兵乱。我星夜赍发柳郎，打听爹娘消息。且喜老萱堂不意而逢[5]，则老相公未知下落。想柳郎刻下可到，料今番榜上高题。须先翦下罗衣，衬其光彩。（贴）绣床停当，请自尊裁。（旦裁衣介）裁下了，便待缝将起来。（缝介）（贴）小姐，俺淡口儿闲嗑，你和柳郎梦里、阴司里，两下光景何如？

【罗江怨】（旦）春园梦一些，到阴司里有转折。梦中逗的影儿别，阴司较追的情儿切。（贴）还魂时像怎的？（旦）似梦重醒，猛回头放教跌。（贴）阴司可也有好耍子处？（旦）一般儿轮回路，驾香车，爱河边题红叶。便则到鬼门关逐夜的望秋月。

丽娘回生，叩之者四：石道姑、春香、柳生以至君王也。其对石姑、柳生，略记生前数语而已；对君王，则详言业报，直指秦长脚和议卖国之罪，所谓神道设教也。惟对春香，【罗江怨】一曲，情致缠绵，觉灵犀一点，穿透幽明。《牡丹亭》言情，至此始畅。（三妇本批语）

【前腔】（贴）你风姿恁惹邪[6]，情肠害劣[7]。小姐，你香魂逗出了梦儿蝶，把亲娘肠断了影中蛇[8]。不道燕冢荒斜[9]，再立起鸳鸯舍。则问你会书斋灯怎遮？送情杯酒怎赊？取喜时，也要那破头梢一泡血。（旦）蠢丫头，幽欢之时，彼此如梦，问他则甚！呀，奶奶来的恁忙也！

【玩仙灯】（老旦慌上）人语闹吱嘛，听风声，似是女孩儿关节[10]。儿，听见外厢喧嚷，新科状元是岭南柳梦梅。（旦）有这等事！

【前腔】（净忙走上）旗影儿走龙蛇，甚宣差，教来近

者！（见介）奶奶、小姐，驾上人来。俺看门去也！（下）

【入赚】（外、丑扮军校持黄旗上）深巷门斜，抓不出状元门第也。这是了。（敲门介）（老旦）声息儿恁怔忡！把门儿偷瞥。（启门，校冲开介）（老旦）那衙门来的？（校）星飞不迭。你看这旗，看这旗影儿头势别。是黄门官把圣旨教传泄。（老旦叫介）儿，原来是传圣旨的。（旦上）斗胆相询，金榜何时揭？可有柳梦梅名字高头列？（校）他中了状元。（旦）真个中了状元？（校）则他中状元，急节里遭磨灭。（旦惊介）是怎生？（校）往淮扬触犯了杜参爷，扭回京把他做劫坟茔的贼决。（老旦）我儿，谢天谢地，老爷平安回京了。他那知世间有此重生之事。（旦）这却怎了？（校）正高吊起猛桃条细抽掣，被官里人抢去游街歇[11]。（旦）恰好哩。（校）平章他势大，动本了。说劫坟之贼，不可以作状元。（旦）状元可也辨一本儿？（校）状元也有本。那平章奏他恶茶白赖把阴人窃[12]。那状元呵，他说头带魁罡不受邪[13]。便是万岁爷听了成痴呆。（旦）后来？（校）侥幸有个陈黄门，是平章爷的故人。奏准，要平章、状元和小姐三人，驾前勘对，方取圣裁。（老旦）呀，陈黄门是谁？（校）是陈最良，他说

惊喜匆遽之状，摹写宛肖。（三妇本批语）

黄竹三：军校上场，报喜又报忧，令丽娘心神不定。（《牡丹亭》评注）

南安教授曾官舍。因此杜平章抬举他掌朝班、通御谒。（老旦）一发诧异哩。（校）便是他着俺们来宣旨。分付你家一更梳洗，二鼓吃饭，三鼓穿衣，四更走动。到得五更三点彻，响玎珰翠佩，那是朝时节。（旦）独自个怕人。（校）怕则么！平章宰相你亲爷，状元妻妾。俺去了。（旦）再说些去。（校）明朝金阙，讨你幅撞门红去了也[14]。（下）（旦）娘，爹爹高升，柳郎高中。小旗儿报捷，又是平安帖。把神天叩谢，神天叩谢。

“斗胆相询”及“状元可也辨一本儿”“再说些去”诸处，心急遽问，忙语、稚语，无不尽致。（三妇本批语）

【滴溜子】（拜介）当日的、当日的梅根柳叶，无明路、无明路曾把游魂再叠。果应梦、花园后摺[15]。甫能够迸到头，抢了捷。鬼趣里因缘，人间判贴[16]。

【前腔】（老旦）虽则是、虽则是希奇事业，可甚的、可甚的惊劳驾帖[17]？他道你、是花妖害怯，看承的柳抱怀做花下劫[18]。你那爹爹呵，没得个符儿再把花神召摄。

周锡山：通过杜母之语，道破了丽娘对父亲的责怪之意。（《〈牡丹亭〉注释汇评》）

【尾声】女儿，紧簪束扬尘舞蹈摇花颊[19]。（旦）叫我奏个甚么来？（老旦）有了你活人硬证无虚胁。（旦）少不的万岁君王听臣妾。（净扮郭驼上）“要问鼋鼍窟[20]，还过乌鹊桥。”两日再寻个钱塘门不着。正好撞着老军，说知夫人下处。抖擞了进去。（见介）（老旦）你是谁？（净）状元家里的老驼，特来恭喜。（旦）辛苦，你可见状元么？（净）俺往平章府抢下了状元，要夫人去见朝也。

（老旦）往事闲徵梦欲分[21]，韩溉
（旦）今晨忽见下天门[22]。张籍
（净）分明为报精灵辈[23]，僧贯休
（旦）淡扫蛾眉朝至尊[24]。张祜

［注释］

[1] 辘轳：井上打水用的绞车。 [2] 秋过了平分：过了秋分。 [3] 周遮：啁哳，形容燕子的喧闹声。 [4] 虎榜：龙虎榜，即进士榜。 [5] 萱堂：母亲。 [6] 惹邪：魅人，形容漂亮。 [7] 劣：苦。 [8] 把亲娘肠断了影中蛇：典出《晋书·乐广传》，有人在乐广家喝酒，看见杯中有蛇，就害起病来。其实这是挂在墙上的弓的影子。这里的意思是说杜丽娘并没有真的死去，她母亲虚惊一场。 [9] 燕冢：南朝宋末，妓女姚玉京从良，丈夫死了也不再嫁人。有一双燕子在她家的屋梁做窝。后来雄燕被鸷鸟害了，玉京用红线系在雌燕足上，雌燕仍年年往来与玉京做伴。玉京死后，雌燕哀鸣不已，家人告诉它玉京坟墓之所在，雌燕飞到坟上就死去。这里的燕冢指杜丽娘的坟。唐李公佐有《燕女坟记》。 [10] 似是女孩儿关节：好像与女儿有关。 [11] 游街：宋朝新科状元、榜眼、探花，按例要“执丝鞭，骑马游街”，“各

有黄旗百面相从”。见《西湖老人繁胜录》。　[12] 恶茶白赖：无赖。　[13] 头带魁罡：古代迷信的说法，状元受魁星和北斗星护佑，不受邪侵。魁，魁星，主文运，北斗的第一至第四颗星。罡，罡星，北斗星。　[14] 撞门红：宋代婚俗，新娘的花轿抬到新郎家门口时，赏给乐人和其他当差人喜钱，称撞门红。见吴自牧《梦粱录》。　[15] 后摺：后边。　[16] 判贴：合人心意的判决。判，决断。贴，贴心的，合心意的。　[17] 驾帖：圣旨。　[18] 柳抱怀：用柳下惠坐怀不乱的典故，柳下惠德行高尚，有一次他收留一个冻僵的女子抱在怀里过夜，没有发生不当行为。这里以柳抱怀喻柳梦梅。　[19] 扬尘舞蹈：朝见皇帝的礼节。　[20]“要问鼋鼍窟”二句：杜甫《玉台观》：“江光隐现鼋鼍窟，石势参差乌鹊桥。”鼋鼍窟，原指江海深处，这里指钱塘江边。乌鹊桥，原指七夕乌鹊架桥，让牛郎织女在银河相会。　[21] 往事闲徵梦欲分：出自唐韩溉《松》。见《全唐诗》卷七六八。　[22] 今晨忽见下天门：出自唐张籍《朝日敕赐百官樱桃》。见《全唐诗》卷三八五。　[23] 分明为报精灵辈：出自唐僧贯休《归东阳临岐上杜使君七首》其六。见《全唐诗》卷八三五。　[24] 淡扫蛾眉朝至尊：出自唐张祜《集灵台二首》其二。见《全唐诗》卷五一一。

［点评］

杜宝拜相，柳梦梅夺魁，两大喜讯一齐传来，杜丽娘暂居的小家庭顿时一片欢欣。

传旨的军校同时也告知杜宝翁婿间发生了激烈的冲突，各自有一本上奏，杜柳两家的命运等待皇上的裁决。

杜丽娘作好了思想准备，迎接明天金銮殿上的大辩论。

这是全剧“大收煞”之前的最后铺垫。

第五十五出　圆　驾

（净、丑扮将军持金瓜上）“日月光天德[1]，山河壮帝居。”万岁爷升朝，在此直殿。

臧懋循：传奇至底板，其间情意已竭尽无余矣。独此折夫妻父子俱不识认，又做一翻公案，当是千古绝调。（朱墨本批语）

【北点绛唇】（末上）宝殿云开，御炉烟霭，乾坤泰。（回身拜介）日影金阶，早唱道黄门拜。〔集唐〕“鸾凤旌旗拂晓陈[2]韦元旦，传闻阙下降丝纶[3]刘长卿。兴王会净妖氛气[4]杜甫，不问苍生问鬼神[5]李商隐。”自家大宋朝新除授一个老黄门陈最良是也。下官原是南安府饱学秀才。因柳梦梅发了杜平章小姐之墓，径往扬州报知。平章念旧，着俺说平李寇，告捷效劳，蒙圣恩钦赐黄门奏事之职。不想平章回朝，恰遇柳生投见。当时拿下，递解临安府监候。却说柳生先曾擀

冠带之下，真足增人气分，此时之陈老，比唱“灯窗苦吟”时大不同矣。（三妇本批语）

过卷子，中了状元。找寻之间，恰好状元吊在杜府拷问。当被驾前官校人等冲破府门，抢了状元，上马而去，到也罢了。又听的说俺那女学生杜小姐也返魂在京。平章听说女儿成了个色精，一发恼激。央俺题奏一本，为诛除妖贼事。中间劾奏柳梦梅系劫坟之贼，其妖魂托名亡女，不可不诛。杜老先生此奏，却是名正言顺。随后柳生也奏一本，为辨明心迹事。都奉有圣旨："朕览所奏，幽隐奇特。必须返魂之女，面驾敷陈，取旨定夺。"老夫又恐怕真是杜小姐返魂，私着官校传旨与他。五更朝见。正是："三生石上看来去，万岁台前辨假真。"道犹未了，平章、状元早到。

有此一段总叙，头绪分明。（三妇本批语）

【前腔】（外、生幞头、袍、笏同上介）[6]（外）有恨妆排[7]，无明耽带，真奇怪。（生）哑谜难猜，今上亲裁划。岳丈大人拜揖。（外）谁是你岳丈！（生）平章老先生拜揖。（外）谁和你平章？（生笑介）古诗云："梅雪争春未肯降[8]，骚人阁笔费平章。"今日梦梅争辩之时，少不的要老平章阁笔。（外）你罪人咬文哩。（生）小生何罪？老平章是罪人。（外）俺有平李全大功，当得何罪？（生）朝廷不知，你那里平的个李全，则平的个"李半"。（外）怎生止平的个"李半"？（生笑介）你则哄的个杨妈妈

传奇收场，多是结了前案。此独夫妻、父女各不识认，另起无限端倪，始以一诏结之，可无强弩之诮。（三妇本批语）

退兵，怎哄的全！（外恼作扯生介）谁说？和你官里讲去。（末作慌出见介）午门之外，谁敢喧哗！（见介）原来是杜老先生。这是新状元。放手，放手。（外放生介）（末）状元何事激恼了老平章？（外）他骂俺罪人，俺得何罪？（生）你说无罪，便是处分令爱一事，也有三大罪。（外）那三罪？（生）太守纵女游春，一罪。（外）是了。（生）女死不奔丧，私建庵观，二罪。（外）罢了。（生）嫌贫逐婿，刁打钦赐状元，可不三大罪？（末笑介）状元以前也罪过些。看下官面分，和了罢。（生）黄门大人，与学生有何面分？（末笑介）状元不知，尊夫人请俺上学来。（生）敢是鬼请先生？（末）状元忘旧了。（生认介）老黄门可是南安陈斋长？（末）惶恐，惶恐。（生）呀，先生，俺于你分上不薄，如何妄报俺为贼？做门馆报事不真；则怕做了黄门，也奏事不以实。（末笑）今日奏事实了。远望尊夫人将到，二公先行叩头礼，（内唱礼介）奏事官齐班。（外、生同进叩头介）（外）臣杜宝见。（生）臣柳梦梅见。（末）平身[9]。（外、生立左右介）（旦上）“丽娘本是泉下女，重瞻天日向丹墀。”

柳生从前一味痴语，至此牙慧异常，总因状元在身，不复更惧吊打，自然扬眉吐气也。（三妇本批语）

【黄钟北醉花阴】平铺着金殿琉璃翠鸳瓦，响鸣梢半天儿刮刺[10]。（净、丑喝介）甚的妇人冲上御阶？

拿了！（旦惊介）似这般狰狞汉，叫喳喳。在阎浮殿见了些青面獠牙，也不似今番怕。（末）前面来的是女学生杜小姐么？（旦）来的黄门官像陈教授，叫他一声："陈师父，陈师父！"（末应介）是也。（旦）陈师父喜哩！（末）学生，你做鬼，怕不惊驾？（旦）噤声。再休提探花鬼乔作衙[11]，则说状元妻来面驾。（净、丑下）（内）奏事人扬尘舞蹈。（旦作舞蹈、呼"万岁，万岁"介）（内）平身。（旦起）（内）听旨：杜丽娘是真是假，就着伊父杜宝，状元柳梦梅，出班识认。（生觑旦作悲介）俺的丽娘妻也。（外觑旦，作恼介）鬼乜些真个一模二样[12]，大胆，大胆！（作回身跪奏介）臣杜宝谨奏：臣女亡已三年，此女酷似，此必花妖狐媚，假托而成。俺王听启：

【南画眉序】臣女没年多[13]，道理阴阳岂重活？愿吾皇向金阶一打，立见妖魔。（生作泣）好狠心的父亲！（跪奏介）他做五雷般严父的规模，则待要一下里把声名煞抹[14]。（起介）（合）便阎罗包老难弹破[15]，除取旨前来撒和[16]。（内）听旨：朕闻人行有影，鬼形怕镜。定时台上有秦朝照胆镜[17]。黄门官，可同杜丽娘照镜。看花阴之下，有无踪影回奏。（末应，同旦对镜介）女学生是人是鬼？

又作一疑，生出验影照镜，以后层层辨诘，破尽疑团，使人无复更寻间隙。（三妇本批语）

赵山林：一针见血地指出，杜宝之所以死活不肯认杜丽娘，无非是为了维护自己的名声。（《牡丹亭选评》）

【北喜迁莺】（旦）人和鬼教怎生酬答？形和影现托着面菱花。（末）镜无改面，委系人身。再向花街取影而奏。（行看影介）（旦）波査[18]。花阴这答，一般儿莲步回鸾印浅沙。（末奏）杜丽娘有踪有影，的系人身。（内）听旨：丽娘既系人身，可将前亡后化事情奏上。（旦）万岁！臣妾二八年华，自画春容一幅。曾于柳外梅边，梦见这生。妾因感病而亡。葬于后园梅树之下。后来果有这生，姓柳名梦梅，拾取春容，朝夕挂念。臣妾因此出现成亲。（悲介）哎哟，凄惶煞！这底是前亡后化[19]，抵多少阴错阳差。（内）听旨：柳状元质证，丽娘所言真假？因何预名梦梅？（生打躬呼"万岁"介）

"预名"一诘，更属肯綮。（三妇本批语）

【南画眉序】臣南海泛丝萝，梦向娇姿折梅萼。果登程取试，养病南柯。因借居南安府红梅院中，游其后苑，拾得丽娘春容。因而感此真魂，成其人道。（外跪介）此人欺诳陛下，兼且点污臣之女也。论臣女呵，便死葬向水口廉贞，肯和生人做山头撮合[20]！（合）便阎罗包老难弹破，除取旨前来撒和。（内）听旨：朕闻有云："不待父母之命，媒妁之言，则国人父母皆贱之。"杜丽娘自媒自婚，有何主见？（旦泣介）

万岁！臣妾受了柳梦梅再活之恩。

【北出队子】真乃是无媒而嫁。（外）谁保亲？（旦）保亲的是母丧门[21]。（外）送亲的？（旦）送亲的是女夜叉。（外）这等胡为！（生）这是阴阳配合正理。（外）正理，正理！花你那蛮儿一点红嘴哩！（生）老平章，你骂俺岭南人吃槟榔[22]，其实柳梦梅唇红齿白。（旦）噤声。眼前活立着个女孩儿，亲爷不认。到做鬼三年，有个柳梦梅认亲。则你这辣生生回阳附子较争些，为甚么翠呆呆下气的槟榔俊煞了他？爹爹，你不认呵，有娘在。（指鬼门）现放着实丕丕贝母开谈亲阿妈。（老旦上）多早晚女儿还在面驾[23]。老身踹入正阳门叫冤去也[24]。（进见跪伏介）万岁爷，杜平章妻一品夫人甄氏见驾。（外、末惊介）那里来的？真个是俺夫人哩。（外跪介）臣杜宝启，臣妻已死扬州乱贼之手，臣已奏请恩旨褒封。此必妖鬼捏作母子一路，白日欺天。（起介）（生）这个婆婆，是不曾认的他。（内）听旨：甄氏既死于贼手，何得临安母子同居？（老旦）万岁！（起介）

杜公正气森然，足使淫邪者闻之汗下。丽娘感柳重生，故得自解于无媒，然一再诘问，纯作鬼话，盖亦有难言者矣。（三妇本批语）

丽娘此语，亦只激平章认耳，非谓父不如夫也。拈着槟郎，便凑着附子、贝母，触处巧思，且接下老夫人不突。（三妇本批语）

【南滴溜子】（老旦）扬州路、扬州路遭兵劫夺，只得向、只得向长安住托。不想到钱塘夜过，黑撞着丽娘儿魂似脱。少不的子母肝肠，死同生活。

赵山林：杜丽娘的“情”不仅感动了鬼神，也感动了皇帝。（《牡丹亭选评》）

（内）听甄氏所奏，其女重生无疑。则他阴司三载，多有因果之事。假如前辈做君王臣宰不臻的，可有的发付他？从直奏来。（旦）这话不题罢了，提起都有。（末）女学生，“子不语怪[25]”。比如阳世府部州县，尚然磨刷卷宗[26]，他那里有甚会案处！

【北刮地风】（旦）呀，那阴司一桩桩文簿查，使不着你猾律拿喳[27]。是君王有半副迎魂驾，臣和宰玉锁金枷。（末）女学生，没对证。似这般说，秦桧老太师在阴司里可受用？（旦）也知道些。说他的受用呵，那秦太师他一进门，忒楞楞的黑心锤敢捣了千下，淅另另的紫筋肝剁作三花。（众惊介）为甚剁作三花？（旦）道他一花儿为大宋，一花为金朝，一花儿为长舌妻[28]。（末）这等长舌夫人有何受用？（旦）若说秦夫人的受用，一到了阴司，挦去了凤冠霞帔，赤体精光。跳出个牛头夜叉，只一对七八寸长指弧儿[29]，轻轻的把那撇道儿搭[30]，长舌揸。（末）为甚？（旦）听的是东窗事发[31]。（外）鬼话也。且问你，鬼乜邪，人间私奔，自有条法。阴司可有？（旦）有的是。柳梦梅七十条，爹爹发落过了，女儿阴司收赎。桃条打，罪名加，做尊官勾管了帘下[32]。则道是没真场风流罪过些。有甚么饶不过这娇滴滴的女孩家。（内）听旨：朕细听杜丽娘所奏，重生无疑。就着黄门官押送午门外，父子夫妻相认，归第成亲。（众呼“万岁”行介）（老旦）恭喜相公高转了。（外）怎想夫人无恙！（旦哭介）我的爹呵！（外不理介）青天白日，小鬼头远些，远些！陈先生，如今连柳梦梅俺也疑将起来，则怕也是个鬼。（末笑介）是踢斗鬼。（老旦喜介）今日见了状元女婿，女儿再生，二十分喜也。状元，先认了你丈母罢。（生揖介）丈母光临，做女婿的有失迎待，罪之重也。（旦）官人恭喜，贺喜。（生）谁报你来？（旦）到得陈师父传旨来。（生）受你老子的气也。（末）状元，认了丈人翁罢。（生）则认的十地阎君为岳丈。（末）状元，听俺分劝一言。

先认夫人，极是。盖夫人之死，原属传闻，不同亲见，可以即认也。（三妇本批语）

【南滴滴金】你夫妻赶着了轮回磨[33]，便君王使的个随风柁[34]，那平章怕不做赔钱货[35]。到不如娘共女，翁和婿，明交割[36]。（生）老黄门，俺是个贼犯。（末笑介）你得便宜人，偏会撒科[37]。则道你偷天把桂影那，不争多先偷了地窟里花枝朵[38]。（旦叹介）陈师父，你不教俺后花园游去，怎看上这攀桂客来？（外）鬼乜邪，怕没门当户对，看上柳梦梅什么来！

游园是第一关目，故结处提清。（三妇本批语）

【北四门子】（旦笑介）是看上他戴乌纱象简朝衣挂，笑、笑、笑，笑的来眼媚花。爹娘，人间白日里高结彩楼，招不出个官婿。你女儿睡梦里、鬼窟里选着个状元郎，还说门当户对！则你个杜杜陵惯把女孩儿吓[39]，那柳柳州他可也门户风华[40]。爹爹，认了女孩儿罢。（外）离异了柳梦梅，回去认你。（旦）叫俺回杜家，赸了柳衙。便作你杜鹃花，也叫不转子规红泪洒。（哭介）哎哟，见了俺前生的爹，即世嬷[41]，颠不剌俏魂灵立化[42]。（旦作闷倒介）（外惊介）俺的丽娘儿！（末作望介）怎那老道姑来也？连春香也活在？好笑，好笑！我在贼营里瞧甚来？

此时杜老亦将信将疑，稍稍口软。“离异”语，因恼柳生而设强词也，观下丽娘闷倒即相呼厮认，可见。（三妇本批语）

杜公惊唤，与《遇母》折夫人抱泣，同一天性所感。（三妇本批语）

【南鲍老催】（净扮石姑同贴上）官前定夺，官前定夺。（打望介）原来一众官员在此。怎的起状元、小姐嘴骨都站一边[43]？（净）眼见他乔公案断的错，听了那乔教学的嘴儿嗑[44]。（末）春香贤弟也来了。这姑姑是贼。（净）啐，陈教化，谁是贼？你报老夫人死哩，春香死哩！做的个纸棺材，舌锹拨。（向生介）柳相公喜也。（生）姑姑喜也。这丫头那里见俺来？（贴）你和小姐牡丹亭做梦时有俺在。（生）好活人活证。（净、贴）鬼团圆不想到真和合，鬼揶揄不想做人生活。老相公，你便是鬼三台[45]，费评跋。（净、贴并下）（末）朝门之下，人钦鬼伏之所，谁敢不从！少不得小姐劝状元认了平章，成其大事。（旦作笑劝生介）柳郎，拜了丈人罢！（生不伏介）

【北水仙子】（旦）呀呀呀，你好差。（扯生手、按生肩介）好好好，点着你玉带腰身把玉手叉。（生）几百个桃条！（旦）拜、拜、拜，拜荆条曾下马[46]。（扯外介）（旦）扯、扯、扯，做泰山倒了架。（指生介）他、他、他，点黄钱聘了咱[47]。俺、俺、俺，逗寒食吃了他茶[48]。（指末介）你、你、你，待求官、报信则把口皮喳。（指生介）是是是，是他开棺见椁湔除罢。（指外介）爹爹爹，你可也骂够了咱这鬼乜邪。（丑扮韩子才冠带捧诏上）圣旨已到，跪听宣读。"据奏奇异，敕赐团圆。平章杜宝，进阶一品。妻甄氏，封淮阴郡夫人。状元柳梦梅，除授翰林院学士。妻杜丽娘，封阳和县君。就着鸿胪官韩子才送归宅院[49]。"叩头谢恩。（丑见介）状元恭喜了。（生）呀，是韩子才兄。何以得此？（丑）自别了尊兄，蒙本府起送先儒之后[50]，到京考中鸿胪之职，故此得会。（生）一发奇异了。（末）原来韩老先也是旧朋友。（行介）

无数层波叠嶂，以一诏为结断，莫敢或违。设使冰玉早自怡然，则杜公为状元动也，柳生为平章屈也，一世俗情事矣。必如此，而杜之执古，柳之不屈，始两得之。（三妇本批语）

【南双声子】(众)姻缘诧，姻缘诧，阴人梦黄泉下。福分大，福分大，周堂内是这朝门下[51]。齐见驾，齐见驾，真喜洽，真喜洽。领阳间诰敕，去阴司销假。

做人有情，何可胜数？做鬼有情，直是难得也。（三妇本批语）

【北尾】(生)从今后把牡丹亭梦影双描画。(旦)亏杀你南枝挨暖俺北枝花。则普天下做鬼的有情谁似咱！

杜陵寒食草青青[52]，韦应物
羯鼓声高众乐停[53]。李商隐
更恨香魂不相遇[54]，郑琼罗
春肠遥断牡丹亭[55]。白居易
千愁万恨过花时[56]，僧无则
人去人来酒一卮[57]。元稹
唱尽新词欢不见[58]，刘禹锡
数声啼鸟上花枝[59]。韦庄

［注释］

[1]“日月光天德”二句：陈后主诗。见《南史》卷十。 [2]鸾凤旌旗拂晓陈：出自唐韦元旦《奉和人日宴大明宫恩赐彩缕人胜应制》。见《全唐诗》卷六九。 [3]传闻阙下降丝纶：出自唐刘长卿《狱中闻收东京有赦》。见《全唐诗》卷一五一。 [4]兴王会净妖氛气：出自唐杜甫《承闻河北诸道节度入朝欢喜口号绝句十二首》

其五。见《全唐诗》卷二三〇。　[5] 不问苍生问鬼神：出自唐李商隐《贾生》。见《全唐诗》卷五四〇。　[6] 幞（fú）头：冠名。古代官员、士人通用的便帽。　[7]“有恨妆排”二句：妆排，播弄。无明，佛家语，无智，愚昧。这里无明耽带是无缘无故、有了这样遭遇的意思。　[8]“梅雪争春未肯降”二句：宋卢梅坡《雪梅》诗句。平章，评论。这里兼指官名平章。　[9] 平身：跪拜后起来。　[10] 鸣梢：鸣鞭。古时皇帝坐朝的仪式。挥动丝鞭做巨大声响，教大家肃静，也叫做静鞭。刮剌：形容声响。　[11] 探花鬼：因赏花而亡的鬼魂，杜丽娘自指。乔作衙：冒充长官坐堂审事。这里是指冒充活人。　[12] 鬼乜（miē）些：鬼。乜些，乜斜，因困倦眼睛眯成一条缝儿，此处有不正经的意思。　[13] 没（mò）年多：死了多年。没，殁，死亡。年多，多年。　[14] 声名：此处指丑名声。煞抹：抹煞。　[15] 阎罗包老：即包拯。包拯为官刚正无私，宋时俗语：“关节不到，有阎罗包老。”弹破：说破，勘破。　[16] 撒和：此处作调停解。　[17] 照胆镜：传说秦始皇有镜子，能照见人的内脏。女子若有邪心，则胆张心动。见《西京杂记》。　[18] 波查：波折，折磨。　[19] 底是：的是，确实是。　[20] 山头撮合：结合。古代小说戏曲里常称媒人为撮合山。　[21] 丧门：丧门星，主宰死丧的凶神。　[22] 槟榔：中药名。岭南人喜欢吃，嚼食的渣滓血红色。据说可以消食、下气。下文的附子、贝母都是中药。此曲只取其子、母的意思。　[23] 多早晚：这么长时间了。　[24] 正阳门：宋代汴京宫城的城门，这里指宫门。　[25] 子不语怪：《论语·述而》：“子不语怪、力、乱、神。”　[26] 磨刷卷宗：元朝各道设肃政廉访使，检查各衙门的诉讼卷宗，以防止和处理冤假错案，叫刷卷。即下文所说的会案。　[27] 猾律拿喳：寻事生非。　[28] 长舌妻：秦桧的妻子王氏。长舌，播弄是非，曾定计陷害岳飞。　[29] 指弧（kōu）：指尖。弝，弓弩两端挂弦处。 [30] 撇道儿：脚，宋元俗语。这里做嗓子用，错。明王骥德《曲律·论讹字》举例说："汤海若《还魂记》末折：'把那撇道儿搯，长舌揸。'是以撇道认作颡子也，误甚。"搯，扼住。 [31] 东窗事发：传说秦桧夫妇在东窗下设计陷害岳飞。秦桧死后，他的鬼魂叫方士告诉他妻子说事情已败露："东窗事发矣。" [32] 勾管了帘下：指受了公差的凌辱。帘下，帘下的人，手下人。 [33] 轮回磨：佛家轮回说认为众生均辗转生死于六道之中。此处是说杜丽娘死后还魂。磨，即轮回。 [34] 随风柁：随风转舵。这里是依顺、无主见的意思。 [35] 赔钱货：旧时重男轻女，认为生了女孩子长大要嫁人，还要陪送嫁妆，不够本。 [36] 交割：做买卖钱物交接，银货两讫。 [37] 撒科：撒赖。 [38] 不争多：差不多。这里是想不到的意思。 [39] 杜杜陵：杜甫。杜甫祖籍长安杜陵（汉宣帝刘询陵墓所在地），杜甫曾住杜陵附近的少陵（汉宣帝刘询的许皇后陵墓所在地），故自称杜陵布衣、少陵野老。此处是指杜宝。 [40] 柳柳州：柳宗元。柳宗元曾任柳州刺史。此处指柳梦梅。 [41] 即世：今世。嬷：妈。 [42] 颠不剌：癫狂。 [43] 嘴骨都：骨嘟嘴，噘着嘴，不高兴的样子。 [44] 乔教学：烂教书的，指陈最良。乔，骂人话，有恶劣、假冒等意思。 [45] 鬼三台：阎罗王。三台，三公，大官。 [46] 拜荆条：相传荆文王无道，大臣葆申以荆条一束跪着打文王的背，作为处分。见《吕氏春秋·贵直》。后来戏曲里有"文王下马拜荆条"的熟语。此处指柳梦梅挨桃条抽打。 [47] 黄钱：纸钱。 [48] 吃了他茶：古代女子吃了男家的茶，就意味着许嫁。 [49] 鸿胪官：皇帝的司仪官。 [50] 先儒：这里指韩愈。 [51] 周堂：古代风俗，嫁娶的吉日叫周堂。全句的意思是奉旨成婚。 [52] 杜陵寒食草青青：出自唐韦应物《寒食寄京师诸弟》。见《全唐诗》卷一八八。全剧结束时的下场诗，借旦角之口直接抒发作家的思想感情，其作用相当于《标目》一出的【蝶恋花】。　[53] 羯鼓声高众乐停：出自唐李商隐《龙池》。见《全唐诗》卷五四〇。　[54] 更恨香魂不相遇：出自唐郑琼罗《叙幽冤》。见《全唐诗》卷八六五。　[55] 春肠遥断牡丹亭：出自唐白居易《见元九悼亡诗因以此寄》。见《全唐诗》卷四三七。　[56] 千愁万恨过花时：出自唐僧无则《百舌鸟二首》其一。见《全唐诗》卷八二五。　[57] 人去人来酒一卮：出自唐元稹《病醉》。见《全唐诗》卷四一一。　[58] 唱尽新词欢不见：出自唐刘禹锡《踏歌行四首》其一。见《全唐诗》卷二八。　[59] 数声啼鸟上花枝：出自唐韦庄《晏起》。见《全唐诗》卷七〇〇。

[点评]

《圆驾》是《牡丹亭》传奇不同凡响的“大收煞”。

按传奇的体例，故事至此应该水到渠成，收团圆之趣了，但此剧偏偏又掀起几番波澜，留下无穷余味。

杜宝与柳梦梅冲突双方要接受皇帝的最后裁决，“情之所必有”与“理之所必无”的较量进入决胜时刻，人物性格得到进一步地展现。

面君之前，翁婿见面就战了一个回合。杜宝早已认定柳梦梅是盗墓贼，必除之而后快，绝不接受他的拜揖。柳梦梅被杜宝多番羞辱，重重吊打，心中有气，此时已是冠带加身的状元，碰了一鼻子灰却并不买账。他讥笑和讽刺杜宝的“平李全大功”，还指斥杜宝的“三大罪”。他已经从守礼而窝囊的书生，进步为不畏权势的抗争者。

杜丽娘一出场，就觉得人间的金殿比阎王殿还要阴森可怖，但是经过出生入死的她已非当年那柔弱的少女，她鼓足勇气接受一切考验。

老父亲认定她是“色精”，见面就要打。皇帝面对这桩奇案却饶有兴趣地要做认真考察。

杜丽娘首先要接受的是物理鉴定，以确认她还魂的真实性。鉴定结果“的是人身”。接着要接受的是人文答辩，以确定其婚姻的合法性。按皇帝的要求，她陈述了“前亡后化”的过程，柳梦梅也确定属实。

皇帝再以“自媒自婚，有何主见”诘问，杜丽娘无法否认这一事实，但是以“受了柳梦梅再活之恩”为理由，回答也算得体。出人意料的是，杜丽娘补充一句说，虽然“是无媒而嫁”，但“保亲的是母丧门”，“送亲的是女夜叉”！

皇帝再问阴司是否真有因果之事，杜丽娘描绘秦桧夫妇在阴间受刑的情景，使人们听得入神。杜丽娘的冷静、勇敢、机智表现得淋漓尽致。

答辩成功，皇帝当场批示：“朕细听杜丽娘所奏，重生无疑。就着黄门官押送午门外，父子夫妻相认，归第成亲。”问题似乎已解决，但是最高权威的裁决并没有令杜宝信服。他从感情上仍不愿接受柳梦梅，对他的行径始终心存疑惑，所以提出要杜丽娘离异了柳梦梅才父女相认。他对杜丽娘的死而复生，其实也仍不敢完全相信，因为杜宝是一个“恒以理相格”的典型。

在杜丽娘极力调解下，翁婿勉强相认。戏剧到此结束，本该大团圆，但杜宝始终将信将疑，他和柳梦梅、杜丽娘的矛盾其实并未彻底解决。抛下一个颇带哲学意味的问题，留待人们去思考。

附录一

李仲文、冯孝将、谈生三事

武都太守李仲文在郡丧女，年十八，权假葬郡城北。后有张世之代为郡。世之男字子长，年二十，侍从。在厩中，梦一女，年可十七八，颜色不常。自言前府君女，不幸早亡，会今当更生，心相爱乐，故来相就。如此五六夕。忽然昼见，解衣服，薰香殊绝。遂为夫妻，寝息，衣皆有污，如处女焉。后仲文妇遣婢视女墓，因过世之妇相闻。入厩中，见此女一只履在子长床下。取之啼泣，呼言发塚。持履归，以示仲文。仲文惊愕，遣问世之："君儿何由得亡女履耶？"世之呼问儿，具陈本末。李、张并谓可怪，发棺视之，女体已生肉，颜姿如故，右脚有履，左脚无也。后夕，子长梦女来曰："夫妇情至谓偕老，而无状忘履，以致觉露。我比得生，今为所发。自尔之后，遂死肉烂，不得生矣。万恨之心，当复何言！"泣涕而别。

东平冯孝将为广陵太守。儿名马子，年二十余。独宿厩中，夜梦见一女子，年十八九，言："我是前太守北海徐玄方女，不幸早亡，亡来出入四年，为鬼所枉杀。案生录，当年八十余，听我更生。要当有依凭了，乃得生活，又应为君妻。能从所委，见救活不？"马子答曰："可尔。"因与马子尅期当出。至期日，床前地头发正与地平，令人扫去，逾分明，始悟是所梦见者。遂屏除左右，人便渐渐额出，次头面出，一炊顷，形体顿出。马子便令前坐对榻上，陈说语言，奇妙非常。遂与马子寝息。每诫云："我尚虚，君当自节。"问："何时得出？"答曰："出当得本生生日。"生日尚未至，遂住厩中。言语声音，人皆闻之。女计生日至，具教马子出己养之方法，语毕拜去。马子从其言，至日，以丹雄鸡一只、黍饭一盘、清酒一升，醊其丧前，去厩十余步。祭讫，掘棺出，开视，女身体完全如故。徐徐抱出，著毡帐中。唯心下微暖，口有气。令婢四人守养护之。常以青羊乳汁沥其两眼，始开，口能咽粥，积渐能语。二百日中持杖起行，一期之后，颜色肌肤气力悉复常。乃遣报徐氏，上下尽来。选吉日下礼聘，为三日，遂为夫妇。生二男一女。长男字元庆，永嘉初为秘书郎中。小男字敬度，作太傅掾。女适济南刘子彦，征士延世之孙也。

有谈生者，年四十，无妇。常感激读经书，通夕不卧。至夜半时，有一好女，年十五六，姿颜服饰，天下无双，来就谈生，遂为夫妇。言曰："我不与人同，夜，君慎勿以火照我也。至三年之后，乃可照耳。"谈生与为夫妇，生一儿，已二岁矣。生不能忍，夜伺其寐，便盗照视之。其腰已上生肉如人，腰已下但是枯骨。妇觉，遂言云："君负我。我已垂变身，何不能忍一年，而竟相照耶？"谈生辞谢，涕泣不可复止。云："与君虽大义，今将离别。然顾念我儿，恐君贫，不能自谐活，暂逐我去，方遗君物。"将生入华堂奥室，物器不凡，乃以一珠袍与之，曰："可以自给。"裂取谈生衣裾留之，辞别而去。后谈生持袍诣市，睢阳王家买之，得钱千万。王识之曰："是我女袍，那得在市？此人必发吾女冢。"乃收考谈生，谈生具以实对。王犹不信，乃视女冢，冢全如故。乃复发视，果于棺盖下得衣裾。呼其儿视，貌似王女，王乃信之。即出谈生，而复赐之遗衣，遂以为女婿，表其儿为侍中。

参见（晋）干宝（晋）陶潜撰　李剑国辑校《搜神记辑校　搜神后记辑校》中华书局 2019 年

附录二

《杜丽娘慕色还魂》话本

闲向书斋览古今，罕闻杜女再还魂。
聊将昔日风流事，编作新文厉后人。

话说南宋光宗朝间，有个官升授广东南雄府尹，姓杜名宝，字光辉，进士出身，祖贯山西太原府人，年五十岁。夫人甄氏，年四十二岁，生一男一女。其女年一十六岁，小字丽娘。男年一十二岁，名唤兴文。姊弟二人俱生得美貌清秀。杜府尹到任半载，请个教读，于府中书院内教姊弟二人读书学礼。不过半年，这小姐聪明伶俐，无书不览，无史不通。琴棋书画，嘲风咏月，女工针指，靡不精晓，府中人皆称为女秀才。

忽一日，正值季春三月中，景色融和，乍雨乍晴天气，不寒不冷时光，这小姐带一侍婢名唤春香，年十岁，同往本府后花园中游赏。信步行至花园内，但见：

假山真水，翠竹奇花。普环碧沼，傍栽杨柳绿依依；森耸青峰，侧畔桃花红灼灼。双双粉蝶穿花，对对蜻蜓点水。梁间紫燕呢喃，柳上黄莺睍睆。纵目台亭池馆，几多瑞草奇葩。端的有四时不谢之花，果然是八节长春之景。

这小姐观之不足，触景伤情，心中不乐。急回香阁中，独坐无聊，感春暮景，俯首沉吟而叹曰："春色恼人，信有之乎？常观诗词乐府，古之女子，因春感情，遇秋成恨，诚不谬矣。吾今年已二八，未逢折桂之夫；感慕景情，怎得蟾宫之客。昔日郭华偶逢月英，张生得遇崔氏，曾有《钟情丽集》《娇红记》二书。此佳人才子，前以密约偷期，似皆一成秦晋。嗟呼！吾生于宦族，长在名门，年已及笄，不得早成佳配，诚为虚度青春，光阴如过隙耳。"叹息久之，曰："可惜妾身，颜色如花，岂料命如一叶耶？"遂凭几昼眠。

才方合眼，忽见一书生，年方弱冠，丰姿俊秀，于园内折杨柳一枝，笑谓小姐曰："姐姐既能通书史，可作诗以赏之乎？"小姐欲答，又惊又喜，不敢轻言。心中自忖，素昧平生，不知姓名，何敢辄入于此？正如此思间，只见那书生向前将小姐搂抱去牡丹亭畔，芍药栏边，共成云雨之欢娱，两情和合。忽值母亲至房中唤醒，一身冷汗，乃是南柯一梦。忙起身参母，礼毕，夫人问曰："我儿何不做些针指，或观玩书史，消遣亦可，因何昼寝于此？"小姐答曰："儿适花园中闲玩，怎值春暄恼人，故此回房，无可消遣，不觉困倦少息。有失迎接，望母亲恕儿之罪。"夫人曰："孩儿，这后花园中冷静，少去闲行。"小姐曰："领母亲严命。"道罢，夫人与小姐同回至中堂。

饭罢，这小姐口中虽如此答应，心内思想梦中之事，未尝放怀。行坐不宁，自觉如有所失。饮食少思，眼泪汪汪，至晚不食而睡。次早饭罢，独坐后花园中，闲看梦中所遇书生之处，冷静寂寥，杳无人迹。忽见一株大梅树，梅子磊磊可爱，其树矮如伞盖。小姐走至树下，甚喜而言曰："我若死后得葬于此，幸矣。"道罢回房，与小婢春香曰："我死，当葬于梅树下，记之记之。"

次早，小姐临镜梳妆，自觉容颜清减，命春香取文房四宝至镜台边，自画一小影。红裙绿袄，环珮玎珰，翠翘金凤，宛然如活。以镜对容，相像无一。心甚喜之，命弟将出衙去表背店中，表成一幅小小行乐图。将来挂在香房内，日夕观之。一日，偶成诗一绝，自题于图上：

> 近睹分明似俨然，远观自在若飞仙。
> 他年得傍蟾宫客，不在梅边在柳边。

诗罢，思慕梦中相遇书生，曾折柳一枝，莫非所适之夫姓柳乎？故有此警报耳。

自此，丽娘慕色之甚。静坐香房，转添凄惨。心头发热，不疼不痛。春情难过，朝暮思之。执迷一性，恹恹成病，时二十一岁矣。父母见女患病，求医罔效，问佛无灵。自春害至秋，所嫌者金风送暑，玉露生凉，秋雨潇潇，生寒彻骨，转加沉重。小姐自料不久，令春香请母至床前，含泪痛泣曰："不孝逆女，不能奉父母养育之恩，今忽夭亡，为天之数也。如我死后，望母亲埋葬于后园梅树之下，平生愿足矣。"嘱罢，哽咽而卒，时八月十五也。母大痛，命具棺椁衣衾收殓毕，乃与杜府尹曰："女孩儿命终时分付，要葬于后园梅树之下，不可逆其所愿。"这杜府尹依夫人言，遂令葬之。其母哀痛，朝夕思之。

光阴迅速，不觉三年任满。使官新府尹已到，杜府尹收拾行装，与夫人并衙内杜兴文一同下船回京，听其别选，不在话下。

且说新府尹姓柳名思恩，乃四川成都府人，年四十。夫人何氏，年三十六岁。夫妻恩爱，止生一子，年一十八岁，唤做柳梦梅。因母梦见食梅而有孕，故此为名。其子学问渊源，琴棋书画，下笔成文，随父来南雄府。上任之后，词清讼简。这柳衙内因收拾后房，于草茅杂纸之中，获得一幅小画。展开看时，却是一幅美人图。画得十分容貌，宛如姮娥。柳衙内大喜，将去挂在书院之中，早晚看之不已。忽一日，偶读上面四句诗，详其备细。"此是人家女子行乐图也，何言'不在梅边在柳边'？此乃奇哉怪事也！"拈起笔来，亦题一绝，以和其韵，诗曰：

貌若嫦娥出自然，不是天仙是地仙。
若得降临同一宿，海誓山盟在枕边。

诗罢，叹赏久之。却好天晚，这柳衙内因想画上女子，心中不乐。正是不见此情情不动，自思何时得此女会合。恰似望梅止渴，画饼充饥。懒观经史，明烛和衣而卧。翻来覆去，永睡不着。细听谯楼已打三更，自觉房中寒风习习，香气袭人。衙内披衣而起，忽闻门外有人扣门，衙内问之而不答。少顷又扣，如此者三次。衙内开了书院门，灯下看时，见一女子，生得云鬓轻梳蝉翼，柳眉颦蹙春山。其女趋入书院，衙内急掩其门。这女子敛衽向前，深深道个万福。衙内惊喜相半，答礼曰："妆前谁氏，原来夤夜至此。"那女子启一点朱唇，露两行碎玉，答曰："妾乃府西邻家女也。因慕衙内之丰采，故奔至此，愿与衙内成秦晋之欢，未知肯容纳否？"这衙内笑而言曰："美人见爱，小生喜出望外，何敢却耶？"遂与女子解衣灭烛，归于帐内，效夫妇之礼，尽鱼水之欢。少顷，云收雨散，女子笑谓柳生曰："妾有一言相恳，望郎勿责。"柳生笑而答曰："贤卿有话，但说无妨。"女子含笑曰："妾千金之躯，一旦付与郎矣。勿负奴心，每夜得共枕席，平生之愿足矣。"柳生笑而答曰："贤卿有心恋于小生，小生岂敢忘于贤卿乎？但不知姐姐姓甚何名？”女答曰：“妾乃府西邻家女也。”言未绝，鸡鸣五更，曙色将分。女子整衣趋出院门，柳生急起送之，不知所往。

至次夜，又至。柳生再三询问姓名，女又以前意答应，如此十余夜。一夜，柳生与女子共枕而问曰：“贤卿不以实告我，我不与汝和谐。白于父母，取责汝家。汝可实言姓氏，待小生禀于父母，使媒妁聘汝为妻，以成百年夫妇，此不美哉？”女子笑而不言，被柳生再三促迫不过，只得含泪而言曰：“衙内勿惊。妾乃前任杜知府之女杜丽娘也。年十八岁，未曾适人。因慕情色，怀恨而逝。妾在日常所爱者后园梅树，临终遗嘱于母，令葬妾于树下，今已一年，一灵不散，尸首不坏。因与郎有宿世缘姻未绝，郎得妾之小影，故不避嫌疑，以遂枕席之欢。蒙君见怜，君若不弃幻体，可将妾之衷情，告禀二位椿萱。来日可到后园梅树下，发棺视之，妾必还魂，与郎共为百年夫妇矣。”这衙内听罢，毛发悚然，失惊而问曰：“果是如此，来日发棺视之。”道罢，已是五更，女子整衣而起，再三叮咛：“可急视之，请勿自误。如若不然，妾事已露，不复再至矣。望郎留心，勿使可惜矣。妾不得复生，必痛恨于九泉之下也。”言讫，化清风而不见。

柳生至次日饭后，入中堂禀于母。母不信有此事，乃请柳府尹说知。府尹曰：“要知明白，但问府中旧吏门子人等，必知详细。”当时，柳府尹交唤旧吏人等问之，果有杜知府之女杜丽娘葬于后园梅树之下，今已一年矣。柳知府听罢惊异，急唤人夫同去后园梅树下掘开，果见棺木。揭开盖棺板，众人视之，面颜俨然如活一般。柳知府教人烧汤，移尸于密室之中。即令养娘侍婢脱去衣服，用香汤沐浴洗之。霎时之间，身体微动，凤眼微开，渐渐苏醒。这柳夫人教取新衣服穿了。

这女子三魂再至，七魄重生，立身起来。柳相公与夫人并衙内看时，但见身材柔软，有如芍药倚栏杆。翠黛双垂，宛似桃花含宿雨。好似浴罢的西施，宛如沉醉的杨妃。这衙内看罢，不胜之喜，叫养娘扶女子坐下。良久，取安魂汤定魄散吃下。少顷，便能言语。起身对柳衙内曰："请爹妈二位出来拜见。"柳相公、夫人皆曰："小姐保养，未可劳动。"即唤侍女扶小姐去卧房中睡。少时，夫人分付，安排酒席于后堂庆喜。当晚筵席已完，教侍女请出小姐赴宴。

当日杜小姐喜得再生人世，重整衣妆，出拜于堂下。柳相公与杜小姐曰："不想我愚男与小姐有宿世缘分。今得还魂，真乃是天赐也。明日可差人往山西太原府去，寻问杜府尹家接下报喜。"夫人对相公曰："今小姐天赐还魂，可择日与孩儿成亲。"相公允之。至次日，差人持书报喜，不在话下。

过了旬日，择得十月十五吉旦，正是"屏开金孔雀，褥隐绣芙蓉"，大排筵宴。杜小姐与柳衙内合卺交杯，坐床撒帐，一切完备。至晚席散，杜小姐与衙内同归罗帐，并枕同衾，受尽人间之乐。

话分两头，且说杜府尹回至临安府寻公馆安下。至次日，早朝见光宗皇帝，喜动天颜，御笔除授江西省参知政事，带夫人并衙内上任，已经两载。忽一日，有一人持书至杜相公案下。相公问何处来的，答曰："小人是广东南雄府柳府尹差来。"怀中取书呈上。杜相公展开书看，书上说小姐还魂与柳衙内成亲一事，今特驰书报喜。这杜相公看罢大喜，赏了来人酒饭，曰："待我修书回复柳亲家。"这杜相公将书入后堂与夫人说，南雄府柳府尹送书来说丽娘小姐还魂，与柳知府男成亲事。夫人听之大喜，曰："且喜昨夜灯花结蕊，今宵灵鹊声频。"相公曰："我今修书回复，教伊朝晚在临安府相会。"写了回书，付与来人，赏银五两，来人叩谢去了，不在话下。

却说柳衙内闻知春榜动，选场开，遂拜别父母妻子，将带仆人盘缠，往临安府会试应举。在路不则一日，已到临安府客店安下。径入试院，三场已毕，喜中第二甲进士，除授临安府推官。柳生驰书遣仆，报知父母妻子。这杜小姐已知丈夫得中，任临安府推官，心中大喜。至年终，这柳府尹任满，带夫人并杜小姐回临安府推官衙内投下。这柳推官拜见父母妻子，心中大喜。排筵庆贺，以待杜参政回朝相会。住不两月，却好杜参政带夫人并子回至临安府馆驿安下。这柳推官迎接杜参政并夫人至府中，与妻子杜丽娘相见，喜不尽言，不在话下。

这柳梦梅转升临安府尹，这杜丽娘生二子，俱为显宦，夫荣妻贵，享天年而终。

参见（明）何大抡辑《重刻增补燕居笔记》卷九

主要参考文献

《牡丹亭》（明）汤显祖著　徐朔方、杨笑梅校注　人民文学出版社 1963 年

《汤显祖评传》 徐朔方著　南京大学出版社 1993 年

《汤显祖全集》 徐朔方笺校　北京古籍出版社 1999 年

《明清戏曲演剧史论序说——汤显祖《牡丹亭还魂记》研究》（日）根ケ山徹著　创文社 2001 年

《牡丹亭》（明）汤显祖著　黄竹三评注　三晋出版社 2008 年

《牡丹亭》（明）汤显祖著　吴凤雏评注　中国戏剧出版社 2010 年

《汤显祖编年评传》 黄芝冈著　文化艺术出版社 2014 年

《牡丹亭》（明）汤显祖著　邹自振、董瑞兰评注　百花洲文艺出版社 2015 年

《再读经典牡丹亭》 蔡孟珍著　台湾商务印书馆 2015 年

《〈牡丹亭〉注释汇评》（明）汤显祖原著　周锡山编著　上海人民出版社 2017 年

《牡丹亭选评》 赵山林撰　上海古籍出版社 2018 年

《中华传统文化百部经典》已出版图书

书　名	解读人	出版时间
周易	余敦康	2017 年 9 月
尚书	钱宗武	2017 年 9 月
诗经（节选）	李　山	2017 年 9 月
论语	钱　逊	2017 年 9 月
孟子	梁　涛	2017 年 9 月
老子	王中江	2017 年 9 月
庄子	陈鼓应	2017 年 9 月
管子（节选）	孙中原	2017 年 9 月
孙子兵法	黄朴民	2017 年 9 月
史记（节选）	张大可	2017 年 9 月
传习录	吴　震	2018年11月
墨子（节选）	姜宝昌	2018年12月
韩非子（节选）	张　觉	2018年12月
左传（节选）	郭　丹	2018年12月
吕氏春秋（节选）	张双棣	2018年12月
荀子（节选）	廖名春	2019 年 6 月
楚辞	赵逵夫	2019 年 6 月
论衡（节选）	邵毅平	2019 年 6 月
史通（节选）	王嘉川	2019 年 6 月
贞观政要	谢保成	2019 年 6 月
战国策（节选）	何　晋	2019年12月
黄帝内经（节选）	柳长华	2019年12月
春秋繁露（节选）	周桂钿	2019年12月
九章算术	郭书春	2019年12月
齐民要术（节选）	惠富平	2019年12月
杜甫集（节选）	张忠纲	2019年12月
韩愈集（节选）	孙昌武	2019年12月
王安石集（节选）	刘成国	2019年12月
西厢记	张燕瑾	2019年12月

书　　名	解读人	出版时间
聊斋志异（节选）	马瑞芳	2019 年 12 月
礼记（节选）	郭齐勇	2020 年 12 月
国语（节选）	沈长云	2020 年 12 月
抱朴子（节选）	张松辉	2020 年 12 月
陶渊明集	袁行霈	2020 年 12 月
坛经	洪修平	2020 年 12 月
李白集（节选）	郁贤皓	2020 年 12 月
柳宗元集（节选）	尹占华	2020 年 12 月
辛弃疾集（节选）	王兆鹏	2020 年 12 月
本草纲目（节选）	张瑞贤	2020 年 12 月
曲律	叶长海	2020 年 12 月
孝经	汪受宽	2021 年 6 月
淮南子（节选）	陈　静	2021 年 6 月
太平经（节选）	罗　炽	2021 年 6 月
曹操集	刘运好	2021 年 6 月
世说新语（节选）	王能宪	2021 年 6 月
欧阳修集（节选）	洪本健	2021 年 6 月
梦溪笔谈（节选）	张富祥	2021 年 6 月
牡丹亭	周育德	2021 年 6 月
日知录（节选）	黄　珅	2021 年 6 月
儒林外史（节选）	李汉秋	2021 年 6 月
商君书	蒋重跃	2022 年 6 月
新书	方向东	2022 年 6 月
伤寒论	刘力红	2022 年 6 月
水经注（节选）	李晓杰	2022 年 6 月
王维集（节选）	陈铁民	2022 年 6 月
元好问集（节选）	狄宝心	2022 年 6 月
赵氏孤儿	董上德	2022 年 6 月
王祯农书（节选）	孙显斌	2022 年 6 月
三国演义（节选）	关四平	2022 年 6 月
文史通义（节选）	陈其泰	2022 年 6 月

书　　名	解读人	出版时间
汉书（节选）	许殿才	2022 年 12 月
周易略例	王锦民	2022 年 12 月
后汉书（节选）	王承略	2022 年 12 月
通典（节选）	杜文玉	2022 年 12 月
资治通鉴（节选）	张国刚	2022 年 12 月
张载集（节选）	林乐昌	2022 年 12 月
苏轼集（节选）	周裕锴	2022 年 12 月
陆游集（节选）	欧明俊	2022 年 12 月
徐霞客游记（节选）	赵伯陶	2022 年 12 月
桃花扇	谢雍君	2022 年 12 月
法言	韩敬、梁涛	2023 年 12 月
颜氏家训	杨世文	2023 年 12 月
大唐西域记（节选）	王邦维	2023 年 12 月
法书要录（节选）　历代名画记	祝　帅	2023 年 12 月
耶律楚材集（节选）	刘　晓	2023 年 12 月
水浒传（节选）	黄　霖	2023 年 12 月
西游记（节选）	刘勇强	2023 年 12 月
乐律全书（节选）	李　玫	2023 年 12 月
读通鉴论（节选）	向燕南	2023 年 12 月
孟子字义疏证	徐道彬	2023 年 12 月